É

Dossie Easton y Janet W. Hardy

Ética promiscua

Una guía práctica para el poliamor,
las relaciones abiertas y otras aventuras

Segunda edición

UHF

Título original: *The Ethical Slut*

Ilustración de cubierta: Marie Meier
www.mariemeier.org
Fotocomposición: Carolina Hernández Terrazas

Primera edición, 2013
Segunda edición, 2016

ISBN: 978-84-96614-89-5

Impresión: Estugraf, S.L.
Depósito legal: TF-125-2016
Impreso en España

CONTENIDO

TERCERA PARTE: SORTEAR LOS RETOS

CUARTA PARTE: PUTONES ENAMORADOS

PRIMERA PARTE: BIENVENIDA

1. ¿Quién es un putón con ética?

Mucha gente sueña con vivir en la abundancia del amor, el sexo y la amistad. Algunas personas creen que es imposible vivir una vida así y se conforman con menos de lo que desean, sintiéndose siempre un poco solas, un poco frustradas. Otras tratan de alcanzar su sueño, pero lo frustra la presión social del entorno o sus propias emociones, y deciden que esos sueños deben quedarse en fantasía. Unas pocas personas, de todos modos, persisten y descubren que amar, tener intimidad y sexo abiertamente con muchas personas no es sólo posible sino que puede ser más gratificante de lo que podrían haber imaginado nunca.

La gente ha tenido éxito en el amor libre durante siglos, a menudo discretamente, sin hacer mucho ruido. En este libro compartiremos las técnicas, habilidades e ideales que han hecho que les funcionase.

Así que, ¿quién es un putón con ética? Nosotras lo somos. Otras muchas, muchas personas lo son. Quizás tú lo eres también. Si sueñas con la libertad, si sueñas con una intimidad a la vez excitante y profunda, si sueñas con una abundancia de amistades, flirteo y cariño, con perseguir tus deseos y ver adónde te llevan, ya has dado el primer paso.

Por qué elegimos el término «putón»

Desde el momento en que viste u oíste hablar de este libro, probablemente adivinaste que algunas de las palabras usadas aquí puede que no tengan el significado que te resulta más habitual. ¿Qué tipo de personas se deleitarían en llamarse a sí mismas putones? ¿Y por qué insistirían en ser reconocidas por su sentido de la ética?

En la mayor parte del mundo, «puta» o «putón» es un término muy ofensivo que se emplea para describir a una mujer con una sexualidad voraz, indiscriminada, y vergonzosa. Es interesante notar que la palabra equivalente, «semental», usada para describir a un hombre muy sexual, a menudo se emplea como un término de aprobación y envidia. Si preguntas sobre la moral de un hombre, probablemente te hablen de su honestidad, lealtad, integridad y altos principios. Cuando preguntas sobre la moral de una mujer, es más probable que te hablen de con quién tiene sexo y bajo qué circunstancias. Es algo que no nos gusta nada.

Así que estamos orgullosas de reclamar la palabra «putón» como un término de aprobación, incluso de cariño. Para nosotras, «putón» es una persona de cualquier género que ensalza la sexualidad de acuerdo con la idea radical de que el sexo es agradable y que el placer es bueno para ti. Los putones pueden elegir tener sexo a solas o tener sexo con un regimiento. Pueden ser heterosexuales, homosexuales o bisexuales, activistas radicales o vivir pacíficamente en barrios residenciales.

Como putones orgullosos, creemos que el sexo y el amor sexual son fuerzas positivas fundamentales, actividades con un potencial para reforzar lazos íntimos, mejorar la vida, abrir la conciencia espiritual, incluso cambiar el mundo. Es más, creemos que toda relación sexual consensuada tiene esos potenciales y que cualquier camino erótico, elegido conscientemente y seguido de manera atenta, puede ser una fuerza positiva, creativa en la vida de los individuos y sus comunidades.

Los putones comparten su sexualidad al igual que las personas filantrópicas comparten su dinero: porque tienen mucho para compartir, porque les hace felices hacerlo, porque compartir hace del mundo un lugar mejor. A menudo los putones se encuentran que cuanto más amor y sexo dan, más tienen: un milagro de los panes y los peces en el que la avaricia y la generosidad van de la mano para proveer más para todo el mundo. ¡Imagina vivir en la abundancia sexual!

Tus autoras

Entre nosotras dos representamos un porcentaje bastante grande de toda la diversidad sexual.

Dossie es terapeuta privada en San Francisco, especializada en los problemas de las relaciones y en las sexualidades alternativas. Se ha identificado como lesbiana durante los pasados veinticinco años y todavía valora su experiencia anterior como bisexual y como heterosexual. Siempre ha sido un putón. Se comprometió con la sexualidad abierta como un estilo de vida en 1969, cuando nació su hija, y dio su primer taller sobre desaprender los celos en 1973. Ha estado la mitad de su vida adulta soltera, más o menos, con familias de compañeras y compañeros de piso, amantes y otras personas de su círculo íntimo. En la actualidad vive con su pareja en las montañas al norte de San Francisco.

Mucha gente recordará a Janet de la última edición de este libro como Catherine A. Liszt, un seudónimo que usaba cuando su prole era todavía menor de edad. Ahora que han crecido y son independientes, ha vuelto a usar su nombre real. Janet vivió como un putón adolescente en la universidad pero luego intentó la monogamia en un matrimonio heterosexual tradicional durante más de una década. Desde el fin de ese matrimonio, no ha considerado la monogamia como una opción. Mientras que la mayoría de la gente la llamaría bisexual, ella se ve a sí misma como alguien que transgrede los géneros y no es capaz de pensar cómo se define la orientación sexual cuando a veces eres hombre y a veces mujer. Está casada con un biohombre con un género tan flexible como el suyo, lo que es menos complicado de lo que parece. Se gana la vida como escritora, editora y profesora.

Juntas hemos sido amantes, amigas cercanas, coautoras y conspiradoras durante década y media, entrando y saliendo de otras relaciones, casas y proyectos. Las dos somos madres de una prole ya crecida, las dos estamos activas en las comunidades BDSM/*leather*/*kink*, y las dos nos dedicamos a la creación literaria (Dossie en la poesía; Janet en ensayos sobre temas personales). Pensamos que somos un excelente ejemplo de qué puede pasar si no intentas forzar todas tus relaciones dentro del modelo monógamo hasta-que-la-muerte-nos-separe.

Aventureras sexuales

Por lo general, el mundo ve a los putones como abyectos, degradados, libertinos, indiscriminados, hastiados, aventureros inmorales, destructivos, fuera de control e impulsados por algún tipo de psicopatología que impide que formen parte de una sana relación monógama.

Ah, claro, y por supuesto, sin ningún sentido de la ética.

Nosotras nos vemos a nosotras mismas como comprometidas con encontrar un espacio para la sensatez con sexo y relaciones, y liberarnos para disfrutar del sexo y del amor sexual en todas las maneras que podamos encontrar que nos vengan bien. Puede que no sepamos siempre qué nos va a valer sin haberlo probado antes, así que tendemos a ser curiosas y aventureras. Cuando vemos a alguien que nos intriga, nos apetece ser libres para reaccionar, y según exploramos nuestra reacción, para descubrir qué es especial en esta nueva, fascinante persona. Nos gusta relacionarnos con la gente y somos bastante gregarias. Disfrutamos con la compañía de muchos tipos de personas y nos deleitamos con cómo nuestras diferencias expanden nuestros horizontes y nos ofrecen nuevas maneras de ser nosotras mismas.

Los putones tienden a querer un montón de cosas diferentes: distintas maneras de expresarse sexualmente, personas distintas, quizás hombres, o mujeres o personas en medio, o un poco de cada. Somos curiosas: ¿qué pasaría si juntáramos la energía de cuatro o cinco personas en un encuentro sexual incandescente? ¿Cómo sería compartir la energía erótica con esa persona que ha sido una de nuestras amistades durante años y años? ¿Qué pasaría si compartiéramos casa con múltiples amistades y amantes? ¿Cómo sería tener intimidad con alguien muy diferente de nosotras?

Por supuesto, cada putón es diferente, con virtudes y defectos y con necesidades y valores distintos. Algunos putones expresamos diferentes partes de nuestra personalidad con distintas personas. Algunos disfrutamos flirteando por el placer de hacerlo. Algunos convertimos el sexo en un arte. Algunos encontramos estas partes de nuestras vidas tan importantes que la promiscuidad es una parte básica de nuestra identidad, una de las maneras en que nos definimos; mientras que otros entramos y salimos de la promiscuidad de acuerdo con el deseo y las circunstancias.

Los putones no son necesariamente atletas sexuales, aunque la mayoría sí que entrenamos más que la media. Valoramos el sexo, no como una manera de alcanzar récords, sino por el placer que nos da y los buenos ratos que conseguimos compartir con tantas personas maravillosas.

Nos encanta la aventura. La palabra «aventurera» se emplea a veces de manera peyorativa, sugiriendo que una persona aventurera es inmadura, o poco auténtica, que no está realmente dispuesta a madurar y a «sentar la cabeza» en una vida presumiblemente monógama. Pero eso hace que nos preguntemos: ¿Qué problema hay con tener aventuras? ¿No podemos tener aventuras y aun así criar a nuestra prole, comprar una casa y hacer las cosas que consideramos importantes? Por supuesto que podemos; los putones tienen derecho a una hipoteca igual que cualquiera. Nos tiende a gustar que nuestras vidas sean complicadas, y el reto de mantener un trabajo y vida familiar estable mientras descubrimos nuevas personas e ideas es precisamente lo que necesitamos para mantenernos interesados y comprometidos.

Una de las cosas más valiosas que aprendemos de los estilos de vida sexualmente abiertos es que nuestra programación sobre el amor, la intimidad y el sexo puede ser rescrita. Cuando empezamos a cuestionar todas las maneras en que nos han dicho que debíamos ser, podemos empezar a editar y rescribir las grabaciones antiguas. Rompiendo las normas, a la vez nos liberamos y nos empoderamos.

Odiamos el aburrimiento. Somos personas ávidas de experimentar todo lo que la vida tiene que ofrecernos y somos también generosas al compartir lo que tenemos que ofrecer. Nos encanta ser el buen momento que todo el mundo ha tenido.

Qué hay de nuevo aquí

Desde que publicamos la primera edición de este libro hace más de una década, hemos aprendido mucho. Dossie, en su práctica como terapeuta, ha trabajado con cientos de personas solteras, casadas y con relaciones múltiples que tratan de recorrer los caminos inexplorados de las relaciones no tradicionales, y ha desarrollado nuevos conceptos y herramientas que han demostrado ser muy útiles para ellas. Janet ha dejado la relación en la que estaba la última vez que la visteis, ha pasado varios años como putón soltero y ha negociado una relación con su nueva pareja, que pasó a convertirse legalmente en su cónyuge. Nosotras también nos hemos convertido, si se nos permite decirlo, en mejores escritoras, tanto por separado como juntas.

Si lees la primera edición del libro, verás que aquí hay mucho material nuevo, y notarás que el material antiguo ha sido sustancialmente reescrito y reorganizado. Notarás también un gran cambio: este libro contiene muchos ejercicios que puedes usar para explorar tus sentimientos y registrar cómo progresas a medida que lees el libro, sea por tu cuenta o con tu pareja o parejas.

Así que, ya seas una vieja amistad o un nuevo conocido, estamos contentas de darte la bienvenida a nuestro libro, y a nuestras promiscuas y alegres vidas.

El lenguaje en este libro

Cuando te sientas a escribir un libro sobre sexo, como deseamos que hagas algún día, descubres que siglos de censura nos han dejado poco lenguaje apropiado con el que hablar de las alegrías y ocasionales preocupaciones del sexo. A menudo el lenguaje que usamos arrastra juicios implícitos: si la única manera educada de hablar sobre sexualidad es empleando el latín médico —vulvas y partes pudendas, penes y testículos—, ¿quiere esto decir que sólo los profesionales de la medicina pueden hablar sobre sexo? ¿El sexo sólo tiene que ver con enfermedades? Mientras tanto, muchas de las palabras (polla y coño, follar, y oh, sí, putón) se emplean como insultos para degradar a las personas y su sexualidad y a menudo tienen un regusto hostil o basto. Los eufemismos —pipí y conejo, puertas de jade y torres poderosas— suenan como si nos diese vergüenza. A lo mejor nos la da.

Nuestra manera de acercarnos a un lenguaje positivo para el sexo consiste en reclamar las palabras originales y, usándolas como descriptores positivos, limpiarlas. De ahí nuestra adopción de la palabra «putón». También verás que usamos, en este libro palabras como «follar» y «polla» y «coño», no como insultos, sino para decir que lo que realmente significan.

Por otra parte, pueden aparecer puntos ciegos culturales como centrismos como el parejacentrismo, heterocentrismo y eurocentrismo. La no monogamia, el sexo extramarital, las relaciones abiertas, todas se definen a sí mismas por lo que *no* son, diciendo implícitamente que son una especie de excepción en las relaciones «normales» que tienen las personas «normales».

Poliamor es una palabra nueva, que fue acuñada por Morning Glory Ravenheart Zell alrededor de 1990, y estamos encantadísimas de informar que actualmente está incluida en el *Oxford English Dictionary*. Formada con raíces del latín y del griego, su traducción sería «amar a muchos». Esta palabra ha sido adoptada por muchos putones para describir su estilo de vida, a menudo abreviada como «poli», por ejemplo, como cuando alguien dice «soy una persona poli». Algunos la utilizan para referirse a relaciones de convivencia a largo plazo, formas de matrimonio en grupo; otros la emplean como una palabra comodín para cubrir todas las formas de sexo y amor y asuntos domésticos fuera de la monogamia convencional. Poliamor se ha instalado tan rápido en el lenguaje que pensamos que quizás el lenguaje ha estado esperándola desde hace mucho tiempo.

En este nuevo mundo de sexo y relaciones, se acuñan nuevos términos todo el tiempo para describir, o intentar describir, el siempre cambiante espectro de las maneras en las que la gente ordena su vida. Si, según lees, encuentras un término que no entiendes, por favor, comprueba el glosario al final del libro, donde hemos definido esos términos para ti.

Para terminar, hemos hecho todo lo que hemos podido para que el lenguaje de este libro fuera todo lo pansexual y neutral respecto al género posible: escribimos este libro para todo el mundo. Pansexual significa incluir a todas las personas como seres sexuales: heterosexual, bisexual, lesbiana, gay, transgénero, *queer*, mayores, jóvenes, discapacitadas, pervertidas, hombre, mujer, quienes están cuestionándoselo, en transición. Los ejemplos y citas se han extraído de la inmensa variedad de estilos de vida que hemos encontrado en nuestras siete décadas combinadas de promiscuidad: existen infinitas maneras «correctas» de ser sexual, y nosotras queremos reafirmarlas todas.

2. Mitos y realidades

Quienes deciden emprender la exploración de nuevos tipos de relaciones y nuevos estilos de vida descubren que se bloquean con algunas ideas —sobre cómo debe ser la sociedad, cómo deben ser las relaciones, cómo deben ser las personas— que están muy enraizadas y sin revisar.

A todos nos han enseñado que sólo una manera de relacionarse —el matrimonio heterosexual monógamo para toda la vida— es la única manera correcta. Se nos dice que la monogamia es «normal» y «natural». Si nuestros deseos no caben dentro de esos límites, carecemos de moral, tenemos problemas psicológicos y somos contra natura.

Muchas personas sentimos instintivamente que hay algo equivocado en ese panorama. Pero, ¿cómo puedes profundizar y revisar una creencia que ni siquiera sabes que tienes? El ideal de la monogamia para toda la vida como el único objetivo válido para las relaciones está tan profundamente arraigado en nuestra cultura que es casi invisible. Aplicamos esas creencias sin ni siquiera saber que creemos en ellas. Están todo el tiempo bajo nuestros pies, son la base de nuestras suposiciones, nuestros valores, nuestros deseos, nuestros mitos, nuestras expectativas. No nos damos cuenta de que están ahí hasta que tropezamos con ellas.

¿Dónde comenzaron esas creencias? A menudo, evolucionaron para enfrentarse a unas condiciones que ya no existen.

Nuestras creencias sobre el matrimonio tradicional vienen de las culturas agrarias, cuando uno cultivaba todo lo que comía y fabricaba todo lo que vestía o utilizaba, cuando las familias extensas ayudaban a realizar esa enorme cantidad de trabajo de modo que nadie se muriese de hambre, y en las que el matrimonio era una propuesta que funcionaba. Cuando hablamos de «valores familiares tradicionales», ésta es la familia de la que estamos hablando: un clan familiar con abuelos y abuelas y tías y primos y primas; una organización para cumplir el objetivo de mantenerse con vida. Vemos grandes familias funcionando de manera tradicional en la América de hoy en día, a menudo en culturas recientemente trasplantadas desde otros países, o como un sistema básico de apoyo para las poblaciones urbanas o rurales económicamente vulnerables.

Curiosamente, controlar la conducta sexual no parecía tan importante fuera de las clases acaudaladas hasta la Revolución Industrial, cuando se desplegó una nueva era con una visión negativa del sexo, quizás por el desarrollo de la clase media y el espacio limitado para tener descendencia en las culturas urbanas. A finales del siglo XVIII, doctores y pastores empezaron a afirmar que la masturbación era nociva y pecaminosa, que la más inocente válvula de escape era peligrosa para la sociedad, y los libros sobre crianza de la prole mostraban aparatos para evitar que sus bebés se tocasen los genitales al dormir. Así que cualquier deseo de sexo, incluso a solas, se convirtió en un sucio secreto.

Pero la naturaleza humana siempre gana. Somos criaturas cachondas, y cuanto más represiva sexualmente se vuelve una sociedad, más escandalosos se harán sus pensamientos sexuales encubiertos y sus conductas, como cualquier fan del porno victoriano puede atestiguar.

En sus clases a la juventud comunista de Alemania durante el ascenso de Hitler y los nazis, el psicólogo Wilhelm Reich teorizó que la supresión de la sexualidad era parte de la esencia de un gobierno autoritario. Sin la imposición de una moralidad antisexual, creía que la gente estaría libre de vergüenza y confiaría en su propio sentido de lo que está bien y está mal. Sería improbable que fuesen a la guerra contra su voluntad, o dirigiesen los campos de concentración. Quizás si nos criasen sin vergüenza ni culpa respecto a nuestros deseos, podría ser que fuéramos personas más libres de muchas más maneras que la simplemente sexual.

La familia nuclear, que consiste en padre, madre y prole en un cierto aislamiento respecto al clan familiar, es una reliquia de la clase media del siglo XX. La prole ya no trabaja en la granja o en el negocio familiar; se cría casi como a las mascotas. El matrimonio moderno ya no es esencial para la supervivencia. Ahora nos casamos buscando la comodidad, seguridad, sexo, intimidad y conexión emocional. El aumento de divorcios, tan deplorado por la derecha religiosa actual, puede que simplemente refleje la realidad económica de que hoy en día la mayoría podemos permitirnos el dejar una relación en la que no estamos felices; nadie se va a morir de hambre.

Y aun así el puritanismo moderno, quizás falto de preparación aún para enfrentarse a la aterradora perspectiva de una elección sexual y romántica realmente libre, intenta imponer la familia nuclear y el matrimonio monógamo enseñando a avergonzarse del sexo.

Nosotras creemos que el conjunto actual de los «tiene que» y cualquier otro conjunto son construcciones culturales. Creemos que la naturaleza posee una diversidad asombrosa, ofreciéndonos infinitas posibilidades. Nos gustaría vivir en una cultura que respeta las elecciones hechas por putones tanto como respeta a la pareja celebrando su cincuenta aniversario. (Y, se nos puede ocurrir pensar de todos modos, ¿qué nos hace asumir que esa pareja es monógama?)

Estamos preparando el terreno para nuevos caminos en un nuevo territorio. No tenemos modelos culturalmente aprobados de estilos de vida sexualmente abiertos; necesitamos escribir el nuestro. Escribir tu propio guion cuesta mucho esfuerzo, y mucha honestidad, y es ese tipo de trabajo duro el que proporciona muchas satisfacciones. Puede que encuentres tu buen camino, y que dentro de tres años decidas que quieres vivir de una manera diferente, ¿Dónde está el problema? Tú escribes el guion, tú eres quien toma las decisiones y también tú te encargas de cambiar de idea.

EJERCICIO *Putones que conocemos y el amor.*

Haz una lista de todas las personas de las que puedas pensar que no son monógamas, incluyendo personajes de televisión, películas, libros, etc. ¿Cómo te sientes respecto a cada una de ellas? ¿Qué puedes aprender (positivo o negativo) de él o ella?

Opiniones sobre los putones

Mientras tratas de encontrar tu propio camino, puedes encontrarte un montón de juicios de valor severos sobre las maneras en que viven distintas personas. Estamos seguras de que no necesitas que te contemos que el mundo, en su mayor parte, no enaltece la promiscuidad, ni tiene buena opinión de quienes les gusta explorar sexualmente.

Probablemente encontrarás algunos de estos juicios de valor en tu propio cerebro, escondidos más profundamente de lo que nunca te habías dado cuenta. Nosotras creemos que dicen más sobre la cultura que los promueve de lo que dicen de cualquier persona real, incluyéndote a ti.

«PROMISCUAS»

Esto significa que disfrutamos del sexo con demasiadas parejas sexuales. También nos han llamado «indiscriminadas» en nuestra sexualidad, lo que nos sienta mal: nosotras siempre podemos distinguir unas parejas de otras.

No creemos que exista algo como «tener demasiado sexo», excepto en ciertas ocasiones felices en que nuestras opciones posibles exceden nuestra capacidad. Ni creemos que la ética de la que hablamos aquí tenga nada que ver con la moderación o la abstinencia. Kinsey definió una vez a una «ninfómana» como «alguien que tiene más sexo que tú» y, siendo científico, demostró su afirmación con estadísticas.

¿Tener menos sexo tiene más mérito que tener más? Creemos que no. Nosotras medimos la ética de los buenos putones no por el número de parejas que tienen, sino por el respeto y cariño con que las tratan.

«AMORAL»

Nuestra cultura también dice que los putones son malos, indiferentes, amorales y destructivos: Jezabel, Casanova, Don Juan. El mitológico y malvado putón es codicioso y manipulador, y busca robar algo —virtud, dinero, autoestima— de sus amantes. En cierto modo, este arquetipo está basado en la idea de que el sexo es una mercancía, una moneda que intercambias por otra cosa: estabilidad, descendencia, un anillo de boda— y que cualquier otra transacción entraña que te han engañado y traicionado.

Rara vez hemos visto Jezabels o Casanovas en nuestra comunidad, pero quizás no es muy satisfactorio para un ladrón el robar lo que se da libremente. No nos preocupa que las personas con las que compartimos placer nos roben nuestro valor sexual.

«PECAMINOSO»

Algunas personas basan su sentido de la ética en lo que les han dicho que Dios, o su Iglesia, o su familia, o su cultura creen que es correcto o que no lo es. Creen que ser buenas consiste en obedecer las leyes establecidas por un poder mayor que ellas mismas.

Nosotras creemos que la religión tiene una gran cantidad de cosas que ofrecer a mucha gente: la comodidad de la fe y la seguridad de una comunidad entre ellas. Pero creer que a Dios no le gusta el sexo, como parece que dicen muchas religiones, es como creer en que a Dios no le gustas tú. Por culpa de esta creencia un número enorme de personas carga con una gran vergüenza por sus deseos y actividades sexuales perfectamente naturales.

Preferimos las creencias de una mujer que conocimos, una devota practicante de una religión fundamentalista. Nos dijo que cuando tenía cinco años, descubrió los placeres de la masturbación en el asiento de atrás del coche familiar, metida bajo una abrigada manta durante un largo viaje. La sensación fue tan maravillosa que concluyó que la existencia de su clítoris era una prueba definitiva de que Dios la amaba.

«PATOLÓGICA»

Cuando los estudios psicológicos de la conducta humana se pusieron de moda a finales del siglo XIX, Krafft-Ebing y Freud intentaron crear más tolerancia con la teoría de que los putones no son malos sino que están enfermos, que sufren de una psicopatología que no es su culpa, puesto que las neurosis se derivan de tener la sexualidad deformada por sus padres/madres durante su aprendizaje del control del esfínter. Por eso, decían, no debemos quemar putones en la hoguera sino que, en su lugar, deberíamos enviarles a hospitales psiquiátricos para ser curados en un ambiente que no permitiera la expresión sexual en absoluto, fuera sana o no.

A principios de los años sesenta, durante la infancia de tus autoras, era una práctica común el declarar dementes y encarcelar adolescentes para el «tratamiento» de su «enfermedad» por ser sexuales, especialmente si eran gays o lesbianas o mujeres y en peligro de dañar su valor de mercado como vírgenes. Este tipo de cosas todavía tienen lugar más a menudo de lo que podrías pensar. Últimamente, oímos hablar de personas adictas al sexo, de fobia a la intimidad o al compromiso y de desórdenes del afecto. Estos términos se crearon para describir problemas auténticos, pero demasiado a menudo se emplean como armas en una batalla moral contra toda libertad sexual.

La mera idea de la adicción sexual resulta controvertida: muchas personas sienten que la palabra «adicción» no es apropiada para discutir problemas de la conducta como el sexo. De todos modos, todo el mundo parece estar de acuerdo en que sustituir el sexo para satisfacer otras necesidades —aplacar la ansiedad, por ejemplo o reforzar una autoestima caída— representa un problema.

Sólo tú puedes decidir si tu conducta sexual se ha vuelto compulsiva y si deseas cambiarla. Algunas personas buscan validar su atractivo sexual una y otra vez, usando el sexo como una manera de demostrarlo continuamente porque no se ven a sí mismas como inherentemente atractivas o adorables. El sexo puede utilizarse como un sustituto de la conexión. El sexo puede ser la única moneda con valor suficiente para atraer atención y aprobación.

Algunos grupos de ayuda y terapeutas que suscriben el modelo de la adicción pueden intentar contarte que cualquier cosa, excepto las conductas sexuales más convencionales, está mal, es nocivo o es parte de tu adicción; te animamos a que confíes en tus propias creencias y que busques un entorno que te apoye. Compulsivos Sexuales Anónimos y Adictos al Sexo Anónimos te animan a definir qué vida sexual sana quieres para ti. Si tu objetivo es la monogamia, está bien; si tu objetivo es dejar de buscar sexo en lugar de amistad, o cualquier otro patrón de conducta que desees remodelar, está bien también. Nosotras no creemos que las personas adictas al sexo que se recuperan tengan que ser monógamas, a no ser que deseen serlo.

«FÁCIL»

Nos preguntamos, ¿hay algún mérito en ser difícil?

Mitos sobre los putones

Uno de los retos que se encuentra el putón con ética es la insistencia de nuestra cultura en que, si algo «lo sabe todo el mundo», obviamente debe ser verdad. Te animamos a mirar con escepticismo cualquier frase que comience por «Todo el mundo sabe que...» o «El sentido común nos dice que...» o «Es sabido que...». A menudo esas frases son la señalización de sistemas de creencias culturales que pueden ser antisexuales, monógamocéntricos, y/o codependientes. El cuestionar «lo que todo el mundo hace» puede ser difícil y desconcertante, pero también nos ha resultado muy gratificante. Cuestionar las cosas es el primer paso para crear un nuevo paradigma, tu propio paradigma sobre cómo debes de ser.

Los sistemas de creencias culturales pueden estar muy profundamente enraizados en la literatura, leyes y arquetipos, lo que significa que ser capaz de debilitarlos desde tus propios valores puede ser complicado. Pero el primer paso para explorarlos es, por supuesto, reconocerlos. Así que aquí están algunos de los mitos dominantes que hemos oído toda nuestra vida y que hemos llegado a entender que muy a menudo son mentira y destructivos de nuestras relaciones y nuestras vidas.

MITO Nº 1: Las relaciones monógamas a largo plazo son las únicas relaciones reales.

La monogamia para toda la vida como ideal es un concepto relativamente nuevo en la historia del ser humano y nos convierte en algo único entre los primates. No hay nada que se pueda conseguir en una relación monógama a largo plazo que no se pueda conseguir sin estar en ella. Asociarse para crear una empresa, el apego profundo, cuidar de manera estable de la prole, el crecimiento personal, el cuidado y la compañía al envejecer están todas entre las habilidades del putón.

Las personas que creen en este mito pueden sentir que tienen un problema si no están en una pareja a largo plazo, si prefieren seguir siendo autónomas, si se descubren a sí mismas amando a más de una persona a la vez, si han intentado una o más relaciones tradicionales que no funcionaron. En lugar de cuestionar el mito, se cuestionan a sí mismas: ¿Estoy incompleta? ¿Dónde está mi otra mitad? El mito les enseña que, estando solas, no son lo suficientemente buenas. A menudo, la gente desarrolla una visión muy poco realista de lo que es estar en pareja: su media naranja resolverá automáticamente todos sus problemas, cubrirá todas las carencias, llenará su vida.

Un subgrupo de este mito es la creencia de que, si realmente te has enamorado, perderás automáticamente el interés por otras personas; por lo que, si tienes sentimientos sexuales o románticos hacia otra persona que no sea tu pareja, no estás enamorado de verdad. Esta creencia ha costado la felicidad de muchas personas durante siglos, aun siendo mentira hasta el punto del absurdo: un anillo en el dedo no provoca una anestesia de los genitales.

Y debemos preguntarnos, si la monogamia es la única opción aceptable, la única forma de amor verdadero, ¿son esos acuerdos realmente consensuados? Tenemos muchas amistades que han elegido ser monógamas y lo aplaudimos. Pero, ¿cuántas personas en nuestra sociedad hacen esa elección de manera consciente?

Mito nº 2: El amor romántico es el único amor auténtico.

Echa un vistazo a la letra de canciones conocidas o lee alguna poesía clásica: las frases que elegimos para describir el amor romántico no suenan demasiado agradables. Loca de amor, el amor duele, obsesión, desengaño... son todas descripciones de enfermedades mentales o físicas.

A lo que se le llama amor romántico en nuestra cultura parece ser un embriagador cóctel de lujuria y adrenalina, avivado con incertidumbre, inseguridad, quizás incluso enfado o peligro. El escalofrío que nos baja por la columna vertebral que reconocemos como pasión es, de hecho, el mismo fenómeno físico que el erizamiento de los pelos en la espalda de un gato y está causado por el instinto de lucha o huida. Este tipo de amor puede ser emocionante e incontenible y a veces muy divertido, pero no es el único tipo «real» de amor, ni es siempre una buena base para una relación en curso. Como señaló George Bernard Shaw: «Cuando dos personas están bajo la influencia de la más violenta, insensata, ilusoria y efímera de las pasiones, se les pide que juren que se mantendrán en ese estado excitado, anormal y agotador continuamente hasta que la muerte les separe».

Mito nº 3: El deseo sexual es una fuerza destructiva.

Este proviene del Jardín del Edén y lleva a muchos casos de desquiciante doble moral. Algunas religiones parece que creen que la sexualidad de la mujer es maligna y peligrosa, y que sólo existe para arrastrar al hombre a la perdición. De la época victoriana hemos tomado la idea de que, cuando se trata de sexo, los hombres son voraces y depredadores sin remedio, y se espera de las mujeres que los controlen y civilicen siendo puras, asexuales y puritanas. Los hombres son el acelerador y la mujer el freno, lo que nos parece que es bastante duro para el motor. A nosotras no nos funciona nada de esto.

Muchas personas también creen que el deseo sexual sin vergüenza, en particular el deseo por más de una persona, inevitablemente destruye la familia; pero sospechamos que muchas más familias han sido destruidas por amargos divorcios por adulterio que por una no monogamia ética y consensuada.

MITO Nº 4: Amar a alguien significa que está bien controlar su comportamiento.

Este tipo de razonamiento territorial está pensado, creemos, para hacer que la gente se sienta segura, pero no creemos que nadie tenga derecho, y mucho menos la obligación, de controlar el comportamiento de otra persona adulta.

El que nos traten como dice este mito no nos hace sentir más seguridad; nos hace sentir furia. El antiguo razonamiento «¡Oh, está celosa, debo importarle de verdad!», o la escena en que la chica se enamora cuando el chico noquea al pretendiente rival, son síntomas de unos límites personales muy trastornados que pueden acarrear mucha infelicidad.

Este mito, tan a menudo difundido por las películas de Hollywood y los *best sellers*, también lleva a creer que acostarse con una tercera persona es algo que *se le hace* a otra persona, no algo que haces para ti mismo, y que es, además, lo peor que le puedes hacer a alguien. Durante muchos años, en el estado de Nueva York, el adulterio fue la única causa aceptada de divorcio, dejando a quienes desafortunadamente se habían casado con personas maltratadoras o alcohólicas en una situación muy complicada. Y el castigo legal por «ser infiel» podía ser perder el trabajo, la casa, el dinero y la prole, por la herida causada a la pareja traicionada; eso si te pillaban. Por lo que se suponía que debías ser infiel en secreto para proteger la dignidad de tu pareja y mantener la familia unida.

MITO Nº 5: Los celos son inevitables e imposibles de superar.

Los celos son, sin ninguna duda, una experiencia muy común, tanto que a la persona que no siente celos se la ve como un poco rara, o que se está negando a aceptar la realidad. Pero a menudo la situación que causaría unos intensos celos a una persona puede no ser algo tan importante para otra.

Algunas personas sienten celos cuando su pareja bebe de la Coca-Cola de alguien; otras observan felices cómo su pareja se despide para irse un mes de escapada amorosa con un amigo a la parte más remota del país.

Alguna gente cree también que los celos son una emoción tan terrible que no queda otro remedio que sucumbir. A menudo las personas que lo creen piensan que cualquier forma de no monogamia *debe ser* no consensuada y completamente secreta, para proteger a la pareja «traicionada» de tener que sentir una emoción tan extremadamente difícil.

Al contrario, nos hemos encontrado que los celos son una emoción como cualquier otra: te sientes mal (a veces muy mal), pero no es insoportable. También hemos encontrado que muchos de los «debería ser así» que llevan a sentir celos pueden ser «desaprendidos» y que desaprenderlos es a menudo un proceso útil. Más adelante en este libro dedicaremos mucho más tiempo para hablar de los celos y de las estrategias que muchas personas han empleado con éxito para sobrellevarlos.

Mito nº 6: Las relaciones externas reducen la intimidad de la relación principal.

La mayoría de los terapeutas de pareja y psicólogos televisivos más populares cree que, cuando un miembro de una pareja que era feliz tiene una «aventura», tiene que ser síntoma de un conflicto no resuelto o de necesidades no satisfechas que deben ser abordadas dentro de la relación principal. Por supuesto, esto es cierto de vez en cuando, pero ni de cerca tan a menudo como a gran cantidad de «gurús de las relaciones» les gustaría que creyéramos. Es más, este mito no permite estilos de vida abiertos, constructivos y con posibilidades de desarrollarse.

Es cruel e insensible interpretar una aventura como un síntoma de enfermedad en una relación, porque deja a las personas «engañadas» —que quizás ya se sentían inseguras— preguntándose qué están haciendo mal. Mientras que a las personas que «engañan» se les dice que sólo están intentando volver con su relación principal y que en realidad no desean, ni necesitan, ni siquiera les gustan sus amantes.

Mucha gente tiene sexo fuera de sus relaciones principales por razones que no tienen nada que ver con ningún tipo de ineptitud de su pareja o deficiencia en la relación. Puede que la nueva relación sea simplemente la continuación de una atracción emocional y/o física hacia alguien aparte de la relación principal. O quizás esta pareja externa permite tener un tipo de intimidad que la pareja principal puede incluso no querer (ya sean prácticas sexuales no convencionales o ir a ver partidos de fútbol) y supone una solución para un conflicto de otra manera irresoluble. O quizás cubre otras necesidades como la necesidad de sexo físico sin complicaciones ni los inconvenientes de las relaciones, o de tener sexo con alguien de un género distinto del de la propia pareja, o de sexo en un momento en que no está disponible de otra manera (en un viaje o por una enfermedad de la pareja, por ejemplo).

Una relación externa no tiene que restar nada a la intimidad que compartes con tu pareja excepto si se lo permites. Y, sinceramente, esperamos que no lo hagas.

Mito nº 7: El amor todo lo puede.

Hollywood nos cuenta que «amar significa no tener que pedir nunca perdón», e idiotas como somos, nos lo creemos. Este mito dice que, si realmente te has enamorado de alguien, nunca más necesitarás discutir, discrepar, comunicarte, negociar o hacer cualquier otro tipo de esfuerzo. También nos cuenta que el amor significa que, automáticamente, nos excitamos con nuestra pareja y que nunca debemos mover un dedo o hacer cualquier esfuerzo para encender la pasión deliberadamente. Quienes creen en este mito pueden tener la sensación de que su amor ha fracasado cada vez que necesitan encontrar un momento para una discusión o mantener una cortés (o no tan cortés) discrepancia. Puede que también crean que cualquier comportamiento sexual que no entra dentro de sus criterios de sexo «normal» —desde las fantasías a los dildos— es «artificial» y que indica que algo falta en la calidad de ese amor.

EJERCICIO *¿Por qué la promiscuidad? ¿Por qué no?*

Escribe una lista de todas las razones que se te ocurran por las que cualquier persona en cualquier sitio querría ser un putón. Puedes hacerlo a solas o con una de tus amistades o amantes. ¿Cuáles de esas razones te dice qué tipo de putón no quieres ser? ¿Cuáles de ellas son tus buenas y legítimas razones para serlo?

Pasos hacia un paradigma más libre

Así que, en este mundo de la promiscuidad un poco desconcertante en el que todo lo que te contaron tu madre, tu sacerdote, tu pareja y la televisión es probablemente falso, ¿cómo encuentras nuevas creencias que apoyen tu nuevo estilo de vida? Abandonar los antiguos paradigmas puede dejarte un vacío que da miedo, con el estómago revuelto como si estuvieses en caída libre. No necesitas los viejos mitos pero, ¿qué vas a poner en su lugar? Te animamos a buscar tus propias verdades en tu camino hacia el éxtasis promiscuo pero, en caso de que te venga bien una pista o dos, aquí están algunas de las que nos han funcionado a nosotras.

3. Nuestras convicciones

Somos personas éticas; putones éticos. Nos es muy importante tratar bien a la gente y hacer todo lo posible para no herir a nadie. Nuestro código ético deriva de nuestro propio sentido de lo que está bien y mal, y de la empatía y amor que tenemos para quienes están a nuestro alrededor. No está bien herir a otra persona porque, a la vez, también nos hacemos daño y no nos hace sentir bien.

La promiscuidad ética puede ser un camino que cuestione muchas ideas prestablecidas: no tenemos un código de etiqueta poliamorosa que nos diga cómo hacer las cosas educada y respetuosamente, así que tenemos que inventárnoslo por el camino. No obstante, estamos seguras de que ya habrás entendido a estas alturas que, para nosotras, ser un putón no significa simplemente hacer lo que te apetezca cuando te apetezca con quien te apetezca.

La mayoría de nuestros criterios éticos son bastante pragmáticos. ¿Alguna persona está siendo dañada? ¿Hay alguna manera de evitar ese daño? ¿Se corre algún riesgo? ¿Son conscientes de esos riesgos todas las personas involucradas y están haciendo lo que está en su mano para minimizarlos?

Por el lado positivo: ¿Es divertido? ¿Qué está aprendiendo todo el mundo de esto? ¿Está ayudándo a alguien a desarrollarse? ¿Está ayudando a que el mundo sea un lugar mejor?

Antes de nada, los putones con ética valoran el *consenso.* Cuando usamos esta palabra —y lo haremos a menudo en todo el libro— nos referimos a una colaboración activa para el beneficio, bienestar y placer de las personas involucradas. Si se está coaccionando, abusando, chantajeando, manipulando, mintiendo o ignorando a alguien, lo que está sucediendo no es consensuado. Y el sexo que no es consensuado no es ético. Punto.

Los putones con ética son *honestos*, consigo mismos y con los demás. Nos reservamos un tiempo para entender nuestras propias emociones y motivaciones y para desenmarañarlas cuando es necesario ver las cosas con más claridad. Luego compartimos esa información abiertamente con quienes la necesitan. Hacemos todo lo posible para que nuestros miedos y timidez no sean un obstáculo para nuestra honestidad; confiamos en que nuestras parejas seguirán respetándonos y amándonos, con todos nuestros defectos.

Los putones con ética *admiten las repercusiones* de sus elecciones sexuales. Vemos que a menudo nuestras emociones, nuestra educación y los estándares de nuestra cultura entran en conflicto con nuestros deseos sexuales. Y nos comprometemos conscientemente para ayudarnos personalmente y a nuestras parejas mientras resolvemos esos conflictos de manera honesta y digna.

No dejamos que nuestras elecciones sexuales tengan un impacto innecesario en quienes no han consentido en participar. Respetamos los sentimientos ajenos, y cuando no tenemos la seguridad de cómo se está sintiendo alguien, lo preguntamos.

Los putones con ética reconocen la diferencia entre las cosas que pueden y deben controlar, y las cosas que no pueden. Aunque a veces sintamos celos o nos sintamos territoriales, *nos hacemos responsables de esos sentimientos*, haciendo lo posible para no culpar o controlar, sino pidiendo el apoyo que necesitamos para sentir seguridad y que nos cuiden.

No tengas miedo, el resto de esto libro es sobre cómo puedes aprender a ser una persona así de madura y atractiva. Tus autoras están aquí para ayudarte. Escribimos este libro para ayudarte a convertirte en un putón con ética. Estas son algunas de las ideas y convicciones que nos han ayudado a llegar aquí y que podrían ayudarte a ti también.

Replanteándose el sexo

¿Estás teniendo sexo en este mismo momento? Sí, lo estás teniendo, y nosotras también.

Quizás estés mirando a tu alrededor con perplejidad: todavía tienes la ropa puesta, y quizás estés en un restaurante o en un autobús lleno. ¿Cómo puede ser que estés teniendo sexo?

Nosotras pensamos que la pregunta sobre cuándo estás teniendo sexo en cierto modo no tiene sentido. La energía sexual impregna todo durante todo el tiempo; lo respiramos con nuestros pulmones y lo emanamos por nuestros poros. Mientras que es bastante fácil determinar si estás realizando o no una determinada actividad sexual en un momento concreto —probablemente, ni tú ni nosotras estamos teniendo relaciones sexuales en este momento— la idea del sexo como algo separado, como una actividad singular, definible, como conducir un coche, no se sostiene demasiado bien.

Si quieres, puedes comparar esta idea con la idea de comer. La mayoría de la gente definiría «comer» como la actividad de introducir comida en la boca. Pero los gourmets pueden pasar mucho tiempo saboreando el aroma y apariencia de una comida antes de realmente echarle un bocado, de manera que el olor y la vista se han hecho parte del acto de comer. Para aquellas personas que se abren a las posibilidades, cada aroma perdido que flota hasta nuestra nariz, la brisa marina con su olor penetrante a ostras y algas, el olor terroso del humo de la madera con su leve reminiscencia al whisky, se convierte en algo parecido a comer. Y nuestros ojos capturan colores y formas —el rojo de las manzanas, el amarillo de las cremosas natillas— mientras nuestros ajetreados cerebros, recordando la maravillosa comida de ayer, está planeando otra para mañana, y el mundo entero se convierte en nuestra comida.

De manera similar, nosotras pensamos que la energía erótica está en todas partes: en la inspiración profunda que llena nuestros pulmones cuando salimos en una cálida mañana de primavera, en el agua fría derramándose desde las rocas hasta un arroyo, en la creatividad que nos lleva a pintar cuadros, contar historias, componer música, escribir libros, en el tierno cariño que sentimos hacia nuestras amistades y familiares y prole. En nuestro medio siglo sumado de trabajo como escritoras y educadoras sexuales, hemos encontrado que cuanto más aprendemos sobre el sexo, menos sabemos cómo definirlo. Así que ahora sólo decimos la verdad tal y como la conocemos: el sexo forma parte de todo.

Ahora mismo estamos escribiendo sobre sexo y tú estás leyendo lo que tenemos que decir sobre él. ¡Estás teniendo sexo con nosotras! ¿Ha estado bien? Para nosotras sin duda que sí.

Desde un punto de vista más pragmático, hemos tenido largas, intensas conversaciones íntimas que hemos sentido como profundamente sexuales. Y hemos tenido relaciones sexuales que tampoco sentimos como algo terriblemente erótico. Nuestra mejor definición al respecto es que sexo es cualquier actividad que consideran sexo las personas que participan en ella. Para algunas personas, el *spanking* es sexo. Para otras, ponerse medias y ligueros es sexo. Si tú y quien sea os sentís sexuales cuando coméis helados, eso es sexo en vuestro caso. Mientras que esta manera de entenderlo puede parecer una tontería ahora, es un concepto que será muy útil más adelante cuando hablemos sobre cómo llegar a acuerdos sobre conductas sexuales.

Renuncias vs satisfacción

La tesis de licenciatura de Dossie se llama *El sexo es agradable y el placer es bueno para ti.* La idea es tan radical ahora, en el siglo XXI, como lo era en los años setenta, cuando Dossie la escribió.

Nuestra cultura valora mucho renunciar a cosas, que es algo que está bien cuando hay mucho trabajo por delante. Pero demasiado a menudo, esas personas que sin tener que disculparse satisfacen su deseo por placer en su tiempo absolutamente libre son vistas como inmaduras, asquerosas, incluso pecadoras. Puesto que todo el mundo tiene deseos, los valores puritanos llevan inevitablemente a odiarse, a odiar nuestros cuerpos y lo que nos excita, y a sentir miedo y culpa por nuestros instintos sexuales.

Nosotras nos vemos como rodeadas de muertos vivientes: de personas que han sido heridas profundamente por el miedo, la vergüenza y el odio de su dimensión sexual. Nosotras creemos que conectar de manera alegre, libre, sin culpa es la cura para esas heridas; creemos que la sexualidad es vital para el sentimiento de autoestima de las personas, para su sensación de que la vida vale la pena. Nunca hemos encontrado a nadie con una baja autoestima en el momento del orgasmo.

No necesitas una razón

Si te acercas a alguien elegido al azar y le planteas que el sexo está bien y el placer es algo bueno para ti, probablemente oirás un montón de resoplidos, razonamientos y de «ya, pero»: enfermedades de transmisión sexual, embarazos no deseados, violación, el deseo sexual convertido en mercancía, etc. Ninguno de estos «peros» cambia la idea central.

No hay nada en el mundo tan maravilloso de lo que no se pueda hacer un mal uso, si uno se empeña: se pueden violar las conexiones familiares, el deseo sexual puede ser manipulado. Incluso se puede abusar del chocolate. El mal uso no cambia lo maravilloso que es ninguna de esas cosas. El peligro está en la motivación de quien hace ese mal uso, no en la naturaleza del objeto.

Si no existieran las enfermedades de transmisión sexual, si nadie pudiera tener un embarazo a no ser que lo desease, si todo el sexo fuese consensuado y agradable ¿qué pensaría el mundo entonces? ¿Cómo te sentirías *tú*? Si miras en tu interior más profundo, puedes encontrar pequeños restos de una visión negativa del sexo, a menudo tras palabras críticas como «promiscuidad», «hedonismo», «decadencia» e «improductividad».

Incluso personas que se consideran a sí mismas con una postura positiva hacia el sexo y sexualmente liberadas caen a menudo en una trampa diferente: la trampa de racionalizar el sexo. Relajar la tensión física, aliviar dolores menstruales, mantener la salud mental, prevenir problemas de próstata, tener bebés, consolidar relaciones y demás, son todos objetivos admirables y maravillosos beneficios colaterales del sexo. Pero esa no es la razón de ser del sexo. La razón de ser del sexo es el placer, un completo y valioso objetivo en sí mismo y por sí solo. La gente tiene sexo porque se siente muy bien, y después se siente bien sobre sí misma. El valor del placer es uno de los valores centrales de la promiscuidad ética.

Amor y sexo son el fin, no el medio

Nuestra cultura monógamocéntrica tiende a asumir que el propósito y fin último de toda relación —y todo sexo— es una relación emocional de pareja a largo plazo, y que cualquier relación que no alcance ese objetivo ha sido un fracaso.

Por otro lado, pensamos que el placer sexual puede sin duda contribuir al amor, compromiso y estabilidad a largo plazo, si eso es lo que uno quiere. Pero esas no son en absoluto las únicas buenas razones para tener sexo. Nosotras creemos en el valor de las relaciones por lo que hay de valioso en ellas; una aparente tautología que es más sabia de lo que parece.

Una relación puede ser valiosa simplemente porque proporciona placer sexual a las personas involucradas; no hay nada malo en el sexo por el sexo. O puede incluir el sexo como una vía hacia otras cosas valiosas: intimidad, conexión, compañía, incluso amor, lo que en sí no cambia la bondad intrínseca del sexo placentero.

Una relación sexual puede durar una hora o dos. También es una relación: las personas participantes se han relacionado entre sí —como pareja sexual, colegas, amantes— el tiempo que ha durado su interacción. La duración no es un buen criterio para juzgar el éxito o fracaso de una relación.

Los encuentros de una sola noche pueden ser intensos, enriquecer nuestra vida y ser satisfactorios; también lo pueden ser los amores que duran toda la vida. Mientras que los putones con ética puede que elijan tener un tipo de relaciones y no otras, creemos que todas las relaciones tienen el potencial para enseñarnos, emocionarnos y, sobre todo, proporcionarnos placer.

Dossie recuerda una entrevista con una joven hippie en 1967 que hizo la afirmación más sucinta que hemos oído sobre la promiscuidad ética: «Creemos que está bien tener sexo con todo el mundo a quien amas y creemos en amar a todo el mundo».

Ya eres una persona completa

Jane Austen escribió: «Es una verdad reconocida universalmente que un hombre soltero con una buena fortuna debe desear tener una esposa». Aunque creemos que Jane probablemente lo dijo con mucha ironía, muchas personas creen firmemente que estar solteras es estar en cierto modo solas y que necesitan encontrar su «otra mitad». Muchos de los mitos que mencionamos en la sección anterior están basados en esa creencia.

Nosotras creemos, en cambio, que la unidad sexual fundamental es una sola persona; añadir más personas a esa unidad puede ser algo íntimo, divertido y dar compañía pero no completa a nadie. La única cosa en este mundo que puedes controlar es a ti mismo: tus propias reacciones, deseos y comportamientos. Por lo que un paso fundamental en la promiscuidad ética es situar tu *locus* de control en tu propio interior, para reconocer la diferencia entre tus «cosas» y las de otras personas. Cuando lo haces así, te vuelves capaz de completarte: esa es la razón por la que llamamos a esto «integridad». Cuando has construido una relación satisfactoria contigo mismo, entonces tienes algo de un gran valor para compartir con los demás.

La abundancia está totalmente disponible

Muchas personas creen, explícita o implícitamente, que nuestros recursos para el amor romántico, la intimidad y la conexión son finitos, que nunca hay suficiente para todo el mundo y que, si le das parte a una persona, debes estar quitándoselo a otra.

Nosotras llamamos a esto una «economía de la escasez»; abundaremos en ello más adelante. Muchas personas aprendimos a pensar así en la infancia, de unos padres/madres que tenían poco cariño o atención para darnos. Así que aprendimos que hay una cantidad limitada de amor en el mundo y que tenemos que luchar por lo que conseguimos, a menudo en una lucha a muerte con hermanas y hermanos.

Las personas que funcionan dentro de economías de la escasez pueden volverse muy posesivas respecto a la gente, cosas e ideas que les importan. Ven el mundo desde esa perspectiva limitada, de modo que todo lo que consiguen ha salido de un fondo común que nunca es suficiente y, por lo tanto, hay que quitárselo a otra persona. Y de la misma manera, todo lo que consiguen los demás se lo deben haber quitado a ellas.

Es importante distinguir entre economías de la escasez y los límites del mundo real. El tiempo, por ejemplo, es un límite del mundo real: incluso los putones más entregados tienen sólo veinticuatro horas cada día. El amor no es un límite del mundo real: la madre de nueve criaturas puede amarlas tanto como la madre de una sola.

Nuestra creencia es que la capacidad humana para el sexo y el amor y la intimidad es mucho más grande de lo que cree la mayoría de la gente —posiblemente infinita— y que tener muchas conexiones satisfactorias simplemente hace posible que tengas mucho más. Imagínate lo que sería vivir en la abundancia de sexo y amor, lo que sería sentir que has tenido de ambos todo lo que podías haber querido, libre de cualquier sensación de escasez o necesidad. ¡Imagínate lo fuerte que te sentirías si pudieras ejercitar tanto tus «músculos del amor» y cuánto amor serías capaz de dar!

Abrirse puede ser la solución, no el problema

¿Tener un espíritu aventurero en el sexo es simplemente una manera de evitar la intimidad? En nuestra experiencia, eso no es normalmente el caso. Lo que nos importa no es que estés de acuerdo con nosotras, sino que cuestiones el paradigma dominante y decidas en qué crees por ti mismo. Ejercita tu capacidad de criterio, ¿no se supone que el ejercicio nos hace más fuertes? Miles y miles de putones con ética están demostrando todos los días que los viejos mitos de «todo el mundo sabe que» no tienen por qué ser verdad.

Te animamos a que explores tu propia realidad y crees tu propia leyenda, una que te estimule hacia adelante en tu evolución, que te apoye según te desarrollas, y que refleje tu orgullo y felicidad en las nuevas relaciones que tengas.

4. Tipos de putones

La promiscuidad ética es una casa con muchas habitaciones. Da cobijo a todo el mundo, desde célibes felices a fans de las orgías y mucho más. En este capítulo hablaremos de los muchos tipos de promiscuidad ética que nos han funcionado a nosotras, a las personas que conocemos, y a felices putones a lo largo de la historia. Aunque estas opciones no se adapten a tu caso, esperamos que te den ideas sobre por dónde comenzar tu exploración, o quizás para reafirmarte sabiendo que ahí fuera hay otra gente como tú.

Pioneros de las relaciones

Aunque la expresión «putón con ética» es nueva —Dossie la acuñó en 1995— la práctica no lo es. La aceptación cultural de las relaciones fuera de la monogamia ha sufrido una montaña rusa de altos y bajos desde el reconocimiento a un fuerte rechazo, pero aparte de las opiniones de la Iglesia y el Estado siempre ha habido quienes han encontrado felicidad y desarrollo personal en la apertura sexual.

CULTURAS ANTIGUAS

Podrías pasarte toda tu vida como antropólogo cultural tratando de describir las innumerables vías mediante las cuales los seres humanos han elegido unirse sexual, romántica y domésticamente: desde las prostitutas del templo de la antigua Babilonia a la poliginia mormona y mucho, mucho más. Así, en lugar de tratar de enumerarlas todas, sólo queremos apuntar que los valores culturales dominantes de los Estados Unidos de América del siglo XXI heredados de Europa parecen proceder del Imperio romano y la primera cristiandad, cuando se recomendaba el matrimonio monógamo sólo para quienes no fueran capaces del celibato, el estado ideal. Las culturas sin esas influencias han desarrollado toda clase de maneras para que las personas se unan: poliginia (varias esposas), poliandria (varios maridos), matrimonio en grupo, acuerdos en los que el matrimonio es fundamentalmente una relación doméstica de negocios y los escarceos sexuales suceden en otro lugar, sexo ritual en grupo y cualquier otra configuración de corazones y genitales humanos que puedas imaginarte.

COMUNIDADES SEXUALES UTÓPICAS

La historia está salpicada de experimentos de creación deliberada de utopías sexuales, a menudo con una base filosófica o religiosa. Si sientes curiosidad, lee sobre la comunidad Oneida en el Ohio del siglo XIX, Rajneeshpuram en la India a finales de los años sesenta, Oregón en los ochenta, y Kerista en Nueva York, Belize y San Francisco desde los primeros años sesenta hasta los noventa... por nombrar sólo unos pocos. Esas comunidades son normalmente impulsadas por un líder y pueden decaer cuando éste ya no está. De todos modos, sus filosofías perduran, añadiendo nuevas visiones y prácticas a la cultura mayoritaria. Muchas personas que practican el Tantra en Occidente hoy en día, por ejemplo, pueden rastrear el origen de sus prácticas hasta las enseñanzas de Osho, el espíritu guía detrás de Rajneeshpuram.

ARTISTAS Y LIBREPENSADORES

Es fácil citar artistas y novelistas que han construido sus vidas en torno a la exploración intencionada de las relaciones alternativas. Si tienes curiosidad sobre las maneras en que las relaciones alternativas se desarrollaron en tiempos en los que había incluso menos apoyo del que hay ahora, puedes estudiar sobre el grupo de Bloomsbury en Inglaterra a comienzos del siglo XX, y sobre librepensadores como George Sand, H. G. Wells, Simone de Beauvoir, Alfred Kinsey y Edna St. Vincent Millay. Lo que no podemos saber es cuántos *no novelistas* estaban construyendo vidas sexualmente abiertas que les funcionaban, porque no hay registro de esas vidas. Nos atrevemos a suponer, de todos modos, que una significativa minoría de personas ha satisfecho siempre sus necesidades mediante relaciones éticas con varias personas a la vez.

LA GENERACIÓN DEL AMOR

Dossie llegó a la mayoría de edad con los conceptos utópicos de los años sesenta, y Janet poco después; Ambas nos vimos muy influidas en nuestra manera de pensar por esos días de exploración radical. Muchos ideales de la época —inconformismo, exploración de estados alterados de consciencia, igualdad de raza y género, conciencia ecológica, activismo político, apertura respecto a la sexualidad y, sí, la posibilidad de una no monogamia ética y cariñosa— han permeado la cultura mayoritaria. Dudamos mucho de que hubiésemos podido escribir o publicar este libro en los años cincuenta, así que si lo estás leyendo y disfrutando, dale las gracias a la cultura hippie.

La promiscuidad hoy

Hay putones de tantas formas y estilos como existen seres humanos: hombres y mujeres en todas las culturas, en todas partes del mundo, de todas las religiones y estilos de vida, ricas y pobres, con formación académica o sin ella.

La mayoría vivimos en comunidades de personas que no son putones, con contacto sólo ocasional o limitado con otras personas que comparten nuestros valores. Algunos grupos organizan reuniones y congresos para mitigar el aislamiento y ampliar los círculos íntimos de sus miembros. Estos congresos son muy importantes para poner esos mundos sexuales clandestinos a la vista de quienes están buscándolos y para construir instituciones visibles que puedan apoyar mejor a sus miembros. El barrio de Castro, en San Francisco, es un buen ejemplo de un gueto urbano moderno para minorías sexuales.

Un putón viviendo en la cultura mayoritaria monógamocéntrica en el siglo XXI puede aprender mucho de estudiar otras culturas, otros lugares y otras épocas: *no* eres la única persona en el mundo que ha intentado esto, *sí puede* funcionar, otras personas lo han hecho sin resultar dañadas, ni sus amantes, ni su prole, sin hacer, en realidad, otra cosa que disfrutar de sí mismas y mutuamente.

Las subculturas sexualmente vanguardistas con amplias historias documentadas y no documentadas incluye las comunidades de gays y lesbianas, grupos transgénero, bisexuales, las comunidades BDSM, las comunidades *swinger* y algunas subculturas que se consideran espirituales como la pagana, el movimiento primitivo moderno y Radical Fairies.* Y esto es sólo en EE.UU. Incluso si tú no perteneces a ninguno de estas comunidades sexuales, vale la pena echarles un vistazo por lo que pueden enseñarnos sobre nuestras propias opciones según desarrollan maneras de ser sexual, maneras de expresarse sexualmente y maneras de vivir en estructuras sociales y familiares que son una alternativa a las tradiciones norteamericanas con una visión negativa del sexo.

La discoteca favorita de Dossie en 1970 era una microcultivo excepcional de perversidad polimorfa.

Ella recuerda:

The Omni, de «omnisexual», era un pequeño bar de North Beach cuyos dueños eran hombres y mujeres, heterosexuales, gays, lesbianas, bisexuales y, a menudo, transgénero. Los valores sexuales eran muy abiertos, desde hippies fans del amor libre a profesionales de la industria del sexo, y la mayoría íbamos allí a bailar como salvajes y a buscar amantes como locas.

Gracias a la gran proporción de personas transgénero, no había manera de encasillar a la persona con la que te querías acostar dentro tus categorías del deseo. Podías estar bailando con alguien con mucho

* Movimiento contracultural nacido en la década de 1970 en California que rechaza el modelo heterocéntrico y busca redefinir la identidad gay (*Nota del t.*).

atractivo y no saber si era cromosómicamente hombre o mujer. Es complicado apegarse a preferencias como lesbiana o heterosexual cuando no sabes el género de la persona con la que estás flirteando. Puede parecer una locura, pero los resultados eran sorprendentes. Frecuentaba The Omni porque era el espacio disponible más seguro para mí. Como no era posible dar nada por hecho, las personas *tenían* que tratarse mutuamente con respeto. Nadie podía dar por hecho qué tipo de interacción le podía interesar al objeto de su atención, así que no podías hacer otra cosa que preguntar. Y si eras, como yo lo era, una mujer joven en la veintena, el que se te aproximaran con respeto era un alivio muy bienvenido en los entornos sociales heterosexuales donde era costumbre que los hombres demostraran su hombría flirteando de una manera demasiado agresiva, evidentemente con la creencia de que las mujeres que coquetean en bares de gente soltera tenían problemas por su timidez virginal y, en realidad, no quieren decir «no» cuando lo decían. The Omni me proporcionó mis primeras experiencias con respeto auténtico.

Puesto que vemos que algunos de los problemas para conseguir una expresión libre y abierta de nuestra sexualidad individual tiene que ver con el hecho de vivir en una cultura marcada por los roles sexuales, nos ha parecido útil aprender de las personas que han cambiado los límites de lo que significa ser hombre o mujer, o lo que significa elegir parejas del mismo o del sexo opuesto. El pensar sobre diferentes maneras de vivir y amar nos puede ayudar cuando nos planteamos si queremos cambiar algo de cómo vivimos como hombres y mujeres o algo a medio camino.

En la comunidad lésbica vemos qué sucede en un mundo que está compuesto casi completamente por mujeres. Para las mujeres, las relaciones pueden confundirse con su sentido de identidad, especialmente porque en nuestra cultura en su forma más tradicional apenas se permite a las mujeres tener ningún sentido de identidad en absoluto. Así, muchas mujeres actúan como si su vida fuera a perder por completo el sentido sin su relación. La secuencia más común de relación, que vemos magnificada en la comunidad lésbica, es la forma de no monogamia conocida como monogamia en serie. A menudo, la conexión con la pareja futura precede a la ruptura con la pareja del pasado, con el drama correspondiente que presumiblemente hace sentirse más segura que el vasto, desconocido y terrorífico vacío de identidad que entraña ser una mujer que vive como un ser humano sin pareja.

Las lesbianas más jóvenes están cuestionando estas tradiciones y, a menudo, cuestionarlas incluye mirar la no monogamia como una manera de formar relaciones menos insulares. El poliamor lésbico se caracteriza por una gran consideración y atención al consenso y, con ello, a una apertura tremenda a procesar sentimientos, un área en la que la comunidad de mujeres está por encima de la media.

Nuestras hermanas lesbianas también tienen mucho que enseñarnos sobre nuevas maneras de desarrollar el papel de la mujer como iniciador sexual. En la cultura heterosexual, a los hombres se les ha asignado el papel de iniciadores, y son educados para ser sexualmente agresivos, a veces hasta la exageración. En el mundo en que las mujeres se relacionan sexualmente con otras mujeres, rápidamente se hace evidente que si todas nos vemos a nosotras mismas como Bellas Durmientes esperando a que venga la Princesa Azul y nos despierte, quizás tendríamos que esperar cien años. Si no, necesitamos aprender a hacer algo nuevo: flirtear con la mirada, tocar el hombro, acercarse un poco más, o directamente soltar: «Creo que eres realmente atractiva. ¿Te apetece que charlemos?».

El estilo de coqueteo de las mujeres —cuando la timidez no se interpone— tiende a ser directo, con respeto por el consenso, y rara vez es intrusivo o agresivo, porque muchas mujeres ya han tenido experiencia de sobra siendo violadas como para querer seguir por ese mismo camino. Las mujeres tienen preocupaciones serias sobre seguridad y, por eso, tienden a avanzar despacio y avisar de sus intenciones. Puede que sean tímidas en los pasos de la seducción, y más atrevidas una vez se cercioran de que son bienvenidas. Las mujeres tienden a querer un permiso explícito para cada acto en concreto, por lo que su manera de comunicarse podría servir como un excelente modelo para negociar el consenso.

Nos gustaría llamar la atención sobre otra esclarecedora diferencia sobre el sexo entre mujeres. Un encuentro sexual entre dos mujeres rara vez incluye la expectativa de un orgasmo simultáneo, como mucha gente cree que debe provocar el coito pene-vagina, por lo que las mujeres se han convertido en expertas en turnarse. Las lesbianas son expertas de primera categoría en la sensualidad y las relaciones sexuales sin penetración, esas maravillosas formas de sexualidad que no se basan en la penetración con el pene. Cuando se desea penetración, se centran en qué funciona para quien la recibe. Aún está por inventar un dildo que esté obsesionado con sus propias necesidades.

Para ti, mujer u hombre o gay o heterosexual, que has considerado estas opciones, ¡piensa en toda la diversión que podrías tener sin preocuparte nunca de embarazos ni enfermedades de transmisión sexual!

GAYS

La comunidad masculina gay refleja algunas de las imágenes tradicionales de la sexualidad masculina de una manera más intensa. Mientras que algunos hombres gay están realmente interesados en relaciones a largo plazo y en sentar la cabeza, muchos han batido récords como promiscuos de primera categoría. Las saunas gay son el máximo referente en ambientes acondicionados para el sexo en grupo y los contactos sexuales fáciles.

Dossie aprendió sus normas para el sexo en un grupo hombres gay y se alegra de que fuera así. Nosotras dos, de hecho, siempre nos hemos identificado mucho con los hombres gay. Dossie se ve a sí misma como una *drag queen* atrapada en el cuerpo de una mujer y Janet se llama a sí misma *girlfag*, un hombre gay que casualmente tiene pechos y vagina. Puede que esto no sorprenda demasiado, puesto que la comunidad gay masculina ha dado forma siempre a la promiscuidad para que el resto la admirásemos y, quizás, emulásemos.

El sexo masculino gay, como regla general, parte de la presunción de igualdad de poder, sin la dinámica de dominación y negación que tan a menudo impregna las interacciones hombre/mujer. Así, los hombres no tratan generalmente de obtener el consentimiento del otro mediante la manipulación y la presión. Normalmente, la conexión se hace con un acercamiento suave, recibiendo una suave respuesta y sin necesidad de preguntar tres veces. Los hombres gay se fían mucho de su mutua capacidad para decir no, y de que eso es lo que quieren decir cuando lo dicen. Esto hace muy sencillo coquetear, puesto que nunca intentas acercarte por sorpresa y no tienes por qué ser sutil. Se acepta siempre el preguntar igual que se acepta que la otra persona diga no. Esta manera admirablemente directa y simple de aproximarse al consenso no podría ser más recomendable.

Por lo general, los hombres han tenido menos razones que sus compañeras para temer la violación. Aunque sea verdad, y terrible, que hay criaturas de las que se abusa y hombres que son violados, los hombres parecen tener más confianza que las mujeres en su poder para protegerse a sí mismos. Los hombres también tienden a obtener mucho apoyo cultural por ser sexuales. Por lo que aunque el tabú de la homosexualidad puede causarle a muchos hombres gay preguntarse sobre si está bien, o si tienen algún problema u otras formas de homofobia internalizada, ello a menudo no se manifiesta en disfunciones sexuales. Los hombres gay como grupo son realmente buenos a la hora de explorar, y encontrar, qué les hace sentirse bien.

Y son los hombres gay quienes han establecido lo que la mayoría entendemos como sexo seguro. Frente a la epidemia del SIDA, durante la cual mucha gente podía haberse refugiado en una visión negativa del sexo, la comunidad gay se mantuvo firme y continuó creando ambientes donde se pudiese aprender y practicar sexo excitante, creativo y más seguro.

BISEXUALES

A menudo estigmatizadas como «homosexuales incapaces de renunciar a las ventajas heterosexuales» o «heteros explorando su lado salvaje», recientemente las personas bisexuales han comenzado a desarrollar una convincente voz propia y sus propias comunidades.

Observar la teoría y práctica de los modos de vida bisexuales ofrece la oportunidad de explorar nuestras propias suposiciones sobre la naturaleza de la atracción sexual y romántica y nuestro propio comportamiento. Hay bisexuales que han tenido sexo sólo con miembros de un sólo género, pero saben que dentro de sí tienen la habilidad de conectar erótica o emocionalmente con ambos géneros, y por eso se consideran bisexuales; mientras que otras pueden estar teniendo relaciones sexuales con el género opuesto a su elección habitual y aun así considerarse heterosexuales o gays. Hay personas bisexuales que prefieren un tipo de interacción con los hombres y otro con las mujeres, mientras que hay otras que no se fijan en el género. Unas pueden ser sexuales con ambos sexos pero románticas sólo con uno, o viceversa. Y lo mismo a través de todo el espectro de atracciones y elecciones bisexuales. Las personas bisexuales cuestionan muchas de nuestras suposiciones sobre el género, y muchas de ellas te pueden contar la diferencia entre el sexo con una mujer y el sexo con un hombre. Esta información tan interesante y privilegiada nos puede aportar a todo el mundo nuevas historias sobre sexo y género.

La creciente visibilidad de la bisexualidad ha llevado al cuestionamiento de algunas definiciones tradicionales de la identidad sexual. En concreto, estamos teniendo que observar el hecho de que nuestras atracciones sexuales pueden decir una cosa, mientras que nuestra conducta sexual puede decir otra, y nuestra identidad sexual decir otra tercera cosa diferente. Preguntas como estas están diluyendo algunos de los límites tradicionales que ponemos en torno a identidad sexual, para desesperación de puristas de todas las orientaciones. Tus autoras, putones como somos, disfrutamos con este tipo de fluidez y agradecemos la oportunidad para jugar como nos apetece con quien nos guste sin renunciar a nuestras identidades sexuales fundamentales.

El camino de Janet hacia su identidad actual como bisexual ha sido confuso. Fue casi una década después de haber empezado a tener sexo con mujeres cuando empezó a sentirse cómoda empleando el término para definirse a sí misma:

Me repugnaba lo de moda que estaba la «deseada chica bisexual»* y bajo la presión de tener que reclamar una identidad que yo no sentía como apropiada para mí. Y al mismo tiempo, escuchaba algunas opiniones realmente crueles por parte de heterosexuales y homosexuales sobre las personas bisexuales.

Añádele a eso la dificultad que tenía mientras ponía en orden mis propios sentimientos —sabía que mis sentimientos hacia las mujeres eran diferentes de los que tenía hacia los hombres, y no estaba segura de lo que *eso* significaba— y las cosas se volvieron muy confusas. Fruto de todo eso, no fue hasta que supe seguro que era capaz de tener sentimientos sexuales y románticos hacia hombres y mujeres —y hasta que me sentí lo suficientemente fuerte para reclamar la identidad frente a todos aquellos comentarios negativos— que finalmente empecé a llamarme a mí misma «bisexual».

Ahora miro atrás en mi vida y veo que generalmente he expresado mis necesidades domésticas hacia los hombres pero mis sentimientos románticos y sexuales tenían las mismas posibilidades de ser inspirados por un hombre, una mujer o alguien entre lo uno y lo otro. La comunidad bisexual también ofrece más apoyo que heterolandia y gaylandia para mi manera tan ambigua de presentar mi género: algunos días me gusta ponerme lápiz de labios rojo y tacones y otros días pantalones de hombre y zapatos de cordones. Por lo que «bisexual» es la identidad que mejor se adapta a mí, y donde espero estar.

* *Bisexual chic,* en el original. Se refiere a la idealizada «chica bisexual que desea tener sexo con parejas», figura habitual en las fantasías de las parejas hombre-mujer que deciden tener sexo con más personas. Estas chicas son conocidas también como «unicornios» en el ambiente poliamor, por su carácter casi mitológico, dado lo supuestamente difícil que resulta encontrarlas (*Nota del t.*).

En décadas pasadas había relativamente pocos modelos para las relaciones heterosexuales en la cultura popular. El hogar tradicional, monógamo, patriarcal, y centrado en el conformismo y crianza de la prole, se nos presentaba como un ideal sexual y romántico. Tus autoras están muy contentas de haber sobrevivido a esa época.

La heterosexualidad moderna ofrece una plétora de opciones para una feliz promiscuidad, desde triadas en v a largo plazo —donde dos personas tienen relaciones sexuales con una tercera persona que las conecta, pero no entre sí— a sexo lúdico orgiástico, con muchas posibilidades entre medias, incluyendo relaciones abiertas, parejas secundarias, grupos poliamor y familias extensas íntimamente conectadas que a veces llamamos «constelaciones».

En el pasado, las interacciones heterosexuales no monógamas se llamaban «intercambio de esposas», un término con un sesgo machista implícito que nos parece ofensivo. Hoy en día, las personas heterosexuales que buscan sexo sin ataduras fuera de su relación principal recurren a menudo a la comunidad *swinger*. Vale la pena echar un vistazo a estos grupos por lo que tienen que enseñarnos sobre cómo hombres y mujeres heterosexuales pueden interactuar fuera de los límites del «deber ser» de la cultura mayoritaria y monógama.

El *swinging* o intercambio es un término amplio que se usa para definir un amplio abanico de interacciones que varían desde las relaciones de dos a dos de parejas a largo plazo hasta las más salvajes orgías de sábado por la noche. Los *swingers* suelen ser heterosexuales; aunque la bisexualidad femenina es relativamente común, la bisexualidad masculina está mal vista. A menudo son parejas, y más clásicos en sus opiniones políticas, estilos de vida y valores personales que otros tipos de putones. Algunas comunidades *swinger* se limitan a la interacción sexual y disuaden de mantener conexiones emocionales fuera de las parejas principales, mientras que otras animan a toda forma de relación romántica y sexual.

El *swinging* ha ofrecido a muchas mujeres heterosexuales su primera oportunidad de explorar la sexualidad con avidez y libre de culpa. De hecho, a menudo oímos sobre mujeres que van a su primera fiesta *swinger* con una actitud muy reacia, a la segunda con dudas y a las siguientes con expectación. Nos gusta también la sofisticación con la que muchas comunidades *swinger* han desarrollado sistemas de símbolos y conductas para comunicar interés sexual sin ser intrusivo. Un local *swinger* ya cerrado tenía un fascinante código de abrir puertas y ventanas para comunicar cosas distintas: «No os acerquéis», «Podéis mirar pero no tocar» o «Venid y uníos».

COMUNIDAD TRANSGÉNERO Y *GENDERQUEER*

Las personas transgénero se agrupan en diferentes comunidades, y todas tienen mucho que enseñar a quienes se plantean trascender la programación del rol de género. Dossie, en los primeros años de su feminismo, tuvo amistades y amantes transexuales de hombre a mujer que supusieron para ella maravillosos modelos de cómo ser mujer, a menudo realmente ultrafemenina, y aun así ser reafirmativa y poderosa.

Lo que todo el mundo puede aprender de las personas transgénero es que el género es maleable. De las personas que toman hormonas para expresar el género masculino o femenino aprendemos que algunas conductas y estados emocionales pueden tener una relación hormonal. Personas que han vivido partes de su vida en ambos géneros, psicológica y culturalmente, tienen mucho que enseñarnos sobre qué cambia respecto a las hormonas y qué no, y qué características del género se mantienen como algo que se elige voluntariamente sin importar lo que diga el sistema endocrino. Las personas *genderqueer* —quienes deciden vivir sus vidas en algún punto intermedio entre los géneros habituales— están difuminando los límites del género y demostrando cómo puede ser la vida sin un género binario.

Si piensas que esto no tiene que ver contigo, que no tienes ninguna duda con tu género y que es algo inmutable, por favor, ten en cuenta que muchas personas nacen con características de ambos géneros. Dependiendo de la definición que emplees, entre 2 y 17 bebés de cada 1.000 nacen con cromosomas y/o genitales que les sitúan en algún punto entre los extremos del continuo del género. Normalmente no somos conscientes de que esas personas están a nuestro alrededor porque habitualmente se altera su apariencia mediante cirugía en los primeros estadios de la vida. Pero parece que la Madre (¿Padre?) Naturaleza no cree sólo en dos géneros, y tampoco tus autoras. Y sin embargo, una gran cantidad de gente cuyos genitales y cromosomas están completamente alineados con las normas biológicas cree firmemente que viviría más feliz y adecuadamente si se presentara con un género diferente del que el hospital le asignó al nacer. Puede que haya personas así entre tus amistades y familiares sin que lo sepas; a no ser que decidan contártelo.

Las personas transexuales pueden contarnos mucho sobre lo diferente que te trata otra gente si te ven como hombre o como mujer. Forzosamente, las personas transgénero se convierten en expertas en vivir en un mundo muy hostil. Hay que ser una persona con ideas muy claras para enfrentarse a la rigidez de nuestra cultura sobre «hombres de verdad» y «mujeres de verdad». No hay otra minoría sexual con más probabilidades de sufrir las agresiones contra personas LGBT. Fueron en su mayoría personas transgénero, lesbianas *butch* y *drag queens* quienes se rebelaron contra la brutalidad policial en los famosos disturbios de Stonewall de 1969 que dieron pie al movimiento de liberación gay. Las personas transgénero nos pueden enseñar mucho sobre la determinación de ser libre.

TANTRA Y PRACTICANTES DE SEXO ESPIRITUAL

El celibato no es la única práctica sexual de las personas proclives a la espiritualidad. Los ejemplos tempranos de comunidades religiosas basadas en la no monogamia son la Iglesia mormona, la comunidad Oneida, las prácticas del *maithuna* y *karezza* del yoga tántrico, y las prostitutas sagradas de los templos de los primeros adoradores de diosas en el Mediterráneo. El tantra, tal y como lo conocemos hoy en día, es una versión occidentalizada de la práctica tántrica clásica que se enseña en talleres en la mayoría de las grandes ciudades y en muchos libros y vídeos excelentes. Otras tradiciones espirituales/sexuales clásicas se han actualizado para el consumo occidental en prácticas como el Tao curativo y el Quodoushka. Practicantes del paganismo y Radical Faeries se encuentran en festivales y reuniones para celebrar antiguos ritos sexuales como Beltane, o crear sus propios rituales adaptados a estilos de vida actuales, como la sexualidad abierta de las reuniones Faerie o el erotismo más sutil de las danzas sagradas y los tambores.

Estas personas practicantes entienden que el sexo está conectado con lo espiritual. Como dijimos en un libro anterior, «cada orgasmo es una experiencia espiritual. Piensa en un momento de perfecta plenitud, de ti mismo en perfecta unidad, de una consciencia expandida que trasciende la separación de cuerpo y mente y que integra todas tus partes en una consciencia extática ... Cuando aportas conciencia espiritual a tus prácticas sexuales, puedes llegar a ser directamente consciente de —conectado a— la divinidad que siempre fluye a través de ti ... Para nosotras, el sexo es siempre una oportunidad para ver a dios».

PROFESIONALES DEL SEXO

A pesar de lo que hayas oído en televisión o la prensa amarilla, quienes trabajan en el sexo no son todas personas drogadictas desesperadas, mujeres degradadas o depredadoras cazafortunas. Muchas personas —mujeres y hombres— trabajan sanas y felices en la industria del sexo, haciendo un trabajo esencial y positivo curando las heridas que provoca la visión negativa del sexo de nuestra cultura. Son nuestras amistades, amantes, colegas, novelistas, terapeutas y educadores, además de actores, actrices y artistas. Esta gente tiene mucho que enseñarnos sobre establecer límites, comunicación, negociación en el sexo, y maneras de conseguir el desarrollo, la conexión y la satisfacción fuera de la relación monógama tradicional. No imagines que esas conexiones entre profesional del sexo y cliente son necesariamente frías, impersonales o degradantes, o que sólo las personas fracasadas frecuentan la prostitución. Muchas de las relaciones cliente/profesional del sexo se convierten en fuentes de una enorme conexión, calidez y cariño para las dos partes, y duran muchos años. Las personas que practican la profesión más antigua del mundo nos ofrecen la sabiduría de una historia de comprensión, aceptación y satisfacción de nuestros deseos. Son las auténticas expertas sexuales.

Diversidad cultural

Cuando miremos a la diversidad sexual, debemos recordar que vivimos en una sociedad multicultural y que cada cultura en el mundo, cada subcultura, cada cultura étnica tiene sus propias maneras de crear las relaciones, de conectar en el sexo y de construir familias. Todas esas vías son válidas y valiosas.

Uno de los grandes placeres de vivir como un putón es la oportunidad de tener conexiones íntimas con personas cuyas experiencias han sido muy distintas. Cuando lo hagas, te descubrirás tropezando, con algo de vergüenza, con muchas diferencias, igual que Dossie y sus amistades japonesas tropezaban entre sí al pasar por una puerta en Japón, donde los hombres pasan primero. Acostumbrarse a las diferencias puede resultar incómodo, pero cada vez que sucede has aprendido algo nuevo sobre cómo las personas se manejan siendo seres humanos.

Quizás algo que aprendas sea precisamente algo que has estado buscando y que echabas en falta en tu propia cultura. Dossie viene de un pequeño pueblo de New England que había intentado, con poco éxito, convertirla en una joven buena y respetable. Cuando llegó a Nueva York, descubrió culturas en las que las mujeres fuertes eran aceptadas y respetadas: consiguió tener *chutzpah*.* Eso sí que era abrir un abanico completo de posibilidades.

* Palabra hebrea que puede traducirse por valor, audacia, insolencia (*Nota del t.*).

Los límites en la comunicación, la conexión y las relaciones varían de una cultura a otra. La distancia personal también varía enormemente. Dicen que puedes reconocer a una persona euroamericana en una fiesta latinoamericana: es la que está constantemente dando un paso atrás cada vez que alguien se le acerca a hablar porque no deja de situarse demasiado cerca. El volumen varía también: algunas culturas valoran el empleo de un tono bajo y tranquilo, otras son dramáticamente expresivas y, bueno, más ruidosas.

Te recomendamos que busques esas diferencias y dejes de lado tus prejuicios. ¿Esa persona que parece que habla demasiado alto es en realidad capaz de ser más expresiva que tú? ¿Se da cuenta de más cosas esa persona tranquila? ¿Qué inteligencia tiene la persona que no ha leído muchos libros pero entiende cómo funciona tu coche o tu ordenador? ¿Quiénes son esas personas con una increíble confianza en sí mismas que hacen propuestas sexuales abiertamente y con entusiasmo pero que se sienten realmente confundidas cuando las acusas de ligar con demasiada agresividad? Quizás esas personas tienen maneras de conectar de las que podrías aprender.

Es triste, trágico de verdad, que tantas de nuestras comunidades sexuales fallen a la hora de dar la bienvenida a personas de toda la variedad de culturas, razas, géneros, y sexualidades. Cuando ves a las personas a tu alrededor y las descartas —o peor todavía, asumes que sabes todo lo que tienes que saber sobre ellas— por su color de piel, género, manera de hablar, manera de vestir, religión o país de origen, nunca llegarás a oír ninguna de las nuevas y fascinantes cosas que esas personas tienen que contar. Nuestro amigo Jaymes dice: «Creo que cada persona con la que conectas en este planeta tiene algún tipo de mensaje que darte. Si te aíslas del tipo de relación que sea que quiere formarse con esa persona, estás fallando a la hora de recibir tus mensajes...» ¡Y sería una lástima!

Cuando sentimos atracción por alguien que viene de un entorno diferente al nuestro, y no logramos tener esa diferencia en cuenta, estropeamos lo que podría haber sido una gran conexión. Nosotras creemos que aprender de culturas diferentes a la nuestra nos ayuda a aprender a pensar diferente y que ensalzar la diversidad puede expandir enormemente nuestras posibilidades de elección en nuestra propia vida.

Te recomendamos que, cuando estés en compañía de lo desconocido, busques la sabiduría desconocida. Encontrarás mucha, y te enriquecerá.

¿Qué puedes aprender?

Si pensar sobre todo esto te inquieta un poco, no nos sorprende. Lo que estás experimentando es lo amenazante que resulta cuando los límites habituales que das por hecho, y que crees que se aplican a todas las situaciones sociales y sexuales, son muy diferentes de los que acostumbras a tener. No hay unos límites de género o atracción entre personas adultas aceptados universalmente, y los límites de la exploración sexual no nos fueron entregados en tablas de piedra por una autoridad superior.

Cuando ves a personas que tienen el nivel de felicidad y éxito que tú buscas y ves que no se han conformado con los estándares habituales de una relación de pareja heterosexual monógama para toda la vida, empiezas a ver cómo esas cosas pueden ser posibles para ti también, incluso si esas personas no lo están haciendo de la misma manera que tú quieres hacerlo. Reconocer otras culturas sexuales ofrece la oportunidad de ser consciente de tus propias ideas preconcebidas e incertidumbres. Escucha a tus miedos: Tienen mucho que enseñarte sobre ti.

Piensa en The Omni, la vieja discoteca de Dossie. No saber qué es qué puede provocar miedo, pero piensa en ello como una oportunidad para desechar tus ideas preconcebidas y empezar desde cero. Sólo reconociendo todas las posibilidades que existen puedes realmente elegir las que funcionan para ti. Será entonces cuando tendrás la libertad para pensar dónde quieres poner los límites en tu vida, cuáles son tus límites personales y si alguna vez querrás expandirlos.

Aprender y establecer tus propios límites es una gran oportunidad y una gran responsabilidad. El llevar a cabo esa tarea alucinante te hará libre para explorar más allá de tus sueños más descabellados.

5. Luchando contra una visión negativa del sexo

Desde el punto de vista de los putones, el mundo a veces es un lugar peligroso. Mucha gente piensa que está bien llegar hasta donde haga falta para impedirnos ser sexuales.

Algunas personas, fundamentalistas antisexo, intentan convertir amarse en algo peligroso para las mujeres declarando ilegal el control de la natalidad y el aborto, llevándolas a embarazos no deseados y a asistencia sanitaria clandestina. Otras declararían ilegal el acceso a la información sexual, en colegios o en internet, para que nuestra prole no pueda aprender a cuidar de su salud y bienestar y no tenga acceso a un aprendizaje sobre el sexo seguro que les enseñaría cómo evitar la propagación del SIDA. En una desoladora evolución desde la primera edición de este libro, una vacuna que ayuda a prevenir el cáncer cervical en mujeres está encontrando resistencia de gente puritana que cree que inocular a una mujer joven contra el cáncer de alguna manera le anima a tener sexo. Algunas personas que afirman tener la palabra de Dios predican en las ondas públicas que el SIDA es un castigo divino para cualquier sexualidad que se desvíe de lo que ellas consideran que es lo normal. Nosotras encontramos predicar así mucho más obsceno que cualquier forma posible de sexo.

Hay lugares donde algunas personas creen que ser un putón te convierte en blanco de agresiones violentas. ¿Por qué ibas por esa calle con un vestido corto o pantalones ajustados? No es extraño que te hayan violado o atacado. Debe ser culpa de la víctima. Y tienes tanta pinta de maricón que no es raro que esa pandilla decidiese darte una paliza.

También nos consideran blanco para otras formas de opresión. Tener varias parejas sexuales puede ser visto como una buena razón para quitarte todas tus propiedades, tu prole, y tus futuros ingresos en un acuerdo de divorcio leonino. Podrías perder tu trabajo, o la promesa de un ascenso o tu reputación profesional, si las personas equivocadas averiguan algo sobre tu vida privada.

Juicio interior

Esperamos que este examen de los peligros de la promiscuidad pueda llevarte a preguntarte algunas cosas. ¿Cuál es mi experiencia con la opresión y cómo me afecta? ¿A quién tengo que mentirle en mi vida? ¿Cuáles son mis «armarios»? Si miras más en profundidad, puedes preguntarte: ¿Qué presuposiciones he hecho sobre cómo debe ser mi sexualidad? ¿Tengo opiniones sobre lo que hace la gente «buena» y «amable» que acabo dirigiendo contra mi?

Cuando nos juzgamos interiormente de acuerdo a valores culturales impuestos desde el exterior, cuando las mujeres creen que deben ser pequeñas y tranquilas, cuando las personas homosexuales piensan que su elección sexual es una neurosis o cuando creemos que seríamos mejores personas si fuésemos capaces de ser monógamas, eso es opresión interiorizada. Cuando aplicamos esos juicios injustos a personas semejantes, cuando vemos a nuestras amistades *demasiado* putones o *demasiado* libres, eso se llama hostilidad horizontal. Te sugerimos que vuelvas al capítulo 2, «Mitos y realidades», y hagas un listado para ver qué creencias que aprendiste en esta cultura negativa hacia el sexo pueden estar estorbando en tu camino.

La vida en el mundo real es dura

Quienes decidimos llevar nuestras vidas y amores de una manera no convencional probablemente debamos prepararnos para el hecho de que en muchas partes del mundo no nos van a recibir con los brazos abiertos. Aunque por supuesto hay maneras en que puedes protegerte contra algunas de las consecuencias sociales, logísticas y económicas, no podemos garantizar que no va a haber nunca consecuencias. No es fácil ser fácil.

Ex parejas, padres/madres, familia política y otras personas que no comparten tu punto de vista sobre el potencial de las relaciones inclusivas pueden ser hostiles. El amigable sacerdote de tu barrio puede que tampoco sea muy comprensivo. Llevar a tus dos parejas al picnic de la empresa no es una buena manera de asegurar tu ascenso en la jerarquía corporativa. Te recomendamos que extremes el cuidado al elegir con quién «sales del armario». Sí, sabemos que no podrías sentirte más feliz y que quieres compartir tu alegría con el mundo, pero recuerda: no puedes «des-contarlo». Conocemos personas que han perdido el trabajo, la custodia de los niños y mucho más porque las personas equivocadas se han enterado de sus elecciones sexuales.

Quienes alquilan viviendas a veces prefieren no hacerlo a grupos que no se adaptan a la estructura familiar tradicional; aunque esto pueda ser técnicamente ilegal, en nuestra experiencia es algo común, y te sugerimos que te prepares para contar alguna pequeña mentirijilla cuando haga falta. («Sí, es mi hermano adoptivo»). Algunos contratos incluyen cláusulas que autorizan a quien te lo ha alquilado a rescindir el contrato de arrendamiento basándose en «conducta inmoral» o «asociación con persona indeseables» y la mayoría les permite echarte por conductas ilegales, que en algunos estados incluye el sexo extramatrimonial.

De manera similar, es mejor que mantengas fuera del trabajo tus acuerdos personales sobre amor y sexo; nosotras dos hemos perdido trabajos y clientes por ser quienes somos. Mientras que algunas ciudades y estados ofrecen algún tipo de protección a las personas que son gays, lesbianas o transgénero, no sabemos de ninguno que garantice los mismos derechos para los putones. A menos que tengas la absoluta certeza de que tu superior o colega en el trabajo está a favor de los putones —no solamente que sea gay, o una persona estupenda con un gran arsenal de chistes verdes, o alguien que solía acostarse con cualquiera en la universidad— nosotras recomendamos un armario espacioso y bien protegido.

Acuerdos legales

Si tú y tu(s) pareja(s) estáis viviendo en una estructura similar al matrimonio, con expectativas de compartir propiedades, asegurar el bienestar mutuo en caso de enfermedad o muerte, criar prole o llevar un negocio a medias, recomendamos firmemente documentación legal oficial para tu estado e intenciones. Las terroríficas historias de parejas separadas mientras uno de los miembros está en el hospital, en las que uno se queda sin un céntimo y sin techo, tras una larga relación, después de una muerte inesperada del otro, las de personas que han criado a la que era su prole en todos los sentidos menos en el de sangre y que pierden a su criatura huérfana, que se la acaban quedando familiares del otro miembro de la pareja o ex pareja, y tantas otras, deben ser suficientes para convencerte de que es el momento de convertir todo esto en oficial.

Legalmente no tienes la propiedad de tus criaturas, y los acuerdos legales que puedes hacer sobre ellas están limitados por ese hecho. Puedes utilizar tu testamento para expresar tus deseos sobre quién cuidará de tu descendencia después de tu muerte, pero el tribunal no está obligado a cumplir tus deseos. En algunos casos, la prole de uno de los miembros de la pareja puede ser adoptada por el otro como su prole adoptiva. Pero tu prole no es tu propiedad, y no puedes entregárselos a cualquier persona que elijas. Los estados que no permiten adoptar a las parejas homosexuales también se resisten a la adopción por el segundo miembro de la pareja, lo que significa que si eres la tercera persona en criar a tu bebé desde su nacimiento, tienes menos derechos que cualquier miembro de un segundo, tercer o decimoquinto matrimonio.

Aparte de eso, es posible, y no difícil, redactar contratos completamente legales para documentar vuestros acuerdos sobre asuntos de la relación. Janet y su pareja anterior decidieron no casarse legalmente aunque, siendo una pareja de sexo opuesto, podían haberlo hecho; en lugar de eso, usaron un manual de leyes para delimitar sus acuerdos legales con poderes notariales y testamentos.

Presta especial atención a los poderes legales revocables para finanzas y atención médica, y a los testamentos. Mientras que la ley no apoya todo lo que un entusiasta putón puede querer hacer con su dinero y propiedades, tus posibilidades de tener tus deseos amparados por la ley pueden mejorar mucho si los expresas de una manera formal y legal.

Si tus acuerdos son particularmente complicados, o si hay implicadas cosas de gran valor (como mucho dinero o un negocio exitoso), puede que quieras ir más allá del nivel hazlo-tú-mismo y contactar con un abogado. Si tienes esa cantidad de dinero, probablemente sabes mucho más de esto que nosotras.

No tenemos ni el espacio ni el conocimiento para contarte todas las maneras en que todas las personas con sexualidades no tradicionales pueden organizar sus vidas. Pero, por favor, no asumas que tus buenas intenciones, tu amor sincero y ser una persona maravillosa te protegerán. Los putones no se pueden permitir ese lujo. Haz tus tareas y pon la ley de tu lado.

6. Infinitas posibilidades

La primera edición de este libro llevaba el subtítulo «Una guía para infinitas posibilidades sexuales». Ahora que somos más mayores y un poco más sabias, una afirmación tan generosa parece un poco limitadora: la promiscuidad significa infinitas posibilidades de todos los tipos, no sólo sexuales. Si piensas que un «putón célibe» es una contradicción de términos, tenemos algunas sorpresas reservadas para ti: la promiscuidad reside en el cerebro, no entre las piernas, y puede encajar confortable y alegremente en la relación consensuada que sea y en el patrón de relación que tú elijas.

Asexualidad y celibato

La gente que dice «no, gracias» al sexo se está convirtiendo en una minoría cada vez más visible. La asexualidad se refiere a las personas que simplemente no experimentan atracción sexual, y celibato a quienes sienten atracción pero prefieren, por la razón que sea, no actuar en consecuencia. Nosotras pensamos que cualquier clase de libertad sexual debe incluir la libertad de *no* tener sexo, sin que la persona sea molestada o patologizada.

Tradicionalmente, el celibato ha ofrecido un camino para que la gente se centrase en asuntos intelectuales o espirituales, sin la distracción de la lujuria de la carne. Si estás en una búsqueda espiritual, o trabajando en tu tesis doctoral, o pasando por un cambio importante en tu vida, el celibato a corto o largo plazo puede ofrecerte un medio para delimitar en qué te centras durante un tiempo.

De la misma manera, las personas a quienes el sexo o las relaciones les ha causado problemas pueden elegir un periodo de celibato como un camino hacia el autoexamen: «¿Qué tipo de persona soy cuando soy yo sólo para mí?». Dossie fue célibe por esta razón durante cinco meses, después de abandonar a su pareja que la maltrataba, y luego irrumpió en el feminismo y la promiscuidad consciente.

Algunas personas son célibes pero no por elección: las que están en la cárcel, enfermas o discapacitadas, geográficamente aisladas, socialmente inhábiles o menores de edad pueden tener problemas para encontrar parejas para el sexo consensuado. Otras son célibes simplemente porque no tienen, por la razón que sea, ganas de ser sociables o sexuales durante una temporada, o quizás para siempre.

No vemos «ser un putón célibe» o «putón asexual» como una contradicción en absoluto. Hay infinitas maneras de relacionarse —románticamente, íntimamente, domésticamente, etc.— y si has abierto tu vida y corazón a tantas de esas maneras como sea posible, estás de nuestro lado.

Relaciones platónicas, también conocidas como amistades

Un amigo nuestro nos vuelve locas quejándose: «¡No tengo una relación... sólo todas estas *amistades*!». Tenemos noticias para él, y para ti; la amistad *es* una relación, una relación importante que ofrece tremendas oportunidades para lo que más necesitamos en nuestras relaciones: intimidad, compañía, apoyo en los malos momentos, y otras cosas.

Nos divierten las personas escépticas respecto a la promiscuidad, a menudo mujeres heterosexuales, que se sienten horrorizadas por la idea de amar a más de una persona... y quienes de todos modos tienen una amistad del alma, alguien con quien comparten sus secretos más ocultos, que puede ser una parte tan importante de sus vidas como su pareja o amante. Si tienes una pareja y una amistad del alma que no son la misma persona, ya estás poniendo en práctica muchas de las habilidades de la promiscuidad puesto que manejas las necesidades de cada una de intimidad, tiempo y cariño.

Sexo amistoso

Si una de esas buenas, íntimas amistades se convierte en amante... ¿qué sucede entonces? ¿Estropeará la amistad? ¿Llevará a algo más, algo que amenaza otra parte de tu vida? Estas son las preocupaciones de muchas personas cuando se encuentran con la posibilidad de tener sexo con sus amistades por primera vez.

La prohibición social de tener sexo con nuestras amistades es una derivación inevitable de la creencia de la sociedad de que la única razón aceptable para tener sexo es que conlleve una relación monógama similar al matrimonio. Creemos, por el contrario, que la amistad es una razón excelente para tener sexo y que el sexo es una manera excelente de mantener la amistad.

Pero la cultura monogamocéntrica afecta a todo el mundo. En la vida en soltería, podemos cumplir las normas del Mundo de las Aventuras de Una Noche, en el que te vas a casa con alguien que has conocido esa noche y tienes algo de sexo ardiente; a la mañana siguiente os miráis mutuamente y decidís si la relación tiene potencial de relación para toda la vida. Si no, te vas, con vergüenza, y la regla no escrita es que nunca volverás a estar a gusto con esa persona valorada-en-la-balanza-y-que-no-daba-la-talla. El sexo entendido como un casting es perjudicial para las personas y para las relaciones. Sucede así porque la mayoría de la gente no tiene un guion para la intimidad sexual en el término medio entre una persona completamente desconocida y el compromiso total.

¿Cómo aprendes a compartir intimidad sin enamorarte? Te propondríamos que nosotras sí amamos a nuestras amistades y, particularmente, aquellas con las que compartimos sexo; esos individuos son nuestra familia, a menudo más permanentes en nuestras vidas que los matrimonios. Con la práctica, podemos desarrollar una intimidad basada en la cordialidad y respeto mutuo mucho más libre que la desesperación, necesidad o la locura ciega de enamorarse. De ahí que las relaciones entre «amistades con beneficios» sean tan inmensamente valiosas. Cuando reconocemos el amor, respeto y aprecio que compartimos con amantes con quienes nunca nos casaríamos, la amistad sexual se convierte no sólo en posible sino en la preferida. Así que mientras estás preocupándote de que tu deseo sexual podría costarte tus mejores amistades, un putón más experimentado podría estar preguntándose por qué eres la única amistad a la que no se ha follado.

Dossie, al principio, cuando fue feminista, hizo votos por mantenerse sin pareja durante cinco años para averiguar quién podía ser ella cuando no estaba intentando ser la «señora» de alguien. Tuvo muchas relaciones maravillosas durante esos años, un abanico de intimidades, incluido el compartir la crianza de los niños y la convivencia, y arreglar coches y, por supuesto, una gran cantidad de un sexo maravilloso y mucho cariño. Decidió que si se aseguraba de ser cariñosa, para dejar saber a las personas lo que le gustaba de ellas, la mayoría encontraría la manera de estar cómoda con ella sin necesitad de ser territoriales; y funcionó. Su búsqueda le ayudó a descubrir nuevas maneras de estar en el mundo como mujer, y como ser humano sexual; la base de quien ella es y de lo que enseña hoy en día.

Cada relación busca su propio nivel, y lo encontrará si le dejas. Como el agua, tú y la persona de la que te has encaprichado podéis fluir en unión mientras permitáis que suceda de la manera que os vaya mejor.

Vivir sin pareja

Para algunos putones, no tener pareja puede ser una situación temporal entre relaciones, un período recomendado para reponerse de una ruptura reciente, o un modo de vida a largo plazo elegido voluntariamente. Estar sin pareja es una buena manera de llegar a conocer quién eres cuando no estás intentando encajar como la otra mitad de alguien; aprender a vivir a solas contigo y disfrutarlo te da mucho para compartir con tu pareja cuando decides tener una. La promiscuidad sin pareja tiene sus propias alegrías y retos, por lo que le dedicaremos mucho más espacio más adelante en este libro.

Las personas sin pareja pueden salir con varias personas de diferentes maneras. Una característica distintiva es la distancia a la que mantienes a tus amantes. Por lo que una forma de promiscuidad sin pareja incluye el tener amantes que no tienen interacción, y desde luego nada de información, entre sí. Esto evita complicaciones a costa de limitar ciertos tipos de intimidad, como la oportunidad de apoyo mutuo y el desarrollo de una comunidad.

O puedes elegir el presentar a tus amantes entre sí, quizás almorzando un domingo. Esto puede parecer una locura, o imposible, o una receta para el desastre, pero no lo critiques si no lo has probado. Tus amantes tienen mucho en común —tú, por ejemplo— y podrían gustarse mutuamente. Presentar a tus amantes ayuda a prevenir uno de los aspectos de los celos que más miedo da, que es esa parte en la que te imaginas que la otra persona que está con tu pareja es más alta, más delgada, más inteligente, más deseable y preferible que tú en todos los sentidos. Cuando conoces a la otra persona o cuando tus amantes se conocen mutuamente, conocen personas reales, con todos sus defectos y muy a menudo el encuentro termina con más sensación de seguridad.

Presentar a tus amantes mutuamente también hace posible el desarrollo de una comunidad, o de una familia extensa, con personas íntimamente conectadas a través de lazos sexuales y personales. A medida que más personas conectan entre sí de maneras distintas, incluyendo la sexual, se forman redes y puede evolucionar hacia algo que recuerda a un clan o a una tribu. En ese momento la cuestión sobre si presentar a tus amantes puede resultar obsoleta, puesto que puede que ya se conozcan entre sí.

Si no tienes pareja y tienes un modo de vida sexual abierto, debes prestar atención a cómo estás cubriendo tus necesidades sexuales, emocionales y sociales. Puedes hacerlo de infinitas maneras. Lo importante es darte cuenta de tus necesidades y anhelos, para así poder cubrirlos siendo completamente consciente de ello. Si finges no tener necesidades de sexo, de cariño, de apoyo emocional, te estás mintiendo: terminarás intentando cubrir tus necesidades a través de métodos indirectos que no funcionan muy bien. Las personas que hacen esto suelen ser llamadas manipuladoras o pasivo-agresivas, términos, en nuestra opinión, para personas incapaces de conseguir que cubran sus necesidades de una manera directa. No dediques tu vida entera a lanzar indirectas y esperar.

Cuando comprendas qué es lo que quieres y lo pidas, te sorprenderá lo a menudo que la respuesta es «sí». Piensa el alivio que podrías sentir cuando alguien te pida apoyo, o un abrazo, o te deje saber de otra manera cómo satisfacerle. Piensa en lo competente y simplemente bien que te sientes cuando de verdad puedes ayudar a otra persona, sea ofreciendo un hombro sobre el que llorar o esa estimulación perfecta que lleva a un orgasmo perfecto. Dale a tus amistades la oportunidad de sentirse bien satisfaciéndote a ti también.

Vida en común

Hay múltiples formas de relaciones abiertas para quienes tienen pareja, incluyendo la monogamia en serie, en la que las parejas que se tienen están separadas en el tiempo, y la tan popular no monogamia no consensuada, conocida también como infidelidad. Nosotras pensamos que estos modos de vida son amor libre inconscientemente, pero tus autoras se sienten más libres y más seguras cuando aman abiertamente.

Es axiomático que las relaciones abiertas funcionan mejor cuando en una pareja se cuidan el uno del otro y de su relación en primer lugar, antes de incluir a otras personas en su dinámica. Por lo que la pareja de putones debe estar dispuesta al trabajo que explicaremos más adelante en este libro para comunicarse bien y manejar los celos, inseguridad y territorialidad siendo plenamente conscientes. Las parejas necesitan saber y comunicar sus límites, llegar a acuerdos y mantenerlos, y respetar sus propias y mutuas necesidades. Las parejas necesitan también asegurarse de nutrir su propia conexión para mantenerla feliz, en buen estado y satisfactoria.

Las parejas pueden tener una relación secundaria aparte de la principal, o un cierto número de amantes sin organizar en ninguna jerarquía. Las relaciones varían respecto a lo estrechas o distantes que son emocional y físicamente, y respecto a cuánto contacto hay. Algunas pueden ser a corto plazo, mientras que otras pueden durar varios años o incluso la vida entera; algunas pueden suponer quedar dos veces a la semana, otras dos veces al año.

Las parejas nuevas en la no monogamia tienden a gastar mucha energía en definir sus límites. Normalmente, al principio se centran más en lo que no quieren que haga su pareja —las actividades que les hacen sentir, por alguna razón, inseguras o directamente aterrorizadas— que en sus auténticos deseos. Para muchas parejas marcar esos límites constituye un primer paso necesario al entrar en el desconcertante mundo de la promiscuidad. De todos modos, según las parejas van perfeccionando su gestión de los límites de la relación, tienden a centrarse más en lo que les *gustaría* disfrutar, y entonces buscan la estrategia para hacerlo más seguro. Cómo crear y seguir esta curva de aprendizaje se aborda con detalle en el capítulo 16, «Abrir una relación existente».

Una mujer que conocemos tiene un estilo de vida que consiste en tener dos parejas principales a largo plazo, una de cada género, tejiendo una red inmensa con sus otras parejas y las parejas de sus parejas principales. Sus relaciones han durado muchos años, desde criar su prole, y sus ex parejas son aún miembros activos de su familia extensa.

En algunas relaciones abiertas, cada miembro de la pareja busca amantes por su cuenta, a menudo llegando a acuerdos sobre quién y cuándo va a ligar a qué discoteca, o teniendo cuidado para evitar encontrarse mutuamente en internet o en anuncios de contactos. Pueden hablar de sus aventuras entre ellos y, ocasionalmente, presentar sus amantes a la pareja con la que conviven.

Otras parejas buscan parejas similares de manera que puedan jugar juntas, sea como cuarteto o intercambiando parejas, con personas que han conocido y elegido a la vez. Muchas parejas poliamor llevan bien un estilo de vida buscando relaciones con parejas que se parezcan a ellas, que compartan sus principios y límites. Estos emparejamientos de parejas pueden convertirse en relaciones para toda la vida y generar a la vez sexo ardiente y una interconexión auténticamente familiar.

Más de dos

Las personas pueden comprometerse con otras en números mayores de dos. El nivel de compromiso puede variar, como cuando una pareja ya existente adquiere un compromiso con una tercera persona, o incluso una cuarta. Las relaciones que suman e inevitablemente pierden miembros con el tiempo tienden a formar estructuras muy complejas, con nuevas configuraciones de roles familiares que generalmente inventan mediante los aciertos y los errores. Los individuos que se unen como trío o cuarteto pueden encontrar sus roles según la familia se desarrolla, crece y cambia en el tiempo: la persona que se siente como la «madre» del grupo este año, con el tiempo, puede convertirse en «criatura» o «papá», o con cada una de las relaciones.

Las tríadas permiten a tres amantes de uno o ambos géneros formar una unidad familiar. Algunas personas crecen en familias triádicas o cuadráticas según se involucran más profundamente con uno o más de los miembros que empezaron como relaciones externas. Otras buscan activamente miembros para matrimonios en grupo, para satisfacer su ideal del tipo de familia en el que quieren vivir. Hemos oído de personas que se identifican como «trisexuales» por lo compenetradas que están con la idea de vivir y amar como parte de un trío.

El equilibrar tríadas puede requerir de mucho esfuerzo, como en los *ménage à trois,* donde hay realmente tres parejas, A y B, B y C y B y A, y cada una de esas relaciones será diferente. En una tríada, como con la prole de una familia, no todas las relaciones estarán al mismo nivel al mismo tiempo; hemos oído hablar de largas discusiones sobre qué miembro de una tríada debe ir en el asiento de atrás del coche. Si te bloqueas en forzar las relaciones a que sean exactamente iguales entre sí, puede que te oigas sonando igual que una criatura llorando porque a su hermana le dieron un trozo más grande de pastel (o, en nuestro mundo adulto, el primer orgasmo). En todas las formas de la promiscuidad ética, pero quizás especialmente en las tríadas, resulta vital encontrar maneras de trascender la competencia: hay suficiente de todo para todo el mundo.

Jerarquías y alternativas

A muchas personas poliamor les gusta usar la terminología jerárquica para definir sus relaciones; las que viven en una situación similar a un matrimonio son «principales», las personas a las que quieren pero con quienes no viven son «secundarias», las personas con quienes disfrutan (a menudo sexualmente) pasando el tiempo, pero de quienes no están necesariamente enamoradas, son «terciarias».

Aunque esta terminología es la dominante, y a veces útil para resumir, a nosotras nos preocupa un sistema que clasifica de manera inherente a las personas que hay en nuestra vida. Janet dice: «E es mi pareja a largo plazo y Dossie mi coautora. Si me voy a comprar una casa, E es la persona más importante; si voy a escribir un libro, lo es Dossie. Cada cual tiene su propio lugar en mi vida. ¿Por qué tengo que clasificarlas?».

Círculos y tribus

Círculo es la palabra que usamos para el conjunto de conexiones dentro de un grupo de personas que realmente podría parecerse más a una constelación, con algunas personas cerca del centro y conectadas con otras, y otras cerca del exterior y conectadas sólo a una o dos y, quizás, siendo también parte de otra constelación. (Nos gusta la palabra constelación, ¡porque en una constelación todo el mundo es una estrella!). Estas constelaciones pueden ser informales o pueden convertirse en un clan familiar, con medidas previstas para la crianza de la prole, ganarse la vida, cuidar de las personas enfermas o mayores y comprar propiedades.

El doctor James Ramey, en su maravilloso libro *Amistades íntimas*, documentó sus observaciones de que la no monogamia tendía hacia la formación de lo que él describió como redes de parentesco, comunidades unidas por la intimidad de sus conexiones sexuales, quizás desempeñando las mismas funciones que tuvieron las aldeas cuando el mundo era más pequeño. Algunas de nosotras le hemos tomado gusto a referirnos a nuestros grupos como tribus.

Los círculos de amistades sexuales son habituales: los hombres gay llaman a esos amigos «follamigos». Esos círculos pueden ser abiertos y dar la bienvenida a nuevos miembros, normalmente traídos por otros miembros. Cuando formas parte de uno de esos círculos, las nuevas relaciones de cualquier miembro son potenciales amistades y miembros de tu propia familia, con lo que el foco pasa de la competencia y la exclusividad a un sentido de inclusión y bienvenida, a menudo realmente acogedor.

Otros círculos son cerrados, es decir, los nuevos miembros son bienvenidos si los miembros existentes están de acuerdo. A veces los círculos cerrados se crean como estrategia de seguridad frente a la infección por VIH y otras enfermedades de transmisión sexual, y para gestionar la alienación en un mundo superpoblado. En un círculo cerrado, la idea es que puedes jugar con cualquiera en el círculo (todos han llegado a acuerdos mutuos sobre sexo seguro y, quizás, se sabe el estatus de VIH de todo el mundo), pero que no tienes sexo con nadie fuera del grupo. Así, puedes jugar con varias relaciones a la vez y aun así mantenerte dentro de un ámbito limitado. Ese estilo de vida es conocido a veces como «polifidelidad».

Sexo en público

Putones de cualquier tipo pueden disfrutar del sexo en grupo. Hay espacios para orgías, casas para fiestas, clubs para sexo, espacios para *swingers*, saunas gay o los *glory holes* están disponibles en muchas ciudades grandes, de muchas formas y prestan servicio a todas las preferencias sexuales. Te contaremos todo sobre ellas más adelante. Un espacio para el sexo en grupo puede resultar un terreno seguro para que una pareja no monógama pueda explorar. Pueden asistir a fiestas las dos personas juntas o por separado, ligar una de ellas sola o ambas en pareja, conocer a sus amistades mutuas, y jugar con variedad de personas mientras mantienen entre sí la conexión con la que se sienten a gusto. De esta manera, el sexo fuera de la relación principal se define por el entorno en el que tiene lugar.

Los espacios para sexo en grupo desarrollan a menudo sus propias familias, personas que acuden regularmente, se conocen, y pueden compartir otras actividades, como enormes comidas el Día de Acción de Gracias. La película *Servicios muy personales* nos muestra una acogedora y maravillosa reunión en Navidad de una familia así en un prostíbulo británico dedicado al sadomasoquismo.

Estas son algunas de las maneras en las que los putones han elegido organizar sus vidas y amores. Puedes elegir una, o varias, o inventar la tuya propia. Las estructuras de las relaciones deben ser diseñadas para que se adapten a las personas, en lugar de elegir a las personas que encajen en una idea abstracta de lo que es una relación perfecta. No hay una manera correcta o equivocada de hacerlo, mientras todo el mundo se lo esté pasando bien y tenga sus necesidades cubiertas.

SEGUNDA PARTE: LA PROMISCUIDAD EN LA PRÁCTICA

7. Abundancia

Muchas actitudes tradicionales hacia el sexo se basan en la creencia no escrita de que no hay suficiente de *algo* —amor, sexo, amistad, compromiso— para todo el mundo. Si lo crees, si crees que hay una cantidad limitada de lo que quieres, puede parecerte muy importante reclamar tu parte. Puede que creas que tienes que separar tu parte del resto de la gente, porque si es una cosa tan buena, probablemente alguien está compitiendo contigo por ello (¡cómo se atreven!). O puede que creas que si alguien más consigue algo, eso significa que habrá menos de ese algo para ti.

Tener suficiente

Queremos que todas las personas que nos leen consigan todo lo que quieren. Aquí están algunas ideas que podrían ayudarte con algunos de los obstáculos en el camino.

Nosotras llamamos a esa manera de pensar «economías de la escasez». A menudo las personas aprenden sobre la economía de la escasez en la infancia, cuando padres/madres poco o nada accesibles emocionalmente nos enseñan que debemos trabajar duramente para cubrir nuestras necesidades emocionales por lo que, si relajamos nuestra vigilancia durante incluso un instante, alguien o algo misterioso puede quitarnos el amor que necesitamos. Puede que alguno de nosotros haya experimentado incluso hambre real (si no te servías primero, tu hermano se quedaba todas las patatas), o abandono absoluto, o privaciones, o malos tratos. O podemos aprender economías de la escasez más adelante en la vida, de amantes, parejas o amistades manipuladoras, que no daban cariño o eran maltratadoras.

Las creencias adquiridas en la infancia están normalmente enterradas profundamente y son difíciles de ver, tanto en los individuos como en nuestra cultura. Así que quizás tengas que fijarte mucho para ver el patrón. Puedes verlo un poco en el tipo de competiciones de quejas en las que algunas personas se enzarzan: «Chico, qué día más malo he tenido». «Si crees que tu día fue malo, espera a oír sobre el mío». Como si hubiera una cantidad limitada de compasión en el mundo y la única manera de conseguir la cantidad que se te debe es competir por ella. O recuerda cómo te sentiste mirando el último trozo de un pastel muy bueno, salivando disimuladamente, lo que te convirtió en una persona avariciosa, territorial y egoísta. ¿Cuándo está bien desear algo? La gente cree que si quieres a Juan eso significa que debes querer menos a María, o que si te comprometes con tu relación de amistad con alguien, debes tener menos compromiso en tu relación con tu pareja. Y, de todas maneras, ¿cómo sabes que eres el Número Uno en el corazón de tu pareja?

Esta manera de pensar es una trampa. Sabemos, por ejemplo, que tener una segunda criatura no significa generalmente que una madre quiera menos a la primera, y que la persona que tiene tres mascotas no le da necesariamente a ninguna de ellas menos cariño que la que tiene una. Pero cuando tiene que ver con el sexo, el amor y el cariño es duro para la mayoría de la gente creer que más para ti no significa menos para mí y, a menudo, nos comportamos como si un hambre atroz estuviese a la vuelta de la esquina si no acaparamos algo de amor ahora mismo.

SOLTARSE

Superar los miedos a la escasez del pasado puede ser uno de los mayores retos de la promiscuidad ética. Requiere un enorme acto de fe: debes no aferrarte a algunas cosas que sientes como tuyas, confiando que serán remplazadas de sobra por un mundo generoso. Necesitas ver claro que te mereces amor, cuidados, cariño y sexo. Si el mundo no ha sido tan generoso contigo en el pasado, esto puede resultar muy difícil.

Desafortunadamente, no te podemos prometer que el mundo será generoso contigo. Nosotras creemos que lo será, que si eres menos absorbente con el amor que ya es tuyo, obtendrás más, de la persona que amas y quizás también de otra gente. Sin duda a nosotras nos ha funcionado. Pero, sobre todo al principio, el deshacerse de las economías de la escasez te puede dar la sensación de volar en el trapecio: tienes que dejar ir la seguridad que tienes, confiando que al final del salto siempre habrá algo que te recoja.

¿Hay una red de seguridad en esta especie de acto temerario? Bueno, sí, pero va a requerir otro acto de fe... porque la red eres tú, la confianza que tengas en ti, los cuidados que te des, tu habilidad para pasar tiempo en tu propia compañía. Si estar a solas te resulta insoportable, puede que te resulte imposible armarte del valor que hace falta para renunciar a lo que es «tuyo».

Por otro lado, ¡qué sensación de libertad más increíble es darse cuenta de que hay suficiente amor, sexo, compromiso, apoyo y cuidados para todo el mundo! Janet solía pasar las noches que su pareja salía con otra persona concertando una cita con alguna de sus otras relaciones, y así no tenía que estar sola. Hoy ella dice: «Sé que esa opción está ahí si la quiero, pero mucho más a menudo elijo pasar ese tiempo conmigo misma, disfrutando de la oportunidad de la autocomplacencia solitaria». Sabiendo que el mundo ofrece compañía de sobra, ella se siente suficientemente segura como para no necesitar consuelo.

LOS LÍMITES DEL MUNDO REAL

Frente a las economías de la escasez, algunas de las cosas que deseamos son *realmente* limitadas. Sólo hay veinticuatro horas al día, por ejemplo; así que intentar encontrar tiempo suficiente para hacer todas las maravillosas cosas de putón que nos gustan, con todas las personas que nos importan, puede ser todo un reto y, a veces, un reto imposible.

El tiempo es el mayor límite real que encontramos al intentar vivir y amar como queremos. Este problema no es exclusivo de los putones; la gente monógama también tiene problemas para encontrar tiempo para el sexo, la compañía y la comunicación.

Una planificación meticulosa puede ayudar. Si todavía no llevas una detallada agenda con tus citas o un calendario digital, ahora es un buen momento para empezar. Respetar las realidades de la vida de cada uno y ser flexibles es importante. A veces hay crisis: una criatura enferma, una emergencia en el trabajo o incluso otra relación que necesita compañía y consuelo en un momento particularmente malo. Puede que también quieras dedicarle algo de tiempo a pensar cuánto tiempo necesitas para cubrir tus necesidades: ¿Necesitas realmente quedarte a dormir y desayunar en compañía por la mañana, o sería igual de bueno una hora o dos de abrazos y charla?

Sea cual sea la manera en que organizas tu horario, recuerda que todas las personas implicadas necesitan saberlo, y que eso puede incluir el pensar en más personas de las que sueles hacerlo. Un amigo nuestro, que no informó a una de las relaciones de su esposa sobre un compromiso que afectaba al horario de ella, se quejaba: «Sé que se lo dije a *alguien*».

No olvides reservar un tiempo para relacionarte con tu pareja y jugar con tus criaturas. Y no te olvides de ti: muchos putones ven importante programar algún tiempo a solas para descansar y reponerse. Janet, cuando vivía en grupo en una casa estilo la estación Terminal Grand Central, tenía un acuerdo con su novia de que podía usar ocasionalmente la casa de su novia para retiros solitarios —un regalo valioso y poco habitual— cuando no estuviese en la ciudad. El espacio es otro límite de la vida real para mucha gente. Pocos putones tenemos tanta suerte como para vivir en mansiones con tantas habitaciones que algunas se puedan dedicar exclusivamente al sexo. Si estás en tu dormitorio con tu amante, y la pareja con la que convives tiene sueño y se quiere ir a la cama, tienes un problema. Dormir en un sofá estrecho en tu propia casa mientras tu pareja se entretiene en tu cama con otra persona puede estar incluso más allá de los límites del putón más avanzado. Cuando compartes tu dormitorio u otro espacio de juego con tu pareja o amante(s), sugerimos que cerréis acuerdos claros con tiempo suficiente antes de una cita y que os atengáis estrictamente a lo acordado. Una pareja a la que entrevistamos nos dijo: «Tener dos dormitorios es una necesidad innegociable en nuestra relación; no seríamos capaces de llevar este estilo de vida sin ellos».

Una vez Dossie tuvo una relación muy especial con una mujer que vivía con su pareja al otro lado del continente. Les gustaba reunirse durante fines de semana enteros cada seis semanas o así, ¿pero dónde? Parte de este libro fue escrito en una cabaña en el campo, donde las dos nos retiramos para escribir y para tener un sitio muy discreto donde poder ser muy ruidosas. Una habitación de hotel también puede ser una buena solución.

Las posesiones también pueden ser un problema. Es natural que queramos compartir nuestras cosas con las personas que nos importan. Pero esta necesidad puede causar problemas cuando las propiedades —dinero, comida, arte, juguetes sexuales— pertenecen, legal o emocionalmente, a más de una persona. Si hay alguna posibilidad de que alguien tenga un sentimiento de posesión sobre algo, recomendamos enérgicamente hablar detenidamente con esa persona antes de que compartas el asunto con alguien más. Esta regla a veces es simple: no dejes que tu amante se termine el cartón de leche cuando tu pareja tenía pensado beber leche en el desayuno. A veces, de todos modos, es complicado. Aunque técnicamente tengas el derecho a dar un regalo que te hizo otra persona, la esposa que ve la corbata de su marido, que fue el regalo del

Día del Padre, en el cuello de su amante puede sentirse comprensiblemente molesta. Del mismo modo, es buena idea pedir permiso para compartir una cosa que fue hecha para ti por tu amante, o algo que comprasteis en pareja durante un día íntimo de compras en vuestro aniversario. Muchos putones, por razones de higiene y/o apego emocional, separan aparte ciertos juguetes sexuales para usarlos sólo con una persona: mi vibrador, el dildo de Harry. Prestar o dar dinero que es propiedad común sin hablarlo antes con quien se comparte la propiedad es, esperamos que no haga falta decirlo, inaceptable.

ECONOMÍAS SEXUALES

La «tiranía de la hidráulica» es la frase de Dossie para hablar de las realidades biológicas que rigen muchos aspectos de la sexualidad. Aunque podría ser agradable pensar que eres un supermán sexual que puede producir erecciones continuamente disponibles *ad infinitum*, ninguna de las dos ha conocido nunca a un hombre así. Una persona que está deseando tener actividades sexuales convencionales con un amante masculino puede resultar comprensiblemente decepcionada si lo encuentra no disponible por haber eyaculado antes ese día con otra persona. E incluso la mujer más multiorgásmica no puede estar caliente continuamente.

Por lo general, este tipo de problemas pueden solucionarse reajustando tus expectativas sobre qué es el sexo: ¿realmente se necesita siempre una erección? ¿Un orgasmo? ¿Una eyaculación? Las personas practicantes de yoga tántrico han desarrollado maneras en las que los hombres pueden experimentar un orgasmo sin eyaculación. Estas estrategias son sólo algo útiles para el control de natalidad y sexo seguro y, sin duda, no son un sustitutivo para los condones. Pero tienen un maravilloso efecto secundario: los hombres que aprenden a tener orgasmos sin eyaculación son capaces de tenerlos muchas veces, como las mujeres. Quienes practican otros muchos tipos de sexo han desarrollado maneras en las que putones entusiastas pueden dar a sus parejas uno o muchos orgasmos y disfrutar de un banquete de placeres sexuales ellos mismos, independientemente de su nivel de excitación psicológica.

Las erecciones pueden ir y venir, pero el resto del sistema nervioso funciona prácticamente todo el tiempo. Antes de que pierdas la fe en el poliamor por culpa de la tiranía de la hidráulica, te sugerimos que investigues al menos algunas de estas posibilidades (capítulo 21, «Sexo y Placer»).

Acuérdate del sexo sin penetración. Acuérdate de la enorme variedad de placeres sexuales que no tienen la más mínima relación con las erecciones. Acuérdate de la sensualidad. Redescubre los masajes sin buscar nada más. Comparte una conversación increíblemente obscena sobre qué os gustaría haceros mutuamente mañana.

¿Vas realmente a morir de inanición?

Cuando intentas decidir qué límites quieres ponerle a la apertura de tu relación, no siempre es fácil saber qué miedos se basan en la realidad y cuáles en el temor o en espejismos. Primero, tienes que localizar las áreas de tu vida que te hacen sentir inseguridad, dónde percibes la posibilidad de carencia, lo que requiere mucha búsqueda interior y honestidad. Ayuda el preguntarse: «¿Qué es lo que me da miedo que pudiera ocurrir?».

¿El cariño de tu pareja por su amante realmente va a hacer que deje de estar enamorada de ti? ¿Qué sucedería si tu pareja pensara que ya no eres especial? ¿Qué sucedería si tu pareja estuviera tan exultantemente feliz que ya no te necesitara? De todos modos, ¿por qué tendría que desearte en ningún caso tu pareja? Estos son algunos de los horribles pequeños pensamientos que aparecen en nuestra mente cuando tenemos miedo a morir de inanición.

Debes decidir si lo que te da miedo es realmente posible o algo que probablemente no sucederá. Después debes decidir qué quieres hacer al respecto. Preguntar a menudo a tu pareja si está bien, buena comunicación para saber si alguien está sintiendo alguna carencia o si la situación le agota, e interiormente hacer a menudo análisis realistas (¿La decepción proviene porque no se le levantó enseguida o es enfado o celos por su cita de ayer por la noche?), puede ayudar. Hablaremos más adelante sobre cómo obtener consuelo y apoyo cuando tienes miedo.

Los límites pueden ensancharse

A veces tienes que probar y ver qué sucede. La vieja historia de «Si amas algo, déjalo ir» es sensiblera, pero en el fondo contiene algo más de una pizca de verdad. Igual que a quienes hacen una dieta de adelgazamiento se les aconseja esperar a pasar hambre para ver qué sensación tienen y aprender que pueden sobrevivir con esa sensación, puede que necesites sentir privación, simplemente para probarte que sentir esa necesidad no es el fin del mundo. A veces, dejar pasar un placer nos abre los ojos a otro que estaba ahí desde el principio; a veces, aparece uno nuevo; a veces, te das cuenta de que, de todos modos, no lo necesitas tanto ahora mismo. No podemos decirte cómo te sentirás dejándolo pasar. Todo lo que podemos hacer es asegurarte que aprenderás algo de todo ello. Da miedo... ¡y es satisfactorio!

Aprender cosas nuevas lleva su tiempo, así que date mucho. Puede ser útil que tengas claro en qué estás trabajando ahora y aprender eso —cómo sentir seguridad y sentirte sexy y especial cuando tu pareja ha salido porque tiene una cita— y prometerte que ya aprenderás los próximos pasos, bueno, próximamente. Cada cambio, pequeño o grande, se alcanza paso a paso, así que trabaja en este paso hoy, y te habrás preparado para el próximo paso mañana o, quizás, las semana que viene. Trabajando en el paso de hoy es cómo te preparas para el de mañana.

8. Habilidades promiscuas

Un putón no nace, se hace. Las habilidades que necesitas para mantenerte a ti y a tus relaciones felices y madurando se desarrollan gracias a una combinación de esfuerzo consciente y práctica frecuente. Hay técnicas que puedes aprender y que te ayudarán a comenzar tu aventura con el pie derecho y a mantenerte en el camino correcto.

El autoconocimiento, en nuestra opinión, es siempre una buena idea. Cuando estás viajando sin un mapa, tener una imagen clara de tu paisaje interior se convierte en esencial. Pregúntate algo: ¿Qué esperas de esta manera de vivir la vida? ¿Qué recompensa prevés que te compensará haber hecho el duro trabajo de aprender a sentir seguridad en un mundo de relaciones cambiantes? Algunas personas que ya han hecho ese viaje citan ventajas como variedad sexual, menos dependencia de una sola relación, o el sentido de pertenecer a una red de amistades, amantes y relaciones. Las personas que entrevistamos dijeron cosas como éstas:

«A mí me quita presión, no tengo que satisfacer cada cosa que mi pareja necesita o desea, lo que significa que no tengo que intentar ser alguien que no soy.»

«La gente tiene diferentes maneras de conocer y entender las cosas, con lo que la intimidad con varias personas expande mi comprensión del universo.»

«Puedo tener excitantes experiencias eróticas sin sexo genital, y sin comprometer mi monogamia emocional.»

«Mi modo de vida me da libertad personal, independencia y responsabilidad de una manera que no me lo da una pareja exclusiva.»

«No creo que los seres humanos estén diseñados para ser monógamos. La monogamia es contraria a mis instintos.».

«Nunca tengo la sensación de "que me podría gustar más lo ajeno", más por ajeno que por bueno. ¡Si lo sabré yo!»

«Las relaciones fuera de la pareja son una inyección de vida sexual en mi relación principal.»

A medida que leas este libro, y oigas algunas historias sobre personas con una promiscuidad bien llevada, podrás descubrir ventajas para ti. ¿Cuáles son tus razones para elegir este camino?

Lamentablemente, muchas personas empiezan a explorar las relaciones abiertas porque su pareja les está empujando a ello, o porque sus amistades están haciéndolo y no quieren parecer personas mojigatas. Te decimos que veas claro dentro de ti que estás haciendo esto por ti. Porque te excita, porque te ofrece oportunidades para aprender, desarrollarte y divertirte, porque quieres. No te equivoques, este puede ser un camino complicado. Si estás haciendo el viaje por las razones equivocadas, el resentimiento puede envenenar fácilmente la relación que precisamente te propones mejorar.

Los cambios en el sexo pueden ser un camino para reprogramarte tú, con el alegre sentimiento del sexo en abundancia, con el amor como la zanahoria y el miedo a la carencia, al aburrimiento o al odio que podrías sentir hacia ti como el palo. Puesto que no creemos que el impulso hacia la monogamia sea innato, pensamos que debes haber aprendido tus sentimientos negativos hacia el sexo y tus inseguridades *en otro sitio*: de quienes te han criado, de tus amantes anteriores, de tu cultura. Lo que has aprendido, obviamente, lo puedes desaprender, o aprender algo nuevo. Explorar tus sentimientos y cambiar tu reacción hacia ellos puede ser difícil, pero ¡qué sensación de poder y triunfo cada vez que tienes éxito!

Ganándote tus medallas al mérito promiscuo

Las personas que conocemos que tienen éxito en la promiscuidad ética normalmente tienen una serie de habilidades que les ayudan a seguir su camino de manera limpia, honesta y con el mínimo dolor innecesario. Estas son algunas de las habilidades que creemos que son importantes.

COMUNICACIÓN

Aprender a hablar con claridad, y a escuchar realmente, es crucial. Una técnica para escuchar mejor es escuchar lo que tu pareja tiene que decirte sin interrumpirle, y dejarle saber que la has escuchado repitiéndole lo que crees que acabas de oír. Emplea esta técnica para aclararlo antes de responder con tus propios pensamientos y sentimientos. De esta manera, te aseguras de que lo entiendes perfectamente antes de continuar con vuestra discusión. Del mismo modo, si eres tú quien está hablando, no es justo esperar que tu pareja te lea la mente. Tómate tu tiempo y esfuerzo para que tu explicación sea tan clara y rigurosa como puedas, y asegúrate de incluir tanto información sobre las emociones que estás sintiendo como sobre los hechos.

Si tu comunicación parece que a menudo se complica, puede que sea un buen momento para dedicar algo de tiempo y esfuerzo a aprender mejores técnicas de comunicación: Muchos centros de educación para adultos ofrecen excelentes cursos de comunicación para parejas.

HONESTIDAD EMOCIONAL

Ser capaz de pedir y recibir consuelo y apoyo es crucial. Una de las parejas de Janet solía pedirle, cuando Janet salía a una cita alegremente deseada con una de sus otras relaciones: «Sólo dime que no tengo nada de qué preocuparme». Janet cuenta que sentaba muy bien el saber que él estaba dispuesto a pedir apoyo cuando lo necesitaba y que él tenía la confianza de que ella estaba diciéndole la verdad sobre sus sentimientos. Si te imaginas cómo se sentiría si estuviese inseguro y no pidiese apoyo, puedes ver por qué es tan importante tener tus necesidades cubiertas por adelantado.

Todo el mundo alguna vez ha tenido miedo de preguntar; fallamos cuando debimos preguntar, nos ha molestado cuando nuestras relaciones no han leído nuestras mentes y no nos han ofrecido el apoyo que ansiábamos, y hemos pensado: «No debería tener que pedirlo». No olvidemos valorar el coraje que requiere pedir apoyo, el compartir sentimientos de vulnerabilidad. Démonos una palmada en la espalda cuando hacemos las cosas que nos dan miedo, y hagámoslas más a menudo.

AFECTO

Igualmente, resulta vital ser capaz de dar consuelo y apoyo, tanto como contestación a una petición como por iniciativa propia. Si no puedes decirle a tus parejas que las quieres, o hacerles un cumplido sentido, o decirles por qué piensas que son tan maravillosas, puede que sea optimista asumir que serán capaces de mantenerse suficientemente seguras como para tener cabida en tus otras relaciones. Nuestra amiga Carol señala: «¡Si ya sientes ansia de que te presten más atención, no es raro que las relaciones abiertas puedan dar la impresión de ser un problema!».

Piensa un poco cómo puedes hacer que tus amantes sepan lo importantes que son para ti. Nosotras recomendamos muchos abrazos, contacto físico, cariño verbal, halagos sinceros, pequeños regalos que digan «te quiero», y cualquier otra cosa que ayude a todas las personas involucradas a sentirse seguras y conectadas.

FIDELIDAD

Esta puede parecer una palabra extraña de leer en este contexto, pero incluso el putón más descarado puede ser, en palabras de Cole Porter, «siempre fiel a ti, cariño, a mi manera». Nuestro amigo Richard dice: «mucha gente define tener sexo con sólo una persona como "ser fiel". A mí me parece que la fidelidad tiene poco que ver con quién tienes sexo». La fidelidad es respetar tus compromisos, amistades y amantes, es cuidar de su bienestar y también del tuyo.

Si tienes una relación principal, mira a ver qué puedes hacer para reforzar esa «principalidad». Muchas personas en pareja tienen ciertas actividades que reservan sólo para sus parejas a largo plazo: conductas sexuales concretas, quedarse a dormir por la noche, ciertas palabras cariñosas o lo que sea. Fíjate en tu comportamiento en público: ¿Te sientes a gusto presentando tu pareja a la chica guapa con la que estabas flirteando en una fiesta desmadrada? Nosotras lo estamos: Pensamos que cualquier monada a la que le provoca rechazo conocer a nuestras parejas probablemente cause problemas en el futuro, así que es mejor si lo averiguamos ahora. Llega a acuerdos con tu pareja antes de la fiesta y entonces ya no tendrás que volver a preguntarte si vas a tener un buen recibimiento en un grupo o una conversación de la que esté disfrutando tu persona amada.

Presta atención, también, a cómo reconocer tus relaciones no principales. ¿De qué manera se sentirá amada y segura una pareja con la que puede que nunca convivas? ¿Qué derechos tiene esa pareja sobre tu tiempo y atención? ¿Cómo puedes ofrecer cariño y apoyo a todas las personas importantes para ti? Asegúrate de que todas las personas a las que quieres lo saben. Llega a acuerdos con tu pareja a largo plazo sobre qué harás cuando una relación externa necesite apoyo o tenga una crisis como un accidente o una enfermedad. ¿Quién le hace la sopa? ¿Qué harás tú? (Tus dos autoras hacen una estupenda sopa de pollo.)

PONER LÍMITES

Para ser un putón feliz, necesitas saber cómo —y cuándo— decir no. El tener claro tus propios límites y respetar esos límites puede hacer que sigas sintiéndote bien contigo mismo y evitar esas depresiones al día siguiente. Algunos límites pueden ser sobre comportamientos sexuales: ¿tendrías sexo con alguien de otro género que con el que sueles tenerlo? ¿Probarías un tipo de sexo que tú consideras pervertido? Los límites sobre sexo seguro y control del embarazo son necesarios, obviamente; hay algunas cosas que definitivamente no quieres llevártelas a casa contigo. Algunos límites pueden ser los tipos de relación, como la frecuencia del contacto o la intensidad de la conexión. También te animamos a pensar sobre dilemas éticos y cómo reaccionarías frente a ellos: ¿serías, por ejemplo, amante de una persona cuya pareja no sabe de vuestra relación? ¿Le mentirías a tu amante? ¿Fingirías un orgasmo?

Y después está el límite muy, muy importante de «No quiero», «No, gracias, no me apetece sexo en este momento». Incluso si es tu aniversario. Incluso si se supone que deberías estar deseándolo. Incluso si no lo has tenido desde hace mucho tiempo. No hacen falta excusas.

Cuando respetes tus propios límites, los demás también aprenderán a respetarlos. La gente tiende a vivir de acuerdo con tus valores cuando no tienes miedo a marcarlos. Sólo cuando los límites de todo el mundo son de conocimiento público tienes la libertad para pedir tus fantasías más preciadas, con la seguridad de saber que si tu amigo no quiere, no lo hará. Desde esta posición podemos pedir la luna y conseguir un buen pedazo de ella.

PLANIFICAR

Los putones con éxito saben que las relaciones no suceden por casualidad; requieren trabajo, planificación y compromiso. Pocas personas disponen del tiempo suficiente para simplemente charlar, tener sexo, divertirse, pasar tiempo con la familia o incluso pelearse cuando les apetece. La realidad cotidiana sabe interponerse en el camino de esas cosas tan importantes.

Y sí, pensamos que pelearse es importante y necesario. Hablaremos más de los cómos y porqués en el capítulo 14, «Cómo aceptar los conflictos». Si fijar hora para una pelea parece un poco absurdo, simplemente imagina los resultados de dejar que la tensión se acumule durante días porque no habéis fijado un tiempo para discutir.

Consigue un calendario donde marcar citas o un smartphone y úsalo (Janet solía fijar en el calendario el sexo con su primer marido, Finn, con la críptica anotación «F.F.» por si acaso alguien en el trabajo echaba una ojeada a su agenda). Algunas familias de putones han descubierto sofisticados calendarios que pueden compartir en internet y así todo el mundo puede ver qué va a hacer el resto de la gente y hacer planes en consecuencia. Una vez te has comprometido a pasar tiempo con tu pareja por la razón que sea, mantenlo. Sabemos que tienes cosas que hacer, pero posponer tareas importantes para la relación para atender otros asuntos no dice nada bueno de la importancia que le das a tus relaciones, ¿verdad?

CONÓCETE

Y averigua cómo te han programado. Como dijimos antes, todo el mundo lleva a cuestas un montón de basura mental sobre el sexo y el género. Nadie puede desarrollarse en nuestra cultura y conseguir evitar el adquirir ideas puritanas y erróneas sobre el sexo. Algunas de esas creencias están enterradas tan en el fondo que pueden dirigir nuestra conducta inconscientemente, sin que lo sepamos, y causarnos mucho dolor y confusión y también a las personas que amamos. Demasiado a menudo, en nombre de esas creencias, nos reprimimos y reprimimos a otras personas.

Estas creencias mantenidas en lo más profundo son las raíces del machismo y la visión negativa del sexo. Para ser un putón radical necesitarás erradicarlas. Conocerte de verdad es vivir en un constante viaje de autoexploración, aprender sobre ti leyendo, mediante terapia y, lo mejor de todo, hablar incesantemente con otras personas que están viajando por caminos semejantes. Este duro trabajo vale la pena porque es la manera en que te haces libre para elegir cómo quieres vivir y amar, controlar tu vida y ser realmente quien crea tu experiencia.

APRÓPIATE DE TUS SENTIMIENTOS

Un precepto básico de la comunicación íntima es que cada persona se haga responsable de sus propios sentimientos. Nadie «te hace» sentir celos o inseguridad: la persona que te hace sentirte de esa manera eres tú. No importa lo que esté haciendo la otra persona, lo que tú sientes como respuesta está decidido dentro de ti. Incluso cuando alguien deliberadamente intenta herirte, tú eliges cómo sentirte. Puedes sentirte enfadado, herido, asustado o culpable (una de tus autoras fue educada como católica, así que fue entrenada para sentirse culpable por cosas increíbles). La elección, no consciente normalmente, sucede dentro de ti.

Entender esto no es tan sencillo como suena. Cuando te sientes fatal, puede ser duro aceptar la responsabilidad por cómo te sientes: ¿no sería más sencillo si fuese culpa de otra persona? Así quizás esa persona podría arreglarlo, y si no, bueno, quizás puedes ponerte como un basilisco, desahogarte y hundir toda la relación en el proceso.

El problema es que cuando culpas a otra persona de cómo te sientes, te quitas la capacidad de encontrar tú las soluciones.

Si esto es culpa de otra persona, sólo esa persona puede arreglarlo, ¿verdad? Así que pobre de ti, no puedes hacer nada más que sentarte ahí y quejarte.

Por otro lado, cuando te haces cargo de tus sentimientos, tienes muchas opciones. Puedes hablar sobre cómo te sientes, puedes elegir si quieres actuar o no basándote en esos sentimientos (se acabó lo de «no pude evitarlo»), puedes aprender a entenderte mejor, puedes darte consuelo o pedir que te lo den. Hacerte responsable de tus sentimientos resulta básico para entender los límites donde tú terminas y la otra persona comienza y es el primer paso perfecto hacia la autoaceptación y el amor por uno mismo.

TÓMATELO CON CALMA

A pesar de toda tu preparación, de centrarte, de lo estable que eres, vas a tropezar con problemas que nunca habías previsto; eso te lo garantizamos.

Quizás el paso más importante para solucionar los problemas es reconocer que los habrá y que está bien que los haya. Cometerás errores. Te encontrarás con creencias, mitos y «resortes» que nunca supiste que tenías. Habrá veces en que te sentirás bastante mal.

¿Podemos decirte cómo puedes evitar sentirte mal? No. Pero creemos que tú perdonarías a una de tus amistades o amantes por un malentendido o por un error que cometió, y esperamos que te concedas a ti la misma amnistía. (Como dice Morticia Addams: «No te tortures, Gómez; ese es mi trabajo»). Conocerte, quererte y respetarte es un prerrequisito esencial para conocer, querer y respetar a otra persona. Sé más tolerante contigo mismo.

Una amiga nuestra, cuando tropieza con alguna reacción emocional sorprendentemente intensa, dice con filosofía: «Oh, bueno. OJOPA.» Que quiere decir, según ella, Otra Jodida Oportunidad Para Crecer. Aprender de los propios errores no es divertido, pero es mucho mejor que no aprender absolutamente nada.

DECIR LA VERDAD

Durante tu experiencia —cuando estés sintiendo dolor, ambivalencia, alegría— debes comunicar con honestidad lo que experimentas, primero a ti mismo y después a quienes te rodean. Sufrir en silencio y autoengañarse no tiene cabida en este tipo de vida. Aparentar que te sientes muy bien cuando lo estás pasando muy mal no te va a hacer un putón mejor; te hará amargamente infeliz y puede hacer incluso más infelices a quienes se preocupan por ti. Todo el mundo se siente mal a veces, así que estás en buena compañía. Y cuando tienes el valor para compartir un sentimiento que te hace vulnerable, todo el mundo a tu alrededor se siente con permiso para compartir los suyos.

Cuando dices la verdad, descubres cuánto tienes en común con las personas que te importan. La honestidad os pone en una situación excelente para apoyaros mutuamente en una vida basada en comprenderse y aceptarse con cariño. Según buscas más profundamente y compartes tus descubrimientos, puede que aprendas más sobre ti y otras personas de lo que habías aprendido nunca. Da la bienvenida a ese conocimiento, y continúa buscando más.

EJERCICIO *Prueba con estas autoafirmaciones.*

Merezco amor.
Mi cuerpo es sexy tal y como es.
Pido lo que quiero y digo no a lo que no quiero.
Convierto las dificultades en oportunidades para crecer.
Cada nueva conexión me hace crecer.
Tengo todo lo que necesito para una vida llena de placer.
El sexo es una hermosa expresión de mi espíritu bondadoso.
Estoy en mi camino personal hacia el éxtasis.

9. Límites

Mucha gente cree que ser un putón es ser una persona indiscriminada, que no importa con quién haces el amor y, por lo tanto, tú tampoco te preocupas por ti mismo. Creen que vivimos en entornos excesivamente abiertos, sin discriminar, sin vallas, sin límites. Nada más alejado de la realidad. Para ser un putón con ética necesitas tener unos buenos límites que sean claros, fuertes, flexibles y, sobre todo, conscientes.

Un putón que entrevistamos, a quien le iba muy bien, estaba escandalizado por las acusaciones de no discriminar, y señalaba que los putones con ética tienen una gran cantidad de oportunidades para desarrollar una exquisitamente sofisticada capacidad de discriminar: «La verdad es que tenemos más límites que la mayoría de la gente porque tenemos más puntos de contacto». Más experiencia relacionándonos de diferentes maneras con personas diferentes.

¿Qué son los límites?

En toda relación es básico, y particularmente importante en las relaciones abiertas, que nadie puede ser propiedad de otra persona. Quienes tenemos gustos no convencionales puede que exploremos formas de intercambio de poder* que llamamos «posesión» pero, aparte de nuestro tipo de relación, es esencial e indiscutible que cada persona se posee a sí misma el 100%. Todos y cada uno tenemos la responsabilidad de vivir nuestras propias vidas, decidiendo cuáles son nuestras propias necesidades y buscando la manera de conseguir que estén cubiertas. No podemos vivir a través de nuestra pareja, ni asumir que porque tenemos pareja todas nuestras necesidades deban estar automáticamente cubiertas. A mucha gente le han enseñado que si la pareja no cubre cada necesidad que tenemos, no debe ser amor auténtico; nuestra pareja es un poco inepta en algún sentido o que tenemos la culpa. Somos muy dependientes o no nos lo merecemos o hemos cometido algún otro pecado.

Si creciste creyendo que tu relación debía sostener a tu otra o (¡miedo!) mejor mitad, o que tu destino es sumergir tu identidad en una relación, probablemente deberás concentrarte en aprender algo sobre tus propios límites. Los límites son invariablemente en plural porque ninguno se mantiene durante mucho tiempo y porque todos son individuales. Son la manera en que entendemos dónde termino yo y dónde comienzas tú, dónde nos encontramos y cómo somos individuos diferentes. Debes averiguar dónde están tus límites, qué constituye una distancia o cercanía confortable entre tú y otras personas

* *Power exchange*, como práctica dentro de la dominación y sumisión (*Nota del t.*).

en varias situaciones y, en particular, las maneras en que tú y tus amantes sois diferentes, individuales y alguien único.

EJERCICIO *Tu varita mágica.*

Imagina que pudieras tocarte con tu varita mágica y hacerte tan valiente, fuerte e independiente como te imaginas que podrías ser. ¿Cómo te gustaría entonces que fuesen tus límites? Enumera tus límites, o intenta describirlos con detalle. Recuerda que tienes derecho a que todas las personas en tu vida te traten con respeto. Imagínate diciendo a las personas que quieres cuáles son tus límites y recuerda que hacerlo es un acto de respeto y amor hacia ti.

Asumiendo tus propias elecciones

En la comunicación íntima es algo indiscutible que, tal y como hemos apuntado, cada persona es responsable de sus propias emociones. Entender esto es el primer paso para reivindicar algo muy valioso: tus propias emociones. Y cuando comprendes tus emociones, tienes algo increíblemente valioso que aportar en tus relaciones.

Cuando te veas reaccionando a la conducta de alguien, es fácil darle vueltas a qué ha hecho esa persona y lo terrible que es y qué debe hacer exactamente para solucionarlo. En su lugar, intenta mirar a tus propios sentimientos como un mensaje auténtico sobre cómo te sientes interiormente, y decide si quieres ocuparte de lo que sea que está sucediendo. ¿Quieres saber más? ¿Quieres discutir sobre algún límite? ¿Quieres un poco de tiempo para calmarte y centrarte? ¿Quieres que se te escuche sobre algún tema? Cuando asumes la responsabilidad, tienes esas opciones, y más.

De lo que *no* eres responsable es de las emociones de tu pareja. Puedes elegir brindar tu apoyo —tenemos mucha fe en el poder curativo de escuchar— pero no es tu deber arreglar nada. Una vez que entiendas que las emociones de tu pareja no son tu responsabilidad ni tu culpa, puedes escuchar y realmente escuchar, sin caer víctima de una imperiosa necesidad de averiguar de quién es la culpa o hacer que esa emoción cambie o se vaya.

Algunas personas responden habitualmente al dolor y confusión de su pareja con un intenso deseo de arreglar algo. Los mensajes de «arreglo» pueden provocar sensación de restar valor a la persona que intenta expresar una emoción. «¿Por qué no intentas hacer esto...? Prueba a hacer aquello... ¡Olvídate del tema... relájate!» Estas respuestas transmiten el mensaje de que la persona que está expresando esa emoción ha pasado por alto alguna solución simple y obvia y que es idiota por el hecho de sentirse mal. Mensajes como estos le restan valor y autoridad.

Ser responsable de tus emociones no significa que tienes que luchar contra esos sentimientos difíciles a pecho descubierto y sin ayuda. Puedes pedir la ayuda que necesitas —consuelo, apoyo, un hombro en el que llorar, una oreja que escuche, un cerebro con el que compartir ideas— de amistades, amantes y/o una buena terapia. Y tú, en correspondencia, harás todo lo posible para estar disponible cuando tus amistades y amantes necesiten este tipo de ayuda de ti, ¿verdad?

Aprender a manejar de manera consciente nuestro sistema emocional puede requerir cambiar algunos viejos hábitos y puede dar una sensación de inestabilidad; algo parecido a aprender a montar en bicicleta. Raro, vergonzoso... probablemente te caerás un par de veces, pero si te levantas y sigues adelante, finalmente pillarás el truco. Y una vez encuentres tu equilibrio, jamás lo olvidarás.

Límites en las relaciones

Las relaciones también tienen límites. Los acuerdos que las personas solteras, parejas y familias partidarias de las uniones libres hacen respecto a los sentimientos de las otras personas constituyen los límites de su relación. En una comunidad con una sexualidad abierta es importante ocuparse de cada relación dentro de sus propios límites. Por ejemplo, determinar tus límites con tu pareja antes de la fiesta en la que habrá sexo, no usar a tu amante para dejar de lado a tu esposa, y tomar las decisiones de forma que participen de todas las personas afectadas por ellas y sin hacerlo a espaldas de nadie.

Las comunidades basadas en el sexo y la intimidad funcionan mejor cuando todo el mundo respeta las relaciones de todo el mundo, que incluye no sólo a amantes sino también prole y familias sanguíneas, vecindario, ex parejas y demás. Estas comunidades pueden evolucionar hacia sistemas familiares altamente conectados en los que todo el mundo es consciente y comprensivo con los límites.

Debes tener intención de aprender de tus errores. A veces los límites pueden ser algo peliagudo, así que esperamos que seas tolerante contigo mismo para poder explorar. Espera a aprender por el sistema de prueba y error, y cuenta con que cometerás muchos errores. Perdónate cualquier cosa que no funcione de la manera que esperabas que lo hiciera. ¡Recuerda, no puedes aprender de los errores si tienes que hacerlo siempre bien!

VERTIDO

Un punto frecuente donde la gente se confunde es diferenciando entre compartir sentimientos de manera honesta y el vertido. El vertido significa usar a otras personas como tu vertedero de basura, arrojándoles encima tus asuntos problemáticos y dejándolos ahí. Normalmente el vertido entraña la expectativa de que la persona que lo soporta hará algo con el problema, incluso si sólo consiste en asumir la carga de la preocupación, de manera que quien hace el vertido pueda desentenderse. Normalmente puedes evitar el vertido dejando completamente claro que tu necesidad de compartir tu estado de ánimo no supone ninguna obligación para quien te escucha: «No me gusta que tengas una cita con Paula esta noche», seguido de un silencio profundo y elocuente, supone una carga muy distinta de «Me siento insegura con tu cita con Paula hoy por la noche, pero quiero que vayas y que la tengas. ¿Te parece bien escuchar algunos de mis miedos? ¿Podemos hablar de formas en las que me podría sentir un poco más segura?»

PROYECCIÓN

Otra trampa con la que hay que tener cuidado es la proyección. ¡No, no del tipo que te encuentras en el cine el sábado por la noche! La proyección es cuando usas a otra persona como una pantalla en la que proyectar tu película. Tú ves tu fantasía y te olvidas de la persona. Te imaginas que conoces los pensamientos de esa persona cuando, en realidad, estás pensando en tus miedos. Quizás tú imaginas que responderán de la misma manera que tus padres lo hicieron: «Sé que me rechazarás si no gano mucho dinero», «nunca me respetarás si te muestro mi tristeza». Cada cual ha aprendido de sus propios/as padres/madres sus expectativas sobre cómo reaccionará la gente ante nuestro comportamiento. O puede que estés proyectando tus expectativas, proyecciones que tus amantes —que no tienen telepatía— nunca pueden llegar a alcanzar: «¡Se supone que debes cuidar de mí!», «¿qué quieres decir con que no estás caliente? ¡Yo estoy caliente!».

Cuando te comprometes a ser responsable de tus cosas, puedes dejar de proyectar y empezar a ver a las personas que quieres de manera clara, en toda su grandeza. Cuando te encuentres teniendo pensamientos que culpabilizan a tu pareja, puedes preguntarte: «¿Qué parte de esto es responsabilidad mía?» Lo que veas dentro puede ser algo como: «¡Vaya, sueno igual que mi padre cuando estaba enfadado!» o «Me siento de la misma manera que me sentía cuando tenía ocho años y me escondía en el armario cuando me enfadaba». Entonces podrías ir a tu amante y compartir que lo que fuese que estaba pasando despertó viejas cosas tuyas y podéis aportar ideas de qué queréis hacer con eso. Cuando trabajas en equipo para asumir vuestros propios asuntos, cada uno los suyos, entonces tu pareja puede apoyarte para que explores tus emociones y, lo que es más importante, que aprenda a dejar de proyectar en ti también. A partir de entonces ya no necesitas nunca más sentirte como una marioneta en el show de otra persona.

LÍMITES DE LOS ROLES

Puede que te veas representando diferentes roles, sintiéndote de verdad como diferentes personas con diferentes parejas. Con una pareja podrías sentirte joven, vulnerable y protegido; con otra, tú eres la *mater amantíssima*. Con una pareja puedes sentirte una persona cuidadosa, responsable y segura; con la otra puedes ser una elegante y temeraria. Estos límites pueden resultar raros o confusos cuando no tenemos mucha experiencia teniendo varias relaciones. Janet tuvo una maravillosa sensación de aceptación por parte de todas sus parejas en una fiesta:

Me gustan los juegos en los que yo hago de niña pequeña, pero mi última pareja no estaba a gusto con la idea. Después de buscar un poco, encontré en mi círculo de conocidos a un hombre que disfrutaba siendo un «papá» tanto como yo teniendo uno. Mi pareja estaba encantada de que yo hubiese encontrado una manera segura de jugar ese rol y sentimos que yo había hecho una buena elección al elegir a alguien a quien pudiese confiar una parte tan vulnerable de mí. «Papá» y yo nos reuníamos una o dos veces al mes para pintar con los dedos, ver películas de Disney, comer sandwiches de crema de cacahuete y otros placeres ligeramente más adultos.

Un día asistí a una fiesta en que ambos, mi pareja a largo plazo y mi «papá», asistían. Desde el otro lado de la habitación vi a los dos hablando y me dirigí hacia allí para saludar. Según me acerqué, mi pareja me llamó con la mano para que me uniese y me dijo: «Cariño, ven aquí y pasa un rato con tu papá y tu novio». La sensación de aceptación y la calidez de saber que ambos hombres aceptaban y respetaban el rol del otro en mi vida fue increíble.

Una de las cosas que la gente obtiene de las relaciones múltiples es la oportunidad de ser todos sus «yoes». Cuando dos personas se conocen, se relacionan donde se interseccionan, donde tienen roles complementarios en guiones parecidos. Por eso, siendo diferentes cosas para diferentes amantes, podríamos encontrarnos teniendo diferentes límites y tipos de relación en diferentes circunstancias.

Tu propia diversidad interna se puede manifestar de muchas maneras. Por ejemplo, puede que seas una persona tranquila y centrada cuando el amante A se enfada, pero el enfado del amante B te resulte angustioso —«te toca la fibra sensible»— quizás porque te recuerda a alguna de tus parejas anteriores, una madre muy estricta o un padre demasiado severo . Aquí tienes la oportunidad de controlar tus teclas. Cuando las teclas son las tuyas, se vuelve mucho más fácil pensar cuáles necesitan ser tus límites con el amante B y entender que pueden ser completamente distintos a tus límites con el amante A.

Olvídate de la justicia. La promiscuidad ética no significa que todas las cosas se reparten por igual. Diferentes relaciones tienen diferentes límites y diferentes potenciales. Así que si tu amante ha encontrado a alguien con quien puede compartir una actividad, y a ti te gustaría compartir eso también, la cuestión no es «¿Por qué no haces eso conmigo?» sino «Eso suena interesante. ¿Cómo crees que podríamos hacer para que eso nos funcionase en nuestra relación?». Así lo contaba una mujer a la que entrevistamos:

> Mi vida sexual abierta me da libertad personal, independencia y responsabilidad de una manera que no me lo podría dar tener una pareja exclusiva. Porque soy la responsable, cada día, de que se cubran mis necesidades o no; de que se creen y mantengan las relaciones en mi

vida. No puedo dar nada por hecho. Cada persona que conozco tiene el potencial de lo que sea que sucede sólo entre esa persona y yo, independientemente de cómo son mis relaciones con cualquier otra persona. Y así este estilo de vida me da una sensación muy concreta de individualidad que re-creo cada día. Me siento más como una persona adulta, responsable, cuando sé que mi vida entera —con quién tengo sexo, con quién me relaciono, cómo me relaciono— la elijo yo. Le prometí a mi pareja que compartiría mi vida con él, y eso para mí implica que tengo una vida que compartir, una vida completa. Y tengo claro que él está aquí porque quiere estar «aquí». Donde quiera que sea Estamos con la otra persona, cada día, porque realmente queremos estarlo. Nuestras elecciones son reales.

Intermedio: El putón sin ética (despotricando)

Algunas personas tratan el sexo como si fuera caza mayor: intentan vencer a una víctima que se resiste y es inconsciente de serlo, como si el objeto de su atención nunca compartiría sexo con ella a menos que se le engañe. Creer que una persona tendría que ser tonta para hacer el amor contigo es a menudo, como hemos visto, una profecía autocumplida. Intentar usar el sexo para apuntalar una baja autoestima robándosela a otra persona: esta estrategia no funciona para construir un sentimiento sólido de valía personal, y ese pobre individuo hambriento tendrá que seguir robando más y más y nunca estará satisfecho. Esperamos que esas personas sean ladronas de amor en otros círculos sociales que no sean el nuestro.

A menudo ese tipo de gente se acerca a los estilos de vida sexualmente abiertos como si estuviesen llevando la cuenta. Tanto los coleccionistas como quienes tienen sexo con determinadas personas para poder presumir tratan a sus parejas como premios en un concurso que quieren ganar. Pero ¿qué pasa cuando se ha ganado el premio? ¿Es el momento de ir a por el siguiente?

El concepto de coleccionista puede que te resulte nuevo, pero te aseguramos que ese tipo de personas existe. Dossie descubrió varias cuando vivía con otras dos madres solteras en una comuna en San Francisco que se llamaba «Mujeres Liberadas A La Fuga» y aprendió que el ideal de amor libre de algunas personas era asegurarse de que tenían sexo con las tres liberadas hermanas. Una vez una amiga nuestra descubrió que alguien que iba a ser su amante había tenido sexo ya con su madre y su hermana y esperaba completar la colección. El sexo que consiste en tratar a tus parejas como coleccionables no cumple nuestros requisitos de respeto mutuo.

Algunas personas tratan de «anotarse puntos» como si toda la gente pudiese clasificarse en una jerarquía de más deseable a menos y como si la manera de hacer más puntos y asegurarte una alta clasificación fuese coleccionar parejas lo más alto que puedas llegar en la escala. La gente gana en nivel y valor en esas jerarquías siendo delgada, joven, guapa, con un cuerpo tonificado, con dinero y/o de estatus social alto.

Nosotras no creemos que el amor sea un juego en el que se pueda ganar marcando más puntos en una jerarquía de valores superfluos. Sabemos por nuestra dilatada experiencia que la apariencia y la riqueza no aseguran que uno sea mejor amante. Intentamos evitar clasificar a las personas como mejores o peores que nosotras y no nos gustan las que quieren relacionarse con nuestro rango (las escritoras tienen unos cuantos puntos en la categoría del estatus) más que con nosotras. Las jerarquías producen víctimas tanto arriba como abajo, puesto que es tan alienante que se te acerquen demasiadas personas por las razones equivocadas como lo es que no se te acerque nadie en absoluto.

Alguien con un historial de no monogamia no consensuada puede tenerle apego a la sensación de secreto, de conseguir que no te descubran por algo. A esa gente puede resultarle duro adaptarse a la idea de promiscuidad consensuada. Está tan acostumbrada a esconder sus actividades de sus parejas que puede que incluso convierta esa sensación furtiva en su vida sexual, enganchada al subidón de adrenalina que obtiene de la fruta prohibida. Estos individuos requerirían un gran salto de mentalidad, y quizás algo de creatividad con las fantasías y los roles, para que se decidieran a abrir sus espacios escondidos y pudieran experimentar el mayor placer que puede obtenerse de que ninguna persona resulte herida por su diversión.

Las personas que se niegan a aprender a usar la protección que separa a las personas de los virus no son putones con ética. Discutir con sus amantes sobre si se admite o no un sexo potencialmente infeccioso, insistir en tener sexo sin protección o intentar saltarse los límites de sus amantes sobre sexo seguro es, simplemente, jugar sucio. Negarse a enfrentarse a la realidad de los virus y las bacterias por vergüenza no es ético. Un putón con ética que lo hace bien dice la verdad incluso si se pone terriblemente colorada.

Los putones con ética no hacen promesas que no pueden cumplir. Si te atrae alguien que busca una pareja a largo plazo y lo que tú quieres es una aventura poco seria (o viceversa), debes decir la verdad sobre eso, incluso si hacerlo significa decir «no, gracias» al sexo hasta que vuestros sentimientos mutuos estén más equilibrados. Es fácil cometer errores. Dossie cometió un error así cuando era muy joven y estúpida:

Acababa de romper una relación a largo plazo y estaba bastante destrozada. Me fui a uno de los cafés en Greenwich Village y vi a mi reciente ex teniendo una intensa conversación con una guapa joven que no era yo. Me sentí terriblemente traicionada, perdida, que no valía nada. Justo en ese momento, un hombre joven que se había sentido atraído por mí, y por quien yo no sentía nada serio, vino a hablar conmigo. De alguna manera me pareció oportuno ir a casa con él y dejar que me tranquilizase, pero lo lamenté al día siguiente cuando me encontré hiriendo sus sentimientos y dejándole plantado. Para empeorar mi culpa, resultó que lo que mi ex estaba haciendo con aquella dulce chica era lamentarse por lo mal que se sintió dejándome; y terminamos volviendo a juntarnos. Siempre he sentido que me aproveché del joven que me ofreció su cariño, que tomé sin pensar y que le devolví inmediatamente después. Hubiese sido más amable que hubiera dicho simplemente: «no».

Una Dossie mayor y más sabia ha descubierto desde entonces un par de límites que tiene: no tiene sexo con alguien con quien no está interesada, al menos potencialmente, en volver a tener sexo en otra ocasión, y todo lo que vale la pena puede esperar hasta que el momento sea el oportuno. Aunque todo el mundo comete errores, la marca distintiva de un hábil putón es aprender de ellos y seguir adelante.

Lo que nos lleva al tema de follar por venganza. Es realmente asqueroso compincharse con alguien para tener sexo para vengarse de una tercera persona. Despertar las inseguridades, celos y otros sentimientos dolorosos de alguien a propósito es inmoral, y usar a otra persona como una marioneta en tu película es faltarle al respeto y muy a menudo directamente ofensivo. En psicopatología, se define «antisocial» a alguien que desprecia de manera flagrante los derechos, y nosotras añadiríamos sentimientos, de otras personas. Preferimos relacionarnos con gente sociable.

¿Qué haces cuando una persona de tu círculo íntimo no está siendo honesta? Ayuda si los miembros de tu familia extensa tienen vías para hablar de lo que está pasando, para intercambiar experiencias y sentimientos. Si a todos los miembros les da demasiada vergüenza admitir que alguien con unas intenciones ocultas ha abusado de ellos, nadie tendrá la información que necesita para protegerse. No hay que avergonzarse de haberse creído las mentiras de alguien, y la mayoría en algún momento hemos dado nuestra confianza a alguien que resultó que no se la merecía. Es posible engañar a una persona honesta, pero esperamos que tengas la suficiente humildad para aprender de tus errores y que no te engañen dos veces.

Todos estos complicados guiones son de una persona que no es honesta y son también de alguien que tiene sexo mientras evita la intimidad y la conexión emocional. Cuando no estás diciendo la verdad no puedes estar presente, y cuando no estás presente no puedes conectar con nadie, y cuando no te has conectado ¿cómo puedes sentir nada en absoluto?

Al tratar a sus amantes como personas, y dejando que las relaciones tomen la forma que quieren en lugar de las formas a las que las fuerza la cultura a su alrededor, los putones con ética pueden formar amistades que duran mientras el sexo viene y va.

10. Cómo flirtear y buscar sexo

Flirtear y buscar sexo son un arte y también habilidades que puedes aprender, aunque poca gente las desarrolla de un día para otro.

¿Hay alguna diferencia entre flirtear y buscar sexo? Algunas personas piensan en flirteo cuando el entorno no está orientado a lo erótico y la búsqueda de sexo como lo que haces en discotecas, congresos, bares y otros lugares donde la gente a menudo busca parejas sexuales. O puedes ver flirtear como una maniobra más introductoria y buscar sexo como lo que haces cuando sabes seguro que tienes interés. Ambos incluyen un intercambio de energía sexual en la forma de contacto visual, lenguaje corporal, sonrisas y amabilidad, y pequeños destellos de energía erótica que puede ser compartida mucho antes de que proceda cualquier contacto físico.

Los roles sexuales pueden complicar tanto el flirteo como la búsqueda de sexo. En nuestra cultura, a los hombres se les enseña a presionar, a insistir, a no aceptar nunca un «no» por respuesta; a las mujeres se les enseña a ser tímidas, a negarse, nunca dar un «sí» directo. Cuanto más polarizada esta ecuación, más nos alejamos mutuamente, con resultados que van desde herir sentimientos a violaciones en una cita.

La buena noticia, de todos modos, es que ambas conductas pueden desaprenderse y que cuanto más las desaprendemos menos queda por desaprender. Cuando todos los géneros se sienten libres para contestar «sí» o «no» sin preocuparse por nada más que sus propios deseos, se hace posible una sexualidad más comprensiva y positiva.

Dossie cuenta la historia de una mujer amiga suya en los años setenta que decidió experimentar con lo que se suponía que era la fantasía de todos los hombres. Se sentó pacientemente una noche en un bar donde solían ir hombres solteros, y se le acercaron muchos hombres, hasta que llegó uno que le gustaba y comenzó a flirtear. Él le preguntó si podía invitarla a una copa y ella le preguntó amablemente si le apetecería ir con ella a casa y follar. El hombre se tragó los hielos. Le costó un par de minutos poder hablar coherentemente otra vez y, cuando llegaron a la casa de ella, él no fue capaz de conseguir una erección. Compartieron un estupendo y amoroso masaje. Así de profundamente arraigados pueden estar estos estereotipos culturales.

Decir que sí, decir que no

Si vas a salir ahí fuera y conectar con otros putones, resulta vital que aprendas a decir dos simples monosílabos: «sí» y «no». Para la mayoría, a quienes nos han enseñado que «sí, por favor» es demasiado entusiasta y «no, gracias» maleducado, estas simples palabras pueden ser inesperadamente difíciles.

Las personas sexualmente sofisticadas tienden a tenerse entre ellas en alta estima porque siempre saben lo que quieren.

Al creer esto, se hace más fácil hacer proposiciones muy directas a las parejas potenciales que podrían parecer escandalosas en cualquier otro contexto; eso es porque confían en que dirás «no» si no tienes interés. Es trabajo tuyo y de nadie más el averiguar qué es lo que quieres, y nadie puede o debe dudar de ti. Así que tendrás que aprender a decir «no», y a decir «no» con la facilidad suficiente para que tener que rechazar un par de insinuaciones no deseadas no estropee tu noche.

Los hombres, igual que las mujeres, tienen un problema con el «no». A los hombres se les enseña que se supone que ellos deben estar deseosos de sexo, así que si alguien se acerca a un hombre cuando no está preparado, o no está interesado, puede parecer poco varonil y equivocado decir «no».

El truco para un «no» cómodo es estructurarlo de una manera que sea sobre ti, no sobre la otra persona. Así que en lugar de «¿Contigo? ¿Qué te has creído?» dices «No, gracias, pareces buena persona pero no siento mucha conexión contigo» o «No, gracias, no estoy buscando amantes en este momento» o «No, gracias, prefiero conocer a la gente mucho mejor antes de hacer algo así con alguien». Detalle importante: el «gracias» debe ser sincero. Que te pregunten, incluso alguien que no te atrae, es un cumplido y que merece ser agradecido. Si piensas que una persona resulta ridícula porque le atraes, nos preocupa tu autoestima.

A las mujeres se les ha enseñado que es poco femenino decir «no» directamente. Pregúntate a ti misma: ¿cuándo fue la última vez que dije «no» al sexo? ¿Cómo lo hice? ¿Fue con un educado y amable —pero inequívoco— «No, gracias»? ¿O fue con una especie de excusa como: «No esta noche, tengo dolor de cabeza» o «Quizás en otra ocasión» o «Me lo pensaré»? Te sugerimos firmemente que encuentres un «No, gracias» que te resulte cómodo; esperar que la parte interesada tenga telepatía y de alguna manera sepa que tu «quizás...» significa «no» ni es ético ni promiscuo.

Las mujeres también necesitan práctica a la hora de decir sí. Nuestro mito cultural es que el hombre, en una interacción heterosexual, suplica, engaña, o acosa a la mujer para que diga «sí», o al menos, se abstenga de decir «no», y entonces hace lo que considera que es oportuno. Las mujeres deben equipararse aquí, para poder elegir más, saber qué les gusta y ser capaces de decir claramente lo que quieren a la persona que les resulte atractiva. Y si eres un hombre que está más programado para pensar en lo que se supone que quieres en lugar de lo que realmente quieres, entonces necesitas aprender a decir «sí» a tus deseos reales cuando llaman a tu puerta.

Una vez que te encuentres confortable con el «no», decir «sí» es normalmente más fácil (y divertido). Pruébalo, en todas sus variantes: «Sí, por favor», «Sí, ¿cuándo?», «Sí, pero tengo algunos límites que te quiero contar antes», «Sí, pero debo hablar con mi pareja antes», «Sí, pero no esta noche; ¿qué te parece el próximo martes?», «¡Claro que sí!».

EJERCICIO *Practicando Sí y No.*

Escribe un pequeño texto, quizás unas pocas frases, que podrías usar para invitar a alguien a tener sexo contigo. Escribe otro pequeño texto que podrías usar para declinar una oferta de sexo de una manera educada y que no sea hiriente.

El arte del flirteo

Todo el mundo nace sabiendo cómo flirtear, y si lo dudas mira la manera en que un bebé interactúa con las personas adultas que tiene a su alrededor: mucho contacto visual, sonrisas, quizás una risa de bienvenida y el ofrecimiento de un juguete querido (que debe ser, de acuerdo con las normas, devuelto rápidamente después de admirarlo, igual que con los juguetes para mayores).

La mayoría, de todos modos, perdemos esa valiosa habilidad en cuanto somos personas adultas y necesitamos aprenderlo de nuevo desde cero. Tus autoras creen que el flirteo intenso debe ser un fin en sí mismo más que un medio para conseguir un fin. Practica el flirteo para divertirte, y quizás deja de lado, por ahora, cualquier objetivo concreto sobre acostarse con alguien. Céntrate en conseguir una buena conexión. Observa la manera en que muchos hombres gay flirtean con mujeres heterosexuales: halagos amistosos, ligera indirecta, intimidad no amenazante, todo hecho posible al darse cuenta de que la intención sólo es buscar el placer mutuo, no esperando una escapada rápida a la habitación más cercana.

Te sugerimos, por lo tanto, que aprendas a flirtear simplemente practicando. El tipo de conducta que puedes asociar con la palabra flirteo («Dime, guapa, ¿de qué signo eres?») no es de lo que estamos hablando aquí y es, de hecho, exactamente lo opuesto. El flirteo intenso consiste en *mirar*; el ansia de que nos miren es una emoción humana y natural, y cuando dejas a la gente notar que la estás mirando, les resulta natural empezar a mirarte.

Gran parte del flirteo es no verbal. Hay una manera de mantener el contacto visual justo por encima de lo habitual

—más que una mirada de pasada, menos que una mirada fija— que hace que la otra persona sepa que consideras que es alguien a quien vale la pena mirar. Gira tu cuerpo para estar de frente a quien es objeto de tu interés y mantén una apertura física, brazos y piernas sin cruzar. Sonríe.

Si tu flirteo lleva a las palabras, te sugerimos para empezar un halago sincero, personal pero no sexual. ¿Tiene unas gafas nuevas la persona en el mostrador de la lavandería? ¿La persona junto a ti en el banco del parque lleva un caniche con el pelo recién cortado? ¿Te dijo un pajarito que tu vecina de al lado acaba de ser ascendida en el trabajo? Cualquiera de estos cumplidos sinceros es una manera de decir: «Te estoy prestando atención; para mí tú no eres otra cara en la multitud». Este acercamiento puede no parecerte flirteo, pero confía en nosotras, es un primer paso estupendo. Comentar algo sobre la apariencia física, especialmente de manera sexual («¡Eh, tienes un trasero estupendo con esos pantalones») no es de lo que estamos hablando aquí. Tu objetivo es hacer que tu amiga se sienta observada como un todo, no como un conglomerado de partes corporales.

Atiende a la reacción. Si estuviésemos buscando sexo contigo y girases la cabeza, dieses un paso atrás, o cruzases los brazos, sabríamos que no tienes interés en conectar y nos iríamos elegantemente. No nos gustaría más que al resto de la gente, pero haríamos lo posible para no sentir que nos has rechazado; no nos conoces y no sabes lo que te estás perdiendo. Además, que sepamos, vas camino de una cita con alguien que ya conoces y, simplemente, no estás disponible en este momento.

Una de las personas que conocemos que mejor flirtea dice que tiene una frase que nunca falla: «Hola, me llamo Mike». A partir de ahí, él y el objeto de su atención pueden pasar a donde sus intereses les lleven: el tiempo o el paisaje, su trabajo, sus hijos o mascotas, el lamentable estado del mundo hoy en día, su comida favorita, lo que sea. Este nivel de flirteo es de exploración, de empezar a conocer a esta maravillosa nueva persona, descubriendo en qué cosas somos similares y en qué somos diferentes, viendo cómo podríamos conectar. La parte excitante de esto radica en la energía: el destello de una sonrisa, el brillo en el ojo. Normalmente puedes distinguir cuándo estás hablando y cuándo flirteas: es la energía.

Admitimos que, si sientes timidez, o si te han enseñado que las niñas o niños buenos no flirtean, o te has acostumbrado a un estilo más depredador de flirteo, todo esto puede ser difícil de aprender. Ojalá tuviésemos una varita mágica del flirteo con la que tocarte pero, puesto que no la tenemos, no vas a tener más remedio que practicar. Una de tus amistades, preferiblemente del género (si no de la orientación) con la que normalmente flirteas, puede ayudarte en esto. Fingid que es la primera vez que os veis e intentad flirtear. Te podrá dar información sobre si lo haces demasiado suavemente o con demasiada intensidad y ayudarte a refinar tu técnica. Cuando empieces a disfrutar del flirteo en sí, sin pensar en a qué puede llevar, sabrás que estás haciéndolo bien.

Salir del armario promiscuo

A menos que busques sexo únicamente en ambientes poliamor, resulta razonable asumir que el objeto de tu atención no haya leído (todavía) este libro y puede que no esté familiarizado con el estilo de vida promiscuo. Por lo tanto, en algún momento vas a tener que decir que la monogamia no está en tu menú de opciones.

No podemos decirte exactamente cuándo o cómo hacerlo, excepto que nosotras votamos más por hacerlo pronto que tarde. Si las dos personas estáis simplemente buscando una aventura rápida o juntaros en una fiesta, puede que no sea necesario discutir esos temas en absoluto. De todos modos, si esa aventura lleva a verse una segunda vez, puede que este sea un buen momento para dejar saber a tu nueva amistad que no tienes interés en ir en serio, ni ahora ni nunca.

Introducir esto en una conversación normal sobre software o surf puede ser un poco peliagudo, lo sabemos. Una rápida referencia a tus parejas, haciendo énfasis en el plural, a menudo funciona. O podéis hablar de relaciones en general, para encontrar un hueco para poder expresar tus opiniones y deseos.

Puede suceder que la persona que te interesa sea una monógama convencida y que, de todos modos, la encuentres extremadamente atractiva. Tenemos algunos consejos para las personas poliamor que se enamoran de las monógamas en el capítulo 18, «Parejas».

Los retos de buscar sexo

Si estás de pie en la esquina de una habitación llena de gente, sintiendo que eres la única persona que no es parte de un grupo feliz y que nunca en tu vida vas a ser capaz de conectar de nuevo, te sugerimos que busques a otra persona que esté de pie en una esquina, y que le des pie a una conversación. La frase favorita de Janet para estas situaciones es: «Hola, aquí no conozco a nadie. ¿Puedo quedarme aquí y hablar contigo un rato?».

A partir de este simple comienzo, que se hace más fácil con la práctica, las estrategias para buscar sexo dependen mucho de tu género y el género(s) de la gente que estés buscando.

PARA LOS HOMBRES

Los hombres gay tienen su propio estilo para buscar sexo, marcado por un acercamiento directo basado en la idea de que la mayoría de los hombres gay son capaces de decir «no, gracias» sin sentirse demasiado incómodos. Sin la inconfortable amenaza de la superioridad física que impregna las relaciones hombre/mujer, y libres de cualquier requisito más que seguir sus propios deseos, los hombres gay a menudo son capaces de buscar sexo apoyándose más en el lenguaje corporal y señales no verbales que sus colegas heterosexuales, seguros de que, como deberíamos estar cualquiera, si no se entiende el lenguaje corporal usarán las palabras.

Los hombres heterosexuales tienen retos diferentes. A pocas mujeres les gusta ser presionadas, sentirse abrumadas, o que no se les escuche en el terreno del sexo y la intimidad. La mayoría de las mujeres se sienten particularmente ofendidas por hombres que presionan demasiado para conseguir una cita o el número de teléfono, que insistentemente llevan la conversación a temas sexuales cuando la mujer ha intentado varias veces cambiar de tema, o que les toquen, particularmente de una manera sexual, paternalista o disimulada, sin permiso. Las insinuaciones furtivas son muy pesadas; funciona mejor simplemente preguntar y, si oyes un «no», no discutir.

Muchos hombres cometen el error de acercarse a una mujer como creen que les gustaría a ellos que se les acercasen si ellos fuesen mujeres. Si no estás seguro si una mujer encuentra tu acercamiento demasiado torpe, imagínate que se te acerca un hombre grande, fuerte, usando exactamente tu misma técnica y pregúntate a ti mismo cómo te sientes. Los hombres que tienen éxito ligando están atentos a las señales verbales y no verbales, transmiten un cordial interés y saben apreciar al fascinante ser humano que tienen delante de ellos.

PARA LAS MUJERES

La mayoría de las mujeres no son buenas diciendo «sí», y no son buenas diciendo «no». Tus autoras no lo son, y las dos hemos estado practicando durante mucho tiempo. No estamos seguras de saber cómo llegan las cosas al estado en que estamos, en el que se supone que una mujer debe estar ahí, esperando y pareciendo adorable hasta que un fornido tío bueno llega y toma la decisión por ella, pero no nos gusta demasiado.

Muchas mujeres, tanto lesbianas como heterosexuales, se pueden beneficiar mucho aprendiendo a ser más afirmativas, pidiendo lo que quieren, tanto al conocer a alguien como después. Si tienes la costumbre de estar dando sorbos a tu bebida mientras esperas a que alguien venga a por ti, iniciar el contacto tú misma puede parecerte terriblemente incómodo, avasallador —sí, incluso demasiado descarado— al principio. También da un miedo terrible arriesgarse de esa manera a ser rechazada. Con el tiempo sí resulta más fácil... especialmente si te rechazan una o dos veces y tienes la oportunidad de descubrir que no es el fin del mundo. Después de todo, no te estamos diciendo que hagas algo que los hombres no hayan hecho durante siglos, y descubrirás, como hicieron ellos, el placer de pedir lo que quieres y conseguirlo.

A veces las parejas, o un grupo consolidado de amantes, pueden estar buscando una o más personas nuevas para jugar con ellas, en un trío u otra forma. Buscar sexo como pareja tiene sus ventajas: si te sale mal, aún tienes a alguien con quien ir a casa. De todos modos, muchas personas a las que se les acerca una pareja no están acostumbradas a las relaciones abiertamente no monógamas y pueden perder un poco los papeles cuando te acercas a ellas diciendo: «Hola, me gustas mucho y a mi mujer también». Ten por seguro que también encontrarás muchas personas encantadoras que realmente prefieren la seguridad y límites intrínsecos de llevarse bien con uno o los dos miembros de una pareja consolidada... y prepárate para encontrarte un buen número de felices y sonrientes agujas en ese pajar que tan cuidadosamente has elegido.

Algunas parejas buscan a alguien con quien jugar en un trío, mientras que otras lo hacen por separado buscando amantes que quieran jugar con uno u otro miembro de la pareja. Cuando tienes pareja pero buscas por separado, por favor, recuerda mencionar a la persona con quien pretendes tener sexo que tienes pareja. Algunas personas estarán encantadas de saber eso y otras no, pero no ocultar nada es la parte ética de la promiscuidad ética.

Si tienes pensado volver a casa con tu pareja cuando llegue el momento de irse de la fiesta, es de buena educación asegurarse de que tus otras relaciones lo saben por adelantado. Asegura tus nuevos contactos intercambiando información sobre cómo contactar y, si procede, eligiendo un lugar y momento para reunirse en el futuro, como «¿Puedo llamarte mañana por la mañana?» o «¿Te gustaría que quedásemos para un café al salir del trabajo?».

Busques sexo a solas o en compañía, debes ocuparte previamente de tus acuerdos. ¿Quién tiene interés en hacer qué a quién? ¿Cuándo? ¿Dónde? Si un miembro de la pareja está buscando a alguien para esa noche y el otro quiere algo permanente («¡Ella me siguió hasta casa! ¿Me la puedo quedar? ¡Por favor!»), puede que vayas camino de un malentendido considerable.

Cada miembro de la pareja debe tener las habilidades sociales necesarias. Depender de tu pareja para que haga todo el trabajo de las presentaciones, conversación, flirteo y negociación es malo para ti y malo para tu pareja. Eso también puede llevar a malentendidos, puesto que poca gente tiene las suficientes habilidades comunicadoras como para expresar *todas* tus necesidades, intereses y los rasgos de tu personalidad.

Algo que irrita a muchos putones es alguien que trata de manera irrespetuosa o ignora a una o más de las personas involucradas. Un ejemplo es la pareja que te envía a una mujer con aspecto inocente como cebo y puedes llevarte la sorpresa, cuando muerdes el anzuelo, de descubrir que su pareja se une a la fiesta. Janet recuerda una vez, en un entorno de sexo en grupo, que fue invitada por un hombre para que le echase una mano estimulando a su pareja femenina. Así como se unió alegremente al grupo, notó que el hombre rápidamente pasó de centrarse en su novia a *ella*, ignorando a su desafortunada pareja y agarrando los pechos de Janet. No hace falta decir que Janet abandonó inmediatamente esta desagradable situación.

Resulta irrespetuoso tratar a la tercera persona como una especie de enorme juguete sexual. A muchas mujeres bisexuales que conocemos les saca de quicio el fenómeno de la «tía buena bisexual» y parejas que la buscan, no porque sea encantadora o atractiva, sino porque un miembro de la pareja tiene la fantasía de estar con dos mujeres o de ver a dos mujeres haciendo el amor como si fuera un *peep show* gratuito.

La regla fundamental a la hora de buscar sexo como pareja, o cuando una pareja liga contigo, es *respetar* los sentimientos y relaciones de todas las personas involucradas. No quieres sexo con alguien que quiere robarte a ti o a tu pareja, y la persona con quien buscas sexo no quiere sentirse usada, engañada o maltratada. Puede que califiquemos a nuestras parejas sexuales, cariñosamente, como «víctimas», pero engañarlas para meterlas en la cama no es ético.

Cuando tratas con respeto, cariño e intimidad a todas las personas involucradas puedes recibir recompensas muy gratificantes, cualquier cosa desde un tierna y feliz aventura a una relación a largo plazo entre varias personas.

PARA TODO EL MUNDO

Las personas que conocemos que mejor buscan sexo y que son menos odiosas, de cualquier orientación, son simpáticas, curiosas, personas a quien les cae bien la mayoría de la gente y que están interesadas en hablar con todo el mundo. Si alguna de las personas con las que hablan pasa a convertirse en una relación potencial, mucho mejor.

Cuando te veas preocupándote sobre cómo te ve la gente, recuerda que no tiene sentido aparentar que eres alguien que no eres. No es bueno que atraigas a alguien que piensa que eres otra persona: lo único que consigues es alguien que se ha ilusionado con alguien que no eres tú. Cuando eres tú de verdad, atraes a las personas que están interesadas en ti, justo siendo la maravilla que eres.

Quien tiene una buena conversación es normalmente alguien que tiene éxito buscando sexo y muchas veces también es hábil como amante, porque el toma y daca de una buena conversación y la atención a las señales no verbales son habilidades importantes para las satisfactorias relaciones que puedan venir.

11. Cómo mantengo seguro el sexo seguro

El término «sexo seguro», más tarde corregido en inglés a «sexo más seguro», fue acuñado para hablar de cómo podemos plantearnos el sexo para minimizar el riesgo de transmisión del VIH... pero el sexo *nunca* ha sido completamente seguro. Tus dos autoras crecieron en una época en que un embarazo no deseado significaba un aborto ilegal en el que se corría un peligro de muerte. No fue hasta hace unas pocas décadas cuando se comenzó a disponer de un control de la natalidad más fiable, y sólo unas pocas décadas antes de eso los antibióticos empezaron a curar enfermedades, la locura y muertes causadas por infecciones de transmisión sexual como la sífilis y la gonorrea. El herpes todavía es incurable, y por ahora sólo tenemos una respuesta parcial a la curación del cáncer cervical causado por el virus del papiloma humano. No importa cuál sea tu orientación, tus prácticas o tus factores de riesgo, hoy en día el sexo sin tener cuidado puede matar, lo que significa que tienes que protegerte tú y a tus parejas.

Puesto que el sexo nunca es completamente seguro, los putones dedican tiempo, esfuerzo y compromiso para conseguir tener todo el sexo posible con el menor riesgo posible. Los putones muy entregados a su modo de vida han desarrollado una plétora de estrategias contra los riesgos que pueden minimizar las posibilidades de infección y/o embarazos no deseados.

Por favor, averigua los protocolos de sexo seguro aplicables en tu vida y planifica cómo protegerte tú y a tu amante del VIH, herpes, hepatitis, gonorrea, sífilis, clamidia, shigelosis, virus del papiloma humano, cáncer cervical, embarazos no deseados y una buena cantidad de otras cosas desagradables. La investigación y recomendaciones médicas van más allá del alcance de este libro.

Nosotras no creemos que debas cubrir cada centímetro de tu cuerpo con látex antes de tocar a otro ser humano. El objetivo para la mayoría es reducir el riesgo, algo parecido a conducir con cuidado. Sí alguien que se ha emborrachado puede embestirnos en cualquier momento mientras conducimos por la autopista, pero la mayoría intentamos cuidar la seguridad lo mejor posible y seguimos conduciendo. Hay maneras de tener un sexo excitante y satisfactorio sin llevar a cabo el equivalente de saltar en paracaídas con un paracaídas que no funciona. Aquí están algunas que nosotras, y otros putones que conocemos, han utilizado con éxito.

Protección: la barrera de goma

Técnica absolutamente básica: pon algo impenetrable entre tú y el virus. Hoy muchas personas deciden seguir hasta muy lejos sus instintos sexuales siendo cuidadosas con el uso de protección de látex o poliuretano. Esperamos que no necesites que te expliquemos esto a estas alturas de la historia, pero el uso de protección incluye los condones para sexo vaginal, anal y felaciones; guantes para la masturbación de una pareja masculina o femenina o para la inserción de dedos o manos en vaginas o anos; y barreras de látex (también llamadas *oral dams*) o film plástico para el cunnilingus o anilingus.

Los guantes o condones facilitan el mantenimiento de cualquier juguete sexual que use más de una persona limpio y libre de bichos. Limpia tus juguetes a fondo después de cada uso, esterilízalos si puedes, y déjalos reposar, limpios y secos (la mayoría de los bichos malos no pueden sobrevivir sin humedad). Si hay algún juguete que quieres usar con varias personas en un mismo corto período de tiempo, te sugerimos que compres dos o más del mismo.

El uso de un buen lubricante con base de agua puede ser maravilloso para hacer el sexo con látex más placentero para dos o más amantes. Aparte de suavizar la fricción de la goma con las mucosas, una sola gota de lubricante *dentro* del condón aumenta la transmisión de calor de una persona a la otra, dando una sensación agradable y —bueno— excitante. Para recomendaciones sobre cómo usar la protección de una manera que aumente el placer, mira nuestro capítulo 21, «Sexo y placer». Y si no estás completamente a gusto usando algunas de estas barreras, ¡practica! Los caballeros se pueden masturbar con un condón (o dos, o tres) hasta que les sea fácil. Hemos oído de un amigo que era capaz de ponerse dieciocho condones a la vez. Nos contaba que era realmente agradable esa sensación tan apretada. ¿Y por qué no jugar un poco con tus gomas?

Si no tienes experiencia con los condones y el film plástico, date algo de tiempo para aprender. Juega, derrama algo de lubricante y revuélcate en él; inventa maneras creativas de envolver partes del cuerpo en film plástico y averigua qué nuevas e interesantes cosas puedes sentir. El film plástico tiene un doble uso, como barrera para reducir el riesgo y como un instrumento de *bondage*, y lo hay de diferentes colores. Explora el sabor y sensación de tu kit de sexo seguro y prueba los lubricantes en sitios sensibles por si hay reacciones alérgicas. No es divertido descubrir precisamente cuando sientes más excitación que te pica por dentro y que tienes que ir a enjuagarte inmediatamente. Presta atención a las cualidades sensuales: el buen látex es maravillosamente sedoso y los mejores lubricantes dan sensación de terciopelo líquido.

Queremos que te diviertas y tomes decisiones inteligentes: necesitamos todos los lectores que podamos, así que no queremos perderte.

EJERCICIO *Cuanto más practicas, mejor te sale.*

Para un hombre: oblígate a masturbarte con un condón al menos una de cada tres o cuatro veces que te masturbas, hasta que tengas la sensación de que controlas perfectamente esa técnica.

Para cualquier persona que tiene sexo con un hombre: compra una caja grande de condones —los baratos valen perfectamente para esto— y practica poniéndolos en plátanos, pepinos, dildos, de la manera más sexy que puedas... primero con tu mano, después con tu boca. Usa toda la caja.
Para todo el mundo: Haz una lista de las maneras en que puedes calentarte con poco o ningún riesgo de transmisión de fluidos.

Vínculo de fluidos

Una estrategia extendida entre algunas parejas para el sexo seguro se llama «vínculo de fluidos» o «monogamia de fluidos». La pareja está de acuerdo en jugar entre sí sin usar protección, y en usar condones y guantes de látex muy conscientemente con todas sus otras relaciones. Nosotras dos hemos hecho acuerdos así con nuestras parejas a largo plazo. Para cerrar este tipo de acuerdo, ambos miembros de la pareja se hacen tests completos de VIH y otras enfermedades. Puede que tengas que esperar seis meses para asegurarte, puesto que los anticuerpos del VIH no aparecen de manera fiable en la sangre hasta seis meses después de que el individuo se ha infectado. Una vez que tengáis la seguridad de no tener ninguna enfermedad, podéis practicar sexo sin protección entre vosotros y usar protección con el resto de amantes. Aseguraos de estar de acuerdo en qué actos sexuales son suficientemente seguros para hacerlos sin protección y cuáles la requieren. Para llegar a un acuerdo así, todas las personas involucradas tendrán que estudiar los niveles de riesgo de varias actividades y decidir juntas qué nivel de riesgo es aceptable para ellas. No olvidéis incluir información sobre la biografía sexual individual de cada persona.

Puede que deseéis restringir determinados tipos de sexo —a menudo penetración vaginal y/o anal, que coloca a sus participantes en un riesgo mayor de transmisión de enfermedades— para vuestra relación principal. En cualquier momento en que estéis activamente intentando conseguir un embarazo, puede que no os queráis involucrar en actividades potencialmente reproductivas con todo el mundo.

Si las barreras fuesen infalibles, el vínculo de fluidos sería una estrategia casi perfecta; desafortunadamente, no lo son.

Algunas enfermedades viven en la zona púbica, perineo, labios externos o escroto, zonas que el látex no puede cubrir. Escapes microscópicos pueden permitir el paso de virus, aunque esto sucede menos a menudo de lo que los miembros de la cruzada antisexo te quieren hacer creer. Los condones pueden romperse o salirse durante el sexo. Si tienes un vínculo de fluidos y tienes un problema con un condón, tú y tu pareja debéis decidir si comenzar de nuevo con análisis de VIH y los seis meses de protección o arriesgarse a que una de las dos personas pueda estar infectada e infectar a la otra. Si hay alguna posibilidad de un embarazo no deseado, hablad sobre la píldora del día después.

Evitar conductas de alto riesgo

Otra manera de reducir el riesgo es simplemente eliminar algunas formas de expresión sexual de tu repertorio. Muchas personas han elegido renunciar a juegos sexuales que incluyen poner bocas o penes dentro o cerca de anos por la sensación de que el alto riesgo de este tipo de juegos no vale la pena. Otras han decidido no involucrarse en ninguna forma de penetración con un pene orgánico. Nunca hemos oído de un dildo o un *butt plug* que haya sufrido una infección.

Si todo esto termina sonando a cualquier cosa menos a sexo, por favor, consulta algún buen libro sobre sexo: hay cientos de otras maneras para compartir un sexo realmente excitante que no incluyen el que alguien eche un chorrito dentro de alguien.

Cada decisión que tomes requiere que sopeses tus propios deseos frente a tu valoración de los riesgos. Recuerda cuando estés tomando decisiones que el deseo es poderoso e importante, y que no tiene sentido imponerte normas con las que no puedes convivir. Una persona amiga nuestra dice que el sexo seguro puede ser como estar a dieta: «Puedo hacerlo muy bien durante la semana, pero me empacho los fines de semana». Visto como algo positivo, el ampliar vuestra gama de formas excitantes de expresarse sexualmente, aprendiendo nuevas y excitantes maneras de tener sexo, puede daros seguridad y satisfacción.

Cruzar los dedos

Simplemente tener esperanza de que pasará lo mejor, o negando que corres peligro, o aparentar que las enfermedades y embarazos no deseados sólo le ocurren a otra gente no es una estrategia aceptable. Si no tienes la honestidad y el valor suficientes para enfrentarte a los serios riesgos que comporta tu conducta sexual, desde luego no tienes lo que hay que tener para ser alguien promiscuo y ético, y nos preguntamos si deberías estar teniendo sexo en absoluto.

Nos choca y preocupa el nivel de incapacidad para ver la realidad que apreciamos en algunas comunidades sexuales, que preferirían creer que porque los nuevos tratamientos han frenado el progreso del VIH se ha encontrado la cura para el VIH. Sigue muriendo gente. Si tu estilo de vida hace improbable que te expongas al VIH, aún corres el riesgo del herpes, hepatitis, virus del papiloma humano y una buena cantidad de enfermedades. Las estadísticas de Kinsey de los años cuarenta indicaban que ligeramente por encima de la mitad de las relaciones que son teóricamente monógamas, de hecho incluyen contacto sexual con parejas externas. Aprende y cuídate.

Tests y prevención

Nosotras creemos que es fundamental para los putones con ética hacerse un test de VIH y otras enfermedades de transmisión sexual periódicamente. La frecuencia depende de los factores de riesgo en tu vida. Pregúntale a tu médico, o en el centro de salud o en el de planificación familar y sigue sus consejos.

Mientras que muchas enfermedades de transmisión sexual sólo se pueden prevenir con protección y cuidado, hay vacunas desarrolladas recientemente que pueden protegerte contra varias formas de hepatitis potencialmente mortales y, si no te has infectado ya, contra el virus del papiloma. Si practicas juegos anales o vaginales no monógamos, estas vacunas son una muy buena idea; son caras, pero más barato que enfermar. Aún necesitarás protección contra el resto de peligros microscópicos.

Control de natalidad

La Madre Naturaleza se llama así por una razón: a veces parece que quiere que todo el mundo procree. Incluso cuando *sabes* perfectamente que no te quieres quedar embarazada, en ese momento un instinto más profundo puede llevarte fácilmente a olvidar una píldora o contar mal los días. El control de la natalidad supone engañar a los pequeños huevos y el esperma para que no hagan su trabajo y también entraña engañar a tus propios instintos para que te dejen hacer bien la trampa.

La tecnología para el control de natalidad es, lamentablemente, cualquier cosa menos perfecta: los anticonceptivos que sean de fiar, reversibles, fáciles de usar, sin efectos secundarios son todavía una utopía. Los embarazos no deseados no necesitan ya ser las tragedias que destrozaban una vida como hace años, pero aún son horribles, y esperamos que ninguna de vosotras tenga nunca ninguno.

Si eres mujer, tienes sexo con penetración con hombres y podrías ser fértil, tienes que tomar pasos activos para asegurarte de que no te quedas embarazada hasta y a no ser que tú lo elijas. Las posibilidades incluyen píldoras anticonceptivas, químicos anticonceptivos a largo plazo como Norplant y Depo-Provera, diafragmas y el capuchón cervical, condones, DIU, esponjas y espuma, y la ligadura de trompas entre otras. Algunas mujeres con ciclos menstruales regulares han tenido éxito con el sistema Ogino, particularmente si ellas y sus parejas aprenden a disfrutar del sexo sin penetración durante los días fértiles. Hay muy buena información disponible sobre los riesgos y fiabilidad de todos estos métodos: tu médico, el centro de salud o el centro de planificación familiar te pueden ayudar a tomar una buena decisión.

Para los hombres que tienen sexo con penetración con mujeres, las opciones (desafortunadamente) son bastante limitadas. Si sabes que es poco probable que quieras ser padre en el futuro, una vasectomía es una cirugía menor que te va a quitar muchas preocupaciones. Si esperas ser padre algún día, usa condones y presiona para que se investiguen mejores sistemas contraceptivos para hombres. La cirugía para esterilizar a mujeres es todavía más complicada: la cirugía cauteriza las trompas de Falopio, lo que requiere la hospitalización y una pequeña recuperación, pero nada terrible. Recuerda, todavía necesitarás protección frente a las enfermedades infecciosas.

Cuando una chica se queda embarazada sin querer, esto puede ser, por decirlo suavemente, complicado. Si todas las personas involucradas están de acuerdo en que el aborto es la mejor elección, puede ser bastante desagradable ya por sí mismo; si hay desacuerdo, puede ser demoledor. Hasta que llegue el momento en que la ciencia permita a los hombres cargar con fetos en sus cuerpos, nosotras creemos que la decisión debe ser de la mujer, pero comprendemos profundamente al hombre al que le gustaría tener un bebé cuya pareja no está dispuesta o no es capaz de llevarlo adelante. Pensamos que ambos deben compartir la carga económica y emocional del aborto o del embarazo.

Si uno o los dos miembros de la pareja están interesados en tener descendencia, y la mujer está dispuesta a tener ese bebé, la promiscuidad ética abre una variedad inmensa de posibilidades. Por favor, no veas casarse y comprar un chalet en una urbanización como la única manera de ser tener familia. Han salido proles maravillosas de otros tipos de acuerdos de paternidad/maternidad compartida, comunidades intencionales, matrimonios en grupo y otra multitud de maneras de criar y sustentar a su descendencia,

Comprometerse a tener sexo seguro

Puede que hayas notado que nos hemos complicado la vida para *no* decirte qué decisiones debes tomar sobre tu conducta sexual. Sólo tú puedes decidir qué riesgos son aceptables para ti, y creemos que dejar a cualquier otra persona que tome esas decisiones por ti prácticamente garantiza que no vas a seguir esas elecciones.

Tienes, de todos modos, que decidir. Tienes que elegir hacer lo que hay que hacer y aprender lo que necesitas saber sobre riesgos y satisfacciones. Tienes que decidir hacer tu trabajo de decir «no» al sexo que no cumpla tus requisitos de seguridad y prepararte para decir «sí» al sexo que los cumple: descubrir que te has quedado sin condones en el momento equivocado es buscarse problemas. Tienes que elegir acercarte a tu conducta sexual de una manera madura, realista y *sobria*: la intoxicación tiene un papel fundamental en un porcentaje alarmantemente alto de contagios de VIH y embarazos no deseados.

Debes prepararte para compartir tus elecciones sexuales e historial con cualquier amante potencial que te encuentres. Si el consentimiento está en el centro de la promiscuidad ética —y lo está—, tus parejas deben ser capaces de dar un consentimiento informado sobre los peligros derivados de tener sexo contigo. Tú, por supuesto, tienes el derecho a esperar la misma honestidad de ellas.

No te va a gustar hablar de este tema, especialmente con una nueva pareja. Es deprimente y asusta, definitivamente no es nada erótico y a veces horrorosamente embarazoso. Déjanos tranquilizarte: la primera vez es la peor. Cuanto más se practica, mejor sale y, una vez has pasado todas estas posibilidades horribles y letales varias veces, serás menos sensible a ello y aprenderás a manejarlo con facilidad y elegancia. Muchas personas evitan esta discusión en la primera cita acordando hacer las prácticas más seguras en ese primer encuentro y negociando de manera más específica más adelante. Si sabes que tienes un factor de riesgo, como un herpes activo, el silencio deja de ser una opción; necesitas invitar a tus parejas a colaborar contigo para evitar el contagio, y ellas tienen el derecho a tener suficiente información para tomar sus propias elecciones.

Por el lado positivo, aprender a hablar de sexo tiene muy buenas recompensas, una vez has superado ruborizarte. Hablar de temas divertidos es excitante y la mejor manera de conseguir lo que quieres en tu camino hacia placer. A partir de ahí puedes aprender qué le excita a tu pareja, lo que te convertirá en su mejor amante posible.

Nosotras, y la mayoría de la gente que conocemos, tomamos decisiones bastante conservadoras sobre qué riesgos para la salud asumimos en nuestra sexualidad. Sabemos por experiencia que es bastante factible tener un sexo excitante, satisfactorio, fabulosamente promiscuo sin tener que pasar noches en vela preocupándose después. Y ¿no es ese el tipo de sexo que queremos tener?

12. Cómo criar a la prole

Si estás criando a tu descendencia hoy en día, lo tienes un poco más fácil que los putones de hace unos años: las imágenes de familias en los libros y la televisión no están tan limitadas a los programas ñoños con moralina como lo estuvieron en nuestra infancia. De todos modos, aunque el divorcio y las familias monoparentales son ahora temas aceptados, nuestra cultura es lenta a la hora de adaptarse a otras realidades en nuestras vidas. Aún son escasas las imágenes de relaciones de más de dos miembros, del mismo sexo y otras constelaciones no tradicionales.

Y las criaturas, en cambio, se adaptan a esas relaciones con bastante raoidez, quizás más que a la familia nuclear tradicional. La prole ha crecido en aldeas y tribus la mayor parte de la historia. Janet recuerda haber tenido sus primeros deseos de vida en grupo durante unas vacaciones con la familia extensa de su entonces marido: se dio cuenta de que sus hijos, rodeados del cariño de personas adultas con tiempo de sobra en sus manos, eran más felices, más dóciles y estaban menos fragmentados de lo que los había visto nunca. Durante la adolescencia de sus hijos vivió en grupo en una casa y vio cómo sus hijos se adaptaron fácilmente a las idas y venidas de un dispar grupo de personas adultas; siempre había alguien libre que podía contestar una pregunta, solucionar un problema informático, hacer experimentos con una receta o jugar a algún juego.

En la promiscuidad ética monoparental se pueden probar diversas opciones para mantener una satisfactoria vida sexual al mismo tiempo que se es responsable como padre o madre. Cuando Dossie estaba compartiendo casa con otras dos madres solteras, una de sus amantes solía cuidar a todos los niños de manera que las tres madres tenían la oportunidad de salir juntas a bailar. Una amiga nuestra solía ser «canguro» de la descendencia de su hermana más joven y de la casa de al lado para que pudiesen juntarse las dos parejas. Dossie realmente nunca vivió como una madre soltera, tuviese pareja o no, durante la infancia de su hija; siempre había un grupo de amables personas viviendo en varias casas dispersas, en la ciudad y en el campo.

Nunca hemos tenido problemas creando un ambiente coherente y seguro para nuestros niños en una familia extensa interconectada sexualmente. Aunque quizás pienses que las relaciones inclusivas pueden generar un ambiente muy poco coherente, nuestra experiencia es justo la contraria. Nuestras conexiones tienden a formar familias extensas dispersas que tienen energía de sobra para que todas las criaturas sean bienvenidas y rápidamente aprendan cómo vivir en la tribu.

Algunos cambios en la población son inevitables pero, en nuestra experiencia, la prole da por hecho ese tipo de movilidad y quizás desarrolla una flexibilidad que puede servirle más adelante en la vida. Si les preparamos para una vida en la que cualquier cambio se percibe como un desastre, ¿cómo van a gestionarlo? Mejor, quizás, aprender que la pérdida puede ser difícil, pero que la superamos, lidiamos con las consecuencias y continuamos con nuestra vida. Una manera en la que padres y madres puede ofrecer coherencia a su descendencia es ser su modelo de una adaptación sana al cambio. Otra buena manera de ser coherente es la honestidad personal contigo y tus criaturas: cuando vives una vida íntegra, todo el mundo puede contar contigo para ser lo que tú, maravillosamente, eres.

Creemos que la naturaleza binaria del pensamiento monógamocéntrico tiende a causar problemas: o eres el amor de mi vida o lárgate de aquí. Nosotras dos hemos visto que abrir nuestras vidas a otras formas de conectar también abre la vida de nuestros retoños. Por ejemplo, un antiguo amante de Janet no había tenido relación sexual con ella durante una buena temporada, pero se había convertido en una especie de tío suplente y mejor amigo de uno de sus hijos y es todavía un miembro muy querido de la casa. Mientras ella escribe esto, él está dormido en un futón en el suelo de su salón.

De todos modos, a una gran cantidad de padres y madres les resulta difícil unir las dos facetas de la paternidad/maternidad responsable y las relaciones inclusivas. Preguntas sobre qué y cuánto contarle a nuestra prole, cómo prepararla para preguntas complicadas del mundo exterior y cómo ayudarles a relacionarse con las nuevas personas que llegan y se van de sus vidas pueden ser un reto para cualquier padre o madre.

Educación sexual para niños

Como habrás supuesto, nosotras creemos que la abundancia de relaciones puede ser altamente beneficiosa para la vida familiar y que las criaturas salen ganando en modelos, atención y apoyo en la familia extensa poliamorosa. Claramente, la descendencia no debe incluirse en la vida sexual de las personas adultas, y muchas que han sido heridas con abusos sexuales cuando eran unas criaturas son una muestra de los daños que ocasionan. La educación, no obstante, no son abusos, y la prole necesita la información suficiente para entender lo que están haciendo sus padres/madres, de manera que puedan crecer con su propia comprensión sana de la sexualidad.

Padres y madres tienen que decidir sobre qué tipo de información sexual debe recibir su prole a cada edad. Por la salud y el bienestar de la criatura, se debe buscar un equilibrio entre ofrecer demasiada información, que puede asustar o abrumar, y demasiado poca, que puede dejar a la criatura con el mensaje de que los cuerpos desnudos y la excitación sexual son tan peligrosos y embarazosos que incluso no está permitido hablar de ellos. No queremos aterrorizar a las criaturas y no queremos que entren en su edad sexual adulta con la creencia de que el sexo es sucio y vergonzoso.

Recuerda, la educación es un tema importante para toda persona con prole, independientemente de su estilo de vida. Queremos que nuestros niños tengan buena información y libertad para elegir, y a menudo están viviendo en vecindarios y yendo a colegios donde muchos padres y madres creen que debe denegarse a las criaturas toda información relacionada con el sexo (no vaya a ser que se conviertan en putones como nosotras).

Para hacer las cosas más complicadas, en la actualidad nuestra cultura está profundamente dividida sobre el tema de la información sexual a menores. Hay gente que considera cualquier forma de educación sexual de alguna manera peligrosa. Algunas autoridades tienen la impresión de que, cuando las criaturas tienen información «precoz» sobre el sexo, ello tiene que significar que esa criatura está sufriendo abusos de una persona adulta. Nosotras, de todos modos, nos oponemos categóricamente a la supuesta educación sexual de «sólo abstinencia». ¿Cómo le vamos a enseñar a nuestra descendencia a decir «no» a una persona adulta que abusa si nos falta honestidad para hablarle sobre qué es a lo que debe decir no? Cuando intentamos mantener el sexo secreto frente a nuestros retoños, se dan cuenta de que algo está pasando, pero no saben el qué. Y si dejamos que consigan la información sexual en el recreo o en la calle de otras criaturas igual de desinformadas, los estamos encomendando a la jungla. Nuestra prole necesita y merece un apoyo adulto para aprender y negociar sobre la sexualidad, como hacen en otros aspectos de la vida.

Qué compartir y qué no

Tienes que decidir cuánto debe saber tu descendencia sobre tus elecciones sexuales, así como si tienes varias parejas, si son de tu mismo sexo o sobre estructuras familiares alternativas. Nuestra experiencia es que las criaturas comprenden estas cosas antes de lo que crees, pero puede que no las comprendan correctamente.

Una palabra de advertencia: si vives en una comunidad que no comparte tus estándares de educación sexual, tu deseo de educar debe equilibrarse frente a la necesidad de la prole de aprender lo que puede compartir y lo que no con el mundo exterior. Cuando les enseñes a tus retoños, necesitarás hablarles sobre cómo funcionan los estándares de otras personas y sobre qué información debe compartirse y cuál no.

Aún hay muchos sitios en Estados Unidos en los que vivir una vida sexualmente no tradicional está considerado como una justificación para retirar la custodia de los hijos. Aunque sepas con seguridad que no estás haciendo daño a nadie, necesitas proteger a tu descendencia de la gente de mentalidad cerrada. No podemos darte pautas concretas en esto, porque sólo tú puedes conocer la atmósfera de tu comunidad en particular y la personalidad de tus hijos.

¿Qué deben ver?

Nosotras pensamos que ser modelo de cariño físico y verbal para la prole es buena idea; eso les enseña a ser personas cariñosas. Pero tendrás que decidir sobre la línea divisoria entre cariño físico y efusividad sexual.

¿Dejas que tus retoños vean cómo abrazas a tus parejas? ¿Besarlas? ¿Tocarlas? Todas estas decisiones no las puede tomar nadie por ti. Tienes que pensar sobre ellas —teniendo en cuenta factores como su edad, su nivel de aprendizaje y sus percepciones sobre las relaciones existentes— y atenerte a tus propias decisiones.

La desnudez es un área gris. Nosotras no creemos, desde luego, que la prole resulte dañada si crecen en hogares donde la desnudez es la norma. Pero las criaturas que nunca han estado con personas adultas desnudas a su alrededor pueden verse afectadas si de repente la desnudez aparece en su salón. Los niños pueden ser muy sensibles a asuntos como la exteriorización del sexo, y mostrar alguna parte del cuerpo desnudo es una violación de los límites. Sin duda, si una criatura se muestra incómoda frente a tu desnudez o la de tus amistades, sus deseos deben ser respetados. Y esperamos que no haga falta decir que ninguna criatura debe ser nunca obligada a estar desnuda delante de otras personas: muchas criaturas atraviesan fases de pudor extremo mientras intentan sobrellevar los cambios de su cuerpo y eso, también, merece un respeto escrupuloso.

¿Qué deben hacer?

Es ilegal e inmoral permitir que tus hijos realicen cualquier forma de conducta sexual con una persona adulta, o permitir a tus parejas que seduzcan o sean sexuales con tu descendencia. Muchas criaturas atraviesan uno o más períodos de exploración sexual y/o flirteo en su vida; es algo natural y normal. Pero es importante que tú y tus amistades mantengáis unos límites claros durante esos períodos. Aprender formas educadas y amables de admitir las necesidades cambiantes de una criatura sin involucrarse sexualmente es una habilidad crítica para los putones con ética que pasan tiempo junto a su prole o la de sus amantes. («¡Pero qué monada! ¡Estás hecha toda una mujercita!») La mejor manera de enseñarle a tu retoño unos límites razonables es hablar con claridad sobre los tuyos y respetar su derecho a crecer sin que se violen los suyos.

Responder a sus preguntas

A menudo las preguntas de menores sobre sexo y relaciones pueden ser todo un reto: desde la de la criatura de cinco años («¿Pero cómo hace la semilla para meterse en el huevo?») a la de adolescentes («¿Y por qué tú puedes follar con cualquier persona que quieras pero yo tengo que estar en casa antes de medianoche?»).

Aquí es donde las habilidades que has aprendido en otras partes de este libro te serán útiles. A tu prole le debes respuestas honestas y sinceras a preguntas como estas; este no es el momento de ponerse prepotente y paternalista. Particularmente con niños más mayores y adolescentes está bien decirles si tienes sentimientos encontrados o vergüenza sobre algo: lo van a saber de todos modos, créenos. Si una situación te enfada o entristece, compártelo también. Pueden necesitar que les tranquilices en el sentido de que lo que sientes no es culpa suya y reforzar que no es su trabajo hacer que tú te sientas mejor.

También está bien comprobar su disposición a recibir información. Antes de empezar a amontonar información en sus cabezas, puedes intentar comenzar tu comunicación con una pregunta como: «¿Te apetece que te cuente sobre [el tema que sea]?». Janet recuerda una conversación con su hijo mayor cuando tenía diez años. Ella acababa de contar lo de «las florecitas y la abejitas» y quizás se había dejado llevar. Al final de su largo discurso, le preguntó: «Así que, mientras hablemos de este tema, ¿hay algo más que desees saber?». Él contestó enfáticamente, «¡Mamá, ya me has dicho *mucho más* de lo que quería saber!».

También aquí son importantes unos límites claros. Mientras que tu prole tiene derecho a expresar su opinión sobre la manera en que tú eliges vivir tu vida, no puede dictarla. La otra cara de la moneda es que tú tienes una deuda con ellos: evitar que sus vidas reciban un impacto excesivo de un estilo de vida que nunca eligieron. Dossie aceptó el mantener discreción sobre su amante lesbiana cuando las amistades del colegio de su hija fueron a su casa; su hija debía salir del armario frente a sus amistades sobre el tema de su madre a su propio ritmo. Bueno, nadie ha dicho nunca que la paternidad y maternidad —especialmente la de los putones— fueran a ser fáciles.

Los niños de tus amantes

Cuando tus amantes tienen descendencia, tú también tienes relación con ella. Un amigo nuestro se refiere a los muchos retoños de sus amantes a los que ha ayudado a criar como «niños en prácticas» que le ayudaron a aprender las habilidades necesarias para ser padre cuando su retoño nació más adelante.

Tendrás que tomar decisiones sobre qué decirle a tu prole sobre tus relaciones, y necesitas aprender qué decisiones son las habituales en las familias de tus amantes. Puede que no sea importante que las criaturas más jóvenes sepan o entiendan que algunas de las conexiones en su familia son sexuales y otras no. Pero todas las personas adultas en familias con niños tenemos la responsabilidad de conectar con los niños con los que nos relacionamos, y proteger las conexiones de nuestra propia prole con nuestras amistades y amantes.

Los putones solteros que no han tenido contacto anteriormente con niños puede que se encuentren que necesitan aprender cómo tratarlas en su familia extensa.

Ley de vida: todo el mundo que está en contacto con niños necesitará antes o después marcar límites. Puede que haya algunos retos mientras intentas conciliar tus propios límites con los hábitos y estilo de vida de la familia que funcionaba perfectamente antes de que aparecieses tú. Expresar tus necesidades puede ser una oportunidad para que las criaturas aprendan que diferentes personas adultas tienen diferentes necesidades, que Jane puede echarse una siesta durante una emocionante partida del juego del «pilla pilla» mientras que Jean necesita una hora de tranquilidad.

Puede que te suceda que no te guste uno de los niños de tus amantes. Quizás algo sobre esta criatura en particular te toca alguna tecla: te puede recordar a un horrible hermano mayor o quizás a ti mismo cuando eras más joven. A menudo las cosas que nos molestan más de alguien son cosas nuestras o de nuestra vida que no nos gustan. O la criatura puede estar enfadada contigo, o que no le gustes por razones completamente más allá de tu control. Quizás estás «sustituyendo» a una figura parental a quien quiere u otra persona adulta que se ha muerto o se ha divorciado. Sea cual sea la causa del problema, tú eres la persona adulta aquí y es tu responsabilidad encontrar una manera de resolverlo. La solución sin duda llevará algún tiempo, una buena cantidad de energía y una gran cantidad de paciencia, pero creemos que te valdrá la pena a ti, a tu amante y a las criaturas.

Al comienzo de la relación de Janet con E, su pareja, había mucho roce entre E y su hijo ya mayor, a menudo sobre temas que sonarán familiares a cualquier padre/madre que adopta: limpiar la casa, niveles admisibles de ruido, educación. Entonces, recuerda: «estábamos de visita en casa de mi madre unos días y los dos estaban huyendo del torbellino doméstico fuera en el jardín. E expresó comprensión sobre una situación personal complicada por la que estaba pasando mi hijo. Se tomaron una cerveza juntos y hablaron de verdad, desde el corazón, por primera vez. Y de repente E pudo ver a mi hijo de la manera que le veo yo, como un joven socialmente torpe, no siempre consciente de la realidad física que hay a su alrededor pero con un corazón enorme y mucho que dar. Desde esa tarde no han tenido ningún problema trabajando juntos en tares normales de la casa y se han convertido, de hecho, en buenos amigos».

Cuando estableces una relación positiva con las criaturas de tu entorno, te responderán desarrollando una relación positiva hacia ti. Sabemos de ex amantes que han mantenido amistades cercanas durante muchas décadas con criaturas con quienes no tenían ninguna relación biológica. Así se construyen y mantienen las familias de putones.

TERCERA PARTE:
SUPERANDO RETOS

13. Guía para gestionar los celos

> «Deja que los celos sean tu maestro. Los celos te pueden llevar a los lugares en los que más necesitas curarte. Pueden guiarte para entrar en tu propio lado oscuro y mostrarte el camino para realizarte por completo. Los celos te pueden enseñar cómo vivir en paz contigo y con el mundo entero si les dejas.»
>
> Deborah Anapol, *Love without Limits*

Para mucha gente el mayor obstáculo para el amor libre es la emoción que llamamos celos.

Los celos nos hacen sentir fatal, y la mayoría haremos todo lo posible para evitar sentirlos. De todos modos, tus autoras creen que la mayoría de la gente da demasiado por hecho la capacidad destructiva de los celos, que le dan a sus celos mucho más poder del que merecen. Tras muchos años viviendo libremente y gestionando con éxito los celos, tendemos a olvidarnos que vivimos en una cultura que considera aceptable divorciarse o incluso matar a una pareja que es sexualmente curiosa y que ha cometido el crimen inconcebible de despertar nuestros celos.

Déjanos señalar aquí que la monogamia no es remedio para los celos. Todos hemos tenido la experiencia de sentir unos celos feroces del trabajo que mantiene a nuestra pareja alejada de nuestro lado o de la decisión de nuestra pareja de navegar por internet en lugar de por nuestro cuerpo o del fútbol cada domingo (y viernes y sábado). Los celos no son exclusivos de los putones; es una emoción de la que todo el mundo tiene que ocuparse.

Muchas personas creen que la territorialidad sexual es una parte natural del individuo y la evolución social. Si crees eso, es fácil usar los celos como justificación para perder los estribos y dejar de ser un ser humano razonable, responsable y ético. Bajo la amenaza de los sentimientos de celos, permitimos que nuestros cerebros desconecten con la excusa de que estamos actuando por instinto. Tus autoras no creen que importe que los celos sean parte de nuestra naturaleza o fruto de la educación o ambas cosas a la vez. Lo que importa es que sabemos por experiencia que se puede cambiar. Esta es la historia de la vida de Dossie sobre la lucha para sobrellevar los celos:

Mi amante se está retrasando en volver a casa. Espero que esté bien. Esta mañana se fue llorando. Ayer por la noche las dos lloramos hasta bastante tarde. Espero que no esté muy enfadada conmigo, o que su enfado sea más fácil de soportar que su dolor. Ayer por la noche pensé que mi corazón se iba a romper de sentir su dolor.

Y es mi culpa, mi elección, mi responsabilidad. Le estoy pidiendo que atraviese las llamas por razones que el resto del mundo considera frívolas sino directamente censurables. No puedo —ni quiero— ser monógama.

Hace más de tres décadas abandoné al violento padre de mi hija, luchando para poder salir de esa casa, con cardenales y embarazada, prometiendo lo que fuese, prometiendo que llamaría a mis padres si me hacía falta dinero, mintiendo. Después de escapar de Joe, me envió mensajes con amenazas de suicidio y me amenazó con asesinarme. Una vez prendió fuego alrededor de la casa en la que creía que estábamos. Después de irme, decidí que él tenía razón: soy un putón, quiero ser un putón, nunca volveré a prometer monogamia. No volveré a ser propiedad de nadie, no importa lo valiosa que se considere esa propiedad. Joe me convirtió en una feminista, un putón feminista.

Mi amante ha vuelto. Me ha traído una flor. Todavía no quiere que la abrace. Tiene la sensación de que su casa ha sido invadida por una energía extraña. Fui muy cuidadosa limpiando, todo está muy ordenado, la cena preparada, paz y calma. Haré lo que sea para no sentirme tan mal.

¿Por qué insistí en hacer esto? Mi coautora y yo hemos estado esperando pacientemente para retomar esta parte de nuestra relación cuando mi más reciente y querida amante estuviese preparada. Ha superado los temores al sexo en grupo. Mañana vendrá otra pareja a cenar y a darme mi sesión de azotes de cumpleaños, una celebración que ella misma preparó sin que yo la animase. En el último año, ella ha tenido más experiencias sexuales nuevas de las que tuvo en los cuarenta y ocho años anteriores y se ha aficionado a ello sintiéndose como pez en el agua.

Excepto en lo de su amante teniendo una cita con una tercera persona. Ella odia sentirse dejada de lado y le molesta que esta vez sea en nuestra casa, no en territorio neutral. Quizás esto fue un error. Quizás cometo muchos errores.

Mis amistades y amantes le han dado la bienvenida con los brazos abiertos. A menudo, amantes ocasionales forman redes de cuidado familiar derivadas de sus relaciones sexuales y han empezado a surgir ciertas costumbres, incluso una especie de cultura. Y por eso es habitual, en mi recién estrenada cultura, que amantes de una persona den la bienvenida a amantes más recientes, no como competencia sino como alguien que se suma a la comunidad. Pero esta no es su cultura.

Ahora mi amante está preparada para hablar. Está cabreada. Seriamente cabreada. Está resentida conmigo por cada pensamiento triste y angustiado que ha tenido hoy. Está furiosa por haberle hecho pasar por la cruda experiencia de sus propios sentimientos, y eso no es lo que ella dijo, esa es mi interpretación. Y eso no es lo que dije antes, este no era el momento para ponerse con aires de superioridad sobre límites claros y ser responsable de tus propios sentimientos. Escuché, sin interrumpir, intentando únicamente que supiese que la amo, que comparto su dolor, que estoy aquí para ella. Está furiosa conmigo y no me estoy dando permiso para defenderme y me duele.

Esta historia no tiene un buen final: hablamos durante horas, o quizás escuché, estuve escuchando lo difícil que fue para ella, cómo se sintió invadida, cómo sintió que su casa no era un lugar seguro, cómo se sintió atacada por ella y por mí, cómo temía tantísimo que la fuese a abandonar. No llegamos a frases típicas que resultan en buenas historias para un libro. Nosotras simplemente descargamos nuestra angustia y nos fuimos a dormir exhaustas, y seguimos queriéndonos y trabajando sobre este tema lo mejor que podamos.

Han pasado más de diez años desde que Dossie escribió esta historia y ya no está con esa amante. La relación se terminó por muchas razones, ninguna de ellas debido a los celos en particular. Algunas personas se entristecieron al leer esta historia cuando la incluimos en la primera edición de este libro.

No es precisamente alegre y no tiene un final feliz. Pero la incluimos de nuevo porque pensamos que es importante para quienes nos leen saber que incluso consumados putones luchan con el dolor, problemas de comunicación, deseos que no coinciden, enfados y, sí, celos.

EJERCICIO *¿Cómo experimentas los celos?*

Reserva algún tiempo para la introspección. Recuerda algunas ocasiones cuando sentiste celos, y escribe sobre cómo te sentiste. Puede que te encuentres con tu mente preocupada pensando qué estarán haciendo esas personas. Puede que requiera un poco de paciencia volver sobre tus propios sentimientos: cólera, dolor, desesperación, ansiedad; sensación de sentirte una persona sola, fea, abandonada, despreciable; o cualquier otro sentimiento, como si necesitásemos una justificación apropiada para sentirnos pésimamente. Prueba a sentir alguna compasión por ti cuando te sientes tan mal.

O escribe libremente sobre los celos. Pon un cronómetro durante cinco o diez minutos y simplemente escribe todo lo que te venga a la mente. Cuando hayas terminado de escribir, sé amable contigo. Puede que quieras hacer esto más de una vez, y guardarlo como un diario para leerlo tú o quizás una amistad en la que confías o tu terapeuta.

O escribe una carta a tus celos. Pregúntales qué están tratando de conseguir. Pídeles consejo. Después haz que tus celos te escriban una carta a ti.

¿Qué son los celos?

Nunca dejaremos de hacer esta pregunta. ¿Qué son los celos para ti? ¿Existen realmente?, ¿son lo que creemos que son? Cuando elegimos enfrentarnos al sentimiento de los celos en lugar de huir, podemos ver más claramente qué son los celos realmente en nuestro caso. Los celos no son una emoción. Pueden aparecer como dolor o furia, odio o autodesprecio; los celos son una palabra comodín que cubre una amplia variedad de emociones que podemos sentir cuando nuestras parejas conectan sexualmente con alguien más.

Los celos pueden ser una expresión de inseguridad, miedo al rechazo, miedo al abandono, de sentir que nos dejan de lado, que no somos una persona lo suficientemente buena o que somos ineptos, o nos sentimos fatal. Tus celos pueden estar basados en territorialidad, competitividad o en alguna otra emoción que está gritando para ser oída bajo el ruido de los celos en tu cabeza. A veces pueden aparecer como furia ciega y el que sea ciega puede hacer muy complicado darse cuanta de lo que ocurre.

Dossie, cuando comenzó a pensar sobre sus celos y enfrentarse a ellos, sentía una insoportable sensación de inseguridad, algo parecido a «nadie me va a quererme porque me pasa algo raro y soy indeseable». Descubrió esto sobre sí misma en los primeros años del feminismo, así que coincidió perfectamente con su exploración feminista para trabajar en su autoestima y construir una base para su seguridad que no necesitara estar respaldada por otra persona y que nadie pudiese arrebatarle. Seguramente puedes imaginar lo valiosa que fue esta lección y cuántos otros usos encontró para sentirse segura consigo misma. Gracias, celos; sin esa lección ella no tendría suficiente seguridad en sí misma para estar escribiendo este libro.

Si experimentas tus celos como una cólera absurda, quizás quieras leer algo sobre la ira: cómo otras personas piensan sobre ella, trabajan con ella, manejándola con éxito; quizás podrías apuntarte a un curso de control de la ira. Quizás puedas llegar a un acuerdo con tu enfado. Quizás puedes llegar a un punto en el que tú y tus amantes no necesitéis sentir miedo nunca más. ¿No valdría la pena trabajar por algo así?

Muchas personas encuentran en su interior tipos de celos que son bastante fáciles de manejar: dudas insistentes, cierto nerviosismo sobre cómo van a hacerlo en la cama o sobre la propia imagen corporal. Otras se encuentran a sí mismas cayendo en un torbellino de terror o dolor, al que es incluso difícil mirar, mucho más desgranarlo en sentimientos independientes como el miedo al abandono o el sentimiento de pérdida o de rechazo. ¿Por qué nos sentimos a veces así? Dossie la terapeuta tiene una teoría sobre esto basada no sólo en su propia experiencia sino también en la de muchos pacientes con los que ha trabajado sobre estos temas.

Los celos son a menudo la máscara que utiliza el conflicto interno más complicado que tienes en ese momento, un conflicto que ha estado pidiendo a gritos ser resuelto y tú ni siquiera lo sabes. Como está arraigado tan profundamente puede ser increíblemente difícil prestarle atención cuando los celos aparecen en el horizonte: nos retorcemos intentando no sentirlos. Ese el momento en que nuestras emociones tienen más posibilidades de causarnos dolor; cuando crees que tienes que evitar sentirlas cueste lo que cueste.

Una manera de no sentir un sentimiento es proyectarlo en tu pareja. Proyectar es una defensa psicológica en la que se intenta sacar de ti un sentimiento doloroso proyectando tu película emocional en otra persona. Como si esa persona fuese una pantalla para tus miedos y fantasías y no un ser humano. Puede que esta sea la única definición real de los celos: es la experiencia de proyectar sentimientos incómodos propios en nuestra pareja.

Pero hay buenas noticias. Si te reconoces en algo de todo esto, eso quiere decir que alguna parte de ti ha decidido que eres lo suficientemente fuerte para ser consciente de la emoción subyacente, y eso significa que estás en una posición excelente para curarlo un poco. Utiliza tus celos como una señalización: «¡Trabajar en este sentimiento!». Ve a un curso, únete a un grupo, busca una buena terapia, comienza a practicar meditación, comienza a trabajar en ti. Tienes una oportunidad de oro, así que aprovéchala. Podrías sacar mucho de esto si haces el trabajo que se te presenta por delante: curar viejas heridas, abrirte a nuevas posibilidades, ganar en salud y librarte del miedo... y en algún punto de ese proceso, casi como un plus, alcanzar también tu libertad sexual.

A veces lo que percibimos como celos es en realidad algo más. Repasa los detalles de cómo funcionan los celos en ti. ¿Qué es lo que más te preocupa? ¿Es que *no* quieres que tu pareja haga esas cosas con otra persona o que *sí* quieres que tu pareja las haga contigo? Los celos podrían ser en realidad envidia, y la envidia a menudo es muy fácil de solucionar. ¿Por qué no quedas con tu pareja para hacer lo que acabas de descubrir que te estás perdiendo?

A veces los celos están arraigados en sentimientos de dolor y pérdida, lo que puede ser más difícil de interpretar. Nuestra cultura nos ha enseñado que, cuando nuestra pareja tiene sexo con otra persona, hemos perdido algo. No queremos parecer tontas, pero esto nos confunde: ¿qué hemos perdido? Cuando nuestras parejas vuelven de citas excitantes, a menudo están excitadas y calientes y tienen nuevas ideas que les gustaría probar en casa. No conseguimos ver lo que perdemos en esta situación.

O la sensación de pérdida que sientes podría ser la pérdida de un ideal, una imagen que has estado guardando en tu mente sobre qué aspecto debe tener una relación perfecta, monógama. Puede ser útil recordar que las relaciones cambian con el tiempo. Las necesidades y los deseos de las personas cambian de acuerdo con su edad y circunstancias, y las relaciones más exitosas a largo plazo son las que tienen la suficiente flexibilidad para redefinirse a sí mismas una y otra vez a lo largo de los años.

De vez en cuando nuestra incomodidad significa que nos estamos dando cuenta a nivel intuitivo que nuestra pareja se nos está alejando, y puede que sea verdad que estemos perdiendo una relación que nos es muy querida. A veces sucede. El hecho de que las personas supuestamente monógamas a menudo dejan a su pareja para irse con alguien a quien creen aparentemente mejor en ese momento no es de mucho consuelo cuando te sucede a ti.

Vimos a una amiga nuestra atravesar sentimientos de profundo dolor y pérdida cuando se dio cuenta de que quien estaba con su pareja estaba intentando, casi con éxito, fugarse con él. En este caso, su dolor sacó a la luz cierta deshonestidad y manipulación por parte de la tercera persona y le dio a su pareja la fuerza para romper con su amante y encontrar otras relaciones que tuvieran un mayor respeto por su relación principal. Por otro lado, esta situación podría haber acabado igualmente en una ruptura. Hablaremos más de rupturas, y cómo gestionarlas éticamente cuidando tus propios sentimientos y los de tu pareja en el capítulo 20, «Los altibajos en las relaciones».

Los celos pueden también estar asociados con sentimientos de competitividad, de querer ser número uno. Hay una razón para que no existan las olimpiadas del sexo: los logros sexuales no se pueden medir. No podemos clasificarnos en una especie de escala jerárquica de quién es más o menos deseable o quién es el mejor trofeo. ¡Qué idea más horrible! Tus autoras quieren vivir en un mundo en el que la sexualidad de cada persona sea valorada por sí misma, y no por cómo se mide respecto a un estándar ajeno a nuestro placer. Si te encuentras algo que te gustaría sumar a tu repertorio, puedes aprender a hacerlo sin perder el tiempo machacándote por no haberlo sabido ya.

El miedo a ser sexualmente incompetente puede sumarse a una herida muy profunda y secreta. Pero déjanos tranquilizarte diciéndote que, al final, cuando consigas llevar el estilo de vida con el que sueñas, tendrás familiaridad con tantas maneras diferentes de expresar la sexualidad que no tendrás que preguntarte cómo es tu sexualidad comparada con la de otras personas; lo sabrás por propia experiencia. Los/las grandes amantes no nacen, se hacen. Puedes aprender de tus amantes, y de amantes de tus amantes, a ser la superestrella sexual que te gustaría ser.

Desaprender los celos

Cambiar la manera en que experimentas un sentimiento requiere tiempo, así que espera que sea un proceso gradual, aprendiendo sobre la marcha, mediante prueba y error. Y habrá pruebas, y cometerás errores.

Comienza por darte permiso para aprender. Permítete no saber lo que no sabes, ser ignorante. En el budismo se le llama la mente de principiante. Debes darte permiso para cometer errores; no tienes elección. Así que tranquilízate: no hay una manera elegante de desaprender los celos. Es como aprender a patinar: tienes que caerte y hacer el ridículo un par de veces antes de llegar a ser tan elegante como un cisne.

El reto es aprender a crear dentro de ti unos cimientos sólidos de seguridad interna que no dependan de la exclusividad sexual o de la propiedad de tu pareja. Esta difícil tarea es parte de la cuestión más amplia de cómo retener tu poder personal y aprender a entenderte y quererte sin una necesidad tan desesperada de que otra persona te dé su aprobación. Te vuelves libre para dar y recibir aprobación de otras personas, pero no por necesidad u obligación, sino por amor y cariño. Te recomendamos encarecidamente que te esfuerces en aprender a valorarte. Créenos, te lo mereces.

Muchas personas lo averiguan conforme van desarrollando sus familias poliamorosas, van obteniendo ese visto bueno de muchas personas y acaban siendo menos dependientes de la aprobación de su pareja. Sus necesidades y fuentes de apoyo emocional se extienden sobre un territorio mayor.

Quitarle poder a tus celos

No podemos decirte cómo hacer que los celos se desvanezcan o exorcizarlos como si fuesen el demonio. Puede ser tu demonio interior, pero no es un cáncer que puedas extirpar. Es una parte de ti, una manera en que expresas miedo y dolor. Lo que puedes hacer es cambiar la manera en que tú experimentas los celos y aprender a gestionarlos como aprendes a gestionar cualquier emoción: trabajando con ella hasta que se vuelve, no insoportable y no exactamente agradable pero tolerable; una leve alteración, una chubasco de verano más que un tifón.

Una mujer con la que hablamos tenía algunas ideas muy buenas sobre qué puedes hacer con los celos:

Noto que los celos vienen y van, dependiendo de lo bien que me siento conmigo misma. Cuando no estoy encargándome de conseguir lo que quiero, es fácil sentirme celosa y pensar que alguien está consiguiendo lo que yo no consigo. Necesito recordar que es tarea mía tener mis necesidades cubiertas. Siento los celos, pero no estoy dispuesta a actuar en base a ellos, por lo que casi siempre desaparecen.

Una vez has asumido el compromiso de negarte a actuar por celos, te vuelves libre para empezar a reducir la cantidad de poder que dejas que tus celos tengan sobre ti. Una manera hacerlo es simplemente dándote permiso para sentirlos. Simplemente siéntelos. Te va a doler, y sentirás miedo y confusión, pero si te sientas sin moverte y escuchas con compasión y apoyo a la asustada criatura en tu interior, la primera cosa que aprenderás es que se sobrevive a la experiencia de los celos. Tienes la fuerza necesaria para aguantar.

Gran parte de las dificultades con los celos viene de nuestros intentos por evitar sentir una emoción que nos da miedo o nos causa dolor. Quizás hace tiempo, cuando éramos niños realmente impotentes en el mundo y con unas herramientas muy limitadas para manejar nuestras emociones, sentimos algo que nos dio miedo y nos dijimos: «No volveré a sentir esto nunca más, es demasiado horrible, moriré, me suicidaré». Así que guardamos ese sentimiento, y el hecho que lo ocasionó, en una especie de olla que tapamos bien fuerte. Según pasan los años, cuando pasa algo que nos recuerda a lo que tenemos en la olla, que hace vibrar un poco la tapa, la apretamos más. «Tengo que mantener tapada la olla», nos decimos, quizás ni siquiera recordemos por qué. Y la presión sube y sube, no tanto por lo que está dentro de la olla como por nuestra lucha frenética para mantener la olla tapada.

Cuando crecemos y necesitamos quitar la tapa para poder gestionar nuestra realidad emocional como personas adultas, puede dar miedo de verdad. Pero, sorprendentemente, a menudo cuando miramos lo que está realmente dentro de la olla y lo sentimos, resulta ser mucho más manejable de lo que creíamos. Puedes abrirla, ver lo que está hirviendo ahí dentro y luego volver a poner la tapa. Tus antiguas defensas seguirán funcionando perfectamente cuando quieras que lo hagan.

Hemos oído de putones que se acusan mutuamente de ser celosos como si fuese un crimen: «¿Ves? ¡Mírate! Tienes celos, ¿verdad? ¡No intentes negarlo!» Es particularmente importante que asumas las consecuencias de tus celos, para ti y para la gente más cercana. Si intentas aparentar que no tienes celos cuando los tienes, las otras personas te verán como una persona poco honesta o, peor, pueden creerte y ver que no hay necesidad de apoyarte o protegerte porque estás bien, ¿verdad? Si aparentas ante ti que no sientes celos cuando los sientes, tus emociones pueden intentar encontrar caminos tortuosos para que les prestes atención, manifestándose como una furia completamente irracional, conductas poco razonables, una ansiedad aplastante por todo, rabietas, ataques de llorera o incluso enfermedades físicas.

Cuando te niegas a admitir tus celos, te quitas la oportunidad de tener autocompasión, de darte apoyo y consuelo. Cuando niegas los celos, o cualquier otra emoción complicada, te pones en una situación dura y difícil, llena de trampas y minas. Los arrebatos entrañan hacer cosas que no comprendes, cuando te arrastran las emociones de las que te has negado a ser consciente. Negar tus celos te puede llevar a exteriorizar tus sentimientos de maneras muy duras de las que te arrepentirás más adelante.

A veces la exteriorización toma la forma de plantear ultimátums sobre lo que tu pareja puede o no hacer o, peor, tratar de hacer valer «acuerdos» retroactivos actuando con aires de superioridad moral, indignándose por no habérsele ocurrido que estaba mal ir con Bob al cine a ver la película que tú querías ver, por lo malas y desconsideradas que son esas dos personas. No puedes gestionar constructivamente los celos haciendo sentir a la otra persona que está equivocada. Endosar tus sentimientos a tus parejas es un callejón sin salida; simplemente, no va a funcionar. Los celos son una emoción que nace dentro de ti; ninguna persona ni ninguna conducta puede «hacerte» sentir celos. Te guste o no, la única persona que puede hacer que esos celos duelan menos o se vayan eres tú.

Escuchar a alguien que siente celos puede ser difícil, particularmente cuando los celos se centran en ti. A veces, cuando tu amante está sintiendo celos y sufriendo, puedes encontrar más sencillo enfadarte y apartar a esa persona de tu lado, en lugar de mantenerte cerca, mantener la empatía, escuchar, cuidar. Cuando culpas a esa persona por estar celosa, lo que estás diciendo realmente es que no soportas escuchar a tu pareja decirte lo mucho que sufre cuando sales por la puerta para jugar con otra persona. Esta aparente indiferencia es una manera horrible de evitar enfrentarte a tu propio sentimiento de culpa.

Hay soluciones más fáciles. A los sentimientos les gusta ser escuchados; los sentimientos de otras personas y los tuyos. Cuando comprendas que tú estás haciendo algo constructivo cuando simplemente escuchas, o pides a alguien que simplemente te escuche, puedes sacar esos sentimientos conflictivos a la luz y aprender a solucionarlos. La idea es ser amable con tus sentimientos, darles la bienvenida como invitados, hasta que sienten que han terminado y se vayan.

Si esto te suena familiar, si has experimentado momentos así en tu vida, te recomendamos que practiques la habilidad de estar en silencio con tu dolor y el de tu pareja. Recuerda, no tienes que arreglar nada. Todo lo que tienes que hacer es escuchar, a ti o a la otra persona, y entender que esto duele. Punto.

Janet y su pareja a largo plazo tuvieron un momento complicado cuando ella le dijo por primera vez que estaba enamorada de una de sus amantes:

Había estado viendo a esta mujer durante una temporada y me di cuenta, para mi sorpresa, que mis sentimientos hacia ella habían ido más allá de la simple amistad sexual a una emoción romántica profunda que identifiqué como estar enamorada. Cuando se lo conté a mi pareja a largo plazo, creo que su primer impulso fue sentirse amenazado, inseguro y, sí, celoso. Pude sentir cómo él estaba a punto de estallar. Fue duro para mí no intentar arreglar las cosas, retirar lo que había dicho sobre estar enamorada, o simplemente abandonar la conversación porque me sentí asustada y culpable.

Pero él se mantuvo igual, permitiendo que los sentimientos aparecieran, pero no permitiéndoles llevarle a actuar enfadado o a la defensiva. Me preguntó algunas cosas como qué significaba exactamente esto para nuestra relación, y fui capaz de explicar que no estaba planeando dejarle, que mi amor por ella no era en absoluto una amenaza a mi amor por él, que ella y yo no esperábamos convertirnos en pareja principal, que en realidad nada había cambiado excepto mis propias emociones y las palabras que estaba usando para describirlas. Volvimos a retomar esta discusión de vez en cuando, especialmente cuando nuestros ajetreados horarios me permitían pasar algún tiempo extra con mi amante.

Ella y yo nos fuimos separando bastante fácilmente cuando empezamos a hacer otras cosas en nuestras vidas... y, es más, lo mismo hicimos él y yo, aunque menos fácilmente. Pero las tres personas que estuvimos en ese triángulo particular podemos mirar hacia atrás con orgullo por la manera en que mutuamente nos dimos el espacio y respeto que necesitábamos para procesar un cambio que, al principio, las tres sentimos como una amenaza terrible.

Puedes sentir celos sin actuar en función de ellos. De hecho, montar en cólera y romper toda la vajilla, o llamar al amante de tu amante y colgar cada quince minutos durante tus primeras noches sin dormir, o pelearse con la primera persona que se presente no te ayudará en absoluto a sentirte mejor. Todas estas son cosas que la gente hace para no sentirse celosa, para no sentirse asustada y pequeña. La ira puede ayudarnos a sentirnos con poder cuando queremos alejar nuestros sentimientos de vulnerabilidad pero en realidad no nos hará sentirnos más fuertes o con más seguridad.

Cuando permanezcas inmóvil con tus celos, verás que es posible sentir algo complicado sin hacer nada que no hayas decidido hacer. Habrás dado tu segundo paso quitando poder a tus celos. Le habrás dicho a tus celos que no les permitirás que te hagan hacer nada que pueda destruir tus relaciones afectivas.

Khalil Gibran escribió algo realmente profundo sobre la naturaleza del dolor: «Tu dolor es la destrucción de la cáscara que encierra tu comprensión».

Así que aquí estás, con la cáscara rota, zozobrando en el dolor. ¿Qué puedes hacer? Ponte cómodo y observa cómo puedes aprender a navegar en esas olas en lugar de ahogarte en ellas. Reúne el valor para sentir lo que estás sintiendo. Explora tus sentimientos, arrópalos, aprécialos: son la parte más esencial de ti.

Trátate bien y recuerda que la parte más importante del amor no es amar la belleza, fuerza y virtud de alguien. La verdadera prueba de amor es cuando alguien ve nuestras debilidades, nuestras estupideces, nuestras pequeñeces y aun así nos quiere. Este amor incondicional es lo que queremos de nuestras parejas, y no debes esperar menos de ti.

Experimentar sentimientos dolorosos no es un asunto moral: no está «mal» en ningún sentido sentir lo que sientes y querer lo que quieres. Sólo las acciones pueden ser un delito. Déjanos repetirlo: las emociones nunca son equivocadas; sólo las acciones pueden ser equivocadas. Las emociones son la expresión de una nuestra verdad emocional, y la verdad nunca puede estar equivocada. Ni necesitan estar justificadas. Sólo necesitan ser sentidas.

Recuerda, cuando te mires, mírate con cariño y recuerda que no estás haciendo un balance de tu cuenta bancaria. Cualquier cosa que veas que no te gusta, o que quieres cambiar, no es una deuda que debes restar de tus virtudes. Cuando aprendes a reflexionar sobre tus fortalezas, se hace más fácil mirar a tus debilidades aceptándolas con compasión. Mantén tus virtudes en su máximo valor y aprécialas.

Empieza por ponerte la tarea de pasar un corto período de tiempo con tus celos, por ejemplo, una noche o una tarde cuando tu pareja puede que esté con otra persona. Haz un pacto contigo mismo de que te mantendrás en conexión con tus sentimientos, sean los que sean, durante ese breve período de tiempo. Si una tarde o una noche entera parecen demasiado, empieza con cinco o diez minutos, y luego organízate para distraerte viendo una película o lo que sea.

PODRÍA SER MÁS SENCILLO DE LO QUE PENSABAS

Una de las consecuencias posibles, y realmente habitual, será que tu pareja se irá a su cita con su amante y te sentirás simplemente bien. ¡Sorpresa! Tus expectativas pueden haber sido mucho peores que el hecho real. A menudo los putones con ética experimentados se encuentran con que sólo sienten celos muy de vez en cuando. Cuando experimentan celos, examinan esas experiencias en concreto para ver qué pueden aprender sobre sí mismos y para pensar en estrategias para hacer este tipo de situación algo más seguro y sencillo.

Una pareja con la que hablamos estaba trabajando para mantener su relación principal en medio de una situación difícil: uno de los miembros de la pareja está de negocios fuera de la ciudad la mayoría del tiempo, con lo que mucha de su actividad con otras personas tiene lugar en situaciones que no les permite reconectar físicamente después. Uno de sus acuerdos es que hablan por teléfono cada noche, independientemente de dónde estén o de lo ocupados que estén. A menudo, sus conversaciones tienen lugar después de que uno de ellos haya pasado algún tiempo conectado con una de sus parejas externas. Uno de ellos señala que durante esas conversaciones:

> Él permite mis sentimientos. No dudo en decir lo que quiero; de hecho, él me anima a hacerlo. He visto que simplemente pudiendo

decir esas cosas, hablar de mis celos y tristeza, de alguna manera los desactiva. Pierden mucho de su poder porque no encuentran resistencia por su parte; el sólo los escucha y no los cuestiona.

SIENTE TUS SENTIMIENTOS

Los sentimientos dolorosos, incluso los más intensos, tienen una tendencia a seguir su curso si les dejas, por lo que una estrategia inicial es ponerte a gusto, relajarte todo lo posible y esperar. Localiza tus sentimientos de celos —dolor, enfado o el que sea— y déjalos circular a través de ti, como un río. Tu mente puede que esté acelerada con pensamientos desagradables, con enfado, echando culpas, centrándote en un detalle del que no tienes ninguna duda en que esas personas obraron mal, obsesionándote con creer que alguien se está aprovechando de ti o haciendo caso omiso de tus emociones desnudas. ¡Te duele mucho, así que seguro que es culpa de alguien! Pero a veces hay un dolor muy grande y no hay villano. Déjanos tranquilizarte: todo el mundo pasa por esto. No te mueras de vergüenza, solamente deja que estos pensamientos también pasen a través de ti.

Los sentimientos, una vez destapados, se pueden entender mejor reflexionando sobre ellos. Es útil tener estrategias para la autoexploración. Escribir un diario, preferiblemente sin importar en absoluto ni la ortografía ni la sintaxis, puede ser una buena manera de soltar sentimientos y aprender sobre ti al mismo tiempo. Está bien el cubrir páginas de tu diario con ¡MIERDA MIERDA MIERDA ODIO ESTO! con tinta roja; si ves que te sienta bien, te recomendamos conseguir un diario extra grande. Prueba a escribir una lluvia de ideas, es decir, escribir cualquier cosa que se te pase por la cabeza, tenga sentido o no, a ver qué consigues. A menudo de esta manera se encuentran tesoros, joyas del autoconocimiento.

Puedes conseguir un gran bloc de dibujo y pastel al óleo, que son los lápices de colores de las personas adultas. Estos grandes lápices de colores estimulan la expresión con colores vivos y disuaden de obsesionarse demasiado con los detalles (son demasiado gruesos como para enfadarse por eso). A veces cuando dibujes te saldrán garabatos, y eso está muy bien; por poco que puedas conseguir siempre te ayudará a permanecer inmóvil durante un rato y a despotricar con los colores. Otras veces te puedes sorprender dibujando algo que tiene mucho significado para ti. Nosotras dos usamos mucho el dibujo para dar salida a nuestros sentimientos más fuertes y descubrir cosas sobre nosotras mismas. Dossie dejó de fumar de esta manera, y Janet lo usó como una herramienta importante para salir de la zona residencial y recuperar su promiscuidad; y te aseguramos que ninguna de las dos es una gran artista.

Hay gente que prefiere expresar sus sentimientos con su cuerpo y pueden hacerlo corriendo, haciendo ejercicio en el gimnasio, limpiando la cocina o cavando en el jardín. Nota sobre seguridad: si a tus sentimientos les gusta expresarse físicamente de manera intensa, deberás mantener una parte de tu mente alerta sobre el hecho de que estás bajo el efecto de mucha adrenalina y puedes sentirte más fuerte de lo que realmente eres, así que presta un poco de atención a lo que puedes hacer sin sufrir lesiones. Una vez Dossie que estaba completamente estresada y subió caminando una colina muy alta y se sentía maravillosa y poderosa. Recuerda haber pensado que debía estar en mejor forma de lo que creía. El día siguiente fue una agonía física, con dolores musculares y las articulaciones inflamadas.

Prueba a buscar música que coincide con tu estado de ánimo, furiosa, triste, frenética, y expresa tus sentimientos bailando. Puede ser muy satisfactorio comprar una raqueta de tenis barata y golpear el sofá con ella. Arrodíllate delante del sofá, sube la raqueta sobre tu cabeza y golpea con todas tus fuerzas. Mantén los ojos abiertos, imagina sobre el sofá lo que sea con lo que tienes ese enfado (excepto contigo) y grita bien alto cómo te sientes.

Cuando te expresas, te conoces mejor y gestionas parte del estrés más intenso de manera constructiva. Lo peor que puede ocurrir es una cocina limpia, y podrías sentirte realmente bien tras regalarte una tarde en la playa.

NADIE ME QUIERE

Prueba a centrar tu atención en los sentimientos de tu cuerpo: ¿Dónde sientes esas emociones?, ¿en la garganta, en el pecho, en la barriga? Dirigir tu atención hacia las sensaciones físicas puede intensificarlas y hacerte llorar, pero pasarán incluso más rápidamente si te permites sentirlas a nivel físico. Si tienes un brote de ira, puedes golpear una almohada. Si empiezas a llorar, déjalo salir, recuerda la sensación de alivio que aparece después de expresar llorando una emoción intensa. A Janet le gusta buscar un libro o película lacrimógena que le ayude a hacer brotar esas lágrimas cuando siente que no es capaz de llorar (*La Fuerza del Cariño* no ha fallado hasta el momento).

Algunas personas no son capaces de hacer esto porque les han enseñado que está mal sentir lástima de sí mismas. ¿Entonces por quién debes sentir lástima? Sintoniza contigo: te sientes mal, así que sé amable contigo.

Puedes hablar con alguna de tus amistades, o de tus amantes, asumiendo que has llegado a acuerdos de confidencialidad con todo el mundo al que podría importarle si cotilleas sobre el tema. Janet tiene un acuerdo con una de sus amistades para recibir apoyo por teléfono. Ella puede llamarle y pedirle cinco minutos de «pobrecita mi niña» y, si está disponible, no dice nada más que —lo has adivinado— «pobrecita mi niña» hasta que ella ha terminado de soltar todos sus sentimientos. Este diálogo puede parecer tonto, pero no lo rechaces sin haberlo probado. El consuelo es una buena cosa en momentos difíciles.

EJERCICIO *Tranquilizar.*

Este es un ejercicio que puedes hacer con tu pareja para aprender a decirse «pobrecita mi criatura» mutuamente incluso cuando es un momento difícil.

Haz una lista de las diez cosas que tu pareja podría hacer para consolarte. Evita las abstracciones, céntrate en las conductas, no las emociones. «Quiéreme más» es una emoción y, por tanto, bastante difícil de llevar a la práctica: ¿cómo vas a saber que tu pareja te quiere más? «Cómprame una rosa» es una conducta que cualquier persona con un euro puede hacer. Escribe tu lista en privado, tu pareja puede hacer lo mismo, y luego os podéis reunir y echar una ojeada a la lista de pareja. Te sorprenderás lo fácil que es dar consuelo cuando tienes una lista.

Esta tarea puede ser más complicada de lo que parece. Pueden venirte muchas preguntas a la cabeza: ¿cómo voy a pedir eso? ¿No debería saberlo ya mi pareja? Si tengo que pedirlo yo, ¿cuenta realmente? Si mi pareja me quisiera ¿no debería estar sucediendo esto ya?

Si estás teniendo pensamientos como estos, imagínate qué sensación podría dar que tu pareja te pidiera consuelo. ¿No sería una buena sensación saber cómo puedes ayudar? No tenemos telepatía, pero nos preocupamos por la otra persona, y podemos ayudar una vez que sabemos cómo.

¿DE QUIÉN ES LA CULPA?

Según vas aprendiendo a encontrar y expresar tus sentimientos, puedes probar una tarea más exigente. Mira si eres capaz de escribir sobre tus sentimientos, o contárselos a alguna de tus amistades, sin echar la culpa a nadie: ni a tu amante, ni al amante de tu amante y, especialmente, tampoco a ti. Este ejercicio no es fácil. Te sorprenderás de lo rápido que cualquiera pasa a culpar a alguien, pero vale mucho, mucho la pena aprender a tener sentimientos sin endosárselos a otra persona.

También ayuda prestar atención a cómo atribuimos intenciones: «Estás haciendo esto para que me enfade». ¿Cuántas veces crees que eso es realmente cierto? Prácticamente nunca hacemos enfadar a alguien a propósito; el resultado, normalmente, no es agradable. Es fácil inventarse las intenciones de las otras personas para darle sentido a lo que tú estás sintiendo... pero puede ser muy duro para ellas hablar de sus verdaderas intenciones si alguien les está acusando de tener unas intenciones que nunca tuvieron.

Sólo cuando estamos en disposición de asumir las consecuencias de nuestras emociones, y dejamos a nuestras amistades y amantes tener las suyas, todo el mundo tiene el poder para cambiar y evolucionar.

MÍMATE

Cuando tus emociones son abrumadoras y caóticas puede ayudar el preguntarse si hay algo que podrías hacer que te ayudase a sentirte sólo un poquito más a salvo. No te preocupes de la foto completa. Quizás todo el asunto es demasiado grande para llegar a comprenderlo por completo ahora mismo. Respira hondo unas cuantas veces, relaja conscientemente algunos músculos, pon música relajante. Prueba a envolverte en una manta suave. Puede que no parezca mucho pero, una vez que eres capaz de hacer algo que mejora las cosas aunque sea en algo microscópico, te estás moviendo en la dirección correcta para tener la confianza de que puedes aprender a gestionar tus sentimientos de celos.

Date permiso para cuidar bien de ti mientras aprendes a superar los celos y otros sentimientos complicados. Aprende a cuidarte. ¿Qué cosas encuentras reconfortantes? Concédetelas. ¿Un chocolate caliente? ¿Una toalla caliente después de un largo baño? ¿Una larga sesión con tu película favorita o con un videojuego? ¿Tu oso de peluche favorito? Un autocuidado efectivo sucede a menudo a un nivel de percepción corporal, por lo que las experiencias físicas —masajes, baños calientes, cremas corporales, pijamas de franela— pueden dar la sensación de consuelo y seguridad incluso cuando tu mente está preocupada y tus pensamientos hechos un lío. Date permiso para cuidarte lo mejor posible. Te lo mereces.

Cuando prevés que vas a sentir celos, haz planes para estar haciendo algo. Puede ser demasiado pedir que siempre tengas una cita excitante exactamente al mismo tiempo que tu amante: los horarios de la mayoría de la gente son demasiado complicados, por lo que ¿qué haces cuando la cita de tu pareja se enferma de gripe? ¿Cancelas la tuya? Las personas con las que tienes esas citas puede que cuenten contigo, el tiempo que pasan contigo puede ser importante para ellas, y sus sentimientos pueden resultar heridos. Las terceras personas también tienen derecho a cierta predictibilidad en sus vidas.

Pero incluso si no puedes concertar una cita romántica, probablemente puedas quedar con alguna de tus amistades para ir al cine, hablar obsesivamente (con la debida atención a la confidencialidad, por supuesto) por internet, apretar los dientes, comer galletas, morderte las uñas, en fin, lo que sea que funcione. No recomendamos beber y drogarse, porque el subidón puede perfectamente aumentar la intensidad de tu alteración y desinhibirte lo suficiente para que olvides tu compromiso de experimentar los celos sin actuar en base a ellos. Una cierta dosis de evasión está bien, pero si te anestesias para no sentir nada en absoluto, perderás la oportunidad de desarrollar la capacidad de gestionar todos los sentimientos que estás teniendo.

Adquirir estas habilidades requiere práctica, como la meditación o aprender a patinar. Al principio te da vergüenza y te preguntas por qué lo estás haciendo, y no funciona muy bien. Pero si practicas cuidando bien de ti, después de un tiempo tu visión del mundo cambia un poco y este se vuelve un lugar mucho más amigable y acogedor porque tú lo has creado así.

EJERCICIO *Quince maneras con las que puedes ser amable contigo.*

Haz una lista de quince cosas sencillas que puedes hacer para ser amable contigo. Por ejemplo, «ir a la tienda y regalarme una flor» o «meter los pies en agua caliente y darles un masaje». A veces ayuda que te preguntes: «¿Qué podría hacer para sentir un poco más de seguridad, o para sentirme mejor, o con más cuidados?». Escribe los puntos de tu lista en tarjetas. La próxima vez que te sientas a disgusto y que agradecerías algo de cariño, elige una de las tarjetas y haz lo que pone.

CUANDO TÚ ERES LA TERCERA PERSONA

Todas estas ideas sobre cuidarte se aplican tengas pareja o no, pero esas personas que vivimos solas tenemos que prepararnos especialmente para evitar sentirnos aisladas con nuestros sentimientos. (Hemos escrito mucho más sobre esto en el capítulo 19, «El putón soltero»). Necesitas contactar con amistades cercanas o quizás ir a un grupo de apoyo o a una quedada en tu zona. Ponte de acuerdo con tus amistades para escuchar mutuamente vuestros sentimientos. Y no olvides reservar algún tiempo para tener una comunicación profunda con la pareja con la que no convives. La soltería, o ser otra cosa que la pareja a largo plazo, no significa que nunca sentirás celos o cualquier otro sentimiento complicado. Cuando estamos saliendo con alguien, sea con la intensidad que sea, rara vez reservamos tiempo para hablar en serio sobre nuestros sentimientos, nuestras diferencias o, lo que es más importante, cómo cada cual entiende y valora la relación que estamos teniendo.

Para tener ese tiempo, muchas de las personas poliamor conceden un valor especial al hecho de dormir juntas y compartir el café, despertarse poco a poco, e incluso disfrutar de un típico desayuno de toda la vida. Si cada vez que conectas con tu amante es con la intención de tener sexo intenso, puede ser complicado hacer un hueco para una simple conversación, hablar de sentimientos, escuchar los sentimientos de la otra persona. Si nunca duermes con tu amante, intentad juntaros para el almuerzo o el *brunch* en otro momento, quedad para ir a caminar por el monte o para pasear por la playa, visitad un jardín botánico o un museo.

Aguantar el tipo

Cuando no hay un plan mejor, no pasa nada por apretar los dientes, aguantar y esperar ahí hasta que todo haya pasado. Dossie recuerda su primer reto después de haber decidido que nunca más sería monógama:

Había estado saliendo de manera informal con un hombre joven y le había contado con mucho detalle que no estaba disponible para tener pareja y que no tenía intención de volver a ser nunca monógama. Vino a visitarme a casa cuando mi mejor amiga estaba allí, fumamos algo de marihuana y él la sedujo. Ella pensaba que él le gustaba y no sabía que yo estaba con él, así que empezaron a besarse en medio de mi salón. ¡Oh! Mis pensamientos se aceleraron mientras les miraba, pensando: «Bueno, no es que quiera casarme con él, y no tengo ganas de unirme a lo que están haciendo, y aparte de eso, creo que mi amiga no es bisexual, así que ¿qué hago?». No tenía una varita mágica para esta situación. Por un momento me quedé sentada helada, si digo la verdad, y finalmente pensé para mí: vale, puesto que no hay un guion, tendré que inventarme uno. ¿Qué estaría haciendo yo si mi amiga y mi nuevo amante no estuviesen rodando por el suelo con los *brackets* enganchados? Supongo que estaría terminando de tomar notas del libro de tarot que estaba leyendo. Así que subí y estudié, apretando los dientes. El centrarme en mis notas me supuso al menos un pequeño alivio ya que ocupó mi mente. Al final se fueron, y pasé una noche extraña y solitaria, no sintiéndome precisamente bien, pero al menos orgullosa de mí misma por haber sobrevivido. No me sentí herida, me sentía realmente bien. Lo que había conseguido controlar era mi propia fuerza, así que... por raro que fuese, esta fue mi primer paso exitoso a través de los celos.

VE A DONDE DUELE

He aquí una buena pregunta para hacerte cuando intentas entender tus celos: «¿Cuáles son las imágenes concretas que me alteran más?». Es probable que ya te lo estés imaginando mientras lees estas líneas, así que no te sentirás peor pensando a propósito sobre las cosas que te asusten.

Esas imágenes perturbadoras, las que realmente te molestan, no te están diciendo lo que tu pareja está haciendo: la verdad es que no sabes qué está haciendo tu pareja. Las imágenes que ves en tu mente son el reflejo perfecto de tus propios miedos. Una manera de llegar a un acuerdo con tus miedos es aceptarlos: «Sí, tengo miedo de eso». Puedes incluso llevarlo más allá y trabajar tus miedos imaginando las peores perspectivas posibles. Venga, regodéate en ello. Entra en detalles hasta que resulte ridículo. Quizás el otro hombre tiene una polla kilométrica; esa chica es una réplica perfecta de una Barbie viviente. Quizás puedes reírte de tus miedos; eso les quitará el peligro. Ridículo es lo opuesto a poderoso, así que quítales poder.

La realidad es casi siempre menos terrorífica que la ficción. Puedes contrarrestar tus miedos haciendo una prueba en la realidad. Nuestras mentes, como la naturaleza, no soportan el vacío. Nos ponemos de los nervios. Piensa en la última vez que querías que alguien te devolviese una llamada o que un familiar se retrasó considerablemente en la hora de volver a casa ¿Llamaste a la policía? ¿Enviaste mensajes frenéticamente? ¿Imaginaste cosas terribles que podían haber pasado? Todos lo hacemos. Janet y su pareja tienen un acuerdo de llamarse antes de salir de la casa de su amante para volver a su casa, precisamente para evitar este tipo de preocupaciones.

Cuando no sabemos qué está pasando, pocas personas somos capaces de decir simplemente «No lo sé» y dejar de pensar en ello. Rellenamos los espacios en blanco, y para hacer eso, nos inventamos algo. Lo que ves cuando rellenas los espacios sin tener nada que ver con la realidad, es la fotografía de tus peores miedos. Así que ahora ya sabes de qué tienes miedo y nada de lo que está sucediendo realmente.

Presta atención también a las cosas que imaginas que son menos peligrosas, menos fruto de la ansiedad. Ahí es donde sientes algo más de seguridad. Puede sorprenderte el darte cuenta que imaginar a tu amante teniendo sexo intenso con otra persona te da menos miedo de lo que pensabas, o quizás las imágenes en que se besan te molestan menos que en las que hay penetración, o lo que sea. Intenta escribir lo que te imaginas en tarjetas, y ponlas en orden de las que te dan más miedo a las que menos. Así sabrás qué partes te asustan más y cuáles te hacen sentir algo mejor. Ahora tienes algo en lo que centrar tu atención para sentir algo más de seguridad, lo que es un primer paso en el camino para llegar a una comodidad completa.

PIENSA EN LAS COSAS BUENAS QUE VALORAS

Haz una lista de todo lo que valoras en tu relación y guárdala para un día lluvioso. Sé optimista, concéntrate en el lado bueno de las cosas. Valora lo que tienes y lo que te da tu pareja: el tiempo, la atención, y el amor, las cosas buenas que te llenan. Evita ser pesimista centrándote en lo que falta, la energía que se escapa. Esa energía no se resta de lo que tú recibes; en las relaciones no se controla el saldo como en una cuenta bancaria. Así que cuando sientas carencias, recuerda todas las cosas buenas que obtienes de tu relación.

EJERCICIO *Tesoros.*

Haz una lista de diez o más razones por las que tienes suerte de tener la pareja que tienes. Haz una lista de diez o más razones por las que tu pareja tiene suerte de tenerte. Intenta llevar esas listas contigo a todas partes unos días y añadir cosas según se te vayan ocurriendo. Quizás tu pareja y tú podéis hacer listas y compartirlas.

Compartir

Tu pareja y tú necesitáis practicar hablar sobre los celos. Cuando intentas aparentar que eres tan perfectamente excelente que nunca sientes celos, te estás negando la oportunidad de trabajar en tus sentimientos y compartir el apoyo con tu pareja. Y cuando intentas protegerte a ti y a tu pareja de los celos, te estás involucrando en un engaño que sólo puede llevar a más distanciamiento y que nunca podrá acercaros.

Una pareja que conocemos nos contó que había desarrollado un acuerdo en su relación por el que cada uno podía pedir lo que esta pareja denomina un «momento gelatinoso». En ese tiempo dices qué es lo que te está molestando. Quizás sientes miedo y celos, sientes nervios a la hora de despediros para el fin de semana, te sientes una persona insignificante y ridícula, y sientes tus rodillas como si fueran, bueno, gelatina. El compromiso de tu pareja es escuchar, tener empatía y aceptarlo. Esa es la respuesta, no «De acuerdo, cancelaré mi cita con Blanche», sino, «Oh, cariño, siento que te sientas mal. Te quiero, estaré pronto de vuelta».

Cuando le contamos a nuestras parejas que tenemos celos, nos estamos haciendo vulnerables de una manera muy profunda. Cuando nuestras parejas responden con respeto, nos escuchan, aceptan nuestros sentimientos, nos apoyan y tranquilizan, sentimos que nos cuidan mejor que si las complicaciones no hubiesen surgido. Así que recomendamos firmemente que tu pareja y tú os deis la profunda experiencia de la vinculación emocional que entraña compartir vuestras vulnerabilidades. Todos y todas somos seres humanos, somos vulnerables y necesitamos aceptación.

Tus estrategias para sobrevivir a períodos de celos te serán muy útiles para el resto de tu vida, y usarás lo que aprendas sobre ti con esto una y otra vez. Todas las técnicas explicadas hasta aquí son aplicables a otras situaciones complicadas, como entrevistas de trabajo o la redacción de tu currículo. Ahora no sólo tienes un repertorio de maneras para manejar los ataques de celos sino también para gestionar otras emociones dolorosas que te puedes encontrar. Así que, cuando llegues tan lejos, felicítate. Celebra tu éxito; escribe «Soy genial» dos docenas de veces con un montón de colores vivos. Cómprate algo bonito. Has trabajado muy duro, y te mereces una recompensa.

¿Un camino espiritual?

Cuando evolucionas más allá de tus celos, al pasar por el proceso de curación que tus celos te estaban pidiendo, también estás abandonando los viejos paradigmas y típicas suposiciones para entrar en lo desconocido, lo que también da miedo. Trabajar para cambiar tus emociones requiere que te abras, disponerte a sentir, retrocediendo cuando haga falta para ser más consciente. ¿No es eso la espiritualidad, una consciencia abierta y expandida?

Los celos pueden convertirse en tu camino, no sólo hacia la curación de viejas heridas, sino hacia la apertura del corazón: abrir tu corazón a tus amantes y a ti, igual que abres tus relaciones para acomodar todo el amor, sexo y satisfacción que realmente está disponible para ti.

Una nota final sobre el amor: un remedio para el miedo a que no nos quieran es recordar lo bien que sienta querer a alguien. Si no sientes que te quieren y quieres sentirte mejor, quiere a alguien y mira lo que sucede.

Intermedio: Amor limpio

¿Puedes imaginarte un amor sin celos, sin sentimiento de propiedad? ¿Un amor libre de toda la dependencia y desesperación? Vamos a probar. Podemos tomar algunos pensamientos del budismo: ¿Cómo sería un amor sin apego? ¿O abrir nuestros corazones a alguien sin otra expectativa que otro corazón abriéndose como respuesta? ¿Amar sólo por el placer de hacerlo, sin importar lo que podríamos obtener a cambio?

Imagina ver la belleza y virtudes de una persona querida y librarse de cómo sus fortalezas podrían coincidir con nuestras necesidades o cómo su belleza podría hacernos parecer mejores.

Imagina ver a la otra persona bajo la luz limpia del amor, sin enumerar las maneras en que esa persona corresponde o no la fantasía que llevamos siempre encima de nuestra pareja perfecta o amante con quien soñamos.

Imagina conocer a otra persona con la libertad y la inocencia de la infancia y jugar juntas, sin estar planeando cómo hacer que esa persona nos dé el tipo de amor que querríamos haber tenido en nuestra propia infancia.

Pero… ¿Qué pasa si abres tu corazón a alguien y no te gusta lo que sucede después? ¿Y si la persona se emborracha?, ¿y si trata tu afecto abierto con desprecio? ¿Qué pasa si la persona no hace realidad tus sueños? ¿Qué pasa si ésta es exactamente igual que la anterior? Supón que suceden todas esas cosas, ¿qué has perdido? Un poco de tiempo, una breve fantasía. Déjalo ir, aprende de ello y busca a alguien que se merezca más tu amor.

Al amor no le gusta demasiado estar embutido en moldes, que es lo que son las fantasías e imágenes de todo el mundo: planes a medida para un individuo inventado que han creado para resolver todos sus problemas. Tus autoras también tienen amantes ideales. Pero las personas no están hechas de arcilla o piedra, y no va a salir bien si te acercas a ellas con un cincel en la mano. Mira lo que le pasó a Pigmalión.

¿Cuántas veces has rechazado la posibilidad del amor porque no tenía el aspecto que tú esperabas? Quizás faltaba alguna característica que pensabas que no podía faltar o algún otro rasgo que tú nunca soñaste aceptar estaba presente. ¿Qué sucede cuando tiras a la basura tus expectativas y abres los ojos al fantástico amor que está brillando delante de ti con la mano tendida? Amor limpio: amor sin expectativas.

Limpiar tu amor no requiere una espiritualidad superior o psicoanálisis cada semana. Probablemente nunca dejarás que se vayan todos los apegos; al menos nosotras nunca hemos sido capaces. Pero quizás puedas dejarte ir un instante: tu historia, preocupaciones, inquietudes y anhelos seguirán ahí para poder regresar cuando los necesites. Pero, por ahora, mira a la estupenda persona que está enfrente tuyo.

14. Cómo aceptar los conflictos

Nada crea más intimidad que la vulnerabilidad compartida. Escribe esa frase en el espejo de tu baño. Nunca vamos a dejar de lado todas las cosas maravillosas que obtenemos al compartir el amor —risas, felicidad y sexo— pero nada hace más profunda la intimidad que las experiencias que compartimos cuando nos sentimos al desnudo, con miedo y vulnerables, y nuestra pareja está ahí a nuestro lado, dispuesta a compartir todas las cosas que dan miedo. Estas son las ocasiones que nos acercan más.

¿Qué te aporta?

Alguna gente encuentra sorprendente averiguar que un putón puede experimentar inseguridades abrumadoras, pero la verdad es que los putones simplemente se ponen igual de nerviosos que cualquier otra persona, y en la cuna no nos enseñaron estrategias para disipar nuestras preocupaciones.

Podría resultar que tu propia libertad fuese mucho más fácil de aceptar que la de tu pareja. El hecho de que podamos tener citas con otras personas con calma y tranquilidad no se deduce que tendremos la misma tranquilidad cuando nuestra pareja se vaya para tener una excitante noche con otra persona. Salir y quedarse en casa son dos cosas distintas, como comer y cocinar, cada una gratificante de una manera y cada una con requisitos distintos para alcanzar sus objetivos.

Cuando aparecen los problemas, es bueno preguntarse: «¿Qué estoy esperando obtener de esta situación?». ¿Por qué estás esforzándote tanto para convertirte en un putón? La respuesta depende de tu situación personal, pero para muchas personas la compensación es nuestra propia libertad, y tenemos que aprender a dar libertad a nuestras parejas si vamos a conseguirla para nosotras mismas.

Dar y recibir libertad significa que también necesitamos saber gestionar los conflictos inevitables que aparecerán cuando están en juego emociones muy fuertes. Hay muchas buenas maneras de hacerlo. Empieza por preguntarte qué sabes tú sobre conflictos. Ya tienes opiniones fundadas sobre esto; lo aprendiste, literalmente, en el regazo de tu padre o madre, si no fue llorando en una esquina.

EJERCICIO *Conflicto: lluvia de ideas.*

Prueba a escribir durante diez minutos sin pausas. Simplemente escribe todo lo que te venga a la mente sobre estos temas: ¿cómo se manejaban los conflictos en la familia que te crió? ¿Qué hacían esas personas, y qué pensaban sobre lo que hacían? ¿Alguien tomaba alcohol para manejar la tensión? ¿Quién solía comenzar los conflictos en tu familia?, ¿quién lo evitaba hasta el extremo? ¿Quién debía encargarse de apaciguar a las personas enfadadas?, ¿de quién era el trabajo de esconder los conflictos bajo la alfombra? ¿Quién se encargaba de hablar abiertamente del conflicto? ¿Cuál era tu papel? ¿Cómo definirías tu estilo de gestionar los conflictos?

Estudiar los patrones que te guiaban en tu infancia explica mucho sobre cómo reaccionas al enfado y los conflictos hoy en día. Acéptate: cuando eras una criatura, no tenías elección; tenías que adaptarte, de alguna manera, a los patrones de tu familia. ¿Cómo te protegiste?

¿No fue nunca un problema? Las personas que crecen en familias sanas a menudo son personas tranquilas y sin miedos. (No creemos haber encontrado nunca a una tan sana pero, en principio, suena fantástico). Lo malo de crecer en una familia inusualmente saludable es que puede ser difícil entender por qué el resto de la gente tiene tanto miedo.

La mayoría de las personas, de todos modos, aprende a esconder cosas por su propia seguridad, o a defenderse para protegerse, o a volverse insignificante y patéticas para que la gente se compadezca. Si tienes cualquiera de estas respuestas al conflicto —ponerse a la defensiva, ira, retirada, lloriqueo, lo que sea— está claro que la desarrollaste por una buena razón.

Una vez entiendes cómo adquiriste esas respuestas automáticas, se abren más posibilidades. Habla con tus parejas ¿Cuáles son sus patrones? ¿Qué sucede cuando A realmente quiere escuchar cómo se siente B, pero B está intentando protegerse escondiéndose? Quizás cada cual tiene diferentes aptitudes para gestionar el conflicto; quizás podéis aprender mutuamente algunas nuevas.

Peleando limpio

Pensar sobre cómo se fortalecen los lazos íntimos compartiendo sentimientos de vulnerabilidad nos lleva a quizás el máximo acto de intimidad: pelear. Muchas personas creen que las peleas entre los miembros de la pareja se deben evitar de todas las maneras, pero la mayoría de terapeutas de relaciones no estaría de acuerdo.

Las peleas entre amantes parecen ser una experiencia universal; no mucha gente las disfruta, pero parece que son necesarias, un elemento constructivo al crear una relación sólida, como los incendios que hacen posible el crecimiento en viejos bosques. Sólo peleándose los miembros de la pareja pueden negociar cuando hay desacuerdos, expresar sus sentimientos más profundos y negociar los cambios y la evolución en su relación.

Tiene que haber una manera de comunicar el enfado en las relaciones a largo plazo, y tiene que haber una manera de negociar los desacuerdos. ¿Cuántas veces has tenido una agria discusión con tu pareja y, cuando se acaba, te sientes más cerca de lo que estabas antes?

Así que el problema, como lo vemos nosotras, no es evitar las peleas, sino aprender a pelearse de manera que no sean destructivas física, moral o emocionalmente. Una buena pelea es muy distinta de insultarse. En una pelea limpia, hay respeto por la seguridad y la reciprocidad de manera que las dos personas tienen la oportunidad de expresar sus sentimientos a todo volumen y acabar sintiéndose más fuertes y cercanas que antes: sellado a fuego, por así decirlo.

El concepto de pelea limpia fue expuesto por primera vez por doctor George R. Bach en su maravilloso libro *The Intimate Enemy: How to Fight Fair in Love and Marriage.* [El enemigo íntimo: Cómo pelear limpio en el amor y el matrimonio]. Publicado en 1968, el libro está terriblemente anticuado, pero la parte sobre comunicación y las descripciones detalladas de maneras constructivas de compartir el enfado con tu pareja no tienen precio; este libro es un clásico. Elijas el libro que elijas, leer un libro con tu pareja hará que estéis en el mismo punto, con la misma información y os hará hablar sobre cómo os comunicáis, qué os importa realmente, cómo os sentís.

Así que, si los sentimientos quieren ser oídos y el enfado es un sentimiento que puede ser duro de oír, ¿cómo podemos dar rienda suelta al enfado sin crear más problemas de los que resolvemos?

EJERCICIO *Pelea de tonterías.*

Esto será a la vez ridículo y muy satisfactorio. Poned la alarma para dentro de dos minutos. Poneos de pie frente a frente, a poca distancia. Expresad vuestro enfado simultáneamente con la postura y los gestos. Patalea, agita los brazos y háblale a tu pareja con sonidos sin sentido: quejidos, gruñidos, suspiros, rugidos. (Si no tienes muy claro a qué nos referimos aquí, imagina al Pato Donald teniendo una rabieta). Es complicado describirlo con palabras, pero cuando apuestas por el drama, liberados de la necesidad de construir frases, o averiguar quién tiene razón y quién no, o incluso liberados de que tenga el mínimo sentido, comunicarás muy bien tus sentimientos. Y luego ríete con ganas. Esta es una manera estupenda de descargar la rabia y relajar la tensión antes de una conversación más seria.

Desencadenantes

¿Por qué sucede que a veces se nos desencadenan emociones muy intensas, particularmente cuando tenemos un conflicto interno? Todo el mundo lo hace; no eres sólo tú. Dossie recuerda sus ataques de pánico cuando tenía diecinueve años que parecía que venían de ninguna parte, hasta que un día se dio cuenta de que algo se había movido rápidamente cerca de su cara. Su padre era propenso a las explosiones repentinas de mal genio acompañadas de una fuerte bofetada en la cara, y Dossie se dio cuenta de que cuando cualquier cosa se movía de repente cerca de su cara —incluso su amante— una parte de ella creía que estaba a punto de ser golpeada. Una vez que comprendió esto, se volvió capaz de mirar a su alrededor y vio que ya nada le estaba amenazando, y esos ataques de pánico desaparecieron.

Nuevas investigaciones sobre el funcionamiento del cerebro nos han dado mucha información sumamente útil sobre cómo funcionan los desencadenantes a nivel psicológico. Tenemos un órgano llamado «amígdala cerebral» en el centro de nuestros cerebros, justo debajo del hipotálamo, que tiene la función de recordar las situaciones asociadas a emociones intensas, tanto placenteras como terroríficas, y hacer que actuemos. La manifestación más común de este fenómeno en su forma más extrema son los flashbacks experimentados por víctimas de abusos sexuales y excombatientes.

La amígdala tiene una conexión directa con la glándula pituitaria y es capaz de accionar nuestras respuestas de emergencia antes de que nuestro intelecto pueda alcanzarla. La adrenalina mana por nuestra circulación sanguínea, la noradrenalina inunda nuestras sinapsis, nuestras células liberan todos los azúcares en nuestras venas para darnos energía para luchar o correr y, de repente, todo da sensación de ser terriblemente urgente. Que se desencadene es particularmente habitual, e intenso, en las discusiones de pareja, en las que todos nuestros viejos resortes que aprendimos cuando éramos unas criaturas, realmente indefensas, pueden ser estimulados.

La primera cosa a reconocer es que nada puede ser resuelto en este estado adrenalínico. La respuesta de huida-lucha-paralización que nos da la adrenalina nos aporta una energía tremenda para sobrevivir a una crisis, pero no mucha para que funcione el sentido común.

Pero no está todo perdido. Durante esta respuesta psicológica al estrés suceden dos cosas que podemos aprender a usar. La primera es que si podemos entretenernos durante quince o veinte minutos sin restimular el acto reflejo del estrés, nuestra fisiología volverá a la normalidad y volveremos a la sensatez. El proceso de tomarse un tiempo para calmarse está descrito más abajo.

Todavía mejor es que, cada vez que conseguimos pasar esos quince minutos cuidándonos de la manera más amable posible, curamos físicamente nuestras amígdalas —al hacer que se generen más fibras que generan neurotransmisores calmantes— y, por lo tanto, incrementando nuestra capacidad para tranquilizarnos en una situación de crisis. Así que practica, practica, practica tratándote con cariño.

Esta es una manera de tomarse un tiempo cuando tu pareja y tú estalláis: buscad una manera de parar y separaros; luego buscad una manera de autocuidaros durante quince minutos sin disparar de nuevo vuestro sistema de emergencia, hasta que vuestra adrenalina vuelva a sus niveles normales y os sintáis relativamente en calma.

Hay algunos acuerdos que deberás negociar antes con tus parejas. Primero, todo el mundo debe entender que tomarse un momento para calmarse no tiene nada que ver con quién tiene la culpa. Si lo que estabais haciendo o sobre lo que estabais hablando es lo que disparó la respuesta de emergencia, necesitáis dejar de hacerlo para frenar la adrenalina. Parar puede ser complicado: Seguro que una de las dos personas se sentirá abandonada, cortada en seco, interrumpida o que no se le escucha. Recuerda, esto dura quince minutos, no es para siempre.

Puesto que probablemente necesitaréis por lo menos estar en habitaciones separadas durante unos minutos, una discusión previa sobre en qué habitación puede querer estar cada cual puede ser una buena idea. ¿Dónde están vuestros ordenadores, vuestros libros, vuestros sillones para leer? Si a alguien le gusta escuchar música o ver la televisión, ¿se necesitan auriculares para la tranquilidad de la otra persona? Si alguien necesita salir a la calle, es útil acordar una llamada dentro de veinte minutos para comprobar que todo el mundo está bien.

A alguna gente le gusta acordar una palabra de seguridad para pedir ese tiempo muerto; quizás «tiempo muerto», o quizás «rojo», o quizás algo ridículo que ayude a desactivar el enfado. Si os da la risa cuando dices «gatito» en una discusión en la que se ha perdido el control, quizás es bueno que suceda.

Si tenéis niños, y están en casa, ¿de quién es la responsabilidad de encargarse de ellos? Pueden ponerse nerviosos o querer que los reconforten cuando las personas adultas se pelean, lo que no está mal en absoluto. Pero pueden dar la sensación de ser demasiado dependientes o falderos cuando preferirías estar más libres para concentraros en vuestras propias necesidades.

Llega a un acuerdo para respetar el tiempo muerto guardando silencio. Intentar pensar en más de una cosa a la vez es probable que haga que se libere de nuevo adrenalina y se prolongue el problema.

Querrás hablar sobre estas cosas con tu pareja para pasar a planear una práctica inicial del tiempo muerto. Así que buscad un momento oportuno para practicar. Podéis decidir pedir tiempo muerto para hablar de un tema que es sólo un poquito inquietante, sólo para practicar.

Cuando sientas que tus emociones incómodas más familiares vuelven a reavivarse y reconozcas que se te está desencadenando de nuevo —quizás hasta el nivel de irritación o frustración, quizás ira o dolor— pide tiempo muerto. Las emociones intensas a menudo aparecen muy rápido y pueden ser muy difíciles de predecir, así que tan pronto como recuerdes la opción que tienes cuando los sentimientos te empiecen a inundar, pide un tiempo muerto.

Forzaos a salir de la conversación e iros a los espacios que hayáis acordado antes. Haz lo que habías pensado que te calmaría y no haga que el enfado se retroalimente. Respira profundamente un par de veces y recuerda expulsar completamente el aire: reducir el dióxido de carbono de tus pulmones te ayudará a que baje la adrenalina. A nosotras nos gustan las actividades que ocupan nuestra mente. Ninguna de tus autoras ha tenido mucha suerte con la meditación cuando se sienten así; si eres capaz, hazlo, pero no te menosprecies por no ser capaz de dejar tu mente en blanco en este momento. Nosotras solemos recurrir a una novela o una revista, meternos en internet, jugar solitarios, escuchar música o quizás ver una película antigua. Intenta mantenerte lejos de las cosas que liberan más adrenalina. Cuidado con los videojuegos violentos o la música con letras agresivas. A alguna gente le funciona muy bien liberar su rabia bailando hip-hop, mientras que otras personas lo encuentran demasiado estimulante. De la experiencia aprenderás qué es lo que te funciona a ti.

Puede que quieras escribir sobre tus sentimientos, o dibujarlos. La calidad artística es irrelevante; esto es para ti. Una de tus autoras tiene entradas en su diario que comienzan con proyecciones francamente demenciales sumadas a acusaciones terribles y, gradualmente, evolucionan a una investigación extraordinariamente positiva sobre lo que ella y su pareja estaban discutiendo, terminando a veces con nuevos elementos que le ayudan a comprender qué es lo que le disgustó tanto.

Después de quince minutos, comprueba cómo te encuentras: ¿Te sientes mejor? Tus tiempos muertos pueden llevar más tiempo las primeras veces, hasta que aprendes qué te funciona y ganas seguridad en tu proceso.

Cuando te veas en disposición de volver a reuniros, haz algo fácil y gratificante. Vete a dar un paseo al parque, o vete a buscar vuestra comida para llevar que más te gusta, o cocinad algo en pareja, o poned un vídeo. Y fijad una cita para retomar la discusión que desencadenó el tiempo muerto.

El proceso del tiempo muerto rara vez es elegante, ni remotamente parecido a algo agradable. Necesitamos darnos tiempos muertos cuando nos abruman las emociones y definitivamente no estamos en nuestro mejor momento. Preparaos para perdonaros mutuamente por ser seres humanos. Prepárate para perdonarte también a ti. Los resultados valen la pena cuando os volvéis a reunir buscando la armonía y el entendimiento.

Soluciones *win-win*

El punto de partida de una buena pelea es haber entendido que, para que la pelea tenga éxito, las dos personas han de ganar. Si una persona gana la pelea y la otra pierde, el problema que causó la pelea no se ha resuelto. Es ingenuo pensar que, simplemente porque has «perdido», has abandonado el interés que tenías en el asunto que estaba en juego. Cuando sientes que te han dominado, superado o que te han hecho callar a gritos, sentirás resentimiento, y el problema continuará siendo un problema. La única manera de ganar es llegar a una solución en la que todas las partes involucradas sientan que también han ganado. Así que, en una pelea limpia, los sentimientos de cada persona son escuchados y tenidos en cuenta, y las soluciones se deciden por acuerdo, no con la retórica de la «ley del más fuerte».

Podemos hacer que una pelea sea justa acordando reglas y límites, y respetando el derecho de todo el mundo a expresar sus sentimientos y opiniones, incluyendo los nuestros. Normalmente, ayuda el programar un momento para pelearse y llegar a un acuerdo para hacerlo así. Acosar a voces a nuestra pareja en el baño o cuando está saliendo de casa no fomenta peleas constructivas. Necesitamos programar las discusiones a una hora en la que podemos prestarles toda nuestra atención.

Programar las peleas tiene la ventaja añadida de que puedes prepararte, organizar tus ideas y saber que habrá un momento en que este tema en concreto será tratado. Si te sientes mal por los tickets de la compra del martes y sabes que tienes una cita para discutir sobre eso el jueves, es bastante sencillo dejar tus temas de lado hasta entonces. La mayoría de la gente no deja apartados sus asuntos de buena gana cuando parece que no van a ser tratados nunca.

«¿Pero qué me estás contando?, ¿programar una pelea? ¿No son simplemente explosiones, como volcanes? Y cuando tenemos una pelea, no es probable que obedezcamos ninguna regla ni respetemos ningún límite, ¿verdad? ¿No estamos hablando de arrebatos emocionales intensos?». Bueno, sí, estamos hablando de eso, pero nosotras no creemos que puedas arreglar ningún asunto cuando estás en un estado emocional muy intenso. Cuando tus sentimientos entran en erupción es importante reconocerlos y prestar atención. A pesar de lo torpes que puedan ser tus explicaciones, esta es tu verdad; obviamente, te interesa mucho, por lo que es una verdad importante.

Hablar con el «yo»

La buena comunicación comienza cuando todo el mundo habla de sus sentimientos, mucho antes de entrar a discutir los pros y contras de cualquier solución. La buena comunicación se basa en identificar nuestros sentimientos, expresarlos y tener el reconocimiento de que nuestra pareja escucha y comprende lo que le contamos, esté o no de acuerdo. Las emociones no son opiniones, son hechos: verdades sobre qué están experimentando las personas.

Intenta hablar usando frases que comienzan con «yo me siento». Hay una enorme diferencia entre decir «me estás haciendo sentir fatal» y «me siento fatal». Un mensaje con «yo» es una declaración pura de un sentimiento, y no hay una acusación en ella. Cuando tu amante no siente que estás atacándole y no necesita ponerse a la defensiva, está libre para escuchar lo que estás realmente diciendo. Y al revés, si tu frase comienza con «tú» y especialmente con «tú siempre», tu pareja puede percibirlo como un ataque y responder a la defensiva.

Las palabras «yo me siento» necesitan ser seguidas por una emoción —triste, furiosa, contenta, enfadada— o una sensación física como mareada, tensa, temblorosa. Los mensajes que comienzan con «yo siento que» a menudo suelen expresar más una creencia que un sentimiento, como en «yo siento que no debemos tener tanto sexo» o un «mensaje al tú» encubierto como «siento que estás loca». A menudo nos tienta describir nuestras emociones con palabras que terminan en «-ado» o «-ada», como «me siento juzgada/atacado/traicionada». Esto es un «mensaje al tú» encubierto: «Me estás juzgando/atacando/traicionando».

A la mayoría nos molesta cuando otra persona nos dice cómo nos sentimos, siendo irrelevante que tengan o no razón. Es una violación de nuestros límites cuando otra persona supone cuál es nuestra verdad interior. Dossie se formó con un terapeuta supervisor que solía apuntar con el dedo a sus pacientes y les decía: «¡Sé cual es tu problema!». Tú probablemente ya sabes cómo te sientes cuando alguien te hace eso a ti. En su lugar, prueba a hacer una pregunta respetuosa: «¿Cómo te sientes ahora? Me pregunto si estás triste...».

No podemos pedir a nuestras parejas que no se muevan mientras les lanzamos acusaciones, usándolas como la diana de nuestras frustraciones. Eso sería pedirles que consientan en que las maltratemos, y tendrían todo el derecho a resistirse. Pero podemos pedirles que escuchen cómo nos sentimos, porque aparcar los planes durante unos minutos y escuchar nuestros sentimientos es una tarea factible para quien escucha. Para aprender a usar los «mensajes con el yo», prueba a hablar de un asunto tuyo actual sin usar nunca la palabra «tú» y sin hablar sobre qué está haciendo el resto de la gente, sino sólo sobre tus propios sentimientos. Esta técnica requiere algo de práctica pero es menos difícil de lo que parece al principio.

Cuando sea tu turno para escuchar cómo se siente tu amante, ponte en el papel de escuchar. Recuerda, los sentimientos quieren ser escuchados y que se valoren, así que no analices o intentes explicar cosas. Sólo escucha, y puede que te sorprenda escuchar algo que no sabías. Puedes aprender cómo se ve el mundo desde los ojos de otra persona, puedes valorar los sentimientos de esa persona, validar la situación de esa persona y mostrar comprensión. Entonces las soluciones pueden fluir más libre y naturalmente. No hay soluciones equivocadas, ni acertadas; sólo los acuerdos que encajan bien con cómo nos sentimos.

EJERCICIO *Díada de sentimientos.*

El objetivo de este ejercicio es hablar sobre tus propios sentimientos de manera que tu pareja pueda escucharte, y tú escuchar atentamente los sentimientos de tu pareja. Cada persona tiene tres minutos para hablar mientras la otra persona escucha.

Elegid un momento en que tú y tu(s) pareja(s) podáis pasar media hora o cuarenta minutos sin interrupciones. Elegid quién hablará y quién escuchará. Poned un cronómetro con tres minutos, o cinco si os sentís audaces, pero no más.

Recuerda, a los sentimientos les gusta que los escuchen. Así que mientras estás escuchando, todo lo que vas a decir son cosas que indican que estás escuchando, como «ok», «sí», «te escucho» y «entiendo».

Lee sobre «mensajes con el yo», anteriormente en este capítulo. Recuerda que podemos pedir a nuestros amores que nos escuchen hablar de nuestros sentimientos y de cómo estamos. No es justo pedirle a nadie que no se mueva y sea una diana para lanzar nuestras acusaciones y echarle la culpa, por lo que, para este ejercicio, las frases que comienzan con «tú» no están permitidas. Debéis mantener el contacto visual durante este ejercicio.

Intentad usar este guion para hablar de celos, y puedes usarlo más tarde para discutir cualquier situación emocional. Este es el guion que puedes seguir:

Oyente: «Sobre los celos, ¿qué te gustaría contarme?».

Quien habla: «Cuando miro dentro de mí, veo...» [habla mientras sea cómodo].

Oyente [durante ese tiempo]:«Sí», «te escucho», «ok», «ajá» [y similares].

Oyente [cuando la otra persona para]: «¿Hay algo más que te gustaría contarme sobre eso?».

Quien habla [puede contestar o decir]: «No, he terminado por ahora».

Oyente: «Gracias».

Las personas oyentes a menudo se encuentran a sí mismas llenas de ideas, sugerencias y similares, que deben guardarse para sí mismas. Deja tus ideas a un lado durante estos pocos minutos, y concéntrate en focalizar tu atención tan sólo en escuchar. Como puede que tengas muchas respuestas a lo que acabas de oír, te sugerimos que esperes un poco o hagas alguna otra cosa antes de cambiar los roles.

Estas son conversaciones íntimas. Muestra que valoras a tu pareja por tener el valor suficiente para hablar de estas luchas internas. Los abrazos funcionan muy bien.

Hay ayuda disponible

No tienes por qué hacer todo esto a solas. Hay muchos libros maravillosos, clases, talleres y otras fuentes disponibles. Es una buena idea reservar un poco de tiempo y energía para aprender sobre comunicación y hacerlo con las personas con la que estás intentando comunicarte.

Hay muchos talleres de fin de semana excelentes que se centran en la comunicación para parejas; muchas Iglesias ofrecen retiros de fin de semana para matrimonios, y algunos centros médicos ofrecen clases de comunicación para parejas y de gestión de la ira. Vale la pena ir a los talleres y las clases incluso si no tratan específicamente la promiscuidad. No hemos conocido nunca a una pareja que fuera a un taller de comunicación o intimidad y no aprendiese nuevas habilidades y entendiera mejor las cosas. Algunos talleres son específicos para problemas que surgen con la monogamia. No dudes en asistir a esos talleres, y recuerda que quien da el taller tiene experiencia en crear ambientes seguros para explorar temas muy emotivos. Muchas parejas repiten esos talleres cuando surge un nuevo asunto en sus vidas. Te animamos a ir a una clase o taller, o unirte a un grupo de apoyo que se adapte a tus necesidades. Sólo saber que otras personas tienen que luchar con los mismos problemas que tú ya puede ayudar.

Apoyo, ideas e información pueden encontrarse también en grupos de internet. Consulta el capítulo 17, «Conectando», para ideas sobre cómo encontrarlos.

Una opción más cara, pero excelente, es tener algunas sesiones de terapia de pareja. En general, las recomendamos como una alternativa de segundo nivel, después de que ya hayas ido a algunas clases y talleres, a no ser que por privacidad te sea difícil acudir a esas clases y talleres.

Examina antes esos recursos para ver si aceptarán vuestra relación abierta. Puedes encontrarte terapeutas con una visión anticuada, y quienes dirigen algunos talleres y retiros a lo mejor creen que tu lujuria hacia muchas personas puede ser síntoma de un desorden mental; puede que no te sientas con la suficiente seguridad y apoyo en un entorno hostil. Si necesitas ayuda para encontrar terapeuta o un grupo comprensivo, prueba a preguntar a tus amistades. Además, hoy en día la mayoría de terapeutas dispone de una web donde enumera sus habilidades y experiencia y algo sobre su filosofía. Puedes escribirles un email para preguntarles cuál es su experiencia trabajando con relaciones poliamorosas.

Nosotras te recomendamos encarecidamente que investigues estos tipos de ayudas cuanto antes. A prácticamente todo el mundo le puede venir bien repasar sus habilidades de comunicación, y si esperas hasta que tu relación entre en crisis, te resultará un trabajo mucho más arduo que si hubieses estado practicando tus habilidades durante ese tiempo.

El tiempo es tu amigo

En algunas culturas nativas americanas es una costumbre esperar varios minutos después de que una persona haya hablado antes de responder. Es de mala educación y una falta de respeto no haber pensado sobre lo que la persona ha dicho, y hablar inmediatamente indicaría que simplemente has estado esperando a que se callase quien estaba hablando para entonces intentar cambiar su opinión. Nosotras recomendamos tomarse algo de tiempo antes de responder a cualquier comunicación seria, especialmente cuando es importante para quien la expresa. Quizás, si prestas atención, escuches algo nuevo.

A menudo la gente se acerca al desacuerdo como si fuese urgente resolverlo inmediatamente. Luchan por una solución minutos después de haber descubierto que no están de acuerdo en algo, algo en lo que, de hecho, no han estado de acuerdo nunca.

Pero probablemente habéis estado viviendo con ese desacuerdo durante mucho tiempo y no va a cambiar mucho las cosas continuar así un poco más. Por lo tanto, considera seguir esta estrategia: reconoced el desacuerdo, daos la oportunidad de poder explicar vuestros sentimientos usando los principios que habéis aprendido en este capítulo, y luego tomaos un par de días para procesar lo que habéis aprendido. Cuando vuelvas para discutir el desacuerdo, probablemente tendrás el ánimo mucho más calmado. Puede que comprendas mejor qué es importante para ti y valores qué es importante para tu pareja y por qué. Así puedes encontrarte en un estado mucho mejor para negociar una solución que podría hacer feliz a todo el mundo.

Dossie ve este fenómeno con mucha frecuencia en su práctica terapéutica, cuando envía a sus clientes a casa tras una sesión en un estado de desacuerdo que parece intolerable. Les dice que guarden esos nuevos conocimientos durante un par de días y que entonces vean cómo se sienten. A menudo vuelven a la semana siguiente comentando que se volvió sencillo encontrar una solución. Por lo que a veces será más fructífero esperar un par de días antes de seguir adelante y considerar alguna solución que queráis probar, como el ejercicio: «Ocho pasos para la resolución *win-win* de conflictos» en la página 230, un poco más adelante.

O, transcurrido el plazo, se habrá hecho tan fácil que no necesitaréis un guion especial para llegar a un acuerdo. Recuerda, cuando hay emociones involucradas, el tiempo es tu amigo.

Escribiéndolo todo

A veces nuestros sentimientos son tan complicados que parece imposible poder gestionarlos en una conversación cara a cara con nuestra pareja. En esas circunstancias, puede que quieras escribir una carta meditada, sea un correo postal o electrónico, para que tu pareja pueda saber todas tus preocupaciones de manera controlada que puede ser absorbida y procesada al propio ritmo de quien la recibe. Esta correspondencia no es un sustituto de la conversación real, pero puede ser un buen adelanto para ella, una manera de abrir la discusión que puede parecer más segura para empezar.

Resulta vital, de todos modos, que envíes esta carta sólo después de que hayas tenido tiempo de pensarla. Lo malo de la correspondencia es que no puede expresar todos los sutiles detalles de la comunicación: expresión facial, lenguaje corporal, tacto. Lo bueno es, o debería ser, que la carta puede ser redactada cuidadosamente, sin una sobrecarga emocional indebida. Si haces clic en «Enviar» o echas el sobre en el buzón antes de que hayas tenido la oportunidad de pensar sobre su contenido, te quedas con todo lo malo sin nada de lo bueno.

Prueba a escribir una carta que no vayas a enviar, expresando todos tus sentimientos y preocupaciones. Janet conserva cartas como esas en la carpeta «Borradores» de su programa de correo; Dossie lo escribe en su procesador de textos (que no tiene un botón de «Enviar») y lo pega en un email más tarde. Escribe todos tus sentimientos, y luego cierra el archivo y ponte a hacer otra cosa. Vuelve y añade algo más, o cambia cosas durante un par de días y vuelve a comprobar lo que has escrito, asegurándote de que estás asumiendo la responsabilidad de tus propios sentimientos y usando «mensajes con el yo». Nosotras, como regla general, borramos las frases que comienzan con «Tú, imbécil». Después, cuando puedas leer tu mensaje e imaginarte a tu pareja entendiendo lo que sea que te ha molestado, es el momento de enviarlo.

Esperamos no tener que recordarte que tu blog, o tu página de Facebook o tu lista de correo con un par de docenas de amistades muy íntimas no son el lugar para practicar con este mensaje privado. Lucha con él a solas. O si eso te parece imposible, quizás puedes pasárselo a una amistad en la que confías, alguien que tu amante también aceptaría, para asegurarte de que estás diciendo lo que querías decir.

Dossie escribió una carta así hace poco a una pareja suya. Escribió el primer borrador un viernes en un momento en que estaba terriblemente disgustada. Estuvo ocupada durante el fin de semana pero encontró tiempo de repasar la carta de vez en cuando. El lunes, los asuntos aún seguían ahí pero, después de haberlo procesado un poco, parecían más manejables, así que llamó por teléfono y hablaron... y resolvieron los problemas fácil y tranquilamente. La carta nunca llegó a ser enviada.

Siendo responsable de tus propios sentimientos

Cuando aceptas ser responsable de tus propios sentimientos, tu amante puede consolarte, ofrecerte tranquilidad y amor cuando las cosas se vuelven complicadas. Incluso cuando no estáis de acuerdo sobre cómo gestionar un asunto, aún se puede intercambiar amor y consuelo. Recomendamos a todo el mundo que sea abierto a la hora de pedir apoyo, amor, abrazos, consuelo y cosas similares. Muchas personas crecimos en familias donde nos enseñaban a no pedir lo que necesitábamos y nos menospreciaban quizás sólo por desear algo de atención.

¿Qué tiene de malo querer atención? ¿No hay de sobra? Recuerda las economías de escasez: no te menosprecies. No tienes que contentarte con que te den con cuentagotas consuelo, atención, apoyo, confianza y amor. Tienes derecho a que te reconforten y tranquilicen todo lo que quieras. Tus relaciones y tú podéis acordar compartir mucho, mucho, mucho y en el proceso descubrir que todo lo que tienes para compartir es mucho más de lo que nunca hubieras imaginado. Así que concéntrate en la abundancia, y crea en la relación una ecología rica en las cosas buenas de la vida: calidez, cariño, sexo y amor.

15. Cómo alcanzar acuerdos

La mayoría de las relaciones con éxito, desde encuentros casuales a monogamia de por vida, se basa en suposiciones que, en realidad, son acuerdos tácitos sobre el comportamiento: no se besa al cartero; no le das propina a tu madre. Estas son las reglas no escritas que aprendemos muy pronto en la vida, de padres y madres, de las amistades de la infancia y de nuestras culturas. Las personas que rompen estas reglas no escritas son a menudo consideradas raras, a veces incluso algo locas, porque los valores y juicios detrás de los acuerdos sociales sobre cómo nos relacionamos mutuamente están tan profundamente arraigados que normalmente no somos conscientes de que hayamos llegado a ningún acuerdo en absoluto.

En muchas relaciones cotidianas, como la relación con nuestros vecinos o colegas de trabajo, probablemente está bien confiar en esos acuerdos implícitos. Pero cuando estás intentando algo tan complicado y sin precedentes como la promiscuidad ética, nosotras creemos que es importante que no des nada por hecho. Habla con las personas en tu vida sobre vuestros acuerdos, negociad las condiciones, entornos y conductas que cubrirán vuestras propias necesidades y respetarán los límites de todo el mundo.

A menudo oirás que la gente habla de las reglas en sus relaciones. Pero «reglas» implica una cierta rigidez, que hay una manera correcta y una equivocada de llevar vuestra relación y que habrá consecuencias si lo haces mal. Nosotras entendemos que hay tantas maneras diferentes en las que la gente puede elegir relacionarse mutuamente, que preferimos usar la palabra «acuerdo» para describir decisiones conscientes previamente estipuladas, diseñadas para ser lo suficientemente flexibles para adaptarse a la individualidad, el desarrollo y el cambio. A veces estos acuerdos son un poco difusos, especialmente si tienes la costumbre de las reglas estrictas. Cierta indefinición está bien; tu acuerdo se aclarará más tarde si hay necesidad, o no, en cuyo caso es que es lo suficientemente claro.

¿Cómo saber cuándo necesitas un acuerdo? Puedes saberlo escuchando tus emociones. Si surge algo que te deja triste o que te enfada o que te hace sentir que no te escuchan o lo que sea, esa es un área en la que puede que tu amor y tú tengáis que analizar si llegar a un acuerdo. Nosotras te sugerimos que abandones ahora la idea de que puedes predecir cada una de las situaciones que pueden surgir en tu relación y hacer una regla que la contemple: olvídalo. Muchos acuerdos perfectamente válidos se hacen sobre la marcha: surge un problema, y en lugar de discutir sobre de quién fue la culpa, la gente simplemente llega a un acuerdo para evitar que ese problema vuelva a aparecer o para gestionarlo cuando lo haga.

Una pareja amiga, Laurie y Chris, se han convertido en personas extraordinariamente flexibles a la hora de elaborar acuerdos gracias a practicar mucho:

Nos conocimos en la Feria del Renacimiento y conectamos muy profundamente desde el principio. Aunque no nos sentíamos en disposición de casarnos inmediatamente, nos casamos por *handfasting* (un antiguo ritual celta de compromiso romántico) cinco meses después de habernos conocido. Nuestro *handfasting* incluía un acuerdo por el que si todavía queríamos estar juntos un año y un día después, nos casaríamos. Y lo hicimos.

Cuando decidimos por primera vez casarnos por *handfasting*, Chris propuso un acuerdo por el que seríamos libres para tener sexo con otras personas sólo durante la Feria, en ningún otro momento. Laurie se sintió escandalizada por su propuesta e insegura sobre qué podría pasar. Así que decidimos posponer la decisión hasta la Feria del verano siguiente, después de habernos casado.

Durante el primer año de nuestro matrimonio, el acuerdo era para la Feria únicamente, y después de eso, lo ampliamos a los talleres preparatorios de fin de semana además de la propia Feria. En una de ellas, Laurie conoció a un chico con el que se involucró bastante seriamente: era nuestra primera relación regular fuera del matrimonio. En ese punto, las cosas llevaron a que Laurie pasara mucho tiempo con su otro amante y a Chris no le gustaba demasiado; sentía que no estaba disponiendo de tiempo suficiente con Laurie.

Así que renegociamos. Decidimos que ella o yo podíamos pasar la noche con otra relación dos veces al mes. Teníamos la sensación de que dos veces al mes sería lo suficientemente a menudo como para divertirse, pero no tan a menudo como para alimentar un vínculo muy fuerte con otra persona. Esto ha funcionado bastante bien durante un tiempo, aunque hemos hecho acuerdos caso por caso una o dos veces.

Estamos todavía solucionando algunos fallos. Entre otras cosas, esperamos tener descendencia dentro de poco tiempo, y no sabemos cómo afectará un bebé a nuestra relación. ¡Pero nuestros acuerdos han sido siempre cuando menos tolerables y a veces nos han supuesto una válvula de escape que ha evitado que huyésemos con terror de la relación!

Chris y Laurie han tenido dos criaturas en los once años que han pasado desde esta entrevista y siguen todavía en pareja y siguen siendo felizmente putones.

Consentimiento

Así qué ¿en qué consiste un buen acuerdo? En nuestra opinión, el distintivo más importante de un acuerdo es el *consentimiento*, que nosotras definimos como «la colaboración activa destinada al placer y bienestar de todas las personas involucradas». En el caso del poliamor, este consentimiento a menudo incluye personas no involucradas directamente: otras relaciones, niños y otras personas cuyas vidas pueden verse afectadas por nuestros acuerdos.

Definir un consentimiento a veces puede ser complicado. Si alguien da su consentimiento bajo presión, no pensamos que cumpla el criterio de «colaboración activa». Y no puedes dar tu consentimiento a algo que ignoras: «Bueno, tú no dijiste que *no pudiese* volar a Boise dos semanas con esta azafata que acabo de conocer» no es haber dado consentimiento.

Para conseguir ese tipo de consentimiento activo, resulta crítico que todas las personas involucradas acepten la responsabilidad de conocer sus propios sentimientos y comunicarlos; pero esto no es siempre fácil. A veces los sentimientos no quieren ser empujados a la superficie para ser examinados. Quizás simplemente sabes que te sientes mal. Date el tiempo y apoyo que necesites para llegar a conocer ese sentimiento, quizás usando alguna de las estrategias de las que hablamos en el capítulo 13, «Guía para manejar los celos» Si sientes que necesitas ayuda para definir qué te está sucediendo, está bien solicitar que te ayuden, posiblemente pidiéndole a una de tus relaciones o a una amistad más neutral que entienda las relaciones múltiples que te dedique algo de tiempo para escucharte. Que te reconforten física o verbalmente a menudo mejora mucho las cosas y, a veces, una amistad razonable o tu terapeuta pueden hacer las preguntas correctas para ayudarte a desentrañar un sentimiento complicado. Una vez comienzas a escuchar a tus propios sentimientos, te será mucho más fácil comunicar tus necesidades y deseos de forma que todo el mundo puede escucharlos y alcanzar a acuerdos para ayudar a cubrirlos.

La mayoría necesitamos algo de apoyo para pedir lo que queremos. Cuando estamos llegando a un acuerdo, necesitamos sentir la seguridad de que las necesidades que desvelamos no serán usadas en nuestra contra. La mayoría nos sentimos muy vulnerables cerca nuestros límites emocionales, por lo que es importante que esos límites se reconozcan como válidos: «Necesito sentir que me quieres», «necesito sentir que soy importante para ti», «necesito saber que te gusto físicamente», «necesito que me escuches y te preocupes por mí cuando algo me hiere».

Culpar, manipular y abusar no son parte del proceso para alcanzar acuerdos. El proceso de llegar a un buen acuerdo incluye el compromiso de todas las personas involucradas de escuchar mutuamente sus preocupaciones y sentimientos con una mentalidad abierta y sin prejuicios. Si estás esperando a que tu pareja descubra una de sus debilidades para usarla como munición para «ganar» la discusión, aún no tienes la capacidad de llegar a un acuerdo satisfactorio.

Perderse en sutilezas legales es otro enemigo de los buenos acuerdos. Conocemos una pareja cuyo acuerdo era que cualquiera de los dos miembros avisaría al otro en un plazo de veinticuatro horas si iba a tener sexo con otra persona. Uno de ellos llamó al otro desde otra ciudad para decirle que había tenido sexo con alguien la noche anterior. «Pero tú dijiste que me avisarías con un plazo de veinticuatro horas», dijo llorando. «Yo nunca dije que fuese veinticuatro horas *antes*», señaló él. Esta conducta de estar buscando lagunas legales dejó a los dos la sensación de que el acuerdo no había funcionado. La moraleja: claridad, detalles concretos y, sobre todo, negociar de buena fe. No se trata de volver a engañar.

Los acuerdos deben ser realistas y estar claramente definidos. Si no tienes la seguridad de que vas a respetar un acuerdo, quizás es el momento de redefinir ese acuerdo. Es poco realista, por ejemplo, pedir a tu pareja que no tenga interacciones sexuales con personas que le importan «demasiado». No es posible definir «demasiado», y poca gente concibe nuestra utopía poliamorosa como un mundo en el que sólo puedes tener sexo con personas que no te importan en absoluto. Nadie puede llegar al acuerdo de que sentirá esto o aquello. Nuestros acuerdos deben dejar espacio para las emociones reales, sean las que sean. Un acuerdo más concreto sería limitar las citas con terceras personas a una al mes, que podría cumplir el mismo objetivo.

Los acuerdos no tienen que ser iguales. Las personas somos diferentes y únicas, y lo que toca mis puntos débiles puede no ser un problema en absoluto para ti. Así, una persona puede considerar muy importante que su pareja no duerma fuera de casa, mientras que ese miembro de la pareja podría disfrutar de la oportunidad ocasional de ver a solas una película hasta tarde y comer galletas en la cama. Una amiga nuestra dice:

Bill y yo tenemos necesidades muy distintas en lo relativo a las relaciones. Yo no siento la necesidad de ser monógama; estoy cómoda teniendo sexo con la gente que me gusta, pero no son asuntos del corazón, mientras que sus contactos sexuales son o muy casuales, como en fiestas, o muy profundos y a largo plazo. Hemos llegado a acuerdos que cubren las necesidades de los dos: la mía de tener amistad con mis amantes y amigos con derecho a roce, y la suya de relaciones secundarias a largo plazo.

La equidad no significa una igualdad exacta. La equidad significa que cuidamos cómo se siente la otra persona y llegamos a acuerdos que ayuda a que todo el mundo se sienta lo mejor posible.

Cuando la mayoría de la gente piensa en acuerdos para una relación abierta, piensa en empezar haciendo una lista de las cosas que su pareja no debe hacer: no la beses en la boca, no le trates mejor que a mí. Algunos «nunca harás» *son* necesarios: se necesita tener acuerdos, por ejemplo, sobre relaciones sexuales con familiares, vecinos y colegas de trabajo. Pero en realidad muchos acuerdos negativos tienen que ver con proteger a tu pareja para que no se sienta herida o celosa, y no somos muy fans de esta clase de acuerdos, aunque admitimos que a veces tienen sentido como un paso intermedio. Pensamos que los mejores acuerdos para proteger a tu pareja del dolor emocional deben ser positivos: tengamos una cita especial el próximo fin de semana; encontraré tiempo para escucharte cuando algo te hiera; te diré cuánto te quiero una y otra vez.

Todo el mundo necesita un sentimiento de seguridad emocional para lograr sentir seguridad en las relaciones abiertas, pero pensar en acuerdos que ayuden a ambos miembros de la pareja a sentirse emocionalmente seguros puede resultar confuso. En algún momento del proceso de desaprender los celos pediremos a nuestra pareja que arriesgue, que acepte algunos sentimientos dolorosos, que se caiga un par de veces para aprender a llevar la bicicleta emocional del amor realmente libre.

EJERCICIO *Ocho pasos para la resolución win-win de conflictos.*

1. Tómate un tiempo para soltar tu ira.
2. Selecciona un tema para trabajar en él.
3. Acuerda una cita para hablar.
4. Cada persona tiene tres minutos para decir cómo se siente mientras que la otra escucha. Sugerencia: usa «mensajes con el yo», evita los «mensajes al tú» y valora el dejar un tiempo entre las intervenciones de cada persona. Intenta con todas tus fuerzas describir tus emociones sobre ese tema.
5. Lluvia de ideas. Escribe una lista con todas las soluciones posibles, incluso las tontas.
6. Corrige la lista. Tacha cualquier propuesta si alguno de vosotros no puede vivir con ella.
7. Elige una solución para probarla durante un período específico de tiempo, quizás entre dos y cuatro semanas.
8. Revalúa cuando se termine el plazo.

Una manera de llegar a acuerdos para respetar los límites emocionales es preguntar qué te haría sentir *un poco más* de seguridad —que te tranquilicen, halagos, cariño, un ritual especial al llegar a casa después de una cita— y entonces, cuando eso funciona y te sientes algo mejor, avanzar otro paso hacia sentir más seguridad, y pronto te sentirás con la suficiente seguridad para llevar tu exploración más y más lejos. Cada pequeño paso en la dirección hacia la libertad te llevará al final hasta allí. Una de las cosas que funcionan cuando nos tranquilizan es que una vez entendemos que nuestra pareja, o parejas, o incluso sus parejas, están dispuestas a ayudarnos con nuestros sentimientos, sentimos más seguridad y necesitamos menos y menos protección según avanzamos.

Lo más importante que debemos recordar sobre los acuerdos es que el objetivo de un acuerdo es encontrar la manera en que todo el mundo pueda salir ganando.

Algunos acuerdos

Hemos estado preguntando entre nuestras amistades y colegas para averiguar qué tipos de acuerdos les han funcionado en sus relaciones. Esta es una lista parcial de los acuerdos que hemos oído de algunos putones que han tenido mucho éxito con ellos.

Date cuenta según lees cuántos tipos diferentes de acuerdos hay: algunos son sexuales, algunos orientados a la relación, algunos «harás» y algunos «nunca harás», algunos logísticos y algunos sentimentales. Igual que debes saber que no recomendamos ninguno de estos, también debes darte cuenta que algunos son mutuamente excluyentes. Esta lista la ofrecemos como punto de partida para discutir, no cómo ha de ser. Todo el mundo *tiene* que llegar a algún acuerdo sobre salud sexual y sexo seguro:

- Siempre usamos condones y protección para cualquier intercambio de fluidos.
- Siempre pasamos la noche en pareja excepto cuando uno de los dos está de viaje.
- Yo cuidaré las criaturas de todo el mundo este fin de semana, tú lo haces el próximo.
- Ni tú ni yo haremos [acto sexual concreto] con otras personas.
- Cualquiera de los dos miembros puede vetar las parejas potenciales del otro.
- Siempre nos avisamos antes de otras relaciones potenciales.
- No me cuentes nada de tus amantes.
- Cuéntame todo lo que hiciste con tus amantes.
- Tus otras relaciones deben ser del mismo sexo/sexo opuesto.
- Siempre nos presentamos mutuamente nuestras relaciones, nada de personas desconocidas.
- El sexo con terceras personas sólo será: sexo en grupo/sexo en fiestas/sexo anónimo/sexo con compromiso...
- Debemos consultarnos mutuamente después de haber estado con una persona nueva para comprobar que todo está en orden.
- Repartimos entre todo el mundo lo que hay que pagar a la canguro.
- Vemos a las terceras personas sólo los viernes por la noche.
- Los sábados por la noche son nuestros.
- Asegúrate de reservar algo de energía sexual para mí.
- El sexo con otras relaciones debe ser fuera de nuestra cama/casa.

- Ponemos límites a las llamadas de teléfono, tiempo en internet, etc., con las otras relaciones.
- Programamos tiempo de calidad en pareja.
- Establecemos acuerdos sobre quién puede hablar de qué con quién.
- No te quites el anillo que te regalé.
- Pequeños regalos y tarjetas me ayudan a tener una menor sensación de abandono.
- ¿Quién está demasiado cerca para tener sexo? ¿Vecinos? ¿Tus amistades del colegio? ¿Colegas de trabajo? ¿Amistades cercanas? ¿Ex amantes? ¿Tu médico? ¿Tu abogada/o? ¿El terapeuta de tu pareja? ¿Tus hermanas/os?...
- Después nos pasaremos una hora abrazándonos y reconectando.

Predictibilidad

Nuestra experiencia es que necesitamos cierta predictibilidad para gestionar el estrés de las relaciones abiertas. La mayoría de la gente puede gestionar una situación estresante si sabe cuándo va a suceder y cuándo va a terminar. Puedes planear hacer algo que te ayude como quedar con alguna de tus amistades, ir a ver una película, visitar a tu madre, lo que sea, y dite a ti mismo que sólo tienes que gestionar estas cosas durante un período de tiempo y después tu cariño volverá y quizás podréis planear celebrarlo en pareja.

La mayoría de la gente lo pasa mal con las sorpresas; pueden sentar como la explosión de minas antipersona. Muy pocas de nosotras estaríamos cómodas viviendo con la posibilidad de que nuestra pareja pudiera volver a casa con cualquier persona en cualquier momento, de cualquier fiesta a la que vamos, del restaurante en el que se suponía que íbamos sólo a tomar un café. Ningún lugar y ningún momento serían seguros. La pareja de una conocida nuestra estaba trabajando en la punta opuesta del país de donde trabajaba su pareja en un momento en que él estaba luchando por primera vez para gestionar sus celos. Él llegó al acuerdo de que quería saber cuándo su pareja estaba teniendo sexo con alguien porque, como decía, «Si sé cuándo ha salido con alguien, también sé cuando no lo ha hecho y entonces puedo relajarme la mayoría del tiempo».

Si sientes que planear quita mucha espontaneidad a tu vida, piensa entonces en declarar vía libre una noche o un fin de semana al mes, y así puedes decidir si vas a buscar aventuras con tu pareja o si lo pasarás en un ambiente más tranquilo. Un acuerdo para ser impredecible en momentos determinados es, después de todo, predecible.

Cuando no hay un acuerdo

Hay probablemente muchas cosas en tu vida en las que sientes que hace falta llegar a un acuerdo. Todo el mundo tiene que gestionar las diferencias en sus relaciones en todo momento, como te puede contar una persona nocturna casada con una persona a la que le gusta madrugar. De todos modos, la ausencia de acuerdos puede resultar menos cómoda en el delicado terreno de las relaciones sexuales. Cuando los ánimos están caldeados, especialmente en temas sexuales, es fácil querer creer que nuestra manera de hacerlo es la correcta y las otras son equivocadas.

Una manera de evitar la trampa de convertir una discrepancia en una discusión moral estriba en fijarse cuidadosamente en la responsabilidad. En este desacuerdo, a fin de cuentas, ¿quién es responsable de qué? ¿Cuánto se ha implicado A en esta elección, en qué lo ve distinto B y qué tememos que podría pasar si no nos ponemos de acuerdo? Intentad tener realmente claro qué siente cada persona antes incluso de pensar qué queréis hacer sobre este tema. Entender tus propias emociones y las de tu pareja te llevará a nuevas y mejores ideas para los acuerdos o soluciones de vuestros conflictos.

Puede ayudar el recordar que has estado viviendo con diferencias y desacuerdos con todo el mundo en tu vida desde que los conociste. Cuando descubres una discrepancia sexual con una persona, probablemente ha estado ahí todo el tiempo y aun así os gustáis mutuamente y compartís un montón de cosas buenas. Recuerda que lo habéis estado llevando bien sin este acuerdo en concreto. Si has llegado tan lejos, puedes vivir con la ausencia de un acuerdo un poco más de tiempo. Deja que el tiempo sea tu amigo, y cuando se trate de una diferencia complicada, daos el tiempo suficiente para explorar en profundidad los sentimientos que están causando el desacuerdo y acordad llevar una vida gratificante mientras lo hacéis. Podéis estar de acuerdo en discrepar. Entre el «sí» de un acuerdo absoluto y el «no» de un desacuerdo radical hay una gran zona gris de sin-acuerdo-todavía, o de desacuerdo-tolerable o incluso de ¿qué-más-da?

A veces te será posible llegar al final a un acuerdo; y otras no. Ocasionalmente, de todos modos, vas a llegar a una zona en la que el acuerdo es a la vez necesario e imposible. Para muchas personas, el tema completo de la no monogamia puede ser uno de ellos; tener descendencia es otro punto frecuente de desacuerdo. Nosotras os sugerimos que seáis flexibles, y busquéis el compromiso, si es posible con la ayuda de terapeutas competentes.

Pero si el acuerdo simplemente no se puede alcanzar, creemos que las habilidades aprendidas mientras tratabas de llegar a un acuerdo pueden ser muy útiles, como la práctica de no echar la culpa, no juzgar y no manipular, mientras trabajas para cambiar o incluso terminar una relación en la que no es posible reconciliar las diferencias.

Algunas personas acuerdan terminar una relación y descubren que, más adelante, cuando el estrés de la separación ha desaparecido, pueden llegar a un acuerdo para tener un nuevo tipo de relación con la misma persona. Otras no son capaces. Pero sea como sea, la discusión franca y sincera llevará a un resultado más claro y menos estresante.

DEJANDO ESPACIO PARA LA DIFERENCIA

Podría ser que tú y tu amor tengáis diferentes visiones sobre qué sería el poliamor en vuestro caso. Para una persona podría significar mucho sexo por diversión, aventuras de una noche, o jugar en fiestas; la otra puede anhelar una relación primaria y una relación secundaria especial. Algunas personas disfrutan teniendo varias relaciones que crean familias ampliadas a partir de sus amantes y amantes de sus amantes; otras buscan un matrimonio de grupo para tres o cuatro personas.

Negociar la diferencia, de todos modos, es posible y se hace con éxito cada día. ¿Qué sucede si una persona quiere SM, o tantra, u orgías salvajes y la otra quiere paseos por la playa al atardecer? Una vez has abierto tu relación a otras personas que pueden ser más tolerantes con esos deseos, todo es posible: Dossie ha trabajado con varias parejas con este tipo de diferencias. Los acuerdos pueden ser asimétricos, tener en cuenta los diferentes deseos y sentimientos, y cada individuo puede necesitar diferentes tipos de seguridad. La persona amante de las relaciones puede sentirse tímida y poco moderna, la persona a la que le gusta la fiesta puede sentirse juzgada o amenazada por parejas a largo plazo, y cada una necesita que sus propios sentimientos sean valorados y cuidados.

Llegar a un acuerdo

Así que ¿cómo consigues un acuerdo que funcione para todo el mundo? Un buen punto de partida es empezar definiendo vuestros objetivos. Un objetivo no es lo mismo que un acuerdo; un objetivo es lo que tu estás intentando conseguir, y el acuerdo es el medio que estás usando para llegar allí. Por ejemplo, si tu objetivo es evitar que ningún miembro de la pareja sienta que se han aprovechado de él, tu acuerdo podría hacerse para prevenir que se vulnere el tiempo, espacio y enseres personales. Así que empezad por tener claro en qué consiste una vulneración para cada persona involucrada, y usadlo en vuestros acuerdos.

A menudo descubrirás un objetivo al tropezar con un problema: «Ayer por la noche, cuando tú y Sam estabais en el dormitorio, yo tenía los pies congelados y no pude entrar a buscar mis zapatillas». El objetivo es evitar que este problema surja de nuevo: ¿Qué tipo de acuerdo podría ayudar a conseguir ese objetivo? Contestar a esta pregunta requerirá una mirada honesta (y a menudo difícil) sobre cuál es el problema real: ¿Es que tus pies están fríos, es que te molesta que te echen de tu propio dormitorio, o es que lo sientes como una amenaza y que te han dejado de lado?

Una vez has definido tu problema y tu objetivo, es momento de empezar a hacerse una idea de cuál sería un buen acuerdo.

Podría ser oportuno llegar a un acuerdo de prueba y poner un límite de tiempo (un fin de semana, una semana, un mes, un año) en vuestro acuerdo recién alcanzado para ver cómo se sienten todas las personas involucradas. Cuando termine el plazo, os podéis sentar a discutir qué funcionó, qué no, y si continuar con el acuerdo, revisarlo o abandonarlo.

En nuestra experiencia es raro que un acuerdo dure toda la vida sin ningún cambio: los seres humanos cambian, y otro tanto ocurre con los acuerdos. La manera en que puedes saber que tu acuerdo necesitar cambiar es cuando alguien ya no está de acuerdo con él. Janet y una de sus parejas, por ejemplo, empezaron su relación con un acuerdo según el cual podían tener sexo con otras personas, pero no podían enamorarse de nadie más. Hasta que una lo hizo. (A posteriori, parece un acuerdo bastante ridículo; ¡como si pudieses decidir enamorarte o no!). Ella recuerda:

Hubo un período en el que hacíamos «controles» una o dos veces al día. Esto es una situación que no nos habíamos planteado nunca. Nos dimos cuenta de que era importante disfrutar del momento y apoyarse en cosas concretas: «Sí, está bien que ella duerma fuera de casa si he salido de la ciudad; no, no es aceptable que nos lleves a las dos personas a la misma fiesta». Nos encontramos que durante esta experiencia, como durante otras similares que hubo más adelante, la palabra «enamorarse» nos hacía entrar un poco en pánico, que los acuerdos que se basaban en factores medibles como el tiempo, comportamientos y espacio nos funcionaban mejor.

Cuenta con tener que probar algunos acuerdos y comprobar que no funcionan, y cuenta con tener que cambiarlos. Mejorarás este proceso con la práctica, y con el tiempo podrás conocer tan bien tus necesidades y las de tu pareja que el negociar los acuerdos resultará sencillo. Pero al principio, mientras estás aprendiendo, la pulcritud no será tan importante como la tolerancia.

Cuando empiezas por primera vez, algunas de estas discusiones pueden volverse bastante acaloradas. Recuerda, la ira es un sentimiento que te dice qué es importante para ti. Lo que es constructivo en estos momentos complicados es lo que aprendes sobre tus parejas y sobre ti.

Recuerda que hay muchas maneras buenas de estructurar tu promiscuidad. La estructura no es lo que te protege de los sentimientos complicados, es tu habilidad para cuidar de ti lo que cuenta. Así que sea cual sea la estructura que elijas, no te aferres a ella demasiado. Tus acuerdos no están cuidando de ti; tú lo haces.

No te desanimes. Todos los putones con éxito que ves, que parecen tan despreocupados, han luchado por sus acuerdos. Tú también puedes trabajarte tu camino a través de esta enmarañada red de suposiciones y emociones y aprender a amar con sinceridad y libertad.

16. Cómo abrir una relación ya existente

Muchas personas llegan a un punto en el que quieren abrir su relación a más parejas sexuales. Pero cuando tu relación estaba arraigada en acuerdos monógamos convencionales, no puedes esperar que gritando «ábrete, Sésamo» todo encaje por arte de magia. Como todo lo relativo a la promiscuidad ética —y quizás más que otras maneras de relacionarse— el abrir una relación existente requiere cuidado, reflexión, práctica y trabajo.

La relación que quieres abrir puede ser o no con una pareja a largo plazo; podéis estar conviviendo o no. Puedes haber estado practicando la monogamia en serie, con el típico solapamiento ocasional. O puede que estés saliendo y manteniendo tus relaciones compartimentadas y quieras moverte hacia algo más parecido a una familia o una tribu. Puede que estés buscando aventuras fuera de una tríada o matrimonio de grupo. El trabajo de abrirlo costará, no importa cuál sea la naturaleza de la relación.

Por simplificar, hablaremos de abrir una relación existente en una pareja de dos personas, pero los principios y habilidades que tratamos aquí se pueden aplicar a amantes en cualquier configuración.

Convertir dos en tres

Si tú y tu amante estáis comenzando a trabajar en esto con un acuerdo de que ambas partes queréis crear esta apertura en vuestras vidas, entonces enhorabuena y recibid la bienvenida al camino. Probablemente tendréis desacuerdos inesperados sobre cómo será esta nueva vida, así que aún no te saltes este capítulo.

En nuestra experiencia, de todos modos, es mucho más común que una persona quiera abrir la puerta a contactos externos y la otra nunca se lo haya ni planteado y se sienta consternada con la idea. Esta situación es definitivamente más complicada, especialmente cuando el tercer miembro de este triángulo, la pareja externa —potencial o real, abierta o secreta— está esperando entre bastidores y probablemente le importa mucho el resultado de este proceso. Muchas personas no piensan realmente sobre la monogamia hasta que conectan con alguien que sienten que es importante para ellas pero, a la vez, no quieren dejar a su pareja a largo plazo, o divorciarse, o repartirse las responsabilidades de la prole. Tú podrías ser cualquiera de estas personas en el triángulo: la que tiene sed de aventura, el nuevo amor que no es uno de los miembros de la pareja y la a veces sorprendida pareja de la potencialmente aventurera.

En física, el triángulo está considerado una de las estructuras más sólidas y equilibradas, pero en las relaciones la mera frase «triángulo amoroso» huele a drama de culebrón. Esta situación concreta no es más sencilla por el hecho de que haya estado sucediendo desde que existen las relaciones. Puede ayudar el recordar que es completamente normal tener deseos diferentes en cualquier relación; no hace falta que ambas personas se emocionen con el mismo sabor de helado. Tener en cuenta los deseos de todo el mundo puede funcionar para todas las personas implicadas. Nosotras conocemos a muchas personas que lo han hecho, alcanzando acuerdos que funcionan para las tres personas. Veamos el dilema desde los tres puntos de vista.

LA PERSONA AVENTURERA

La ventaja de estar en esta posición estriba en que sabes, más o menos, qué quieres. Quizás compraste este libro para tu pareja, esperando algo más de libertad con el tiempo y, probablemente, esperando que haya alguna manera de que tu pareja y tú podáis llegar a un acuerdo sin pasar por una gran agonía. De todos modos, tu pareja y tú sois, como todo el mundo, productos de nuestra cultura, y es un trabajo duro salirse del paradigma en el que estaba basada toda tu vida anterior. Es un trabajo agradable, un trabajo gratificante, un trabajo que cambia la vida, pero aun así es un trabajo duro.

La culpa es una emoción espantosa, una de las más incómodas que podemos sentir. Muchas personas se sienten culpables cuando algo de lo que hacen causa dolor a las personas que les importan. Cuando pones tu deseo de una relación abierta sobre la mesa y tu pareja lo pasa mal por ello, probablemente te sentirás muy culpable. No hay maneras sencillas de aplacar tu sentimiento de culpa solucionando cómo se siente tu pareja.

No puedes agitar una varita mágica y cambiar la mente de tu pareja. Ese es un duro trabajo que cada persona tiene que hacer por sí misma. Dolerá. Puede que haya lágrimas, enfados y amargura, y te sentirás culpable. Si ya tienes dos parejas, entonces las dos pueden sentirse mal y tú te sentirás el doble de culpable.

Don Juan y doña Juana son retratados como personas que exploran de manera desconsiderada y cruel, sin importarles cualquier dolor que puedan causar a su paso. Nosotras no creemos que quieras tu libertad a cambio de convertirte en imbécil e insensible. Si has invitado a tu pareja a esta exploración, eso significa que no quieres engañar, que quieres vivir tu vida honesta y honradamente. Te respetamos por eso. Mucha gente no lo hará.

LA TERCERA PERSONA

Nosotras no sabemos ni qué nombre ponerte, lo que hace complicado hablarte y puede hacerse difícil pensar sobre tu situación. Tu papel —una persona potencialmente cariñosa, generosa, que está involucrada sexualmente con uno de los miembros de una pareja a largo plazo— está tan alejado del marco conceptual de la mayoría de la gente que no existe una palabra para llamarte que no tenga cierta carga. ¿Rompehogares? ¿Amante? ¿La otra? (No existe incluso un nombre para «el otro», aunque haya muchos, muchos hombres así). Más civilizados, pero igual de problemáticos, son los conceptos de «secundario» o «terciario». Este lenguaje define una situación, pero nosotras creemos que la jerarquía que implica puede ser humillante. ¿Sólo cuentas cuando eres número uno? ¿O todo el mundo tiene derechos en esta constelación?

Seas su cariño, una aventura, amante o lo que sea, tu situación en el triángulo tiene ventajas y desventajas. En el lado positivo, nadie espera de ti que le laves los calcetines, y la mayoría del tiempo que pases con tu amante podrás pasarlo divirtiéndote. No se espera de ti que mantengas a tu amante, o que abandones tu carrera profesional o que te quedes en casa con los niños. El lado negativo: ¿a quién llamas cuando necesitas que te lleven en coche a urgencias? ¿A quién llamas cuando estás triste? ¿Y cuando necesitas apoyo? ¿Tienes algún derecho en absoluto sobre el tiempo de tu amante o hay alguien que te ve como competencia, con quien tú quizás nunca podrías hablar o negociar? Mientras que tu situación acarrea pocas responsabilidades, a menudo también conlleva pocos derechos.

LA PERSONA QUE NO HA ELEGIDO ESTAR EN ESTA SITUACIÓN

De verdad esperamos que no hayas recibido este libro como una sorpresa del día de San Valentín, pero sabemos que podría ser. No es divertido en absoluto que te pidan expandir vuestra relación de una forma que nunca has pedido, ni tampoco lo es gestionar los deseos de tu pareja de tener amantes después de haber prometido renunciar a otras relaciones. Puede que te estés sintiendo como si se hubiese abierto un abismo bajo tus pies, sin un terreno sólido donde situarte.

Por supuesto sientes angustia, y enfado también: tú no elegiste este camino. Aquí estás, en una vorágine de sentimientos aterradores que nunca aceptaste tener que soportar. Puede llevarte un tiempo comprender que esto te está sucediendo de verdad. Al final, de todos modos, esta situación debe resolverse: una vez el asunto de abrir la relación está sobre la mesa, no puede volver a guardarse de nuevo en el cajón. De una manera u otra, debes encontrar maneras de lidiar con lo que te han dado y empezar a considerar qué puede suceder a partir de ahora.

Es injusto, por supuesto, que se te pida hacer un duro trabajo emocional que tú nunca elegiste hacer. ¿Hay alguna razón por la que debas trabajar tan duramente? ¿Hay algún beneficio para ti en todo esto?

Bueno, probablemente. Quizás este trabajo te hará más fuerte. Quizás harás un viaje inesperado a tus propias aptitudes. Quizás tú tienes la habilidad de querer a más de una persona. Quizás hará más profunda la relación con tu pareja. Quizás mejorará vuestra vida sexual. Quizás encontraréis un camino que permita que vuestra relación continúe, que os permita desarrollaros y cambiar vuestra relación. Quizás puedas ver un tenue brillo de una posible libertad allá en el horizonte.

No te podemos prometer que te vaya a suceder ninguna de estas cosas. Pero hay una cosa que podemos prometerte. Si controlas esta complicada situación, y aprendes de ella todo lo que puedas sobre ti y tu relación, al final podrás elegir. Puedes elegir separarte, o tu pareja y tú podéis decidir volver a la monogamia, o puedes probar una relación algo más abierta... pero hagas lo que hagas, será porque estás viendo todas las posibilidades y *eligiendo*. No reaccionando a ciegas, no haciendo lo que te mandan, no eligiendo lo fácil porque es fácil, sino siendo tu propia elección, informada y sentida. Nosotras realmente creemos que la monogamia consensuada es una buena elección.

Más adelante en este capítulo te daremos algunas ideas para mantener esta difícil negociación tan productiva como sea posible. Pero primero queremos hablar de una situación que sabemos que confrontan algunas personas que nos leen.

Los engaños

A veces la relación ya está abierta, sólo que uno de los miembros de la pareja no lo sabe todavía. Puede ser muy duro enfrentarse a esta situación, pero sucede, y a menudo. Descubrir que has sido y te están engañando en la actualidad puede ser absolutamente horrible. Los sentimientos de traición, de confianza perdida y, a menudo, de vergüenza suelen ser sus consecuencias. A muchas personas en esta situación les asaltan las dudas: «¿No soy deseable?», «¿qué hice mal?». Todo estos sentimientos son legítimos, y nosotras no creemos que hayas hecho nada mal aparte de haber aceptado las historias con las que has crecido sobre lo que se supone que significa «y fueron felices para siempre».

Puede ayudarte recordar que una pareja que te engaña pero que quiere abrir su relación principal está dando un paso hacia la honestidad, mostrando respeto por su pareja y la relación. No pasaría por todo este lío si quisiera librarse de ti.

Nuestros estereotipos pintan al miembro de la pareja que engaña como la mala persona, como el cabrón o zorra egoísta que quiere tener su parte del pastel y la otra parte también, a tu costa. Pero sabemos también de muchísima gente que ha llegado a esta situación y está intentando, a menudo desesperadamente, encontrar una manera de hacer que las cosas funcionen para todo el mundo. Si fuera una persona desaprensiva y cruel simplemente lo mantendría todo en secreto.

Puede ser duro recordar los buenos deseos de tu pareja cuando estás luchando por digerir estas malas noticias. Descubrir que tu pareja ya tiene amor con una tercera persona puede ser algo muy cercano a lo catastrófico, simplemente porque te sientes horrorosamente mal. Y aunque pueda resultar reconfortante focalizar tu dolor en una furia justificada —y estás justificada para hacerlo— algo más debe suceder si se quiere que tú y tu relación sobreviváis y crezcáis.

¿Qué vemos cuando nos fijamos en el engaño con una mente abierta y con empatía hacia todas las personas involucradas? A nuestra cultura le gustar creer que el engaño no es frecuente, que es una anomalía. Kinsey descubrió lo contrario hace más de medio siglo: ligeramente más de la mitad de los matrimonios teóricamente monógamos de entonces no lo eran. Por lo que el engaño no es inusual y no sólo lo perpetran personas adictas al sexo y sin corazón.

La creencia tradicional en terapia dice que engañar es un síntoma de que algo va mal en el matrimonio y que trabajando en ese matrimonio desaparecerá el engaño. A veces esto es verdad. Pero el engaño no se debe necesariamente a un error en vuestra conexión, y es cruel decirle a la gente que algo está mal en una relación en perfecto estado sólo porque el deseo sexual tiene una vía para escabullirse fuera de los límites.

Puede que sientas la traición, el desconsuelo, la ira. Te han introducido en estos sentimientos sin previo aviso, y sin haberlo elegido. Puede ser particularmente duro enterarse de que tu pareja ha estado participando en actividades sexuales extrañas como conductas sexuales no convencionales* o el *crossdressing*. Si estás luchando con esto, por favor echa una ojeada a algunos de nuestros libros, especialmente *When someone you love is kinky*.

Trabajar para abrir la relación bajo estas circunstancias está lejos, lejos de lo óptimo. ¿Cómo se supone que el miembro de la pareja que ha sido engañado va a sentirse más seguro y amado cuando le han quitado el suelo bajo sus pies? Pero al final muchas parejas encuentran su camino a través de este espinoso camino. Si sientes tanto enfado que no eres capaz de pensar en nada más, aquí tienes una manera de hacer más fácil escuchar a tu ira.

* *Kink*, en el original. Palabra en inglés que refiere a toda conducta sexual no normativa. El tipo de conductas depende de cuáles sean normativas en cada cultura (*Nota del t.*).

Estamos hablando de una situación vital en la que muchas personas experimentan una ira encendida. Este ejercicio puede ser el primer paso para conocer y comprender esa ira, en lugar de simplemente evitarla como la peste y explotar más tarde cuando ya no puedas aguantar.

EJERCICIO *¿Para qué sirve la ira?*

Para este ejercicio, empieza pensando en la ecología. Recuerda cuando en el colegio te enseñaron que en la naturaleza todo tiene su función, su aportación: los gusanos se comen el ratón muerto y lo convierten en un suelo enriquecido y entonces las rosas pueden florecer, ¿verdad?

Así que ¿por qué todos experimentamos enfado? ¿Cuál es su contribución a nuestras ecologías individuales y a nuestras relaciones? ¿Cómo te ayuda a ti la ira? ¿Cómo te protege? Escribe una lista. Los ejemplos pueden incluir: ayudarte a descubrir tus límites, hacerte actuar, dejar que liberes tensiones.

Puedes poner esta lista en la puerta de la nevera y añadir más cosas durante una semana o dos según las experimentas.

Así, la próxima vez que sientas enfado, puedes preguntarte: «¿Cómo intenta este enfado cuidar de mí?».

El entender intelectualmente el engaño no hace más fácil su gestión cuando descubres que es *tu* pareja quien lo está practicando... pero puede ayudar el pensar qué quieres hacer a partir de ahora. El reto de recuperar la confianza puede ser algo duro de contemplar, y hace falta que pienses cómo puedes llegar a un acuerdo con tu pareja. No puede obligarte a que confíes, ni tampoco ganarla como si fuese un salario: tienes que decidir si te vale la pena conceder esa confianza.

Es más, está el problema de la tercera persona esperando entre bastidores, pacientemente o no, mientras tú estás empezando desde cero a orientarte sobre la situación. Esta persona de la que te acabas de enterar también tiene sentimientos y tiene razones perfectamente válidas para no querer seguir siendo un oscuro secreto.

Si la situación sobre la que estás negociando es una en la que tú o tu pareja habéis estado engañando, probablemente tendréis que pasar algún tiempo procesando sentimientos de enfado, traición y culpa. Pero cuando tengáis esos sentimientos bajo cierto control, tendréis que mirar al futuro y empezar a trabajar —preferiblemente juntos— para encontrar algunas soluciones.

Puede que os acabéis separando, o quizás volváis a la monogamia. La librería de tu ciudad ofrece excelentes libros para apoyaros si pasáis por cualquiera de esas alternativas. Pero este libro se llama Ética promiscua, así que por ahora asumamos que por lo menos os estáis planteando la posibilidad de más apertura en vuestra relación.

Primeras aperturas

Para que todas las personas involucradas en esta situación evolucionen desde donde están ahora —quizás con enfado, con miedo, casi seguro con desconcierto— a una nueva situación, es necesario comprometerse a forzarse a ir un poco más allá de nuestra zona de confort. Sólo un poco, pero necesitas forzarte.

No funciona si tu pareja es quien te empuja, y tampoco funciona si eres tú quien empuja a tu pareja. Cada persona debe empujarse a sí misma para poder descubrir que es más fuerte de lo que pensaba. Es un poco como hacer pesas: tienes que subir y bajar esas pesas para fortalecer tus músculos emocionales.

Una buena manera de empezar podría ser sentándote con tu pareja en un lugar tranquilo para comparar vuestras visiones de un futuro más abierto. Quizás podríais escribir un poco sobre cómo sería vuestra relación si fuese perfecta, y en la que todo fuese muy sencillo. Cuando comparéis vuestras notas puede que descubráis que tenéis visiones muy diferentes: uno de los miembros de la pareja quiere ser la Reina de los Putones en las fiestas sexuales; el otro puede estar buscando una pareja que quiera hacer turismo de mochila y estar besándose en la ladera de un monte. Uno puede estar ansiando sexo rápido sin compromiso; el otro puede desear una relación continuada con una o dos personas que están conectadas y se unen a la familia.

Que no cunda el pánico. No tenéis que querer las mismas cosas, y podéis pensar en acuerdos que hagan posible que vuestros sueños se hagan realidad. Echa una ojeada al capítulo 15, «Cómo alcanzar acuerdos» para obtener algunas ideas sobre maneras posibles en las que podríais querer estructurar vuestra constelación poliamor.

Puede ser bastante abrumador mirar a ese sueño sin saber cómo se puede hacer para convertirlo en realidad pero, de nuevo, que no cunda el pánico. El siguiente paso es pensar cómo vais a ir de aquí hasta allí. Como en cualquier viaje, no necesitas teletransportarte a tu destino instantáneamente: llegarás a tu destino paso a paso. No aprendes a nadar saltando al océano, y no encontraréis cómodo nada de esto si os castigáis por no sentiros ya a gusto.

EJERCICIO *Jerarquía de lo Duro, o Cómo ir de Aquí a Allá en los Sencillos Pasos que Haga Falta.*

Esto es un ejercicio para elegir el primer paso que quieres dar.

Elige un objetivo muy concreto para concentrarte, uno que te produzca cierta ansiedad. Los temas poliamor pueden incluir: buscar en pareja anuncios de contactos, presentar tu amante a tu pareja, citas, dormir fuera, hablar de sexo seguro. Por ahora elige un tema que sea relativamente sencillo para practicar.

Piensa en los pasos que tendrías que tomar para ir desde aquí hasta allá: acuerdos, negociaciones, sincerarse, pedir lo que quieres, planificar el tiempo, encontrar canguro, etc. Escribe cada uno de estos pasos en una tarjeta. Si un paso te parece enorme, subdivídelo en varios pasos. Como si se tratara de enseñar a hacer galletas en prescolar, dejando cada paso absolutamente claro antes de pasar al siguiente.

Después pon las tarjetas en una mesa en orden de lo más sencillo a lo más complicado, o de lo más seguro a lo que da más miedo, según lo intenso de la sensación que te produzca pensar en ese paso. Puede que obtengas nueva información sobre ti cuando hagas esto.

Entonces toma la tarjeta que da menos miedo, la más sencilla, piensa cómo podrías dar ese paso y ¡avanza! Cuando lo hayas conseguido, y hayas aprendido lo que hayas aprendido al hacerlo, pon la tarjeta a un lado y pasa a trabajar en el siguiente paso, que ahora es el paso más sencillo.

Nunca des ningún paso que no sea el más sencillo.

Clases de acuerdos

Hablando de manera muy general, nosotras clasificamos los acuerdos a los que los putones llegan para gestionar las zonas de confort emocionales en dos categorías: acuerdos para evitar los sentimientos que dan miedo, y acuerdos para arriesgarse a sentir algo que puede ser incómodo o dar miedo, pero que no resulta aterrador. Haz una lista de todos los acuerdos que podrías aceptar y divídelos en los que evitan y los que arriesgan. Las estrategias para evitar pueden ser: «no me preguntes; no me cuentes», «no causes problemas», «no dejes que me entere», «no quiero conocer a tu amante», «sólo los jueves por la noche cuando salgo con mi amante, así nunca me quedaré a solas en casa». Estos pueden ser unos buenos acuerdos para parejas que están empezando este camino, en los que están arriesgando lo mínimo posible usando los límites más ajustados posibles. Así es como se crea la curva de aprendizaje.

De todos modos, si sólo eliges estrategias para evitar, puedes acabar quedándote inmóvil en el punto en el que estás ahora. Si no hablas de lo que estás haciendo ¿como podrás pensar sobre el tema? Si no puedes pensar sobre el tema ¿cómo vas a negociar? A las personas no se les da muy bien hacer las cosas aisladas del resto, y mucha gente se da cuenta de que las historias que se inventan en su cabeza cuando no tienen información dan más miedo que la realidad.

En el peor de los casos, podrías terminar no sabiendo algo que sabe todo el mundo a tu alrededor, y podrías acabar enterándote a través de una de tus amistades que creía que ya lo sabías. A muchas personas no les gusta que las pillen por sorpresa, por lo que basar tu sensación de seguridad en mantenerte a ciegas no va a funcionar para siempre. Y si tú y tu pareja debéis ocultaros mutuamente lo que hacéis, entonces tenéis, bueno, un gran secreto. Los secretos no os acercarán más; a menudo, crean más distancia. Supón que tienes una discusión con tu amante, y tu pareja te nota cierto disgusto. ¿Cómo manejas estas situaciones sin decir nada sobre tus conexiones externas?

Mucha gente encuentra más fácil no escuchar los detalles concretos sobre las relaciones sexuales de su pareja con otras personas, y no le vemos mucho problema a eso. Al final, igual podría ser algo que te excite, pero no hay necesidad de empezar con eso, ni siquiera de llegar nunca a hacerlo, a no ser que compartirlo sea importante para alguno de los miembros de la pareja.

Piénsate bien cualquier acuerdo que incluya «no lo pases demasiado bien». Los acuerdos sobre sexo seguro, por supuesto, son imprescindibles. Pero a la larga no te va a hacer sentir más seguridad si tu pareja acepta, por ejemplo, no besar a alguien o no hacer algo de una larga lista de actividades. Todo lo que sacarás de eso será no dejar de pensar si el acuerdo se respetará y habrá mucho revuelo si se sospecha que no se está respetando.

Tienes todo el derecho a esperar de tu pareja que reconozca abiertamente ante sus potenciales amantes el hecho de que ya tiene pareja. Te puedes llevar la sorpresa de que eso os dé más atractivo ante alguna gente que estar sin pareja: una tercera persona puede jugar con cualquier de los miembros de la pareja sin preocuparse de que mañana aparezcas en su casa con el camión de mudanzas. Si con honestidad dices el tipo de relaciones que estás buscando, atraerás a personas que ya están dispuestas y preparadas para gestionar las realidades de tu vida.

Las estrategias en que se arriesga pueden ser cosas como contarlo todo o juntaros para buscar anuncios de contacto en internet. Tus primeros pasos en esa curva de aprendizaje pueden ser pasos virtuales si esos son más sencillos de dar. ¿Ante qué tipo de fotos reacciona tu pareja? ¿Cómo te sientes respecto a eso? ¿Qué piensa tu pareja de las personas que encuentras atractivas? ¿Qué sucede si conoces un par de perfiles en Second Life o si flirteas en internet con una de tus identidades virtuales? O podríais ir a una discoteca y hablar sobre cómo sería flirtear con una de las personas atractivas que encontréis allí.

Puedes decidir arriesgar a provocar una de esas emociones que dan miedo casi como un experimento, para ver cómo te sientes, aprender sobre ti y aprender que puedes cuidarte y hacerlo mutuamente cuando estáis sintiendo celos en el presente.

Uno de los riesgos que te recomendamos tomar es hacer un hueco en vuestras ajetreadas vidas para hablar sobre cómo os sentís respecto a este tema. Hay muchos ejercicios en este libro sobre comunicación. Pruébalos. En la página siguiente encontrarás otra guía para hablar sobre sentimientos complicados.

Hemos dicho anteriormente que nada crea tanta intimidad como la vulnerabilidad compartida, así que te aconsejamos que saborees toda la cercanía a la que os abrís mutuamente cuando empezáis a arriesgar.

También puedes utilizar el ejercicio «Sí, No, Quizás» del capítulo 21, «Sexo y placer», sólo que esta vez escribe todas las posibilidades del poliamor: citas para un café, contestar un anuncio, intercambiar números de teléfono en una fiesta, flirtear, recorrer todo el camino hasta las citas auténticas, dormir fuera y el sexo. Las cosas que terminan en tu lista del sí son con las que debes comenzar, y luego puedes negociar qué haría falta para que probar algo de tu lista de QUIZÁS fuese lo suficientemente seguro. La lista del NO marca tus límites absolutos en este momento y quizás para siempre. Compara esto con tus tarjetas de «Jerarquía de lo Duro» de las que hablamos en el ejercicio anterior en este capítulo. Estos dos ejercicios los usarás una y otra vez, porque cada vez que superas algo que estás intentando, el nivel de miedo que produce cada cosa cambiará. Cada vez que aprendes algo nuevo, te vuelves más fuerte y confías más en ti.

EJERCICIO *La Pelea de Veinte Minutos.*

Acuerda una cita con tu pareja para discutir durante veinte minutos sobre algo en lo que no estáis de acuerdo. Busca un buen momento en que os podáis concentrar, y cuando no tengas que hacer algo estresante justo después: quizás podéis planear ver una película.

Prueba esto primero con un pequeño desacuerdo, algo que no os acalore excesivamente, sólo para practicar. ¿Cómo llevas parar veinte minutos después, cuando la discusión todavía no ha terminado? Nuestros desacuerdos más complicados no van a resolverse hablando, discutiendo o gritando unas horas, quizás ni en semanas o meses. Los asuntos complicados requieren tiempo para trabajar sobre ellos. Por lo que una habilidad importante es empezar la discusión, y luego encontrar una manera de parar y dejarla cerrada hasta la próxima vez.

Usa una buena comunicación y pon el cronómetro. Cuando se acaben los veinte minutos, respira hondo varias veces y suéltate, suéltate, suéltate, sea cual sea el punto de la conversación en la que os encontréis. Saber cómo parar es una herramienta extremadamente útil. Es mucho mejor empezar a discutir cuando habéis acordado no gritaros hasta que os agotéis y os vayáis con el enfado a la cama. Te darás cuenta de que, una vez que habéis parado de hablar, empezarás a pensar sobre qué dijiste, sobre qué dijo tu pareja y en un día o dos puede que tengas nuevas ideas sobre cómo te sientes y qué podría funcionar. Cuando os reunáis a la semana siguiente para el segundo round de vuestra Pelea de Veinte Minutos, puede que os sorprendáis con cuánto os habéis acercado para entender y aceptar mutuamente vuestras posturas.

Deliberadamente hemos sugerido algunas situaciones extremadamente fáciles para empezar como mirar en pareja anuncios de contactos, o hablar de las personas atractivas que estén bailando en la discoteca. Son situaciones muy seguras en las que hay un riesgo muy pequeño, en las que podéis prestar atención a los sentimientos que aparezcan y hablar sobre ellos. Recuerda que a los sentimientos les gusta fluir: no busques respuestas, simplemente mira cómo evolucionan. Por favor, no asumas que como te sientes hoy es como te sentirás siempre: el único objetivo de este esfuerzo es abrir tus opciones respecto a tus sentimientos.

Puede que te sorprenda lo que es difícil, o lo que es sencillo. Ponte una medalla por lo que es sencillo; eso indica una fortaleza que ya tienes. Y ponte otra medalla por haberte atrevido a pensar sobre algo que resulta duro; ese es el trabajo para el que te has puesto en marcha.

Mantener la pasión

Independientemente de las decisiones que tomes sobre otras personas en tu vida, es una buena idea empezar con una relación satisfactoria y excitante. Si te encanta la vida sexual que tienes con tu pareja, quizás no te haga falta este capítulo. Pero si vuestra sexualidad como pareja se ha vuelto poco frecuente, rutinaria, insatisfactoria o no existe, recuerda, por favor, que es completamente normal (aunque no inevitable) en las relaciones de larga duración. La mayoría de la gente, cuando estamos en una relación cómoda, encontramos tranquilidad y seguridad, pero como nuestros días están llenos de carreras profesionales, los niños, el deporte, la hipoteca y montar el despacho en el garaje, queda menos energía para el sexo, y la pasión puede perder su facilidad y urgencia.

Antes de que sigas leyendo, tómate un minuto: ¿está bien como está el sexo en mi pareja? Quizás te parezca bien tener menos sexo hoy en día del que tenías en tu luna de miel. Es un mito que tu relación sea un desastre si no tienes sexo tres veces a la semana o durante tres horas cada vez. Hay relaciones perfectamente maravillosas que duran décadas, y que son muy satisfactorias para todas las personas implicadas, en las que hay poco o ningún sexo, o un sexo cómodo y rutinario. No te sientas que debes cambiar algo con lo que estás a gusto tal y como está. Lo que no está estropeado no necesita arreglo.

Si, de todos modos, hay cambios que te gustaría hacer, lo primero que necesitas es encontrar algo de tiempo para hablar con tu pareja, quizás leer esta sección juntos y negociar cuál será vuestra curva de aprendizaje. Si esto hace aparecer rencores —y puede que suceda— vuelve al capítulo 14, «Cómo aceptar los conflictos», y valora cómo podéis escuchar mutuamente vuestros sentimientos sin que se convierta a nadie en «el malo de la película». Habéis llegado hasta aquí en pareja, y para llegar a un sitio mejor hará falta que lo sigáis haciendo en pareja. Así que empezad por lo que necesitáis para estar en el mismo bando. Empezaremos discutiendo unos cuantos problemas habituales y algunas soluciones que se pueden probar.

El punto de partida depende un poco de la naturaleza del problema. Algunas parejas pierden su sincronización sexual por alguna dificultad física con el sexo que ha erosionado su sentido de la intimidad. Para otras, tiene más que ver con la distancia causada por las presiones de la vida diaria, o con los pequeños rencores acumulados con el tiempo y que pueden hacer difícil encontrar la pasión y el romance que os inspiró en el pasado. Para muchas, es un poco de todo.

Empecemos hablando de sexo. Puede ser que uno o los dos miembros de la pareja no hayan dicho nada sobre algún aspecto de su vida sexual que no está funcionando, fruto de cierta intención de proteger los sentimientos del otro. El silencio no va a ayudar. La manera cariñosa de solucionar un problema sexual es trabajar en pareja para arreglarlo, y tu pareja no puede participar si no le dices qué es lo que no funciona. Si tu pareja tiende a parar esa caricia perfecta justo cuando estaba empezando a ponerse bien la cosa para ti o empieza a buscar activamente el orgasmo mucho antes de que tú estés a punto, debes pedir lo que quieres o vas a acabar frustrándote y, a la larga, acabarás sintiendo resentimiento. Y si nunca le has dicho a tu pareja lo que necesitas para que te haga feliz, estás privándote a ti y a tu pareja de una deliciosa vida sexual. Del mismo modo, cuando tu pareja tiene un motivo de preocupación, por favor, no te lo tomes como un golpe deliberado a tu autoestima sexual. La mayoría tenemos que aprender de nuestras parejas lo que les gusta. No hay trucos mágicos que valgan para todo el mundo.

Presta atención a los asuntos prácticos. ¿El sexo se ha vuelto incómodo o doloroso? El primer paso aquí es, de nuevo, la comunicación. Si tu espalda te duele en algunas posturas, habla con tu pareja y elige posturas que sean cómodas para ambos. Las vértebras doloridas no son muy eróticas, pero una almohada bajo tu cadera o la barriga puede cambiar lo que se tensa o estira. Si el roce se hace incómodo, consigue muestras de varios lubricantes (muchas boutiques eróticas venden pequeñas muestras), y pruébalas para encontrar tu favorito, y a disfrutar. El lubricante es un atractivo añadido al sexo vaginal para muchas mujeres, y de una necesidad absoluta para las mujeres de mediana edad o más, o para cualquier tipo de sexo anal. Si no lo has probado antes, te sorprenderá mucho lo bien que le sienta a las dos personas. Si la penetración todavía duele, hazte un chequeo médico para solucionar cualquier cosa que requiera atención médica. Y si tú y tu pareja queréis penetración pero el pene no colabora, valorad el probar uno de los medicamentos disponibles hoy día que ayudan a mantener la erección una vez te has puesto manos a la obra. Una vez que empiezas a hablar sobre los asuntos físicos que pueden afectar al sexo, te sorprenderá agradablemente saber cuántos de ellos son fáciles de solucionar.

El alcohol y otras sustancias no son realmente tus aliados. Aunque una pequeña cantidad de vino o lo que sea te pueda ayudar a desinhibirte, las personas nerviosas tienden a dejarse llevar, y el tener una gran borrachera te dejará incapaz de sentir nada en absoluto y hará que no sea divertido tener sexo contigo. Estamos buscando la consciencia sexual, no la anestesia.

Deseo

Tanto los hombres como las mujeres pueden desarrollar cierta resistencia al sexo, sea por miedo de no hacerlo bien o por la decepción de no poder satisfacer sus necesidades o sus sueños. Una vez que una parte del sexo se ha vuelto complicada, si no se habla sobre ella y se gestiona, el resentimiento puede irse acumulando. Responder a la resistencia insistiendo hasta el punto de ignorar las señales de tu pareja para que pares sin duda no es la respuesta. Enamorar a alguien locamente cuando no quería que lo hicieses sólo pasa en las películas. Evita tratar a tu pareja como una fuente de buenos ratos: sólo por haberte casado con ella no significa que tengas derecho a exigir sexo cuando te apetezca. Lo que puedes hacer es invitar a tu pareja a que colabore contigo en un recorrido por los meandros de los placeres terrenales y descubrir qué es lo que os gusta.

Es muy raro que ambos miembros tengan exactamente el mismo deseo de sexo. Eso sería como insistir en que tú y tu pareja debéis tener patrones idénticos respecto al orden. Para superar las temporadas en que uno de los dos está hambriento de sexo y el otro no consigue dormir lo suficiente, es una ventaja absoluta tener una actitud positiva hacia la masturbación. El sexo a solas no significa un fracaso, significa que disfrutas del sexo; puede hacer tu relación mucho más fácil, especialmente cuando no tienes que esconderlo. Una de tus autoras regularmente se mete en la cama a leer una buena novela hasta caer dormida mientras su pareja se masturba abrazándola y les entra el sueño a cada cual de su manera favorita, entre cariño y mimos.

Así que tu primera habilidad como putón para mantener la pasión es hablar con tu pareja sobre los aspectos prácticos de qué funciona para cada miembro de la pareja y planear juntos cómo superar algunos problemas. El conocimiento es el afrodisíaco más poderoso.

EJERCICIO *La historia sobre el sexo maravilloso.*

Escribe una historia sobre el mejor sexo que has tenido nunca con tu pareja. Entra en detalle, describe las sensaciones: los sonidos, los olores, el pulso, etc. Que cada uno escriba su historia —puede ser un episodio diferente, no hay problema— y luego las compartís. Hablad sobre qué las convirtió en algo tan bueno para ti y para tu pareja.

¿Qué quieres?

Algunas parejas desarrollan unos hábitos, un guion satisfactorio que sirve para ambos. Experimentar nuevas sensaciones en tu vida sexual no significa que abandones tu rutina, sino que añades nuevos trucos a tu excelente repertorio. Lo que es bueno seguirá siendo bueno, y volverás a eso una y otra vez como a un pozo de agua muy fresca.

Si esos hábitos se han convertido en rutina, si da la sensación de que es un trabajo, si es una fuente de decepciones continua, es el momento de hablar de ampliar tus opciones. Ahora puede ser un buen momento para la hacer el ejercicio «Si, No, Quizás» del capítulo 21, «Sexo y placer», asegurándote de incluir cosas que nunca has probado pero que te podrían apetecer. Leer la lista de tu pareja puede ser un pequeño shock al principio —«¡No sabía que odiabas eso!»— pero después de recuperarte de las sorpresas, te diriges al futuro con un montón de información realmente útil sobre qué funciona para ti y tu pareja.

Comparad vuestros patrones de deseo y, en concreto, el espectro que va desde los encuentros breves hasta las grandes producciones. ¿Te gusta que sea un sexo amable, cálido, mimoso durante la semana? ¿Hay viajes con un cohete deseando despegar? ¿Sueñas con viajes en éxtasis que ocupasen la mayor parte del sábado y quizás algo de la mañana del domingo? El buen sexo va desde lo que Dossie llama sexo «básico», la parte nutritiva de cada comida, hasta los postres elaborados que requieren unas horas fascinantes para prepararlos. Las grandes producciones obviamente no pueden suceder cada día, pero afortunadamente no tienes que elegir, puedes tener un poco de los dos.

Empieza por reservar algo de tiempo para el placer: Esto puede resultar más difícil de lo que parece, pero es muy importante. Esperar hasta que los niños se acuesten, responder los emails, revisar los mensajes y ver las noticias de la noche mientras os quejáis de lo mal que está el mundo es una receta segura para la decepción. Prográmalo cómo programarías cualquier otra cosa importante para ti, en un momento en el que es más probable que tengas energía de sobra y sigue con tu plan siempre que sea posible.

EJERCICIO *La lista de citas.*

Muchas parejas, en el ajetreo de las tareas cotidianas —niños que criar, paredes que pintar, jardines que cavar, comida que comprar— se dan cuenta de que ha pasado mucho tiempo desde que se juntaron por última vez para divertirse.

Haz una lista de las citas que podrías planear —ir a la playa, comer fuera, bailar, juegos, deportes, un espectáculo, aquel restaurante nuevo— y piensa qué haría falta para que fuesen posibles. Tú y tu pareja o parejas podríais juntaros para hacer esa lista, o hacerla por separado. Prueba al menos con cinco cosas de la lista.

Y entonces empieza a planificar. Cuando te das cuenta de lo complicado que es esto, empiezas también a darte cuenta de lo valioso que es el tiempo que pasas con tu pareja. Una tarde en la montaña es una inversión importante en tu relación.

ENCONTRANDO EN PAREJA LO QUE OS EXCITA

Excitación no es lo mismo que erección. La excitación se refiere a tener ganas, a prepararse para concentrarse en las sensaciones sensuales y, finalmente, sexuales. Mucha gente cree que la excitación es algo que nos sucede, como el tiempo meteorológico. Aquí te dejamos una frase de autoafirmación: «Sé que mi excitación está aquí en alguna parte y soy capaz de averiguar cómo encontrarla».

La excitación puede ser visual, verbal o sensual; puede responder más al tacto, sonido, olor o las sensaciones al estirar y flexionar los músculos. Hay mil y una maneras de excitarse. Haz una lista de lo qué te excita. No cómo te gusta llegar al orgasmo, sino cómo te gusta empezar. Excitarse es parecido a drogarse, o despertarse, o calentarse: pasas de un estado de consciencia a otro. Esto lleva tiempo, y sienta bien.

Profesionales de la sexología que estudian la excitación nos dicen que depende de dos cosas: seguridad y riesgo. Necesitas sentirte a salvo del peligro, y con la seguridad de que se satisfarán tus condiciones y que tus deseos y necesidades se respetarán. También necesitas sentirte un poco como estar arriba en la rampa de saltos de esquí, en el umbral de algo milagroso y poderoso. Las nuevas relaciones pueden ser muy excitantes porque existe todavía mucho riesgo, pero las relaciones que han madurado necesitan buscar maneras de arriesgar un poco, de salirse de lo cómodo y lo familiar para entrar en algo nuevo y un poco desafiante.

Infinitas posibilidades

Buscar qué te excita puede ser un poco como buscar maneras en qué puedes nutrir tu relación. Aquí tienes una lista de algunas opciones que puedes encontrar útiles.

- Vestirse de una manera especial, asearse, despertarse.
- Preparar el entorno: sábanas de lujo, velas, música.
- Reservar tiempo de sobra: comienza tu cita tres horas antes; id a algún sitio.
- Ir a un sex-shop.
- Hablar de vuestras fantasías (venga, ruborizaos).
- Jugar a un juego de mesa erótico.
- Masajearse mutuamente con vuestros aceites favoritos, suavemente... quizás con una venda en los ojos de tu pareja o los tuyos... o a la vez.
- Hacer tonterías.
- Besarse en el coche como adolescentes.
- Abrazarse mientras lloráis.
- Preparar una cena y comerla con los dedos.

- Comer unos bombones muy buenos y saborearlos de los labios de la pareja.
- Juntarse para leer un libro erótico en voz alta.
- Ver una película que ambos encontráis excitante.
- Ir en pareja a un club de striptease.
- Ir a un spa y ponerse a remojo.
- Ir a cualquier sitio en la naturaleza y enrollarse.
- Hacer vuestras citas especiales de la manera que se os ocurra.

Lo primero es conectar

Hay una razón por la que las citas normalmente incluyen una cena. La cena, sea fuera o en casa, es un lugar estupendo para conectar, hablar, ponerse al día y luego, quizás, planear una aventura. Salir a cenar te deja tiempo para vestirte de forma elegante y sexy, y es mucho más divertido que tener que fregar los platos.

Recuerda cuándo estás en una cita y cuándo no. A algunas personas no les gusta que las acaricien mientras están fregando los platos. (A otras sí, por supuesto, así que debéis hablar sobre esto también).

EJERCICIO *La cita natural.*

Poneos de acuerdo para salir y hacer en pareja algo que os guste. Durante esta cita, no habléis de problemas, sean de la relación, o el trabajo, o los niños, o la economía o de lo que sea. Una pareja que conocemos salió a cenar y bailar y fingieron que era su primera cita. Bailaron como adolescentes y volvieron a casa para tener un sexo muy amoroso que daba, de alguna manera, la sensación de renovado.

En la cama

Cuando llegas a la cama, no es obligatorio que tú y tu pareja tengáis el mismo nivel de excitación; podéis llegar con un poco de tiempo y una alegre colaboración. La persona que va más avanzada puede ayudar a la otra a ponerse al mismo nivel. Prueba lo que en terapia sexual se llama «placereado», que se suma a cualquier cosa que ya sepas que le gusta a tu pareja, sin empujarle a ir más allá. Haz un experimento en el que un miembro de la pareja se dedica a excitar al otro de la manera que elige la persona que lo recibe, sin obligaciones y sin culpar a nadie si no funciona.

Llegar a ese punto ya es parte de la diversión

Elijas lo que elijas, prueba algo nuevo, por favor. Tienes que hacer algo diferente si quieres obtener un resultado diferente.

Ninguno de estos sistemas funciona siempre. Simplemente hacer el esfuerzo es un avance, incluso cuando un intento en particular no funciona. Reservar tiempo para ir a la caza de tu excitación es la mejor manera de empezar y, si te pones en marcha para excitarte y no llegas al final, de todos modos puedes disfrutar el camino.

Consultad vuestras listas de sí y planead un encuentro breve una noche de un día laborable. Reservad un tiempo en el que podáis tener una cita de doce horas —sí, doce horas completas— sin que os interrumpan. Salid a cenar, id a la playa, caminad por la montaña, haced lo que os apetezca. Volved a casa, duchaos en pareja, encended las velas y ved lo que sucede después.

CUARTA PARTE:
PUTONES ENAMORADOS

17. Conectando

Cualquier miembro de una minoría sexual se enfrenta a retos particulares para encontrar pareja y amistades. Y como putón o alguien que quiere serlo, tú eres con seguridad miembro de una minoría sexual. El poliamor no se comprende ni es aceptado en muchos ambientes sociales. Si además eres gay, lesbiana, transgénero o tienes interés en un área especializada de la sexualidad, como el *crossdressing* o el SM, resulta un doble o triple reto. Y aun así, hacer las conexiones con las que sueñas no sólo es posible, sino eminentemente alcanzable, como lo pueden confirmar miles de felices putones muy conectados.

De todos modos, nosotras seríamos las últimas personas en decirte que siempre va a ser fácil. Hemos oído, y vivido, demasiadas historias tristes, frustrantes sobre gente que se salvó por poco: parejas que están bien en una relación abierta hasta que uno de los miembros se enamora, momento en el que les da el ataque y exigen monogamia; o parejas que idealizan la liberación sexual y el amor libre pero que se derrumban al enfrentarse a la realidad (Janet dice que estas personas le recuerdan a su perro que siempre persigue a los coches, pero que no sabe qué hacer con uno cuando lo alcanza). Algunas parejas pueden volverse poliamorosas con éxito, pero llega un momento en el que sus necesidades, deseos y límites simplemente no coinciden suficientemente bien. Después de todo, el sexo no es el único aspecto o el más importante para determinar la manera en que nos relacionamos.

De todos modos, muchas personas sí tienen éxito para encontrarse, para relaciones que van desde las esporádicas a las que duran toda la vida. Así que, ¿cómo encuentras amistades, amantes y potenciales parejas que no sólo compartan tus valores e ideas, sino que también sean compatibles contigo emocional, intelectual y sexualmente?

¿Quién?

Un buen punto para empezar es pensar en a *quién* estás buscando. El truco para tomar esta decisión es que no sea algo demasiado específico ni demasiado vago. Si tu lista de «Quién» básicamente incluye cualquier persona que respira y que esté dispuesta a tener sexo contigo, te diríamos que quizás estás ampliando tu terreno un poco en exceso. Incluso si no tienes unas preferencias muy marcadas respecto a género, edad, apariencia, formación o inteligencia, probablemente quieres alguien que no te mienta, que no te robe, te hiera o explote: una sensatez básica, honestidad y respeto están en la mayoría de nuestras listas. Está perfectamente bien el que se reconozcan esas preferencias que son genuinamente importantes para ti. Si prefieres hombres a mujeres, o personas de tu edad en lugar de personas mucho más jóvenes o más mayores, nadie va a denunciarte por discriminación.

Por otro lado, si tu lista de «Quién» se parece a una lista de especificaciones técnicas —género, edad, peso, altura, color de piel, manera de vestir, formación, tamaño de pecho, tamaño del pene, preferencias sexuales— sospechamos que puede que tengas más interés en hacer el amor con tu propia fantasía que con una persona real, viva. Muchas personas estamos condicionadas, desafortunadamente, a reaccionar sexualmente a un estándar bastante poco realista de apariencia y comportamiento: las reinas y reyes del porno están bien para verlos en las películas, pero rara vez aparecen en el salón de nuestras casas. Si esperas que tu nueva pareja sea guapísima, inteligente, cariñosa y muy sexual todo el tiempo, probablemente te estás encaminando a una vida entera llena de decepciones. Pocas personas pueden alcanzar esos estándares y nadie puede mantenerlos veinticuatro horas al día.

No podemos decirte cuál es el punto exacto en el que una preferencia razonable se convierte en un deseo poco realista; sólo tú puedes mirar dentro de ti para hacerlo. Nosotras pensamos que la apariencia física, la riqueza y el estatus social tienen poco que ver con la persona detrás de ellos, y si cualquiera de esos criterios aparece alto en tu lista de «Quién», puede que te hayas atascado en tu fantasía. Intenta conocer a alguien que *no* corresponda a esos criterios. Tenemos el presentimiento de que si conoces más a esa persona y te gusta, descubrirás que tiene cosas buenas y únicas, esperando a que alguien se dé cuenta de que están ahí.

EJERCICIO *El juego del aeropuerto.*

La próxima vez que te encuentres en un lugar público como un aeropuerto o un centro comercial, busca un sitio para sentarte desde donde puedas observar a la gente sin que se fijen en ti. Entonces, imagina de cada persona que veas: ¿qué es lo que más le gusta de ella a su pareja? ¿Tiene un paso firme, una sonrisa dulce, unos ojos brillantes, unos hombros fuertes, un cabello con aspecto sedoso? Prácticamente todo el mundo es, o ha sido, amado por alguien. Mira a ver si eres capaz de detectar qué hace adorable y deseable a esta persona en particular, incluso si no es el tipo de persona que tú mirarías de esa manera.

Un detalle importante: incluso a las personas que *son* guapísimas o ricas o tienen pechos grandes o lo que sea, no les gusta sentir que su belleza, su cartera o sus pechos son su cualidad más atractiva. Quienes consiguen ser sus parejas a menudo consideran esas cualidades una ventaja añadida que tiene poco o nada que ver con la razón por la que eligieron a esa persona en primer lugar.

¿Dónde?

¿Dónde se reúnen los putones? ¿Cuáles son tus mejores lugares para encontrar la pareja —para la cama, para el juego o para la vida— de tus sueños?

En la década que ha pasado desde que escribimos este libro, la respuesta a esta pregunta ha cambiado mucho. «Poliamory» está incluido en el *Oxford English Dictionary*. Diarios, revistas y webs de todo el mundo han publicado amplios artículos describiendo este extraño y nuevo estilo de vida. Han surgido grupos de apoyo en todas las ciudades grandes de Estados Unidos y muchas de las pequeñas; varios congresos anuales atraen a putones de todo el mundo con ganas de conectar.

Es imposible enumerar aquí la amplia variedad de espacios relacionados con el poliamor que están disponibles, porque hay demasiados y cambian demasiado rápido. Y una pequeña advertencia: hay casi tantas definiciones de la palabra «poliamor» como personas que la emplean. Te puedes encontrar discutiendo con gente que insiste en que lo que estás haciendo (sea *swinging*, grupos de sexo sin compromiso, sexo esporádico, sexo en grupo, lo que sea) no es realmente poliamor: la definición más conservadora del término engloba sólo las relaciones serias a largo plazo de más de dos personas. Nuestra estrategia para gestionar este tema es sonreír amablemente y aceptarlo: «De acuerdo, lo que estoy haciendo no es poliamor según tu definición».

Si, por la razón que sea, la comunidad poliamor en internet no te parece tu lugar para buscar, hay muchas opciones para buscar otros putones en persona. Es difícil encontrarlos en las discotecas: normalmente la música está muy alta para intercambiar ideas o ambiciones. Prueba a buscar en internet «quedada de Ética promiscua» o «quedada poliamor» en tu zona, y conoce a algunas personas a las que les gusta reunirse y hablar de su estilo de vida. Nosotras encontramos muchos putones con ética explorando realidades alternativas: prueba con la Sociedad para el Anacronismo Creativo de tu ciudad y otros grupos de recreación histórica,* y que sepas que muchas

* Se trata de eventos, que se celebran principalmente en EE.UU. varias veces a lo largo del año, en los que se reproduce una época histórica por los decorados y los disfraces de los asistentes (*Nota del t.*).

Ferias Renacentistas en realidad son en la práctica congresos de putones. Prueba en congresos de ciencia-ficción o grupos de rol. Si tu promiscuidad tiene una inclinación espiritual, muchos grupos neopaganos están mucho más abiertos que las religiones tradicionales judeocristianas a los estilos de vida alternativos.* (Otros no lo están, por lo que no hagas suposiciones desafortunadas.)

Otro buen lugar para buscar pueden ser los talleres, seminarios y reuniones que tienen que ver con la sexualidad humana o la intimidad. Mientras que ir a buscar sexo no está, comprensiblemente, permitido en algunas de estas actividades (las personas que están desnudando su alma están haciendo un trabajo difícil que puede verse alterado por el hecho de tener que estar en guardia para evitar acercamientos no deseados), a menudo las personas habituales se reúnen socialmente cuando la actividad se ha terminado. También hay varios congresos regionales y nacionales sobre sexualidad e intimidad, y a estos van muchos putones con almas gemelas.

Cuando vas a eventos en los que esperas encontrar gente que piensa parecido a ti, necesitarás dedicar un poco de tiempo para hacerte miembro del grupo que vas a visitar. Empieza trabando amistades, y no seas amistoso sólo con las personas con las que quieres follar. Haz tantas amistades como puedas y la gente empezará a fiarse de ti. Una buena táctica inicial es encontrar personas como tú, no las que vas buscando para ti; traba amistad con ellos. Si son como tú, probablemente conocen personas que te gustarán.

* Todos estos grupos no tienen la misma composición en EE.UU. y otras zonas del mundo, pero se han mantenido los mismos tipos de grupo que en el texto original al no haber una equivalencia exacta entre esos grupos y otros con una composición semejante en otros países (*Nota del t.*).

Muchas de estos puntos de reunión y eventos son posibles gracias a un montón de gente voluntaria muy trabajadora por lo que, sin ninguna duda, la mejor manera para conocer personas de un grupo que te gusta es ofrecerse para hacer algo útil: saludar a la gente según llega, ayudar con las bebidas, unirte al grupo de limpieza. Conocerás a un montón de gente y esas personas te estarán agradecidas. Tus dos autoras se han convertido en miembros valiosos de muchas comunidades ayudando y ofreciendo nuestros salones como lugar de reunión para grupos de apoyo y actos sociales. Generalmente, tenemos un amable grupo que nos ayuda a prepararlo todo y a limpiar después. Y así incluso no tenemos que salir de casa para ir al evento.

Anuncios de contactos

Los putones han estado encontrándose mutuamente a través de los anuncios por palabras durante muchas décadas, y encontrar pareja mediante un anuncio se ha expandido enormemente en las últimas décadas, alimentado por la disponibilidad generalizada de acceso a internet.

Una pareja que recientemente celebraba su octavo aniversario nos decía:

Nunca nos habríamos conocido si nos hubiéramos encontrado antes cara a cara. Anthea es alta, femenina, madre soltera y agnóstica; Bev es baja, energética, sin descendencia por elección propia y judía. Ninguna de las dos somos como las personas que hemos elegido antes. Pero como nos encontramos a través de anuncios de contactos, tuvimos la oportunidad de llegar a conocernos mutuamente a un nivel más profundo, antes de tener que enfrentarnos a las cosas en la superficie que nos habrían echado atrás si las hubiéramos visto antes.

Quienes buscan relaciones no tradicionales pueden, de todos modos, encontrarse con algunos problemas de clasificación por categorías. Una web internacional gratuita de anuncios muy conocida ofrece dos tipos de anuncios según la relación que se busca: la habitual de búsqueda de pareja y los «encuentros esporádicos». Las personas que explícitamente buscan relaciones no monógamas a largo plazo se encuentran que sus anuncios han sido eliminados de la sección de búsqueda de pareja. Nosotras no tenemos la solución a esto, excepto la esperanza de que esa web considere el añadir pronto la categoría de «relaciones alternativas».

También hay webs de pago, normalmente patrocinadas por revistas y diarios, que cuestan un par de dólares al mes y ofrecen un poco más de flexibilidad en la manera en la que te describes personalmente y qué tipo de relación estás buscando. Janet y su pareja E se encontraron a través de una de estas webs. En este momento muchos servicios de búsqueda de pareja en internet no dan soporte a los estilos de vida no monógamos, y algunos incluso retirarán los anuncios que mencionan la palabra poliamor; pero estamos seguras de que esto cambiará a medida que la gente poliamor se vaya haciendo más visible. De todos modos, la web PolyMatchMaker.com ofrece espacio para todo tipo de anuncios de contacto para el poliamor y otras alternativas para personas de todos los géneros y orientaciones. Y OkCupid ofrece un test sobre promiscuidad ética que te ayudará a que compartáis los mismos valores tú y otras personas. Dossie y su pareja hicieron ese test recientemente y les complace comunicar que han obtenido la cualificación, aunque Dossie estaba algo molesta al descubrir que su pareja había obtenido mejor puntuación que ella.

Cuando conoces personas a través de un anuncio, la costumbre es irlas conociendo por etapas, empezando con emails, luego una charla por teléfono y luego una cita sin compromiso en un lugar público como un café o restaurante, de manera que os podáis conocer poco a poco y con la menor presión posible. Sé consciente de que no sabes nada de esta persona aparte de sus palabras en una pantalla y toma las mismas precauciones que tomarías al reunirte con cualquier otra persona desconocida.

Un caso especial: ¿qué pasa si te enamoras de una persona que quiere monogamia? Esta situación va a ser complicada. Nosotras sabemos que esto es un desacuerdo lícito, y es una discrepancia muy básica. En nuestros momentos más irreflexivos las dos hemos asumido alegremente que en cuanto esa persona maravillosa que nos ha robado el corazón descubra que la promiscuidad ética es posible, querrá unirse inmediatamente; pero eso no siempre es así. Por favor, recuerda que nadie tiene la razón, nadie se está equivocando; se trata de dos maneras diferentes de estructurar una relación, y ambas, o todas, las elecciones son válidas. Puedes elegir para el presente continuar explorando esta relación porque resulta valiosa para ti, y quieres ver cómo evolucionan las cosas, incluso si se convierte en una decepción en algún momento futuro. Necesitáis llegar al acuerdo de tolerar la ambigüedad que supone saber que tu pareja y tú queréis algo distinto. Entrar en una relación planeando cambiar a tu pareja no es respetuoso con tu amante y podría causar muchos problemas en el futuro.

Llegad a acuerdos «por el momento» sobre cómo viviréis en el presente y buscad conocimientos y experiencia que os ayuden mutuamente a entender vuestras posturas. Leed este libro en pareja, leed un buen libro en la intimidad. Absteneos de criticar vuestras respectivas opciones. Id en pareja a algunos talleres, quizás uno sobre poliamor y otro sobre una monogamia excitante. Registraos en grupos de apoyo en internet sobre temas relacionados y buscad tiempo para discutir lo que aprendéis de todas esas fuentes.

Valorad el amplio espectro de tipos de relación de los que disponéis: quizás la que mejor se adapta a tus necesidades puede que no sea la que pensabas que ibas buscando. Mientras tanto, estamos seguras de que te has adentrado en esta relación potencialmente difícil porque hay una buena cantidad de cosas que aprecias mucho en esta relación y que el valor de vuestro amor compensa las diferencias entre tu pareja y tú. Acabéis como una amistad, como amantes, como pareja u otra cosa que es exclusiva de vuestra pareja, esperamos que encontréis la manera de seguir manteniendo ese amor.

¿Qué?

¿Qué tipo de relación quieres tener? ¿Buscas a alguien con quien comprar una casa y criar una familia? ¿Alguien a quien puedas ver una vez al año para tener un intenso y excitante fin de semana jugando con roles sexuales? ¿O Don o Doña Ahora Mismo? Saber por adelantado lo que quieres puede evitar un montón de malentendidos y sentimientos heridos más adelante.

Si te preocupa que nadie vaya a querer lo que tú puedes ofrecer, no lo creas. Mientras que puede ser más complicado encontrar a alguien que quiera ser pareja secundaria, o pareja de juegos, o para criar a tu prole, no deja de ser perfectamente posible. De hecho, sin duda hay unas pocas personas ahí fuera que están buscando precisamente esa situación.

Tener pareja o no no es una cuestión de blanco o negro: hay muchas, muchas maneras posibles de relacionarse que van desde la aventura de una noche al matrimonio. Puede que no sepas por adelantado qué tipo de relación se desarrollará con la persona que te cautiva hoy, y esa persona puede no encajar en el espacio que tú pensabas llenar en tu vida. Aceptar a las personas según se presentan, tal como son, hoy y ahora, puede llevar a sorpresas maravillosas que compensan de sobra por las decepciones ocasionales. Así que vigila tus prejuicios, y prepárate para acercarte a nuevas personas con una mente y un corazón abiertos.

Cuenta con que las situaciones cambiarán. Alguien que pensabas que sería amante ocasional puede convertirse en una figura mucho más importante en tu paisaje personal. Cuando esto sucede —y nos ha pasado a las dos— es importante mantener a esa persona, y a todas las personas involucradas, meticulosamente informadas de los cambios emocionales que estés experimentando. Puede ser que esa persona sienta lo mismo por ti... y eso podría ser el comienzo de una bella amistad. O que el objeto de tu deseo pueda encontrarse en un momento en que un compromiso emocional profundo no parezca lo apropiado. En cualquier caso, trata esta relación transformada como si fuera una nueva; en cierto modo, lo es. Puede que podáis continuar relacionándoos de la misma manera original, relajada, o quizás debáis separaros durante un tiempo para mantener vuestro equilibrio original. Se recomiendan conciencia plena, mucha empatía y honestidad en abundancia.

Mira a tu alrededor

Quizás la pareja que buscas está ya en tu círculo de personas conocidas desde hace tiempo, pero tú no la conoces todavía. Janet escribe:

E y yo nos conocíamos de manera informal desde hacía años, y con una historia desafortunada: una vez escribí un artículo para un periódico en el que criticaba duramente una de las normas del pequeño negocio que él llevaba en ese momento. Por lo que cuando nos encontrábamos en la calle, nos decíamos un frío «hola» y nos alejábamos con una cierta sensación de alivio.

De todos modos, cuando contesté a un anuncio para contactar de un hombre que me describía con bastante detalle en la lista de características que buscaba, no sabía que era él.

Nos llevó varias idas y venidas de correos electrónicos antes de que empezáramos a darnos cuenta de quién era la otra persona, y entonces nuestras amistades mutuas empezaron a recibir llamadas suyas y mías preguntando mutuamente sobre cómo éramos. E estuvo en una relación con una de las parejas de Dossie durante varios años y eso es lo cercana que era la conexión como pudimos averiguar.

Nos habíamos medio enamorado ya con nuestra correspondencia por email. Nuestra primera cita fue para cenar comida tailandesa y dar un largo paseo alrededor de uno de los vecindarios más bonitos de Oakland. Teníamos que negociar algunas cosas respecto a todo el tema del poliamor —alguna de sus parejas previas había sido muy buena en la parte de ser putón pero no en la parte ética— pero él estaba dispuesto por lo menos a probar.

Se mudó a mi casa un año más tarde aproximadamente, y nos casamos un par de meses después. Al tiempo de escribir esto, estamos acercándonos a nuestro tercer aniversario de bodas y nuestro quinto aniversario como pareja.

18. Parejas

Los putones se relacionan en todas las combinaciones y de todas las maneras que puedas imaginar, y más. ¿Hay algún tipo de relación que pudiera incluir todas las maravillosas posibilidades? Obviamente, no. Nosotras creemos que cada relación es única en sí misma y, por lo tanto, incluso un intento de pensar en tipos y formas no va a ser capaz de expresar las verdades esenciales de lo que sucede cuando queremos a las personas.

Esta es una de las relaciones particulares y bastante inusuales que apreciamos:

Tus autoras han sido amantes, coautoras y mejores amigas durante dieciséis años, y nunca hemos vivido juntas. Las dos hemos vivido con otras parejas durante esos dieciséis años y las dos hemos sido solteras a la vez sólo durante una breve temporada. Nuestra relación es un tesoro, y ninguna otra pareja puede poner pegas: hemos estado haciendo esto durante mucho tiempo y no pretendemos cambiar. Por supuesto, si quisiéramos vivir juntas, probablemente lo habríamos hecho a estas alturas, por lo que tampoco somos una amenaza para ninguna pareja a largo plazo (mientras no te resulte una amenaza leer detalles concretos sobre las aventuras sexuales de tu pareja con su coautora; esto es un problema al que pocas personas vais a tener que enfrentaros). Para nosotras no tiene nada de milagroso que nuestra relación haya sido tan fructífera y relajada, tan íntima y llena de exploraciones durante todo este tiempo. Ambas estamos de acuerdo en que vivir juntas supondría un enorme riesgo de estropear algo muy bueno.

Todo el mundo debe escribir a medias con otra persona. Pero incluso si no escribes, puedes encontrarte haciendo conexiones que te recuerden a las que discutiremos aquí.

Aunque todas las conexiones pueden guiarse por los principios básicos que hemos discutido en capítulos anteriores, se pueden desarrollar nuevas aptitudes y conceptos por parte de brillantes putones que quieran explorar las recompensas y retos de cualquier estilo de vida en particular. En este capítulo discutiremos algunas de las muchas maneras de explorar los estilos de vida sexualmente abiertos y las maneras de hacer viables tus relaciones. Incluso si parece que lo que buscas no tiene mucho en común con cualquiera de estas maneras de relacionarse, te sugerimos leer el capítulo entero: hay ideas para todo el mundo en las experiencias de cualquiera en este estilo de vida y a veces una voz desde fuera nos puede dar la pieza del puzzle que estábamos buscando.

Hemos crecido en un mundo en el que se asumía que no había nada entre follar por deporte sin emociones y las relaciones con un compromiso a largo plazo similares al matrimonio, dejando el vasto territorio en medio abierto al descubrimiento por parte de variadas personas pioneras de las relaciones, incluyéndonos a nosotras mismas. ¿Qué maneras interesantes de relacionarse con otras personas encontraríamos (y tú también) entre esos dos polos? Cuando incluimos todas nuestras conexiones en esa foto de las relaciones, ampliamos la definición de lo que puede ser una relación.

Cada relación busca su propio nivel cuando le dejamos. Operando bajo este principio, podemos dar la bienvenida a cada una de nuestras parejas por ser precisamente quienes son. No necesitamos que sean otra persona o que aporten determinados recursos o aptitudes. Si no quieres jugar a tenis conmigo, se lo diré a otra persona, y si no quieres hacer juegos de *bondage* conmigo, de nuevo, alguien sí va a querer: Nuestra relación no va a ser menos por eso. Lo que compartimos es valioso por lo que compartimos. Punto.

A nosotras nos gusta ser relajadas con el sexo, pero lo que la gente quiere decir con «sexo esporádico» es quizás demasiado displicente. Sexo esporádico suena como que tenemos la obligación de mantenernos distantes: no te acerques demasiado, no esperes demasiado, evita cualquier expresión de intimidad o vulnerabilidad.

Ahora escuchamos a gente que se refiere a algunas de sus parejas como «amistades con derechos». Un eufemismo, quizás, pero un concepto interesante. ¿Por qué no debemos compartir el sexo con nuestras amistades, haciendo del sexo parte natural del amor, respeto, fidelidad y apertura de corazón que ya compartimos con nuestras amistades?

Hemos tenido las conexiones más ricas, más divertidas y maravillosas cuando hemos dado la bienvenida a nuestra vida a cada nueva persona tal y como es, sin intentar forzarla dentro de la foto mental etiquetada como «relación». Esto ha sido verdad cuando hemos estado solteras, en pareja, formando parte de un grupo familiar o comprometidas en la miríada de diferentes maneras de relacionarse que pueden inventarse unos creativos y cariñosos putones.

Emparejarse

Demasiado a menudo oímos de gente que disfruta alegremente de un estilo de vida promiscuo hasta que «se enamora». En ese momento, quizás por presión de los mensajes culturales que dicen que el amor equivale a matrimonio, que equivale a monogamia, se sumergen en un intento de llevar un estilo de vida convencional, a menudo con desastrosas consecuencias. Al menos una de tus autoras —puedes incluir aquí la compungida sonrisa de Janet— ha comprobado que no es inmune a este tipo de influencias.

No hay ninguna razón por la que las campanas de la boda, o su equivalente, tengan que romper tu antiguo círculo de amistades. Muchos putones encuentran posible combinar la estabilidad del compromiso de una vida con una pareja a largo plazo con los múltiples placeres del sexo y la intimidad con otras personas.

De todos modos, no hay duda de que ser un putón con una relación a largo plazo entraña algunos retos especiales. Mucho de nuestro bagaje cultural nos dice que el compromiso equivale a propiedad, es decir, como el chiste antiguo, un anillo alrededor del dedo equivale a un anillo sujeto a la nariz. Incluso las personas que ya van avisadas se encuentran (a veces, para su sorpresa) que sus expectativas de una relación con compromiso puede incluir el derecho a controlar muchos aspectos de la vida de su pareja.

Mientras que nosotras vamos a hablar aquí de parejas para ser claras, todos estos principios se aplican del mismo modo a tríos, cuartetos y grupos. Las relaciones toman su propia forma, pero las mejores tienden a compartir algunos principios básicos: límites, consciencia plena y deseo mutuo de bienestar para todas las personas involucradas.

Como probablemente puedes adivinar, no nos gusta demasiado la idea de que el compromiso en una relación dé a alguien el derecho a lo que sea más allá del respeto y el cuidado mutuos. Y una vez que separas el amor romántico del concepto de propiedad, ¿qué sucede? Una mujer que conocemos que nunca había estado en una relación abierta estaba sorprendida al descubrir que muchos de sus antiguas costumbres se habían vuelto irrelevantes: «¿Por qué debo preocuparme de haya pelos sueltos en la almohada, oler buscando cualquier rastro de infidelidad, cuando sé que si tiene sexo con otra persona me lo va a decir?». De todos modos, todavía hay cuestiones sobre límites, responsabilidad, amabilidad, que complementan la propiedad y promueven la viabilidad, que se deben gestionar.

Así que ¿como construyen una vida en pareja los putones enamorados? Una pareja amiga nuestra, Ruth y Edward, recuerda:

> Tuvimos una relación monógama durante dieciséis años, luego la abrimos y empezamos a interactuar con otras personas. Ahora estamos intentando averiguar qué nos resulta cómodo hacer con otras personas y qué queremos reservar para nuestra propia relación. A veces, la única manera de encontrar el límite de nuestra zona de confort es cruzarlo y sentir la incomodidad. Intentamos dar pequeños pasos para que el dolor sea mínimo. Definitivamente, tenemos un compromiso mutuo y la disposición a dejar de hacer las cosas que la otra persona encuentra amenazantes.

En su mayor parte, tú te ocupas de tus cosas, reconoces y proteges tus límites, y llegas a acuerdos para ayudar a que tú y tu pareja sintáis más seguridad, pero ya hemos hablado de eso. Veamos algunos de los problemas específicos que pueden encontrar los putones que están en pareja.

Hemos dicho antes que cada pareja busca su propio nivel. Para algunas relaciones, eso es una relación a largo plazo, lo que puede incluir compartir casa, bienes propios y otras cosas. Otras pueden tomar otra forma: encuentros esporádicos, amistad, compromisos románticos que se desarrollan, etc. Pero hay gente que se encuentra que ha caído en el hábito de dejar que sus relaciones deriven inexorablemente hacia la relación a largo plazo, sin pensar mucho sobre ello ni buscarlo intencionadamente. Amistades y personas conocidas con buena intención pueden colaborar en ese proceso asumiendo que sois una pareja antes incluso de que hayáis decidido serlo. Además de eso, muchas personas se emparejan por accidente, por un embarazo imprevisto, un divorcio en el que uno de los miembros de la pareja pierde y debe dejar la casa y se muda a vivir con su otra relación, o simple comodidad. Janet recuerda:

En mi primer año en la universidad conocí a un chico que me gustaba mucho: callado y tímido, pero que cuando decía algo me gustaba mucho lo que decía. Finn y yo terminamos saliendo y teniendo sexo un par de veces. Cuando se terminó el curso, nos escribimos durante el verano. Luego llegó el otoño y yo empecé a buscar un sitio para vivir fuera de la universidad. La única habitación que pude encontrar fue una habitación doble que sólo podría permitirme si la compartía. Así que llamé a Finn y le propuse que la compartiésemos, haciendo una división en medio y durmiendo en camas separadas. Llegamos a un acuerdo.

La primera noche allí, Finn ya había conseguido un colchón y yo todavía no, así que compartimos el suyo. No sé por qué, pero nunca llegamos a poner el otro colchón. Terminamos viviendo en pareja durante dos años y luego casándonos. Ese colchón desaparecido llevó a un matrimonio de quince años y un par de hijos.

Mientras que apoyamos completamente emparejarse para las personas que lo eligen, nos gusta ver a la gente elegir sus opciones siendo un poco más conscientes de ello. Sugerimos que antes de que te dejes ir dentro de algo que no quieres realmente, lo medites y lo hables a fondo, en soledad y con la otra persona, sobre cuál es la mejor forma para esta relación en concreto. Hablad sobre qué significa el amor para ti y tu pareja y sobre cómo encajáis mutuamente en vuestras vidas.

Puedes descubrir que, a pesar de que disfrutáis de vuestra compañía y tenéis un sexo fabuloso, vuestros hábitos respecto a casa, dinero, bienes y demás son altamente incompatibles. En esta situación podríais hacer lo que han hecho generaciones de personas: vivir en pareja y pasar años intentando cambiaros mutuamente, acumulando frustración y resentimiento en el proceso. O podéis reconsiderar algunas de las suposiciones implícitas que habéis incluido en vuestra relación. ¿Tenéis que vivir en la misma casa? ¿Por qué? ¿Por qué en su lugar no disfrutas de su amistad por las cosas que te gustan y buscas a alguien más con quien compartir el resto de las cosas? La promiscuidad significa, entre otras cosas, que no dependes de una única persona para satisfacer todos tus deseos.

Si sabes que eres una persona que tiende a derivar a la vida en pareja, te sugerimos que te pases una buena cantidad de tiempo tratando de averiguar por qué has caído en ese patrón y qué esperas obtener siendo parte de una pareja. Es una idea muy buena para cualquier persona el aprender a vivir a sola, para saber cubrir tus necesidades sin estar en pareja, y así no te encontrarás buscando una pareja para cubrir unas necesidades que tienes que cubrir tú mismo. También puedes valorar experimentar distintas relaciones a las que has probado en el pasado. En lugar de buscar a tu príncipe azul o a la mujer perfecta, prueba a salir con algunas personas que te gustan y en las que confías pero a quienes no necesariamente amas, o que quizás amas de una manera más tranquila y no con mariposas en el estómago.

Para esto, como para cada cosa que te hemos contado en este libro, la clave estriba en construir tu propia seguridad interior. Si te gustas, si te quieres y te cuidas, las otras relaciones pueden organizarse solas a tu alrededor, de manera tan perfecta, como cristales. Esperamos que si llegas a estar en pareja, lo hagas intencionadamente.

Algunas ideas sobre el matrimonio

Una de las cuestiones a las que se enfrentan los putones que se emparejan es la de entrar en la unión especial, legalmente reconocida, llamada matrimonio. En un número de estados y países que va en aumento, que la relación sea del mismo sexo no exime de tener que tratar esta cuestión: el matrimonio igualitario ha sido legalmente aprobado en varios estados de los Estados Unidos, en Canadá y en un número de países europeos que va en aumento, y en otros países, algo que apoyamos completamente. Tus autoras, de todos modos, piensan que es muy importante que todo el mundo revise cuidadosamente qué manzanas estamos comprando cuando alcanzamos la porción del pastel de los derechos derivados del matrimonio. Algunas de esas manzanas tienen gusanos.

El matrimonio, tal y como se entiende en la actualidad, es el resultado inevitable del gobierno imponiendo sus estándares en las relaciones personales, legislando una única receta para todo el mundo sobre cómo las personas, en una relación sexual o doméstica, deben gestionar su vida. Aquí en California, por ejemplo, tenemos leyes de bienes gananciales, lo que significa que cualesquiera que sean los ingresos o deuda que cualquiera de los dos miembros de la pareja genere durante el matrimonio, estos pertenecen a ambas personas. Nosotras conocemos a una mujer cuyo marido, del que iba a divorciarse en breve, los hundió deliberadamente en la bancarrota porque ella estaba pensando en irse. Otros estados tienen leyes igual de arbitrarias. En algunos lugares, si vives en pareja durante siete años, se considera matrimonio, se haya querido así o no, por lo que se llama, con una sorprendente mentalidad estrecha, ley consuetudinaria.

El matrimonio, nos dicen, es un sacramento, un ritual amoroso en el que tu fe y tu comunidad bendicen tu unión. ¿Por qué, entonces, es nuestro gobierno el que dice «El Congreso no legislará sobre el establecimiento de una religión o la prohibición del libre ejercicio de la misma», cuando exige la obtención de licencias matrimoniales?

Si el matrimonio es sagrado, como nosotras pensamos que es, ¿por qué el reconocimiento legal —junto con los privilegios como cobertura sanitaria y sucesiones— está restringido a quienes aceptan cambiar sus vidas para adaptar su unión al diseño hecho por otra persona?

Si domináramos el mundo, nosotras aboliríamos el matrimonio como concepto legal, permitiendo que la gente formara parte de relaciones bajo un contrato como lo permiten las leyes perfectamente suficientes que ya gobiernan otras formas de asociarse legalmente. Las instituciones, profesionales del Derecho, Iglesias, editoriales y redes de apoyo podrían facilitar contratos modelo. Quienes quisieran representar el matrimonio como un sacramento podrían hacerlo bajo los auspicios de cualquier institución religiosa o social con la que les pareciese que congenian. En ese sistema, ningún acuerdo se daría por hecho; la exclusividad sexual, el compartir el dinero, herencias y todo el resto de temas actualmente cubiertos por las inflexibles leyes matrimoniales podrían ser elegidos conscientemente. Nos gustan mucho las elecciones conscientes.

Por supuesto, siempre habrá necesidad de leyes sobre las responsabilidades básicas que las personas adultas tienen con sus hijos o dependientes. Las exenciones tributarias y otras formas de ayuda deberían seguir estando disponibles para quienes cuidan de la descendencia y de sus mayores que realmente las necesiten. Es similar al apoyo a la educación pública: nos cuesta imaginar un uso mejor para nuestros impuestos que cubrir las necesidades de personas con discapacidad, de edad avanzada y de la generación venidera.

El amor es algo maravilloso, y creemos que sería incluso más maravilloso si todos actuásemos como personas adultas y responsables y adoptásemos acuerdos meditados sobre las bases físicas y financieras de nuestras vidas. Si realmente nos ocupásemos del tema en lugar de dejar a un papel pro-forma que dicte las decisiones en nuestro lugar, seríamos mucho más libres para amar en cualquier forma apropiada a nuestro caso.

Retos especiales para parejas

La forma de relación más común en nuestra cultura, y muchas otras, es la pareja: dos personas que han elegido compartir intimidad, tiempo y quizás espacio y posesiones ahora y en el futuro inmediato. Mientras que de la pareja se puede decir mucho —es mucho trabajo el construir una vida y que te echen una mano hace las cosas más sencillas— también ofrece algunos retos especiales.

Las ideas en esta sección están escritas por simplicidad para parejas, pero la mayoría de ellas son aplicables a tríos y grupos.

COMPETENCIA

El problema que aparece entre cómplices en la promiscuidad es la competición para ser la persona más popular, una preocupación que la mayoría hemos llevado encima en el fondo de nuestras mentes desde el colegio. A veces, los miembros de la pareja compiten entre sí para ver quién consigue más amantes o las conquistas más atractivas: Un panorama inquietante.

No podemos repetirlo lo suficiente: esto no es un concurso, no es una carrera y nadie es el premio. Una de las estrategias para frenar cualquier sentimiento de competición es ayudarse mutuamente a encontrar amantes, invertir tanto en la felicidad sexual de tu pareja como inviertes en la tuya. Alguna gente poliamor usa la palabra «compersión» para describir la sensación de alegría que se siente al ver a tu pareja sexualmente feliz con alguien más. ¿Recuerdas el climax de *Reencuentro* (*The Big Chill*), en el que una mujer le tiende una trampa a su mejor amiga con su marido para que su amiga soltera pudiese tener un bebé?

Janet recuerda haber quedado para un café con una nueva persona conocida por internet y haberle oído describir una fantasía sexual de ser mascota que era sorprendentemente similar a la que tenía la pareja de Janet en ese momento. Janet organizó una cita con su nueva conocida y su pareja esa semana, y tuvieron una larga e intensa relación (a la que se unió Janet más adelante).

Una vez Dossie estaba en una cita con un amante de hacía tiempo cuando notó que una persona atractiva intentaba cruzar la mirada con ella a espaldas de su pareja. Ella le explicó la situación a su acompañante, quien tuvo una idea genial. Fue hasta el joven en cuestión y con gran dignidad le comunicó: «A mi señora le gustaría que tuvieses su número de teléfono». El joven pareció asustado en el momento, pero la llamó al día siguiente. Dossie ha hecho uso de esta estrategia repetidamente desde entonces y la recomienda encarecidamente: ¡Siempre llaman!

PERDER LA CABEZA

Hemos señalado antes que nadie puede predecir qué profundidad de sentimientos puede existir potencialmente en cualquier relación sexual. Muchas personas nuevas en tener relaciones abiertas intentan limitar los encuentros sexuales con terceras personas a un nivel esporádico, de diversión, para evitar el terrorífico espectro de ver a su pareja enamorada, o al menos estar perdiendo la cabeza, con una tercera persona. Cuando esto sucede, todas las personas involucradas se sentirán fatal, especialmente quien se queda detrás. Es una mierda pasar meses o años luchando para hacerte responsable de tus sentimientos de celos y trabajar duro sobre tu miedo al abandono para que al final terminen dejándote.

Pero no es posible predecir cuándo o con quién se va a perder la cabeza, o si va a haber sentimientos profundos, y la mayoría de estos casos se pasan con el tiempo y no llevan a que se rompa la pareja. Sin duda no queremos marcar unos límites tan ajustados en nuestros acuerdos que excluyan a cualquier persona que nos guste. No hay una regla que nos vaya a proteger de nuestras propias emociones, por lo que necesitamos mirar más allá de las reglas para buscar soluciones y para encontrar seguridad.

Puede ayudar poner los pies en la tierra respecto a nuestras fantasías y expectativas. A menudo las nuevas relaciones son emocionantes porque son nuevas, rebosantes de excitación sexual y también aún no se han descubierto los inevitables conflictos y alteraciones que, con el tiempo, aparecen con la intimidad auténtica. Cada relación tiene una fase de luna de miel; y las lunas de miel no duran para siempre. Algunas personas se vuelven adictas a las lunas de miel (lo que puedes haber oído llamar «limerencia», «energía de la nueva relación» o por sus iniciales ENR) y algunas personas terminan revoloteando de una pareja a otra, siempre imaginando que su siguiente pareja será la perfecta. Esas personas desafortunadas puede que nunca estén con nadie lo suficiente para descubrir una intimidad más profunda y la profunda seguridad que da el enfrentarse, luchar y conquistar en pareja las partes más duras de la intimidad.

Nuestra amiga Carol dice sabiamente:

Para la mayoría, el tiempo para el sexo está conectado con el tiempo para la intimidad; dependemos de nuestras parejas para varios tipos de apoyo emocional. Así que entramos en este patrón en el que compartimos todas nuestras necesidades emocionales más importantes y nada eróticas —todo el trabajo de vivir en pareja, la enfermedad y la salud, las cosas buenas y las miserias— con nuestra pareja a largo plazo, y nos comportamos exquisitamente con nuestras otras parejas. De todos modos, mientras que estar en pareja puede suponer dejar en segundo plano la sabrosa excitación de una nueva y desconocida pareja, la intimidad que obtienes a cambio también es valiosa, y tú no puedes tener eso con alguien que has conocido hace dos semanas. El truco es encontrar una manera de manifestar las dos posibilidades en tu vida: la intimidad de compartir y la intensidad de la novedad.

Recuerda, por favor, que la fantasía es distinta de la realidad, y disfruta de tus fantasías mientras mantienes tus compromisos. Cuando tus expectativas son que perder la cabeza por alguien es una breve, aunque maravillosa, experiencia, tu pareja y tú podéis pasar a través de ella con relativa ecuanimidad y sin destruir vuestra estabilidad y amor mutuo a largo plazo.

La pareja con dos casas

No todas las parejas viven juntas. En los últimos años se ha vuelto mucho más frecuente que las uniones típicas en pareja, con toda la cercanía y larga vida de emparejarse, se extiendan, no obstante, a dos o más casas. Dossie tiene una amplia experiencia viviendo así. A veces, esta situación se acaba dando por casualidad: exigencias de la docencia o la carrera profesional, por ejemplo, pueden crear una distancia geográfica. Otras parejas han hecho la elección conscientemente, como una par de personas que conocemos que han mantenido una relación durante diez años al decidir hace tres años que debían vivir en diferentes viviendas. Según nos han contado, eso salvó su relación.

Esta elección vital, creemos, puede volverse incluso más común en el futuro. En momentos de seguridad financiera, compartir una casa ya no se hace por necesidad económica. Las personas en estas parejas pueden compartir su casa con terceras personas, no malgastando recursos innecesariamente viviendo solas. Mientras que algunas son poliamorosas, otras son más o menos monógamas. Las discusiones sobre quién duerme dónde se vuelven innecesarias cuando todo el mundo tiene su propia cama, pero esa no es la razón principal que dan estas parejas para vivir en dos casas. La mayoría simplemente siente que su relación funciona mejor de esa manera. Tus autoras, por ejemplo, han sido coautoras y amantes durante dieciséis años y nunca han elegido cohabitar. Entendemos nuestra relación como un regalo mágico que seguramente la vida diaria podría destruir (si la inexplicable necesidad de Dossie de fregar platos no lo consiguiese, ya lo haría la actitud despreocupada de Janet con las facturas).

No debemos asumir que estas relaciones representan un fracaso de la intimidad o el compromiso. En lugar de buscar qué está mal, podríamos examinar qué es exclusivo de estas relaciones en su capacidad de adaptación y qué aptitudes especiales o aprendizaje se ha desarrollado a partir de la experiencia de estas nuevas uniones y en qué cuestionan lo establecido.

A menudo los miembros de esas parejas crean rituales que mantienen la conexión cuando se separan: acuerdos sobre llamadas de teléfono, maneras de reafirmar el amor al juntarse y en las despedidas, mantenerse mutuamente al día sobre las noticias en sus vidas, marcar un espacio o tiempo como «suyo» y otro espacio o tiempo como propio de cada uno de los miembros de la pareja.

Hacer que estos acuerdos funcionen requiere ciertas habilidades planificando y respetando horas, por lo que debe trabajarse sobre las diferencias entre cómo ambos miembros manejan el tiempo y la puntualidad. Las diferencias en los patrones de deseo sexual pueden ser problemáticas cuando las oportunidades no surgen cada noche.

¿Cómo respetas el espacio de tu pareja en este acuerdo y sientes seguridad en el tuyo? ¿Tienes que irte a casa cuando quieres un poco de espacio para ti o puedes averiguar una manera de mantener un espacio propio en una casa que pertenece a uno de los miembros? ¿Cuántas cosas puedes tener en ese espacio?

Las personas suelen tener diferencias sobre con cuánto tiempo se sienten a gusto «estando en contacto» cuando están separadas: algunas personas chatean o envían SMS o utilizan la mensajería instantánea dos o tres veces al día, mientras que otras lo encontrarían una distracción excesiva. Todas las diferencias que las parejas tienen que gestionar suceden en el caso de que vivan separadas: diferencias en lo gregarias que son, en la limpieza, en los patrones de trabajo, cuánto deben centrarse en su carrera profesional, cómo administran el dinero, cuán a menudo viene tu madre a cenar. No existen dos personas con patrones idénticos en cualquiera, mucho menos en todos, estos asuntos. Y, lo sentimos, vivir por separado no es una protección automática contra la muerte del deseo en la pareja. Ni tampoco es automáticamente una oportunidad para tener sexo cada vez que se juntan, aunque a menudo nos gustaría que fuese así.

Sospechamos que las parejas que viven por separado no serán tan diferentes en su estilo de vida respecto al sexo. Puede, de todos modos, convertir en una ocasión mucho más especial el juntarse, por lo que la gente tiende a respetar esas ocasiones y está dispuesta a esforzarse un poco en hacerlas especiales.

Muchas parejas salen durante un período, a veces incluso años, antes de irse a vivir juntas. ¿Deben entonces ser consideradas parejas que vivían por separado por elección o simplemente estaban preparándose para hacerlo «de verdad»? Algunas parejas, después de salir durante mucho tiempo, pueden imaginar cómo sería vivir en la misma casa y decidir que sería una mala idea, que quizás todas esas diferencias funcionarían mejor en espacios separados. Esta decisión puede ser difícil de tomar en una sociedad en la que vivir en pareja en la misma casa es prácticamente la definición de una relación.

Una pregunta que la gente hace a menudo a esas parejas es: «Entonces, ¿cómo sabéis que sois una pareja?». Lo saben por los sentimientos que tienen mutuamente y, por extensión, por cuánto de su vida comparten. Nos gustaría ver un mundo en el que todas las relaciones fuesen respetadas y valoradas y donde se entendiese que el amor y la trayectoria de una pareja no es en absoluto menos importante simplemente porque sucede en dos casas en lugar de en una.

Relaciones con terceras personas

La relación que tienes con las relaciones de tu pareja plantea cuestiones de etiqueta que ni una experta en protocolo podría imaginar. Una pareja con la que hablamos nos dijo: «Es importante que no nos dé un asco tremendo o nos desagrade alguna de las relaciones de nuestra pareja; especialmente si va a ser a largo plazo, ayuda si los podemos tratar como amistades».

Dossie comenta:

Tuve una vez una relación con un hombre que tenía una relación principal con alguien que yo no conocía. Pedí conocerla y ella estaba valorando si se sentía lo suficientemente segura para hacerlo. El acuerdo que tenían era que, cuando Patrick tuviese una cita conmigo, Louisa concertaría una cita con su propio amante, y todo el mundo, idealmente, se sentiría a salvo y cuidado. Desafortunadamente, el amante de Louisa la dejaba plantada a menudo, y entonces Patrick me dejaba plantada, lo que empecé a encontrar inaceptable. Esta fue la primera vez que hice valer mi derecho a cierta consideración como la amante externa. Tenemos tanta costumbre de ver a la tercera persona como destrozahogares que rara vez pensamos en cómo proteger los sentimientos de esa persona. Con muchos tira y afloja, y después de la reunión prometida, Louisa finalmente aceptó que Patrick podía verme tuviese ella o no una cita, y nos ocuparíamos de que lo supiese con toda la antelación posible, de que Patrick llegase a casa a tiempo, de que ella recibiese mucho apoyo por nuestra parte. Según trabajamos todo esto, Louisa y yo nos fuimos acercando más y más. Recuerdo especialmente una noche que estábamos preocupadas por Patrick y nos sentamos a charlar sobre él hasta tarde mientras él dormía en la habitación de al lado. Louisa y yo nos volvimos muy buenas amigas y montamos un negocio juntas, impartiendo talleres y presentaciones en público. Patrick, Louisa y yo viajamos y lo pasamos muy bien. Patrick y yo terminamos alejándonos como amantes, pero mi amistad con Louisa continuó.

¿Debes conocer a la tercera persona? Nosotras creemos que sí. Si no lo haces, casi seguro que terminarás imaginando a alguien con más belleza, con más atractivo, con más instinto depredador y más amenazante de lo que podría serlo nadie en un thriller erótico de Hollywood. Además, ¿quién sabe? Podría acabar gustándote a ti...

Haz lo que puedas para llevarte bien. Si vas en contra de una de las relaciones de tu pareja, las cosas pueden complicarse mucho y puede hacer complicado encontrar situaciones equilibradas. A veces nosotras consideramos a amantes que no adoramos instantáneamente de la misma manera que hacemos con la familia política. Puede que no amemos precisamente a la esposa de nuestro hermano, o el nuevo marido de nuestra madre, pero reconocemos que esa persona se ha unido a la familia y tiene derechos y sentimientos como cualquier otra persona, por lo que buscamos maneras de ser amables en las ocasiones en las que se reúne toda la familia.

Algunas de nuestras mejores amistades son personas que conocimos porque alguien con quien estábamos teniendo sexo lo estaba teniendo también con ellas. Puede que incluso te encuentres valorando tener tú una relación con esa persona directamente. Nosotras hablamos con una mujer cuya primera experiencia con las relaciones abiertas tuvo lugar cuando su novia estuvo acostándose con otra mujer y nuestra amiga terminó enamorándose de esa otra mujer. «Mi novia se irritó un poco con esto», recuerda sarcásticamente. «Ahora todas somos una familia bien avenida, pero nos ha llevado una década llegar a eso». Te sugerimos un periodo de examen de conciencia para asegurarte de que tu motivación es amor o lujuria más que venganza o competición; y entonces, si «das negativo», ve a por ello. La verdad es que no puede sorprender que te gusten las mismas personas que le gustan a tu pareja, y atracciones mutuas como estas pueden formar núcleos duraderos y muy satisfactorios de pequeñas tribus.

Por otro lado, a veces vemos putones que sienten que *tienen* que tener sexo con las relaciones de su pareja. En algunos casos, ambas partes de una relación tienen un acuerdo para jugar con una tercera persona sólo cuando están en pareja. Esos acuerdos requieren que ambos miembros tengan el derecho de veto sobre potenciales terceras personas. El estar en una situación sexual con personas que no encuentras atractivas o que te resultan desagradables puede ser una muy mala idea para ti y para ellas. Por otro lado, la ética básica de un putón no debe permitir que abuses de este derecho para evitar que tu pareja tenga sexo con quien sea vetando a todo el mundo. Sin duda, puede parecer una estrategia tentadora, porque hasta que desaprendes los celos, todas las relaciones externas se presentan como una amenaza. A veces necesitas reunir fuerzas, enfrentarte a tus miedos y desaprender haciendo.

Puedes simplemente sentir que puesto que a tu pareja le gusta y desea tanto a esa persona, tú también debes hacer lo mismo, ya sea para disipar el sentimiento de culpa de tu pareja o para satisfacer algún oscuro sentido de la justicia. Por favor, no lo hagas. Simplemente, si no te excita la relación de tu pareja, no te dejes meter en una situación en la que sientes que tienes que tener sexo por educación. Hay otras maneras excelentes de relacionarse con la gente. Prepara una cena especial, id al cine, jugad a las cartas o busca otra manera de ayudar a esa persona a sentirse aceptada en tu vida.

Esto, a su vez, plantea una cuestión importante: ¿cuánta responsabilidad tienes en que la pareja de tu pareja se sienta segura y bienvenida? Nosotras dos hemos tenido muchas y largas conversaciones al teléfono asegurándole a la pareja de nuestra pareja que sí, que *de verdad* no hay problema y que pases un buen rato, cariño. Nosotras creemos que tus propias necesidades deben ser lo más importante para ti, y que si realmente no puedes servir de apoyo a esa persona y hacer que se sienta bienvenida entonces el comportarse civilizadamente debe ser suficiente. Por otro lado, también pensamos que es cortés el ser tan amigable como puedas sin tener que apretar los dientes y forzar una sonrisa. Como mínimo, te sugerimos que pruebes a tranquilizarla un poco sobre el hecho de que no está en una competición, que a ti no te está dañando nada de lo que está pasando, y que eres capaz de ocuparte de tus propias emociones; en otras palabras, una promesa de ser responsable de tus propios asuntos y de no culpar a terceros. Después de todo, esas personas entran en tu vida porque compartes con ellas algo muy importante: la creencia de que tu pareja es la persona más atractiva del mundo. Algunas parejas se toman muy en serio el hecho de conocer y hablar con posibles amantes, y nosotras sugerimos esta estrategia cuando tu modelo de poliamor requiera que incluyas a la nueva persona en tu familia. Las personas con criaturas, por ejemplo, se preocupan mucho sobre quién visita su casa y quién podría terminar siendo el tío o tía de su prole. Algunas personas poliamor no tendrán sexo con su amante hasta que todos estos temas se hayan tratado, y es una buena decisión si encaja en tu estilo de vida: los compromisos a largo plazo puede ser una muy buena idea.

Una vez que pasa el enamoramiento, algunas personas encuentran un, a menudo inesperado, espacio a largo plazo en tu vida, como el amante que se ha convertido en el tío favorito de tu prole o que se asocia con tu pareja para hacer negocios. Otras pueden irse, y cuando se van sintiéndose bien, puede que vuelvan en el futuro, cuando de nuevo hay un espacio para ellas en tu vida o para ti en la suya. Y así, el putón poliamoroso infinitamente conectado construye su red de familias ampliadas y tribus.

Dos de nuestros putones favoritos han estado juntas durante más de veinte años, amándose mutuamente y a otro montón de maravillosas personas. Un año, en el cumpleaños de Tina, Trace le compró lo que nos parece el regalo de cumpleaños definitivo: tres abonos para una serie excelente de actuaciones... uno para Tina, otro para Trace y otro para quien eligiese Tina entre sus amantes para cada evento. (¡Dossie consiguió ir a ver a Ravi Shankar!)

Principal y principal y...

Algunos putones muy capaces mantienen más de una relación principal. Dossie conoce a una pareja así, Robert y Celia, desde hace casi cuatro décadas. Criaron juntos a las dos criaturas de anteriores relaciones y posteriormente a sus nietas y nietos. Cada cual tiene su relación principal, ambas usualmente mujeres, y relaciones familiares con todas sus pasadas relaciones. La pareja externa de Robert, May, era originalmente amante de Judy, la amante de Celia, en 1985, luego lo fue de la propia Celia y, finalmente, de Robert desde 1998 hasta hoy y, es su intención, en el futuro. Hace algunos años Miranda y Celia vivían en el piso de arriba, y Robert y May abajo. Actualmente Cheryl, otra de las antiguas amantes de Celia, vive arriba y ayuda con las nietas y nietos. Miranda, otra de las ex de Celia, hace una visita dos días a la semana desde que vive fuera de la ciudad pero va a la universidad que está cerca. ¿Ya te has mareado? Todas estas personas, más otras muchas amistades y relaciones de distintos grados de intimidad, presentes y pasadas y, a su vez, muchas de sus amistades y amantes, forman una familia extensa a largo plazo que ha vivido, amado y criado su prole unida durante cerca de cuarenta años y tiene pensado cuidarse mutuamente cuando sus miembros envejezcan. Nos impresiona.

19. El putón soltero

La soltería es inusual en la mayoría de las culturas. La mayoría de la gente ve sus períodos de soltería como algo temporal, a menudo accidental, y que debe terminar lo antes posible: te estás recuperando de tu relación anterior, guardando luto por una ruptura o centrándote demasiado en tu carrera profesional como para estar buscando pareja. Quizás en este momento no hay buenas candidaturas alrededor. Seguro que aparecerá algo mejor... así que esperas, sin pensar en ningún momento en convertir la manera en la que estás viviendo en un estilo de vida. Tus autoras se apresuran a asegurarte que hay maneras más positivas de enfocar el estilo de vida del putón soltero.

¿Cómo sería estar intencionadamente sin pareja, elegir vivir a solas durante un periodo de tiempo? Las parejas potenciales pueden aparecer cuando menos te las esperas, y en una cultura construida en pares, cualquier relación que está funcionando se considera como un tren exprés hacia la vida en pareja. Pero, ¿y probar a mantenerse sin pareja?

¿Cómo sería tu círculo social? ¿Te consideraría todo el mundo como un proscrito? ¿Sería posible que tuvieses tus necesidades cubiertas y sentirte que te quieren y te cuidan mediante una comunidad de amistades, amantes, familia, mentores, en definitiva, tus recursos humanos personales?

Crear una red a solas puede ser duro al principio. Nadie te llamará, ni buscará fecha para citas para comer o ir al cine, ni para asegurarse de mantener la conexión. Depende de ti construir una familia y depende de ti el cuidarte con cariño y un corazón abierto.

Tu relación contigo mismo es un compromiso para toda la vida. Cuando estás sin pareja, tienes oportunidades únicas para vivir esa relación contigo mismo, averiguar quién eres, y aprovechar tus experiencias en las relaciones por las que pases según viajas a lo largo de tu vida. Vivir en soltería y amando a muchas personas es un viaje de autodescubrimiento, una oportunidad para conocerte íntimamente y trabajar en cualquier cambio que quieras hacer en tu vida. Dossie estaba soltera cuando tuvo que luchar por primera vez con sus celos, y el estar a solas le hizo más fácil mirar dentro de sí misma en lugar de culpar a otra persona, y tomar decisiones conscientes sobre cómo quería manejar sus sentimientos.

No estamos aquí para defender estar solo frente a estar en pareja: esto no es una elección del tipo o lo uno o lo otro. Pero nuestra cultura tiende a no contar con la soltería como un estilo de vida, y así poca gente elige mantenerse sola, lo que significa que hay pocos recursos y estatus social disponible para las personas que no están en pareja. Quizás si estar solo fuese un estilo de vida aceptable, incluso valorado, las uniones podrían desarrollarse más como una elección y menos como una necesidad o un intento desesperado para salvarse.

Las personas en pareja comparten las cosas básicas de su vida: trabajar en pareja, objetivos compartidos, llevar los gastos a medias, compartir el duro trabajo de criar a su descendencia. También pueden compartir vivencias cuando las cosas se ponen feas. Y todos necesitamos a alguien que nos haga sentir que aún se nos puede querer cuando no estamos en nuestro mejor momento. El reto de ser un putón soltero es encontrar maneras de profundizar en la intimidad de las relaciones que puede que no sean relaciones a largo plazo.

Estar sin pareja, por otro lado, ofrece la oportunidad de pasar tiempo siendo simplemente quien eres. Se disfruta de más libertad para explorar, menos obligaciones, y la posibilidad de holgazanear por la casa en camiseta jugando a videojuegos sin que nadie se entere. Quizás estás sin pareja por razones negativas, y válidas: la última relación fue un desastre y te aterroriza intentarlo de nuevo; sólo te sientes a gusto controlando personalmente tu propio dinero, o tu propia cocina, o tu propia vida; la única manera en la que sabes estar en pareja es intentando ser la esposa perfecta, o el marido perfecto, o amante perfecto, o el sostén económico perfecto y te has agotado de intentar ser alguien que no eres; te estás recuperando de una ruptura, quieres evitar un romance por despecho, necesitas tiempo para llorar una ruptura, o simplemente no has encontrado a nadie con quien quieras vivir.

Quizás estás eligiendo activamente vivir a solas en este momento de tu vida. Viviendo a solas, tienes la libertad de explorar cualquier tipo de relación que se te cruce. Puedes amar a alguien que no sería una buena pareja. Puedes amar a alguien que ya tiene pareja y que no necesita que le ayudes a pagar la hipoteca o a llevar a los niños al dentista. Puede que hayas elegido estar a solas porque te encanta disfrutar de la caza, de la magia de flirtear, de todo el misterio y excitación de la novedad; o porque has elegido desarrollar conexiones sexuales con tus amistades, o conexiones sin posesividad o cualquier otra relación posible sin estar en pareja. Cada persona que conoces ofrece un nuevo espejo en el que puedes ver una nueva imagen de ti; cada amante aumenta tu conocimiento del mundo y también tu autoconocimiento.

Algunas reflexiones sobre el amor

A medida que nuestras relaciones florecen sobre todo el abanico de posibilidades, cada una puede inspirar diferentes tipos de amor. Cuando aprendemos a reconocer y a dar la bienvenida al amor tal y como lo encontramos en nuestro corazón en todas sus variadas y maravillosas maneras de manifestarse —amor sexual, amor familiar, amor a las amistades, amor apasionado, amor cariñoso, amor abrumador, amor con cuidados y millones más— descubrimos un caudal de amor rico y nutritivo que fluye a través de nuestras vidas en una corriente regeneradora.

La manera de sentirse con la solidez suficiente para nadar en ese río siempre cambiante es aprender a quererse. Algunas personas creen que quererse es egoísta, una manera negativa, y que pasar parte de la vida centrándote en uno mismo no es sólo egoísta sino también narcisista. ¿Dónde marcas la línea entre una autoestima sana y un narcisismo patológico? ¿Cuanto «tú» tienes derecho a tener?

Practica el nutrirte a ti mismo, no sólo para superar los malos momentos sino para guiarte hacia una relación amorosa contigo mismo. Cuando llevas a cabo algo tan simple como mimarte con una sopa casera, trayéndote una flor y su fragancia a tu mesilla de noche, o dando un dulce paseo a solas por un bonito lugar, entonces experimentas qué es ser amable contigo, lo que puede contestar todas esas preguntas sobre: «¿Qué quieren decir con eso de "quiérete a ti mismo"?». Esta pregunta se contesta más fácilmente haciendo en lugar de pensando.

Si te cuesta sentir que vales cuando no hay nadie alrededor para decírtelo, ¿por qué no haces algo que es valorado por otra gente? Muchos putones infelices sin una cita este fin de semana se han ido a servir la cena a personas sin techo en una iglesia local y han vuelto radiantes con la buena sensación de todo el placer que han sido capaces de dar a otras personas.

Una vez controlas el hecho de quererte, puedes practicar a compartir ese amor con otras personas. Probablemente te han enseñado a reservar el lenguaje del amor para cuando estás sintiendo una ternura y pasión abrumadoras, y sólo con las personas que se han comprometido enormemente contigo. En lugar de eso, te recomendamos aprender a reconocer y admitir todos los dulces sentimientos que hacen que la vida valga la pena incluso cuando no son de los que te noquean y, sobre todo, aprender a comunicar esos sentimientos a las personas que los inspiran.

EJERCICIO *Palabras de amor.*

1. Escribe una o más cartas que no vas a enviar a una o más de tus relaciones diciéndoles cómo te sientes respecto a ellas: qué adoras de ellas, cuánto las amas.

2. Escribe, sin preocuparte por cómo lo haces, durante diez minutos: ¿qué es lo vergonzoso de decirle a otras personas que las amas?

Puedes decidir después si quieres compartir parte de lo que has escrito con alguien que amas.

Ética para putones solteros

¿Cuáles son los derechos y responsabilidades de un putón soltero? Empieza con los derechos; los tienes y vas a necesitar reivindicarlos. Demasiado a menudo nuestra cultura ve al putón soltero como «secundario», «externo», «una aventura», «destrozahogares» y tu lugar en el ecosistema de cualquier vida o relación o comunidad se descarta como si no tuviera importancia en el mejor de los casos. ¿Qué tiene que hacer una persona soltera para que la tomen en serio, en esta comunidad o cualquier otra? Si estás en esa situación, un buen punto de partida para empezar a pensar sobre derechos y responsabilidades sería respetar, valorar y tener en cuenta los sentimientos de cada persona, incluidos los tuyos.

DERECHOS DEL PUTÓN SOLTERO

- Tienes derecho a que te traten con respeto: no eres media persona porque no tener pareja.
- Tienes derechos a que se haga caso de tus sentimientos y que sean respetados y correspondidos.
- Tienes derecho a pedir cualquier cosa que quieras: la persona a la que se lo pides puede que no tenga que dártelo, pero tú definitivamente tienes el derecho a pedirlo.
- Tienes el derecho a que se respeten tus citas y planes, y que no sean cambiados por una tercera persona simplemente porque esa persona tiene más antigüedad.
- Tienes derecho a una sopa caliente cuando enfermas, y cualquier otro apoyo de emergencia cuando puedas necesitarlo: que te lleven a urgencias; ayuda cuando se te estropea

el coche. Tus amantes son tus amistades, y las amistades se ayudan mutuamente cuando las cosas van mal.

- Tienes derecho a negociar las vacaciones familiares como así como el día de Navidad y fines de semana que incluyan a tu prole y la de tus amantes: tú eres un miembro de cualquier familia con la que te estés relacionando. La manera en que esto funciona puede ser diferente según los valores de la familia con la que has conectado pero, sin duda, tienes derecho a pedir ser más que ser el oscuro secreto de alguien.
- Tienes derecho a tener límites y a marcar límites: qué vas a hacer y qué no vas a hacer; qué es negociable y qué no lo es para tu bienestar emocional y tu ecosistema personal.
- Tienes derecho a que no se te culpe por los problemas en las relaciones de las otras personas.
- Tienes derecho a rechazar el ser el vertedero de los dramas matrimoniales de alguien: puede que no quieras escuchar a tu amante contándote cuánto desea el divorcio, y no tienes por qué tener esa obligación.
- Tienes derecho a que se te tenga en cuenta. Todo el mundo cuenta, incluyéndote a ti.
- Tienes derecho a que se te valore y se te dé la bienvenida y se te respete como el maravilloso ser humano que eres.

RESPONSABILIDADES DEL PUTÓN SOLTERO

- Eres responsable de desarrollar y mantener unos límites claros. Los límites son, simplemente, la manera en que puedes decir dónde terminas tú y dónde empieza la otra persona. Los buenos límites son firmes, claros y flexibles; los malos límites son débiles, imprecisos y frágiles.

- Eres responsable de llegar a acuerdos claros. Haz y mantén acuerdos sobre tiempos, sobre conducta en público y en privado, y sobre las normas de educación en los espacios compartidos. Haz siempre lo que has dicho que vas a hacer.
- Eres responsable de que cuando lo que quieres decir es «no», sea claro. No hables por hablar, y no hagas promesas que no puedes o no quieres mantener.
- Eres responsable de elegir cuidadosamente en quién confías en tus relaciones. El cotilleo puede ser una fuerza destructiva, y aun así a mucha gente nos hace falta hablar de nuestras cosas con alguien. Ten claro quiénes son esas personas.
- Eres responsable de respetar las otras relaciones de tus amantes, especialmente sus parejas a largo plazo, y de tratar a esas personas con respeto, empatía y generosidad.
- Eres responsable del sexo seguro: sacar el tema con potenciales amantes, decidir cuál es tu nivel de riesgo aceptable, respetar las decisiones de la otra persona y aprender a ser especialista en barreras y pequeñas piezas del imprescindible látex.
- Eres responsable de tus propios sentimientos, como el resto de la gente. Aprende a gestionar tus propias crisis y obtén apoyo cuando lo necesitas de otras personas que están libres para estar contigo en ese momento en particular.
- Eres responsable de que tus intenciones sean claras. Cuando te comportas de manera abiertamente cariñosa con tus amantes, puede que esperen de ti algo más de lo que estás ofreciendo, y debes hablar honestamente y dejar tus sentimientos claros a todas las personas involucradas.
- Eres responsable de encontrar maneras para decir lo que otra persona puede que no quiera oír. Los putones solteros puede que necesiten decir verdades incómodas en relaciones

que quizás no tengan la intimidad habitual para discusiones sobre temas tan vulnerables.

- Eres responsable de promover la intimidad en todas tus relaciones. Si estar sin pareja significa que te has comprometido a ser invulnerable en cualquier situación, acabarás viviendo en un mundo frío y distante.
- Debes valorar y dar la bienvenida a tus amantes como los únicos, maravillosos y geniales seres humanos que seguramente son.

Un arcoíris de conexiones

Si no tienes pareja y eres un putón, puede que te encuentres interactuando con un montón de gente diferente de muchas maneras distintas. Aquí están algunas de las que nos hemos encontrado y puede que tú también te encuentres.

PUTONES SOLTEROS CON PUTONES SOLTEROS

¿No es gracioso cómo llamamos a las personas sin pareja «disponibles»? ¿Disponibles para qué? Cuando estás sin pareja, tus amantes pueden ser otras personas sin pareja, pero eso no significa que cada una de tus relaciones es igual al resto. Con una persona puedes te puede encantar ir a bailar, con la otra ir a la montaña.

Con cada persona puede que quedes frecuentemente, regularmente, de vez en cuando o rara vez. Esa rara ocasión puede ser una cosa muy especial: la cantidad no es lo mismo que la calidad. Cuando todo el mundo está sin pareja y nadie está haciendo un casting para buscar pareja, cada relación es libre de buscar su propio nivel y puede que haya menos obstáculos para fluir hacia el tipo de relación que encaja perfectamente con tu pareja y contigo.

Simplemente porque estás sin pareja y sin planes de cambiar eso por ahora, por favor, tómate en serio tus relaciones. Diles cuánto las aprecias y lo valiosas que son para ti. La costumbre dice que debemos callarnos más sobre esto; cambiemos la costumbre. Nos encantan las citas emocionantes, y también la calidez del amor.

CON UNA PERSONA QUE TIENE UNA RELACIÓN

Puede que estés saliendo con una persona que tiene una relación a largo plazo con su pareja, ya sea casada o viviendo con ella. Cuando estás saliendo con esa persona, hay alguien más cuyos sentimientos deben tenerse en cuenta.

Quizás te encuentres en la situación de acostarte con alguien que está engañando a su pareja. Sea lo que sea lo que pienses sobre la ética de la situación —diferentes putones toman decisiones diferentes sobre este tema— es cierto que pueden aparecer problemas cuando la pareja de tu amante no sabe de vuestra conexión. Puede que haga falta algo de contorsionismo para evitar que se entere su pareja, e incluso con toda la inteligencia y previsión del mundo, no hay manera segura de mantener para siempre en secreto algo tan grande. Este tipo de secreto impone unos límites bastante severos: si la relación consiste en encuentros semanales en un hotel discreto, ¿cuánta conexión puede haber en realidad? Si la relación va bien, alguien puede perfectamente terminar queriendo más. Es la persona «externa» la que tiene más posibilidades de ser abandonada si atrapan a alguien.

Quizás tu amante tiene un acuerdo de «ojos que no ven, corazón que no siente» con su pareja; muchas parejas nuevas en la no monogamia intentan esto como una manera de sentirse más seguras. En nuestra experiencia, esto puede causar problemas a todas las personas involucradas. Primero, la mayoría de la gente encuentra a sus amantes en sus círculos sociales, por lo que mantener a esas personas completamente separadas puede ser difícil o imposible. O se debe de mentir para proteger ese acuerdo, con lo que volvemos al paradigma de mentir del que acabamos de hablar. El no decir la verdad, incluso cuando es algo que te han pedido, creará distancia en cualquier relación y es particularmente dañino en las relaciones que conviven en la misma casa, en la que los secretos son mucho más complicados de mantener.

Por otro lado, cuando todo el mundo involucrado está informado de tu relación, las cosas a menudo son más sencillas. Incluso si las cosas empiezan de manera complicada, el estar fuera del armario ofrece la posibilidad de trabajar para que sea más cómodo para todas las personas involucradas. Si tu amante es parte de una pareja poliamor con experiencia, ambas personas sabrán sus límites y serán capaces de explicarte cuáles son sus límites, lo que puede aclarar mucho las cosas. Si son nuevas en este tipo de relación, la buena fe y la buena disposición para hablar de los problemas puede hacerte superar la mayoría sino todas las dificultades.

Tus autoras se han encontrado que están más contentas cuando todo el mundo conoce y reconoce a todo el mundo. Una cortesía básica resulta esencial, como lo es evitar escrupulosamente cualquier cosa que recuerde a competir o querer estar siempre por encima de la otra persona. Las luchas en el barro son sólo divertidas en el porno.

Las dos preferimos conocer a las parejas de nuestras parejas y que surja amistad con ellas cuando sea posible. A veces, no tienen completamente claro si quieren amistad con nosotras y, ocasionalmente, están bastante seguras de que prefieren no tenerla, pero con paciencia y buena voluntad, la mayoría cambian de opinión. Después de todo, tenemos por lo menos una cosa en común: amamos a la misma persona.

No hay razón por la que nuestros intereses tengan que ser opuestos a los de la pareja de nuestra pareja. Todos los miembros de esta relación queremos colaborar para que haya un final feliz en el que a todo el mundo se le respeta, tiene sus necesidades cubiertas y sus deseos satisfechos. A la larga, todo el mundo está en el mismo bando.

El putón con experiencia puede tomar la iniciativa de contactar de una manera amable y franca con amantes que tienen miedo. A algunas de nuestras mejores amistades en todos estos años las conocimos en estas circunstancias. La vulnerabilidad de sentir celos o nervios respecto de la otra persona es una forma de intimidad, y los sentimientos de amistad puede que sean la respuesta más útil.

El cuidar de la pareja de tu amante teniendo sexo con ella es opcional por ambas partes. Rara vez es una buena idea tener intimidad con una persona sólo porque puede que se sienta dejada de lado, y no se sostendrá en el tiempo una relación que no te interesa por sí misma. Ocasionalmente descubrirás que todo encaja y serás amante de una pareja, como hablaremos más adelante. Pero evita comprometerte a una interacción que no te gusta demasiado o que no quieres en absoluto. Ceder ante alguien para calmar sus celos prácticamente nunca hace que los celos desaparezcan. Puedes respetar tus propios límites mientras que ofreces apoyo, cordialidad y acoges a la pareja de tu amante.

Un caso especial: puede que te encuentres en una relación con alguien cuya pareja a largo plazo ya no es muy sexual, sea por el enfriamiento normal de la pasión en una relación madura o por una enfermedad o discapacidad. Cuando estás saliendo con alguien así, recuerda acercarte a su pareja con un cuidado y respeto extra. Estas personas pueden estar contentas de que hagas feliz a su pareja pero apenadas por no ser capaces de satisfacer ese papel ellas mismas. Ayuda el descubrir qué cosas valiosas aporta esa persona, y reconocerlas y valorarlas.

RELACIÓN LIMITADA POR ROLES

A veces tu relación puede estar definida por roles con los que jugáis tu pareja y tú, roles que la pareja a largo plazo puede no querer o que no los disfrute. Tu conexión podría ser tan simple como el que te guste ver partidos de fútbol en la televisión o, quizás más complicado, ser la pareja del mismo sexo de alguien que está en un matrimonio heterosexual. Tus roles compartidos pueden ser de intercambio de poder en SM, roles eróticos, exploración del género, viajes espirituales o cualquier otro interés sexual compartido que la pareja no da. El rol que compartes te hace partícipe en una ecología familiar, lo que lo hace avanzar con calma y es a la vez un placer y una responsabilidad que no se ha de tomar a la ligera.

AMANTE DE UNA PAREJA

A veces una bella conexión sexual surge entre varias personas: Un trío, un quad o lo que sea. Su propio riesgo lo hace estimulante, y la aventura puede ser muy novedosa y excitante.

Si tienes la suerte de tener esta experiencia, cuenta con respetar la relación que tienes, el privilegio de compartir y que se te respete como un miembro muy especial de esa relación. El sexo puede ser muy lujurioso —¡imagínate todo lo que se puede hacer con todos esos pares de manos extra!— y tener varias configuraciones de dos personas con una. Qué delicioso es tener a dos personas mimándote, qué fascinante el compartir la parte activa de hacer el amor con otra persona, un trío virtuoso cuando tienes práctica.

Puede haber ocasiones en que una persona tiene poco que hacer y siente que la dejan de lado. Cuando eso te suceda, piensa cómo podría ser útil un par de manos extra en lo que sea que estén haciendo los otros dos pares y únete suavemente. Una vez, en una ocasión así, Dossie fue dejada de lado temporalmente mientras la pareja que eran sus amantes estaban teniendo sexo. Ella se sintió un poco de timidez, pensó unirse, y entonces notó que esas dos personas, que habían estado juntas durante bastantes años, eran asombrosamente elegantes en su mutua y profunda conexión. Dossie se dedicó a mirar durante un rato, y se quedó contenta y feliz simplemente por presenciar semejante belleza. Cuando terminaron, le dieron la bienvenida a Dossie en su abrazo y posteriormente hubo placeres que hicieron que la espera valiese la pena.

Recuerda que hay cierto privilegio en ser la pareja externa: puedes, si eliges hacerlo, dedicarte sólo a la parte divertida y dejar las cosas más pesadas para la pareja que se irá junta a casa después. O quizás preferirías estar ahí para ayudar cuando sus niños se pongan malos con la varicela. Sea lo que sea lo que te encaja mejor, recuerda que es un privilegio ser miembro de esos juegos. Como una amistad nuestra dice: «¡Yo soy el postre!».

Cuando tu amante tiene un grupo de amantes, alcanzar acuerdos puede parecerse a las negociaciones de un importante tratado que requieren cierta diplomacia. Algunos grupos tienen límites sobre con quién puede conectar cada miembro. Quizás los otros miembros quieren conocer a la persona y aprobarlo: eso es fácil. Otros querrán que los miembros externos entiendan perfectamente los límites del grupo, sobre todo en lo que respecta a sexo seguro, lo que es estupendo. Y nos hace muy felices ver que algunos grupos poliamor son muy considerados sobre cómo conectan con una persona nueva y están dispuestos a tomarse su tiempo para hacer las cosas bien.

Algunos grupos puede que quieran que te unas de una manera u otra —teniendo sexo con el grupo, mudándote con el grupo, siendo parte de un matrimonio de grupo— que puede que encajen contigo o no. Tú, por supuesto, tienes que ver qué se te está pidiendo y decidir si eso es lo que tú quieres, y definir tus propios deseos y límites.

Muchos desacuerdos iniciales pueden finalmente negociarse si todas las partes involucradas son de mentalidad abierta y actúan de buena fe. Y si no lo son, puede que sea mejor que lo sepas desde el principio. Un amigo nuestro contactó con una persona que tenía dos parejas principales y quería que él fuese su pareja secundaria. Pero cuando nuestro amigo preguntó que pasaría si él se buscaba una pareja principal, le dijo: «Oh, no, eso sería inaceptable». Así que nuestro amigo optó por irse.

La mayoría de los matrimonios de grupo y círculos que hemos encontrado se mantiene de manera mucho más suave y fluye fácilmente con nuevos miembros que pueden un día unirse al grupo más grande, más adelante y paso a paso. Dossie pertenecía a una de esas familias cuando su hija tuvo un bebé. No había condiciones formales para ser miembro, y todo el mundo encajaba y crecía según improvisaban sobre la marcha, con uniones formándose y rompiéndose y cambiando sus horarios, y todo el mundo era responsable de toda la prole. Estos acuerdos flexibles funcionaron muy bien durante unos años, no para siempre, pero durante una buena, feliz, memorable larga temporada.

Soliloquio soltero

Dossie escribe:

Una persona en un taller me preguntó una vez: «¿No te sientes sola, viviendo a solas?» Me quedé sorprendida y me costó un segundo entender que no estaba tratando de hacer que me sintiese mal. Qué dolor abrió inocentemente en mí. Tuve que decir: «Sí, por supuesto me siento sola». Y aun así...

He vivido soltera la mitad de mi vida adulta. Algunas cosas son duras de hacer a solas. Recientemente compré mi primera casa. ¡Cómo añoraba una pareja en ese trabajo aterrador! Pero, de un modo u otro, fui capaz. Me enfrenté a mis miedos, y a agencias inmobiliarias, agencias hipotecarias, a quienes hacían los tejados y a quienes hacían las inspecciones, y ahora tengo un dulce hogar en el bosque: como yo, mía para compartirla con los demás, cuándo y cómo yo quiero.

Nada dura para siempre. Alguien me preguntó si me daba miedo vivir sola siendo tan mayor. Ahora que tengo sesenta y pico, te aseguro que me lo da. Vi a mi madre vivir con noventa y tres años en la casa que compartió con mi padre durante sus treinta y siete años de matrimonio. Pero él murió de cáncer cuando tenían sesenta y cinco. Nada dura para siempre. Todavía deseo la emoción de enamorarme, el sueño de un romance tan mágico que nunca se marchite. Y ahora soy más sabia. Cuando me enamoré en el pasado, el resultado a largo plazo fue impredecible: a veces genial; a veces desastroso. Después de ocho relaciones así, debo admitir que no tengo ni idea de cómo predecir el futuro de una pasión: si crecerá un amor sólido y que nos da apoyo, o si llegaremos a odiarnos mutuamente.

Ahora soy una persona que prefiere la ardiente pasión a la dulce razón. Y no me considero muy buena para mantener compromisos. Pero mi compromiso con mi propia supervivencia es aprender a vivir soltera y que sea una vida que valga la pena. Un compromiso para toda la vida conmigo misma.

Hace tiempo pensaba que la soltería era «estar entre señores mayores», una situación en la que estaría esperando a que apareciese el próximo único e inigualable. Era como mantenerse a la espera, esperando por el número cuatro* a que descolgase el teléfono, no viviendo realmente la vida.

En 1969, cuando era por primera vez un putón de manera intencionada y una feminista novata, decidí vivir sola durante cinco años para poder descubrir quién quería ser cuando no estoy intentando ser la esposa de alguien. Pero ¿cómo iba a hacer esto? No quería vivir y criar a mi hija en un mundo frío sin cariño ni intimidad, así que elaboré un plan para compartir mi amor con amantes con quienes no tenía intención de vivir.

* Referencia a la novela *Soy el número cuatro* (*I Am Number Fou*r), en la que un chico extraterrestre es enviado a la Tierra para salvar la vida del planeta (*Nota del t.*).

Por aquel entonces había pocos precedentes de tener sexo con alguien a quien no estuvieses haciendo un casting para una relación a largo plazo. Así que me inventé maneras para poder ir tomando poco a poco los arriesgados pasos para compartir cariño abiertamente con personas a las que no había «asegurado», si se puede llamar así. Les decía lo que me gustaba de ellas. Decía las cosas buenas. Buscaba oportunidades para hacer demostraciones de cariño. Decía «te quiero» e insistía en llamar a los sentimientos que tenía por cada amante por su verdadero nombre: amor. Y cuando tuve el valor de ser cariñosa, el resultado fue que obtuve mucho amor de vuelta.

Es verdad que al principio aprendí a querer de esta manera como una táctica de supervivencia para vivir sin pareja. Pero se ha convertido en algo mucho más valioso: un cariño abierto hacia las personas y cosas que quiero y se ha convertido en la base de mi forma de vida, esté viviendo o no con una pareja.

Estoy segura de que este planteamiento puede funcionarle a todo el mundo, sea cual sea su estilo de vida, e incluso cuando no comparten sexo con terceras personas. ¿No sería un mundo maravilloso si todos convirtiésemos en algo importante el respetar, apreciar y valorar abiertamente cada persona con la que conectamos?

Crie a mi hija con este sentido de comunidad. Ser madre me enseñó a respetar los límites y, sin duda, a no dar la bienvenida a mi casa o mi corazón a nadie que amenazase mi bienestar o el suyo. Por extensión, aprendí a proteger mejor mis vulnerabilidades, lo que me hizo todavía más capaz de expresar mi amor por otras personas.

Vivo en el campo y siento el mismo tipo de amor inmenso cuando camino por la playa o miro el mundo desde la cima de una pequeña montaña o descubro, en el recodo de un camino, un majestuoso árbol de dos mil años de antigüedad. No siento desesperación, ni deseos de aferrarme, simplemente me siento feliz.

¿Me siento sola a veces? Claro. ¿Amo mi vida? Inmensamente. A veces pienso que soy la persona más afortunada del mundo.

20. Los altibajos de las relaciones

Vemos, para nuestro disfrute, el número de ex amantes con que contamos entre nuestras actuales amistades, y nos maravilla cómo las relaciones sexuales pueden convertirse en relaciones familiares. La realidad impone un límite aquí: sólo tienes veinticuatro horas al día para dedicarlas a tu vida amorosa, y se supone que necesitas algunas de esas horas para trabajar y dormir y demás, por lo que tienes una cantidad de tiempo finita para dedicarlo a cada amante. Sólo puedes hacer espacio en tu vida para un cierto número de personas y esperar estar a la altura.

Nosotras vemos que la mayoría de la gente no tiene problemas cuando sus parejas van y vienen según les apetece a cada cual. Las relaciones de familias sexuales ampliadas tienen más probabilidades de irse alejando que de romper. Una de las cosas maravillosas sobre construir amistades sexuales es que, mientras que las relaciones anteriores y las aventuras cortas van y vienen con los años, cada unión tiene sus propias características e intimidad única. Creas esa intimidad de la misma manera que aprendes a llevar una bicicleta: probando y equivocándote, resbalando y cayéndote y, al final, acelerando a la vez. Como cuando llevas una bicicleta, nunca olvidarás esa intimidad o tu papel en ella. Incluso después de la más amarga de las separaciones, cuando el conflicto ha desaparecido y el tiempo ha cicatrizado las heridas, puedes ver que puedes volver a meterte en esa conexión inmediatamente, como en un cómodo guante.

Por otro lado, el conflicto en una relación íntima a veces dura tanto o parece tan imposible de resolver que amenaza los mismos cimientos de la relación. Esperamos que uses el mismo alto nivel de ética y preocupación por una relación en conflicto como lo usas con una relación feliz.

Siempre es tentador responder a un gran conflicto en una relación culpando a alguien. En la infancia aprendimos que el dolor, en la forma de castigo por nuestros padres y madres omnipotentes, es la consecuencia de hacer algo mal. Por lo que cuando algo nos duele, intentamos darle un sentido buscando a alguien que ha hecho algo mal, preferiblemente otra persona. Ya hemos hablado antes de los problemas que se derivan de echar la culpa y la proyección.

Lo que es importante recordar es que la mayoría de las relaciones se rompen porque un miembro de la pareja está descontento con el otro y la culpa no es de nadie: ni de ti, ni de tu pareja, ni de su amante. Incluso si alguien hace algo mal, o algo deshonesto, tu relación principal no va a romperse por esa razón. Las relaciones tienden a terminarse por sus propias tensiones internas. Incluso tus autoras tienen problemas para recordar esto cuando están en medio de una amarga ruptura.

Cuando te encuentres queriendo echar la culpa a alguien, puede ayudar recordar una obviedad de la terapia de parejas: el cliente es la relación, no lo es ninguna de las personas que están en ella. Durante una ruptura es absolutamente inútil dilucidar quién «tiene la razón» y quién «se ha equivocado». La cuestión es: ¿y ahora qué? Si empiezas a mirar a los conflictos como problemas a resolver en lugar de intentar decidir de quién es la culpa, has tomado un paso importante hacia su resolución.

Algunas personas asumen normalmente con la carga de ser responsables del bienestar emocional de todo el mundo a su alrededor y sienten que en cierto modo tienen la culpa por no ser capaces de hacer desaparecer mágicamente el dolor y problemas de todo el mundo. En lugar de hacerse responsable de sus propias cosas, uno de los miembros de la pareja asume demasiada responsabilidad en el problema que se está tratando. Esas personas necesitan aprender a hacerse responsables de lo suyo y dejar que cada cual se haga responsable de su propia parte.

Es también común que uno de los miembros de la pareja asuma muy poca responsabilidad. Las personas que tienen mucha de su autoestima conectada con su habilidad para mantener una relación pueden sentir la necesidad de convertir a su pareja en «el malo de la película» para justificar su propio deseo de abandonar la relación. Esta estrategia es injusta para ambos: concede a la «mala persona» todo el poder en la relación y le resta poder a la «víctima». Decidir que no tienes otra elección que abandonar la relación porque tu pareja es tan horrible es negar el hecho de que siempre hay elecciones. Nuestra experiencia es que los problemas de relación tienen casi siempre dos caras: si puedes reconocer qué aportas tú al problema, puedes trabajar hacia su solución.

Si los problemas de relación incluyen que alguna persona sea físicamente violenta, o use la violencia emocional o verbal, no es momento para hablar por hablar sobre de quién es la culpa. Es el momento de obtener ayuda de profesionales para aprender a resolver un conflicto de manera no destructiva. Del mismo modo, la ayuda profesional es a menudo una buena idea para tratar temas relativos al abuso de sustancias: ningún miembro de una pareja, no importa lo maravilloso que sea, puede resolver algo como el alcoholismo sólo con amor. Si una criatura está sufriendo maltrato, la seguridad pasa a tener prioridad absoluta y debes irte inmediatamente. Puedes trabajar en resolver estos asuntos desde una distancia segura.

Rupturas

Sucede; tener unas buenas aptitudes para las relaciones y una ética intachable no significa que vas a estar con la misma pareja o parejas para siempre jamás. Nuestra experiencia es que las relaciones cambian, la gente se aleja, las personas cambian. Puede que tengan nuevos deseos, nuevos sueños. Algunas rupturas en nuestras propias vidas —a posteriori siempre es muy fácil verlo— fueron movimientos constructivos hacia el desarrollo personal y una vida mejor para cada miembro de la relación. En su momento, que conste, nos sentimos simplemente fatal.

Ayuda recordar que, en el mundo actual, una ruptura no significa que tú y tu ex hicisteis algo horrible. La mayoría podemos contar con que pasaremos por una ruptura en algún momento de nuestra vida, posiblemente varias veces. En lugar de escondernos para no ver la realidad, o torturarnos preguntándonos en qué nos equivocamos, ¿qué pasaría si pensáramos, por adelantado, cómo nos gustaría que fuesen las rupturas en nuestra vida?

Cuando un matrimonio tradicional se rompe, nadie lo toma como una prueba de que la monogamia no funciona, así que ¿por qué la gente se siente obligada a considerar la ruptura de un putón como una prueba de que el amor libre es imposible? Tu ruptura puede ser por razones que no tienen nada que ver con la apertura de tu relación. Sea como sea, probablemente no es una prueba de que no deberías ser un putón. Sospechamos que no habrías hecho todo el esfuerzo que supone vivir de esta manera si no hubieses sentido un fuerte deseo por la promiscuidad desde un principio.

Cuando una relación cambia dramáticamente, es estupendo si todo el mundo se siente con la calma suficiente para separarse con cariño y ecuanimidad. Pero demasiado a menudo las uniones se rompen de una manera dura, con sentimientos dolorosos, hostiles y amargos. El dolor al perder una relación con la que contábamos es profundo y, mientras pasamos por el doloroso proceso de la desagradable separación, ninguna de las dos personas estamos en nuestro mejor momento.

La fase aguda del proceso de superar el dolor de una ruptura suele durar sobre tres meses. Ayuda a mirar el proceso como un trabajo productivo. Una pérdida ha dejado un agujero en tu vida y tienes que repasar qué considerabas valioso así como pensar cómo quieres llenar ese espacio vacío y dar unas puntadas a la herida para cerrarla. Probablemente tendrás que hacer este trabajo a solas; tu ex no puede hacerlo por ti. Los sentimientos de dolor, pérdida, abandono, enfado, resentimiento y similares, que son abrumadores o intolerables hoy, probablemente parecerán tristes pero manejables dentro de tres meses según avanzas en el proceso. Según vayan desapareciendo los sentimientos más intensos, puede que encuentres un buen momento para volver a comunicarte con tu ex: tomar un café o ir a ver una película o algo así. Sería una pena salir de estar ruptura sin llevarse al menos una amistad, después de todo lo que habéis compartido.

ETIQUETA PARA LAS RUPTURAS EN EL SIGLO XXI

Lamentablemente, mucha gente trata el final de una relación como si les hubiesen otorgado un permiso para el drama y, además, algunas simplemente no pueden dejarlo de buenas maneras. Esas personas necesitan echarle la culpa a otra (que no sean ellas), culpable, criminal, al malo de la película, para sentirse bien consigo mismo o para limpiar su conciencia.

Internet nos ha dado maravillosas tecnologías para lograr drama: haciendo amistades y borrándolas, haciendo públicas tus sabias y malvadas reflexiones sobre tu hasta hace poco persona amada, esparciendo tu indignación como lava que lo cubre todo.

Así que mientras que internet ha traído nuevas oportunidades, toneladas de información y abundantes alegrías a las vidas de los putones contemporáneos, también ofrece oportunidades sin precedentes para dramatizar, especialmente durante el sensible periodo que sigue a una ruptura.

Todas las reglas que nos dicen en quién podemos confiar se deben multiplicar por tres cuando se trata de la comunicación electrónica. Si tienes la costumbre de usar tu blog o tus redes sociales como tu diario personal, por favor, valora la creación de un espacio aparte —si es online, bloquéalo de manera que sólo tú puedas leerlo, pero nosotras la verdad preferimos el papel para esto— en el que puedes verter tu ira, culpas, dolor y todas las emociones que es importante sentir pero poco apropiado compartir con toda tu comunidad en internet.

Lo mismo se aplica para conductas de adolescentes como hacer un drama sobre eliminar a alguien de tu grupo de amistades en Facebook; bueno, no lo hagas. Si ya no procede que alguien tenga acceso a tu información personal, valora publicar menos información personal durante una temporada... o, si tienes que hacerlo, simplemente elimina a esa persona de tu lista de amistades, sin comentárselo ni a esa persona ni a nadie más. Eliminar una amistad para poder hablar mal de ella a su espalda es estúpido y maleducado y, de todos modos, se acabará enterando a través de alguna amistad mutua. Busca maneras más seguras y constructivas de dar rienda suelta a tus sentimientos.

Si lees los artículos con consejos de principios del siglo XX, verás que se consideraba maleducado usar una máquina de escribir (¡horror!) para redactar una carta personal. A menudo las nuevas tecnologías parecen muy impersonales al principio, y el correo electrónico no es una excepción. Las ventajas y desventajas del correo electrónico son la misma cosa: en una pantalla no puedes usar tu cara o cuerpo para comunicarte, y un pequeño emoticono no ayuda demasiado. El correo electrónico puede ser muy útil para aclarar algo que resulta demasiado emocional o da miedo comunicar con de viva voz, pero también puede hacer que suene mucho más duro de lo que pretendías, puesto que tu sonrisa comprensiva se pierde en algún lugar del éter.

¿QUIÉN SE QUEDA CON LAS AMISTADES?

Una de las felices consecuencias de una vida sexual abierta es que todo el mundo tiende a interconectarse en un clan familiar, círculo sexual o tribu. Cuando una pareja se rompe con mucho dolor, ello afecta a todo el círculo. Para las personas que sufren la ruptura, puede dar la sensación de que no hay privacidad. Tus amistades y resto de amantes pueden tener sus propias ideas sobre quién tiene razón. Les duele cuando sienten tu dolor, por lo que el círculo completo puede empezar a buscar alguien a quien echar la culpa.

Éticamente hablando, la pareja que se separa tiene cierta responsabilidad hacia su círculo íntimo, y ese círculo tiene alguna responsabilidad hacia la antigua pareja. Los miembros de la pareja deben abstenerse de intentar dividir a la comunidad. En otras palabras, no exijas a todas tus amistades que corten cualquier vínculo de amistad que puedan tener con tu ex y no dividas a la comunidad entre quienes están de tu lado y quienes están contra ti por el hecho de que continúan comunicándose con tu incomunicable ex.

La privacidad es un asunto delicado aquí, porque a nadie le gustan las consecuencias del cotilleo avanzando descontrolado. Pero todos necesitamos confidentes para contarles nuestros problemas, especialmente en los malos momentos. A veces, las parejas que se separan pueden llegar a acuerdos sobre a quién es correcto contar asuntos privados y quiénes no os gustaría que se enterasen de vuestros trapos sucios. En otras ocasiones no se llega a un acuerdo y que pase lo que tenga que pasar.

Si sientes que tu ex y tú no debéis estar en las mismas fiestas durante una temporada, tendrás que hablar con tu ex de eso y no terminar gritando a quien organiza la fiesta por haberos invitado al mismo evento. Es especialmente poco ético llamar a quien organiza determinada fiesta y pedir que se retire la invitación a tu ex, o amenazar con que no irás si se le invita. Esto se suma a endosar tu trabajo a tus amistades. Es tu trabajo el marcar tus límites, llegar a acuerdos con tu ex y, si te sientes mal en cualquier lugar donde tu ex está también socializando, entonces tú decides si te quedas o te vas. Si terminas decidiendo que tienes tantas ganas de asistir a ese evento en el que tendrás que enfrentarte a la presencia de tu ex, bien hecho. Podrás practicar el compartir espacios sociales con tu antigua pareja, lo que tendrás que hacer antes o después a menos que tu ex o tú os mudéis a Tombuctú. Al final, con un poco de práctica, serás capaz de gestionar bien tus sentimientos acerca de tu ex, y todo esto dolerá menos, y te acercarás más a conseguir una solución e incluso una amistad tras una amarga ruptura.

Tu círculo de amistades y familia es responsable de no dividirse, de escuchar sin juzgar, y de comprender que todos pensamos cosas muy duras cuando nos separamos. Reconoce lo mal que se siente esa persona que se acaba de separar y no te tomes sus críticas al pie de la letra. La excepción a esta regla se da cuando la ruptura se basa en el descubrimiento de asuntos serios, como violencia doméstica o el abuso de sustancias destructivas; no hay una respuesta fácil a esto, porque un círculo de amistades sexuales realmente tiene que hacer valoraciones sobre estas cosas. Pero la mayoría de las veces, las acusaciones son sobre la desconsideración, egoísmo, insensibilidad, dependencia, malicia, deshonestidad, manipulación, conducta pasiva-agresiva, mala educación, estupidez y lo idiota que es tu ex. Todos hemos sido todo eso en un momento u otro así que debemos ser capaces de entenderlo y perdonarlo.

Los finales felices son posibles

Aunque las rupturas son muy duras para todas las personas involucradas, y aunque entendemos que durante un tiempo puedes sentir mucho enfado, tristeza, abandono, o que te han tratado mal, te imploramos que recuerdes que tu ex-pareja-dentro-de-poco es todavía la misma persona estupenda que tú amabas, y que no rompas relaciones. Janet dice:

Después de nuestro divorcio, Finn estaba muy enfadado conmigo y bastante deprimido, y yo me sentía muy culpable. De todos modos, por el bien de la descendencia sobre la que teníamos la custodia compartida, consideramos importante mantenernos dentro de un comportamiento civilizado. Ahora, veinte años más tarde, le considero una de mis mejores amistades y yo terminaría siendo una de las personas que le apoyaron durante su grave enfermedad hace un par de años. Si nos hubiésemos tratado mal cuando las cosas eran duras y complicadas, no creo que hubiéramos sido capaces de llevarnos tan bien hoy, y nos habríamos perdido una amistad muy importante y gratificante.

Los putones listos saben, incluso si lo olvidan en el fragor de la batalla, que una ruptura no significa el final de una relación: Puede ser, en su lugar, un cambio hacia un nuevo tipo de relación, posiblemente una relación cordial o de amistad o incluso de amantes.

Dossie cuenta:

Salí con Bill durante dos años durante los cuales la conexión a todos los niveles era maravillosa para mí, especialmente una intensa conexión sexual: exploramos juntos un montón de famosas primeras veces. Así que nos mudamos para vivir en la misma casa y eso duró seis meses, hasta que estallamos en una descomunal pelea y nos separamos. Sin duda teníamos objetivos en la vida muy diferentes. Tardamos cerca de un año hasta que pudimos acercarnos, pero por aquel entonces empezamos a salir otra vez, y el sexo era todavía más intenso y profundo que antes. Terminamos juntándonos aproximadamente una vez al mes durante los siguientes nueve años, como una buena amistad y como amantes, continuando con el maravilloso y ardiente sexo que nos había unido la primera vez.

EJERCICIO *Una ruptura razonable.*

Inventa una historia sobre una ruptura razonable y constructiva. Incluye detalles sobre cómo cada persona podría superar los sentimientos complicados. Inventa acuerdos para justo después de la ruptura, para seis semanas más tarde, para seis meses más tarde.

Una de las cosas buenas de ser un putón con ética es que tu relación no tiene que ser una cosa u otra: puedes tener tantas maneras de relacionarte con tus amistades y amantes como amistades y amantes tienes. Una vez has sobrevivido a una ruptura, no hay nada mucho peor que pueda pasar. Una relación con una ex pareja es realmente segura, una amistad con alguien que te ha visto en tus peores momentos. Cuando conoces a alguien con todas sus pegas y defectos —como nos pasa con nuestras ex parejas— tenemos la base para una relación importante y realmente íntima que puede cambiar, desarrollarse y dar apoyo durante muchos años venideros.

Como Edna St. Vincent Millay escribió:

Después de todo, mi antiguo amor,
mi no más querido,
¿Hace falta que digamos que no era amor
sólo porque ha perecido?

21. Sexo y placer

El sexo es agradable y el placer es bueno para ti. Esto ya lo hemos dicho antes y aguanta que se repita. En nuestras vidas actuales, tus autoras disfrutamos del sexo en sí, y la sensación es de naturalidad y comodidad, pero queremos que sepas que no ha sido siempre así de fácil para nosotras. En una cultura que te enseña que el sexo es sórdido, asqueroso, sucio y peligroso, puede que un camino hacia una sexualidad libre sea difícil de encontrar y parezca repleto de peligros mientras caminas por él. Si decides recorrer ese camino, te damos la enhorabuena y te ofrecemos apoyo, ánimo y —lo más importante— información. Comienza sabiendo que nosotras, como cualquier persona que disfruta del sexo sin restricciones, aprendimos a ser de esta manera a pesar de la sociedad en la que crecimos, y eso significa que tú puedes aprender también.

De todos modos ¿qué es el sexo?

La palabra «sexo» se usa como si todo el mundo estuviese de acuerdo en lo que significa, pero cuando le preguntas a la gente qué hace cuando tiene sexo, oirás que te hablan de una inmensa gama de conductas e interacciones.

Hemos hablado antes sobre el sexo como parte de todo y como todo siendo parte del sexo. Ahora hablemos sobre las partes que la mayoría de la gente llama sexo: las partes que incluyen labios y pezones y clítoris y pollas y orgasmos. El sexo *puede incluir* esas partes, pero no pensamos que sean *lo esencial*; los genitales y otras zonas erógenas son el «cómo», no el «qué».

El «qué» —qué es realmente el sexo— es un viaje a un estado extraordinario de la consciencia en el que desconectamos de todo lo ajeno a nuestras emociones y nuestros sentidos en ese preciso momento, viajamos a un reino de sensaciones deliciosas, y nos empapamos de la conexión profunda que compartimos durante el sexo. Este viaje es una travesía hacia el despertar, como si los nervios cuyo trabajo es transmitir los sentimientos de placer hubieran estado dormidos pero, de repente, se hubieran puesto en guardia, encendidos, en respuesta a un mordisco o una caricia.

Quizás lo que llamamos juegos preliminares resulta útil para ver cuánto podemos despertar: una excitación desde los lóbulos de nuestras orejas y tobillos hasta la punta de los cabellos; el picor en la cabeza, el cosquilleo en el puente del pie. El glorioso milagro de la anatomía sexual estriba en que cualquiera de esos despertares puede desatar la hinchazón de nuestro interior, de los labios, los pezones, las pollas y coños, lo que despierta otras redes nerviosas más intensas que reposan profundamente en nuestro interior hasta que nos encendemos por completo como fuegos artificiales.

El sexo es cualquier cosa que hagas o pienses o imagines que pone el tren en marcha: la escena de una película, una persona en la calle a la que encuentras atractiva, un prado rebosante de capullos de flores silvestres, una fragancia que abre tus fosas nasales, el calor del sol en la nuca. Entonces, si quieres buscar esas maravillosas sensaciones eróticas, puedes aumentar la tensión, y tu focalización sensorial, con cualquier tipo de pensamiento o manera de tocar o hablar que los seres humanos pueden crear: acariciando, besando, mordiendo, pellizcando, lamiendo, vibrando, por no mencionar el arte erótico, el baile, la música excitante y las cosas suaves acariciando nuestra piel.

Por tanto, el sexo cubre un territorio mucho más amplio que la estimulación genital destinada a un orgasmo. El sexo que se limita a unos someros juegos preliminares y a luego a una ruta exprés hacia el orgasmo es un insulto a la capacidad humana para el placer.

Esta es una buena manera de contestar a la pregunta de qué es el sexo: si tu pareja o tú os preguntáis si estáis teniendo sexo en un momento determinado, probablemente lo estáis teniendo. Nos gusta usar una definición ampliada del sexo, incluyendo más que los genitales, más que el coito, más que la penetración y, mientras que definitivamente no nos olvidaríamos de esas cosas, mucho más que las estimulaciones que llevan al orgasmo. Nos gusta pensar que toda estimulación sensual es sexual, desde una emoción compartida a un orgasmo compartido. Una de nuestras amistades, profesional del sexo, recordaba:

Ya había tenido una sesión normal con este hombre una vez, pero un día apareció, puso cuatrocientos dólares en la mesa y dijo que sólo quería hablar. Así que nos tumbamos en el futón y hablamos toda la tarde. Fue uno de las experiencias sexuales más intensas de mi vida; era como haberse enamorado. Estábamos en una profunda comunicación de los chakras del corazón, un espacio de comunicación pura con una sensación dulce y deliciosa, espesa como la miel. Estábamos lo suficientemente cerca como para poder notar el calor de nuestros cuerpos, casi pero sin tocarnos; intentamos tocarnos un par de veces, pero disminuía la energía. Teníamos tal excitación que yo sentía nauseas. Fue increíble.

Cuando ampliamos nuestro concepto de qué es el sexo, y dejamos que sea lo que nos apetece hoy, nos liberamos de la tiranía de la hidráulica del chico, el trabajo de tener que hacer que ella tenga un orgasmo, quizás incluso del control del embarazo y las barreras, si decidimos que el sexo sin penetración es absolutamente buen sexo por sí mismo.

El placer es bueno para ti. Así que haz lo que te dé placer, y no dejes que nadie te diga qué te tiene que gustar, y con eso no te equivocarás.

Incorporando el amor limpio al sexo

¿Recuerdas el amor limpio, en el momento y sin expectativas, del que hablamos antes en este libro? Es una habilidad que puedes incorporar a tu vida sexual y que se basa en centrarse en el presente y aceptarse.

Lleva tu mente a tu infancia, en algún momento que recuerdas como feliz. En la infancia se tiene la habilidad para estar en el presente de manera natural. Para recuperar esa consciencia, vete a un parque e investiga esa interesante ramita que has encontrado en el interesante suelo. Vete a la playa y quítate los zapatos. Camina por la orilla del mar, ¿cómo sienten tus dedos en la hierba, en la arena, en las olas? Haz un agujero en la arena mientras sube la marea. Atiende a lo que pasa a tu alrededor, atiende a tu experiencia.

Luego presta la misma embelesada, feliz atención a tu persona amada; esto probablemente te gustará. Así que haz algo más: tú eres una persona amable y también lo es tu persona amada; merecéis sentiros bien.

Tocar la piel es una estupenda manera de centrarse en el presente, en la conexión y en el amor. Lavaos los pies mutuamente; busca una crema y masajea los pies de tu amante. Turnaos. Deja de lado viajar al futuro: ¿esto nos llevará al sexo? ¿A quién le importa? Tu amante y tú estáis en el momento, sintiendo vuestros pies.

Tus autoras no se oponen en absoluto a la inmensa belleza del sexo genital. Pero todos necesitamos trabajar en prestar atención a lo que sentimos en el momento y cómo eso conecta con las personas a quienes queremos. No estamos en el momento cuando estamos planeando el futuro. Demasiada felicidad sensual maravillosa se pierde cuando estamos proyectándonos en qué va a suceder después. Aprende a disfrutar del misterio, ese escalofrío por la espalda cuando te das cuenta que estás en el camino hacia algo interesante. Continúa por ese camino y averigua a dónde te lleva; agradece el milagro. No te pierdas las maravillas del momento en tu afán por subir volando hacia la entrepierna como si estuvieras en una autopista, con toda la celeridad posible. La eficiencia no es lo que estamos buscando aquí y en este momento.

Los pies se están relajando, escuchas un gemido de placer. ¿Debes deslizar tu mano hacia arriba por esa preciosa pierna? ¡Vaya!

Dejemos eso y volvamos a esos tiernos y sensibles pies. Nadie puede relajarse y sentir sus pies si se está preocupando sobre qué vas a hacer a continuación. Cuando toda tu atención se centras en hacer que esos pies se sientan mejor de lo que se han sentido nunca, estás en el momento y tu pareja también, perdida en el éxtasis del cosquilleo en sus sedosos pies. Y cuando termines, reconecta con un abrazo amoroso o acurrucaos dulcemente, y entonces pensad qué es lo siguiente que os gustaría hacer.

Sea lo que sea, prometed que os mantendréis en el presente con eso también. La presencia y aceptación total es un ideal, quizás para no ser alcanzado nunca de manera perfecta pero trascendente incluso cuando se intenta. Es una gratificante práctica olvidar lo que no es necesario en ese momento, llevándose toda las cosas malas de vuestras historias y expectativas y abriéndoos todo lo posible para conectar con otra persona en la plenitud de tu abierto y acogedor corazón.

¿A qué obstáculos te enfrentas?

El buen sexo parece que debería ser fácil, pero a menudo, en nuestra experiencia, no lo es. Desde la ignorancia a la distracción pueden interponerse en el camino de un sexo responsable, placentero. Esta es nuestra lista de números uno a la hora de estropear la diversión.

UNA CULTURA CON UNA IMAGEN NEGATIVA DEL SEXO

En lo más alto de la lista, muchas personas empezamos paralizadas por la vergüenza, incluso después de que hayamos pensado que no queremos sentir vergüenza en el sexo. La vergüenza, y las ideas que nos enseñaron sobre nuestros cuerpos —nuestros deseos y el sexo son sucios y malos— y hacen muy complicado desarrollar una correcta autoestima sexual. Muchas personas pasamos nuestra adolescencia consumidas por la culpa sobre nuestros deseos sexuales, nuestras fantasías y nuestra masturbación, mucho antes de que fuésemos capaces de sacar algo adelante con otro ser humano. Cuando conectamos con otras personas, nos pasamos esos encuentros preocupándonos sobre qué tal lo estábamos haciendo, a menudo con tanta preocupación sobre si lo estábamos haciendo mal que olvidamos darnos cuenta de lo bien que sentaba.

Cuando nuestros deseos y fantasías van más allá de un matrimonio monógamo con un miembro del sexo opuesto, sufrimos ataques adicionales en nuestra autoaceptación. Para alguna gente somos personas pervertidas obsesionadas con el sexo, objeto del merecido desprecio de la sociedad y, demasiado a menudo, del autodesprecio. Según alguna gente, incluso Dios nos odia. Es complicado sentirse bien respecto a una sexualidad expansiva cuando te sientes tan mal respecto a ti que lo único que quieres hacer es esconderte.

IMAGEN CORPORAL

Nadie es lo suficientemente sexy. Las industrias de la publicidad y la moda ven perfecto enriquecerse haciéndonos sentir mal sobre nuestros cuerpos para que compremos más ropa, maquillaje, cirugía estética o lo que sea en un intento desesperado para sentirnos bien sobre el aspecto que tenemos ante a otras personas. La industria del perfume nos inunda con imágenes diseñadas para convencernos de que olemos mal (y, si olemos peor que esas esencias altamente sintéticas, entonces es que debemos oler realmente mal). Incluso esas almas afortunadas que son jóvenes y delgadas y atractivas sufren una preocupación constante sobre su aspecto: ¿Por qué crees que acuden en masa a los gimnasios y las clases de aerobic?

Con cuanta más gente quieras compartir sexo, a más gente tendrás que mostrar tu cuerpo desnudo, así que ahí lo tienes. Para disfrutar de una sexualidad libre, necesitas aceptar el cuerpo en el que vives, a no ser que quieras esperar hasta que pierdas diez kilos, lo que te puede llevar una eternidad, o hasta que parezcas más joven. No te hagas ilusiones. Recuerda: tu atractivo está en cómo te sientes, no el aspecto que tienes.

EJERCICIO *Cómprate algo sexy.*

Ve a una tienda, la que sea —una tienda de saldos, una de segunda mano, una tienda de lencería, un sex-shop— y cómprate algo sexy. Algo que te haga sentir sexy hoy mismo. La sensualidad es un buen punto de partida: desde la seda a la suave franela o a un algodón de primera calidad. Holgado o ajustado, no importa cómo sea mientras tú te sientas bien vistiéndolo. ¿Qué colores son sexy para ti? ¿Colores intensos y profundos? ¿Tonos delicados? ¿Qué expresa tu putón interior? Cierra los ojos y encuentra tu camino entre las perchas. El cuero y el terciopelo son divinos para tocarlos, así que pide el tacto con el que sueñas. Incluso algunos jeans son tremendamente sensuales, así que intenta comprarlos por el tacto. Deja de lado lo que se supone que deberías comprar y deja que tu piel escoja lo que quiere. Vete a casa y paséate con lo que te hayas llevado.

Es necio y grosero suponer que las personas con discapacidades físicas no disfrutan del sexo. Las personas con capacidades distintas pueden participar en formas de sexualidad organizada de manera diferente, pero eso no significa que no tienen sexo en absoluto. Las personas con una lesión de médula espinal que han perdido la sensibilidad del cuello hacia abajo tienen orgasmos: esta es una lección para todo el mundo sobre lo sensibles que pueden llegar a ser nuestras orejas y labios.

El sexo para una persona con discapacidades físicas no es tan diferente de cualquier otra forma de sexo. Céntrate en qué puedes hacer, qué puedes sentir, qué cosas sientan bien y cómo ir más allá experimentando las sensaciones más intensas que este cuerpo en particular puede sentir. Aprende sobre tu cuerpo como hace cualquier otra persona. ¿En qué te apoyas para moverte o estirarte? ¿Cómo puedes manejar los aparatos médicos? ¿Qué precauciones de seguridad tienes que tener en mente?

Lo más importante de todo: ¿qué te gusta? Las personas que han perdido habilidades físicas en accidentes pueden pasar mucho tiempo descubriendo lo que su nuevo cuerpo puede hacer y sentir. Encontrar qué nos hace sentir bien es la parte feliz del viaje. Las personas con discapacidades de nacimiento o desde la infancia a menudo son tratadas como seres asexuados. Cuando crecen pueden necesitar ocuparse de descubrir cómo puede llegar a ser su sexualidad.

No olvides las ventajas de usar aparatos. Los vibradores beben de toda la red eléctrica para su fuerza y aguante, y nunca tienen lesiones por hacer movimientos repetitivos. Los instrumentos pueden llegar donde los brazos no llegan y las almohadas pueden elevar los miembros que lo necesitan. Los medicamentos

—hormonas que mantienen las vaginas flexibles y húmedas, pastillas que ayudan a mantener las erecciones— pueden ayudar con algunos de los cambios sexuales relacionados con la edad o la salud.

Investiga las posibilidades. Sean discapacidades visibles, o invisibles como el asma o la diabetes, explora qué te funciona y obtén colaboración de tus amantes para superar cualquier cosa que tu cuerpo no puede hacer.

Si las perspectivas de ser amante de alguien con una discapacidad te parecen algo completamente ajeno a ti, no olvides que un día *serás* una persona anciana ¿A qué edad tienes planeado dejar de disfrutar del sexo? ¿Abandonarás al primer obstáculo, al primer síntoma de artritis que interrumpa un agradable revolcón con una punzada dolorosa? De verdad esperamos que este libro te ayude a aprovechar tu sexualidad de una manera que te funcione. Recuerda, sean cuales sean las posibilidades físicas que tenga tu cuerpo o el de tu amante, el órgano sexual más importante lo encontrarás siempre entre las orejas.

DESINFORMACIÓN SEXUAL

Otro obstáculo en nuestro camino es la información incorrecta o directamente equivocada que podemos haber aprendido sobre el sexo. Durante muchos años, la información sobre conductas sexuales y funcionamiento básico estaba censurada, junto con la mayoría de discusiones sobre el placer sexual. Dependiendo de dónde vivas en la cultura de hoy en día, tendrás acceso o no a una buena información. Debemos politizarnos para defender nuestro derecho a una información correcta y positiva sobre el sexo.

Para adquirir un conocimiento básico del funcionamiento sexual y cómo funciona el ciclo de la respuesta sexual en el hombre y la mujer, recomendamos enérgicamente que leas uno o varios buenos libros. Los libros sobre sexo dan mucha información —más de la que nosotras podemos dar en un capítulo— sobre cómo funciona el sexo y qué puedes hacer con él cuando no está funcionando tan bien como te gustaría. Suelen ofrecer ejercicios de autoayuda para los problemas de erección u orgasmos, duración, el tener un orgasmo demasiado pronto o con demasiada lentitud y qué hacer cuando no eres capaz de encontrar lo que te excita. Puedes aprender más estrategias para el sexo seguro y control de la natalidad, y más palabras para poder hablar con tus amantes sobre todas estas cosas estupendas. Algunos putones inteligentes leen un capítulo a la semana de un buen libro con su pareja y quizás hablan sobre él durante la cena del viernes; una buena manera de prepararse para el fin de semana.

Hoy en día hay un montón de información y debate en internet. Aplaudimos la libertad de información, y también queremos que tengas cuidado, porque mucha de la información que lees y escuchas sobre sexo es incorrecta. Abundan los cuentos de hadas y la realidad puede ser difícil de encontrar porque la sexología es una ciencia nueva, y porque los estudios sobre lo que las personas realmente hacen en el sexo son complicados y a menudo inconclusos, y porque como cultura no hemos hablado explícitamente de sexo durante mucho tiempo. Recoge toda la información que puedas, usa lo que funciona contigo y no te lo tomes todo al pie de la letra. Afortunadamente, hay mucha información sexual hoy día en libros, revistas, podcasts, webs y más y mucho donde elegir. La mejor parte de aprender sobre sexo es que te encantará la parte práctica.

INCAPACIDAD DE HABLAR

Si no puedes hablar sobre el sexo, ¿cómo puedes pensar sobre él? La censura histórica del debate sobre el sexo nos ha dejado con otra discapacidad: el acto de hablar de sexo, de poner palabras a lo que hacemos en la cama, se ha vuelto complicado y vergonzoso. Aunque la mayoría hemos tenido la experiencia de un funcionamiento sexual fallido de una manera o de otra, nunca tenemos la oportunidad de recibir el apoyo de nuestras amistades y amantes para afrontar el tema. La disfunción sexual se vuelve nuestra vergüenza secreta, una situación desde la cual es imposible ser capaz de encontrar otra manera de funcionar mejor.

Las pocas palabras que podemos emplear para hablar de sexo están plagadas de juicios negativos. O bien hablas en la terminología médica de vulvas e intromisión del pene —que suena como si necesitases ser médico para hablar de sexo y que, por tanto, debe ser una enfermedad— o bien usas lenguaje vulgar (puto chocho, polla dura) que hace que todo suene como un insulto. Sobre lo que no puedes hablar, apenas puedes pensar; es como una discapacidad paralizante. Las personas que no pueden usar palabras a menudo recurren a intentar comunicarse sin palabras: empujando la cabeza de su amante hacia abajo, moviendo sus caderas para conseguir que la lengua se ponga en el sitio correcto, fingiendo éxtasis cuando una mano se extravía vagamente en la dirección correcta mientras desea desesperadamente que su desconcertada pareja deduzca lo que están intentando pedir. ¿No sería más fácil si simplemente dijéramos: «Me encantaría si movieses tu dedo en círculos alrededor de mi clítoris, en lugar de arriba y abajo» o «Necesito que me agarres la polla bastante más fuerte»?

CENTRADO EN LOS RESULTADOS

La tiranía de la hidráulica es un obstáculo tremendo para un sexo estupendo, y no en el sentido que los fabricantes de Viagra te querrían hacer creer. Mucha gente cree que, si no hay un pene en erección, no está pasando nada sexual. (Las lesbianas, por supuesto, discrepan vehementemente). Muchos hombres sienten que no pueden ni siquiera dedicarse a juegos preliminares mientras están flácidos, y muchas mujeres se sienten insultadas si descubren un pene flácido mientras ellas se están excitando. Y todavía más personas se quedan totalmente perplejas si el pene en cuestión decide eyacular en un momento que no es conveniente para el resto de las actividades; como si no hubiese sexo después de la eyaculación. Queremos animarte a pensar más allá de la hidráulica de la erección y permitirte exploraciones juguetonas para llegar a donde lleguen, sin importar si las personas participantes están en un ciclo de respuesta sexual o no.

Cuando el sexo se centra en alcanzar unos resultados, puede que corramos hacia el orgasmo con un foco tan determinado que incluso no notemos nunca las sensaciones maravillosas que hay antes (y, lo que es más, después). Cuando concentramos nuestra atención en el sexo genital excluyendo el resto de nuestros cuerpos, estamos excluyendo la mayor parte de nuestro yo de esa transacción. Cuando ignoramos la mayoría de las buenas partes, aumentamos las probabilidades de desarrollar disfunciones sexuales, y nos perdemos un montón de sentimientos agradables.

ROLES DE GÉNERO

Para ser totalmente libres para explorar nuestro potencial sexual al máximo, la mayoría necesitamos examinar qué nos han enseñado sobre cómo se supone que debe disfrutar del sexo un hombre o una mujer. A la mayoría nos enseñaron que es natural para los hombres ser sexualmente agresivos y para las mujeres corresponder pasivamente. A tus autoras les gustan esos dos roles y otros muchos también. Cuando se trata de qué nos hace sentir bien, todos somos seres humanos y, a pesar de lo que puedas haber oído, todo el mundo viene del mismo planeta.

Cuando a los hombres se les prohíbe ser receptivos, entonces no se les están permitiendo los preliminares o pedir cualquier estímulo sensorial en absoluto. Se supone que no lo necesitan, mucho y menos que lo desean. Por lo que si un hombre no está automáticamente excitado cuando su pareja lo está, puede terminar pensando que es impotente cuando todo lo que necesita que le mordisqueen la oreja un poquito.

Las mujeres relegadas a la pasividad pueden caer en la trampa de la Bella Durmiente: un día vendrá mi príncipe, y cuando él se corra yo me correré también (porque la gente en los cuentos de hadas tiene orgasmos simultáneos, ¿verdad?) En el mundo real, de todos modos, una mujer a la que se le permite tener su turno de ser el miembro activo de la pareja está bien encaminada para averiguar para sí misma y su amante qué le funciona a ella para ponerse muy, muy caliente.

Los roles activo y receptivo son ambos estupendos cuando no dependen del género. Piensa en el sexo oral ¿es el 69 la única manera de disfrutarlo? ¿O hay un placer especial al turnarse? Cuando nos centramos en el rol activo, podemos ser grandes amantes y excitarnos con el placer de nuestra pareja. Cuando es nuestro turno para recibir, podemos apreciar realmente el regalo que se nos entrega, sin mencionar el sentirse libres para revolcarnos y gritar y otras maneras de expresar nuestro agradecimiento.

Nos encantaría ver un mundo en el que todos supieran cuánto sexo espectacular pueden dar en el rol activo y cuánto dan a su pareja cuando están en el rol receptivo.

¿Cómo podemos aprender a tener buen sexo?

La mitología dice que, una vez empiezas a tener sexo, todo sucederá de manera natural; y si no es así, entonces debe de ser que tienes algún profundo problema psicológico, ¿verdad? No estamos seguras de por qué el sexo es algo único al respecto. Si quieres mejorar en cualquier otra cosa, desde cocinar a jugar al tenis o en astrofísica, tendrás que dedicar tiempo y esfuerzo a aprender cómo se hace. Si quieres disfrutar del sexo y asegurarte de que tus amantes lo disfrutan también, tendrás que hacer lo mismo.

Una amiga nuestra tuvo su primer orgasmo a los treinta y cuatro años, después de leer por primera vez en un manual sexual, que fue popular al principio de los setenta, que estaba bien que ella se masturbase. Había crecido en una generación a la que se le dijo que la masturbación te hacía enfermar o enloquecer. Esto es una historia terrible, ¿cuántos años de orgasmos perdió esta mujer a causa de una información equivocada?

Sea lo que sea que hagas ahora, lo aprendiste en alguna parte, de alguna manera, así que puedes aprender nuevas habilidades y hábitos sexuales si decides hacerlo. Aprender requiere algo de esfuerzo, pero la gratificación es grande, y sabemos que serás valiente y perseverante.

Habla de sexo con la gente. Pregúntales sobre sus experiencias, y comparte las tuyas. Janet recuerda ver películas porno por primera vez y sentirse confundida porque las mujeres que aparecían en ellas se masturbaban boca arriba, y no estaba segura si había estado haciéndolo mal todos esos años. Empezó a preguntar a sus amigas y vio que no era la única, ni mucho menos, no sólo en su preferencia por hacerlo boca abajo sino en sus dudas. Habla con las personas con las que tienes intimidad y con tus amistades, o personas a las que respetas a las que puedas acceder. Romper el hielo puede dar miedo al principio, pero establecer un diálogo sobre sexo con tus amistades y amantes será una fuente valiosa para todas las personas que participéis, haciendo que valgan la pena unos pocos minutos de vergüenza al empezar. Una amiga nuestra creía que ella era la única persona en el mundo a la que se le enrojecían las mejillas si chupaba un miembro grande. Al hablar con algunas de sus amistades supo que le pasaba lo que a la mayoría. Si ves que no eres capaz de hablar íntima y explícitamente sobre sexo con tus amantes, ¿cómo haces para gestionar un problema o probar algo nuevo?

El buen sexo empieza contigo

Esto lo decimos literalmente. Cuando Masters y Johnson comenzaron su investigación sobre el funcionamiento sexual a finales de los cincuenta, querían empezar sabiendo sobre el buen sexo antes de investigar las disfunciones sexuales. Así que seleccionaron a 382 hombres y 312 mujeres, incluyendo 276 parejas heterosexuales, todas ellas con vidas sexuales satisfactorias. Un hecho sorprendente que descubrieron fue que prácticamente todas esas personas sexualmente satisfechas se masturbaban, independientemente de que estuviesen teniendo sexo en pareja o no.

Escribe esto en el espejo: la gente con éxito en el sexo se masturba. No te estás masturbando porque seas una persona fracasada, o porque no seas capaz de encontrar a nadie para jugar, o por tu desesperación por tener un orgasmo. Estás haciéndote el amor porque te mereces sentir placer y jugar contigo te hace sentir bien.

EJERCICIO *Una excitante cita contigo mismo.*

Reserva un par de horas para esto. Desconecta el teléfono, cierra con llave la puerta de casa y elimina cualquier distracción. Luego prepárate como si te estuvieses preparando para una cita con alguien que te excite mucho. Pon sábanas limpias y suaves en la cama, pon tus juguetes sexuales preferidos a mano. Después date un baño caliente con burbujas y velas, o una ducha de lujo y aféitate bien; pon una música suave y sensual. Péinate bien, perfúmate, córtate las uñas, échate una crema que deje tu piel suave y que dé gusto tocarla. Ponte unos bóxers de seda o un sensual camisón. Tómate una copa de vino, si te apetece.

Cuando te hayas preparado, baja las luces para estar en una favorecedora penumbra y túmbate. Acarícíate suave, delicadamente por todas partes, sintiendo tus manos suaves como si te estuviese tocando a tu mejor amante. Tómate tu tiempo. Tortúrate con muchos preliminares, usando tus manos, quizás tu boca y quizás un juguete o dos.

Sólo cuando ya no seas capaz de soportarlo más —cuando estarías suplicando un desahogo si hubiese alguien a quien suplicar— puedes llevarte al orgasmo, tantas veces como quieras.

Déjate ahí, empápate de la rica y cálida sensación de estarte queriendo lo suficiente como para darte placer lentamente, siendo muy consciente. Tu mejor amante te está esperando cada vez que tú quieras... ahí mismo, en tu propia piel.

Nunca hemos conocido a nadie que sufra de baja autoestima en el momento del orgasmo. La relación que tienes contigo es lo que llevas a tu relación con otra persona: es lo que tienes para compartir, personal, emocional y sexualmente. Cuanto más sensual seas contigo, más lo serás con tus amantes.

Las personas que juegan consigo mismas son buenas amantes por dos razones. La primera es que el sexo con uno mismo es un momento realmente bueno para explorar nuevas fuentes de estimulación, como tocarse en sitios diferentes, usar vibradores, o probar nuevas posturas. Porque nunca te va a pasar que no te des cuenta si algo te gusta, vas a hacer siempre lo que te hace sentir mejor, y no habrá nadie delante de quien sentir vergüenza. Por lo que la masturbación te ofrece una oportunidad para practicar todo tipo de cosas interesantes. Por ejemplo, si uno de tus objetivos es ser capaz de durar más en el sexo antes de llegar al orgasmo, puedes practicar ejercicios de relajación y aprender a desacelerar y acelerar tu respuesta como desees. Si te preocupa que a veces no seas capaz de tener un orgasmo cuando quisieras, puedes prestar atención a qué te funciona cuando tienes sexo contigo mismo y enseñarle a tu pareja tus preferencias sexuales respecto a la estimulación sexual. Prueba diferentes ritmos y estímulos para no caer en la rutina de ser capaz de llegar al orgasmo sólo con una única sensación. Se mejora con la práctica, así que mastúrbate mucho.

Empieza por poner algo de energía en reforzar tu autoestima y en desarrollar una sensación positiva hacia tu cuerpo. No, no el cuerpo que planeas tener el año que viene después de ir al gimnasio todos los días y vivir únicamente de lechuga. ¿Qué has hecho recientemente que te ayude a sentirte bien respecto al cuerpo que habitas hoy día? Es complicado tener una buena relación con tu cuerpo cuando todo lo que haces es gritarle. Intenta darle regalos: un baño de espuma, una escapada a un spa, un masaje, ropa interior de seda, cualquier cosa que te haga sentir bien. Sé amable con tu cuerpo, y luego busca el cuerpo de alguien más para ser amable con el suyo, y alguien será amable con el tuyo también.

Quiérete como querrías a tu amante. La masturbación es una buena manera de nutrir y desarrollar tu relación contigo. Podemos mejorar nuestra autoestima con el simple acto de dar placer a nuestros propios cuerpos.

JUGUETES PARA TODO EL MUNDO

No lo olvides: las personas adultas juegan con juguetes. Existe una variedad enorme de excelentes juguetes sexuales. Aunque si te da vergüenza puedes comprarlos por internet, nosotras recomendamos enérgicamente que visites una de las cientos de boutiques eróticas —imitando la clásica Good Vibrations, de San Francisco— que han florecido en grandes y pequeñas ciudades. Estas tiendas te permiten comprar en un ambiente acogedor, seguro y sorprendentemente nada sórdido, con personal amable con conocimientos sobre los misteriosos aparatos de las estanterías. Dossie solía vender juguetes en fiestas para el placer, que son fiestas Tupperware para juguetes sexuales, normalmente gestionadas por alguien con conocimientos en educación sexual a quien se invita para la ocasión, una gran idea para una fiesta de despedida de soltera.

Si nunca has probado un vibrador, nunca es demasiado tarde. Los vibradores de pilas son menos potentes que los que usan batería, así que busca la oportunidad de verlos de todos los tipos; funcionan a través de la ropa, así que no es difícil encontrar una manera de probarlos. (Tampoco son sólo para mujeres. A muchos hombres les ha cambiado la vida tener un vibrador presionando en su perineo.) Encontrarás vibradores para insertar en una variedad inmensa de tamaños y formas para cubrir todas las necesidades, juguetes con texturas como la piel sintética o de gel puntiagudos, vendas de satén para los ojos, ataduras de terciopelo, y normalmente una meditada selección de buenos libros y material erótico. No hay ninguna razón por la que una sex-shop tenga que estar escondida en un sótano.

Los juguetes también pueden aumentar tu placer y hacer posibles cosas que antes no lo eran, por ejemplo, si tienes curiosidad por los juegos anales, ayuda empezar con algo pequeño. Los vibradores les han dado a las mujeres una seguridad respecto a los orgasmos que nunca antes fue posible. Muchas mujeres comparten el sexo como quieren, y si no han tenido un orgasmo cuando empiezan a estar cansadas, se acurrucan con su amante y su vibrador: una solución con el éxito asegurado. No tener que preocuparse sobre cómo van a suceder los orgasmos elimina muchas preocupaciones a la hora de que hombres y mujeres se acerquen.

Si realmente queréis ser amantes inmejorables y saber qué es lo que le da más placer a vuestra pareja, probad a masturbaros en la misma habitación. Quién sabe, te podría gustar mirar; nosotras lo encontramos algo tremendamente excitante. Mirando, o mostrando, enseñarás y aprenderás sobre tus patrones particulares y los de tu pareja para el placer y os convertiréis en inmejorables amantes que han conseguido la satisfacción más completa que se pueda conseguir.

ASEGURATE QUE SE CUMPLEN TUS CONDICIONES

Es difícil concentrarse en el placer cuando te preocupa si tu bebé está durmiendo, si la puerta está cerrada, si las persianas están bajadas o lo que sea que te esté preocupando. Averigua cuáles son esas condiciones, qué necesitas para sentirte a salvo y libre de preocupaciones, para poder disfrutar del sexo completamente. Ocúpate antes de tus necesidades.

Llega a acuerdos con tu pareja sobre sexo seguro y/o prevención del embarazo. No es apropiado discutir los límites de alguien respecto al embarazo y la reducción del riesgo de enfermedades: respeta los límites de la persona más conservadora, porque el sexo es mucho más divertido cuando todo el mundo se siente seguro. Los límites personales son idiosincráticos, y eso también está bien. Dossie tiene una pequeña obsesión con estar limpia y le gusta preparar sábanas limpias y ducharse de manera que se sienta fresca y radiante. Otra persona podría no preocuparse tanto; ¿por qué? No hay una única manera de prepararse para el sexo. Date permiso para ocuparte de tus propias necesidades; te liberará.

A veces descubres que tus condiciones no son lo que pensabas y que las nuevas podrían ofrecer alguna diversión extra.

Janet recuerda:

Esa noche fui a un concierto con un amigo y una amiga, que eran amantes entre sí y también mis amantes. Recientemente habíamos conseguido un tesoro: un Lincoln Continental de 1964 del tamaño de un apartamento. En el camino de vuelta decidimos parar junto al río a admirar la luz de la luna, y antes de que nos diésemos cuenta estábamos haciendo una orgía en el asiento delantero del Lincoln. Siempre había pensado que no me gustaba el sexo en un coche, pero cuando me encontré a mí misma estirada en el asiento delantero con mi cabeza en el regazo de él mientras le masturbaba contra mi espalda, y mi otra amante arrodillada en el espacio para los pies del acompañante con su cabeza hundida entre mis piernas, empecé a cambiar de idea. La escena terminó con risas histéricas: El que yo estaba masturbando empezó a tener un orgasmo; su cuerpo tuvo un espasmo orgásmico y golpeó la bocina. ¡El coche emitió un enorme bocinazo desde su bocina estilo Detroit de los sesenta que debió de haber despertado a todo el mundo kilómetros a la redonda y casi nos hizo caernos del asiento!

COMUNICARSE

La mayoría nos hemos quedado sin palabras ante la tarea de comunicación que da más miedo de todas: pedir lo que quieres. ¿Nadie ha fallado nunca a la hora de decirle a su amante que quería su clítoris o polla estimulada más fuerte o más suavemente, más despacio o más rápido, más abajo o más en la punta, por un lado, por los dos lados, arriba y abajo o girando alrededor o lo que fuera? Haznos caso, la manera de conseguir lo que quieres en el sexo es pedirlo. Y la manera de tener la reputación de amante excelente es preguntar a cada una de tus parejas qué le gusta y dejarle que te muestre exactamente cómo hacerlo bien. Para Janet es importante que sus amantes se masturben delante de ella pronto en la relación, así puede ver cómo lo hacen y anotar mentalmente qué tipos de estimulación les gusta sentir. Una vez superas la vergüenza inicial, la verdad es que es fácil y te hará alguien realmente popular como amante.

Si esto lo encuentras insuperablemente difícil, esta es una buena manera de empezar:

EJERCICIO *Sí, no, quizás.*

Prueba a hacer este ejercicio solo o con una de tus relaciones con quien tengas mucha confianza, y a medida que adquieras más práctica, repítelo con cada nueva pareja.

Primero haz una lista de todas las actividades sexuales que se te ocurran que cualquiera, no tú, podría querer hacer. Descubrirás inmediatamente que esto es también un ejercicio para desarrollar el lenguaje, así que presta atención a cómo nombras esas cosas. ¿Estás más a gusto con coito, coger, follar, con sexo oral o lamer, con chupar pollas o comerlo? ¿Cómo llamas a tus propios órganos sexuales: pene, polla, pija, verga... coño, conejo, concha, panocha, vagina, clítoris? Si te atascas, esfuérzate un poco en encontrar cada nombre que describe esa actividad, respira hondo, y repite esas palabras cinco veces, y respira otra vez. Haz tu lista lo más completa posible, e incluye tanto actividades que no te gustan como las que sí. Existen listas ya elaboradas en internet, pero entonces te perderás la experiencia de nombrar todos esos placeres indescriptibles.

Después cada persona toma un papel y hace tres columnas: SI, QUIZÁS Y NO. SÍ significa: ya sé que me gusta esto. NO significa: este acto está más allá de mis límites y no quiero probarlo en un futuro cercano. QUIZÁS significa que lo probarías si la situación fuese la correcta. Las condiciones para que lo sea pueden ser:

- Si siento la seguridad suficiente.
- Si me he excitado lo suficiente.
- Si sé que no hay problema en parar si algo no resulta agradable.
- Si vamos lo suficientemente lento.

y cosas de ese estilo.

Decide qué actos de la lista completa de actividades encajan dentro de tus límites en ese momento.

Comparte la lista con tu amante. Dialogad sobre dónde coincidís tu pareja y tú, y dónde tenéis diferencias. No hay cosas correctas e incorrectas aquí. Piensa en el gusto o disgusto por las cosas de la lista como si fueran sabores de helado.

Puedes ver cuántas cosas os gustan a tu pareja y a ti en las listas de sí.

El ejercicio tendrá que hacerse más de una vez, porque tus límites cambiarán con el tiempo. Puedes hacerlo para mirar qué puedes compartir con una pareja en particular cuando estás teniendo sexo.

Estas son ideas sobre cómo puedes empezar a comunicarte explícitamente sobre el sexo y a negociar el consenso. Recuerda, nosotras definimos consenso como una colaboración activa para el placer, beneficio y bienestar de todas las personas involucradas. Consenso significa que todas las personas involucradas tienen que estar de acuerdo respecto a cualquier actividad que se proponga y también deben sentir la seguridad suficiente de que podrían rechazarlo si así lo desean. Creemos que si no tienes libertad para decir «no», realmente no puedes decir «sí». También creemos que es esencial que todo el mundo involucrado entienda las consecuencias de ambas respuestas, lo que es otra manera de decir que no es aceptable el aprovecharse de la ingenuidad de nadie.

Nunca lo repetiremos lo suficiente: tienes derecho a tus límites, y es perfectamente correcto decir no a cualquier forma de sexo que no te guste o que te resulte incómodo. Tener un límite no significa que eres una persona inhibida, convencional, aburrida o una víctima permanente del puritanismo. Sólo significa que hay algo que no te gusta. Cuando quieras que empiece a gustarte, creemos que hay mejores maneras que sucumbir a que te echen la culpa de algo, que te avergüencen o, directamente, al acoso. Di no a lo que no quieres, y cuando decidas probar algo nuevo, organiza las cosas para tener mucho apoyo de tu pareja; consigue que se acepten tus condiciones y sé amable contigo. El refuerzo positivo es realmente la mejor manera de aprender.

En muchas áreas hay disponibles talleres y grupos sobre sexo, organizados por profesionales de la educación sexual y terapeutas, a veces en clínicas de planificación familiar o en organizaciones de apoyo a la salud sexual. Todos estos talleres están diseñados para ser seguros, para que se respeten los límites de todo el mundo y darte una oportunidad de recibir nueva información, de aumentar la zona de confort y hablar por ti mismo sobre tus propios sentimientos y experiencia. Nosotras defendemos la comunicación de, con y para todo el mundo.

EJERCICIO *Más diversión con tu lista Sí, No, Quizás.*

Una vez has hecho la lista, hay muchas otras cosas que puedes hacer con ella:

- Pon listas en la nevera o en el baño donde puedas verlas todos los días.

- Escribe un plan posible para tu próxima cita basado únicamente en actividades incluidas en vuestras listas del sí.

- Escribe un plan a partir de las listas de SÍ para una satisfactoria cita de media hora que pudieras hacer una noche a la semana; un plan para uno rapidito.

- Elige una cosa de tu lista de QUIZÁS y piensa qué necesitarías para probarlo y cómo podría ayudar tu pareja. ¿En qué condiciones lo harías?

- Elige una cosa de la lista de QUIZÁS de tu pareja y crea una fantasía sobre cómo harías para seducirla y que lo probase. Cuéntale tu fantasía. Este no es el momento de lanzarse y gritar «¡Sorpresa!».

¿Alguna vez estabas dispuesto a hacer el amor y descubriste que no eras capaz de encontrar algo que te excitase? Ahí estás, a la caza de ese escurridizo estado de excitación preguntándote cuál es tu problema cuando tu amante te hace cosas que normalmente te encantan y tu respuesta es simplemente nula o, incluso peor, te resulta irritante o te hace cosquillas. Las mujeres se preguntan por qué no se están mojando, los hombres agonizan por las erecciones ausentes, todo el mundo lo finge o se avergüenza. Le pasa a todo el mundo. De verdad. No eres sólo tú.

Para algunas personas, el perder su excitación es algo que les sucede cuando están nerviosas, quizás por ser una relación nueva o una nueva situación. Para otras, es la familiaridad lo que reduce la excitación, y lo pasan mal para cazar su deseo en sus relaciones con las personas que conocen mejor y más quieren.

Excitarse requiere una transición física y mental a un estado diferente de consciencia. Cada noche, cuando te duermes, haces esa transición: bajas las luces, te pones ropa holgada, te tumbas, quizás lees tranquilamente o ves un poco la televisión, deliberadamente cambiando tu estado mental de completamente alerta a adormilado. Algunas personas hacen esto automáticamente, otras tienen que pensar qué les ayuda para conseguir dormirse.

Del mismo modo, todo el mundo tiene que saber cómo excitarse; qué les funciona cuando la excitación no surge por sí sola. Nuestra mitología dice que se supone que esto no debemos hacerlo intencionadamente, que nos debe arrastrar el deseo o, si no, es que algo está mal: realmente no queremos hacer el amor con esa persona, hemos cometido un error terrible. ¿Y ahora qué vamos a hacer con los niños? A los hombres se les dice que se da por hecho que tienen que estar tan excitados con la mera disponibilidad de una pareja que su erección debe estar en guardia sin ninguna estimulación sensorial. A las mujeres se les enseña que deben excitarse en respuesta a cualquier estímulo proveniente de una pareja que cuida de ellas y, si no lo están, es que son frígidas o quizás sienten hostilidad. Estas son sólo algunas de las muy destructivas lecciones que puedes haber aprendido.

La primera cosa que necesitas saber cuando el deseo no aparece como un relámpago es que muchos experimentados putones han resuelto este problema con éxito, y tú también puedes. Veamos cómo podríamos ir sintiendo intencionadamente más excitación.

Algunas personas simplemente se recargan, comienzan la estimulación sexual y siguen hasta que su excitación les alcanza, y esto funciona para muchas personas la mayoría de las veces. Dossic tuvo una pareja a la que le gustaba meterse en fríos lagos de montaña cuando iban de camping, insistiendo en que al final terminaba recuperando el calor si simplemente se daba unos revolcones. Otras personas prefieren meterse en el agua dedo a dedo, adaptándose poco a poco y sensualmente, dejándose tiempo para apreciar los cambios de sensibilidad que ocurren mientras entran lentamente dentro de su ciclo de respuesta sexual. Para muchas personas, simplemente ir un poco más lento les da la oportunidad de sincronizarse con su excitación y, una vez la encuentran, se hace más fácil acelerar.

Muchas personas experimentan hipersensibilidad, que significa que sienten cosquillas o se sobresaltan o se irritan al intentar asimilar sensaciones que están demasiado localizadas o son demasiado intensas para el comienzo de su viaje a la excitación. Normalmente, esas cosquillas desaparecen una vez la persona se ha excitado completamente y reaparecen justo después del orgasmo. La única manera de manejar la hipersensibilidad es recordar que muy pocas personas pueden excitarse mientras les hacen cosquillas o están irritadas, así que tómate tu tiempo. (A la pareja de Dossie a la que le gustaba meterse en los lagos fríos también le encantaba que le hiciesen cosquillas. Por eso debes preguntar.) Siéntete libre para hablarle a tu pareja sobre tu hipersensibilidad, y qué sensaciones te gustan al principio y de qué manera cambia eso después. Gran parte de la hipersensibilidad se puede curar con un tacto firme y un acercamiento gradual. Comienza acariciando la espalda y los hombros y otras partes poco sensibles del cuerpo, asegurándote de que haya una excitación seria antes de tocar las zonas más exquisitamente sensibles.

Habla con tu amante sobre qué te excita: ¿una fantasía? ¿Un relato? ¿Que te mordisqueen delicadamente los dedos de las manos o los pies? Pregúntale a tu amante qué le excita: ¿que le muerdan en el cuello? ¿Qué le cepillen el pelo? Podríais prepararos para esta charla escribiendo una lista de todas las cosas que sabéis que os excitan, cada cual con su propia lista, y luego intercambiarlas. Hablar puede ser un poco arriesgado, y el riesgo puede ser excitante en sí mismo.

Métete en tu cuerpo: los placeres sensuales como un baño caliente, baños de espuma, la piel desnuda frente a la chimenea, un masaje. Estos son los lentos placeres que nos dan tiempo para concentrar nuestra atención en el placer físico y permiten a nuestros ocupados cerebros ir un poco más lentos o dejarse llevar por la fantasía. Este tipo de placer no debe ser demasiado exigente; este no es momento para preocuparse por respiraciones intensas o caderas ondulantes. Es el momento de extasiarse.

La fantasía es muy excitante para muchas personas y sí, es perfectamente normal fantasear mientras tu pareja te está haciendo cosas. A mucha gente también le gusta fantasear a solas antes de sus citas románticas, poniéndose en marcha antes de que tenga lugar la primera caricia. Quizás disfrutaríais viendo una película erótica o leyéndoos mutuamente relatos para adultos. Quizás sería excitante contaros mutuamente vuestras fantasías.

Aunque el deseo por una persona rara vez se satisface teniendo sexo con otra, hay putones experimentados que saben que esa excitación es transferible. La excitación que sientes planeando sexo con Bill la semana que viene puede fácilmente prender fuego a tu sesión con Jane esta noche, porque la excitación es una experiencia física que puede ser usada para cualquier cosa que tú desees. El deseo en la mente perdura y todavía estará ahí esperando por ti cuando estés con Bill, te lo prometemos.

La excitación comienza con una calidez lenta, sensual y, cuando el calentamiento ha comenzado, la puerta está abierta a una excitación más intensa, explorando la sensibilidad de orejas, cuellos, muñecas, dedos de los pies, o lenguas. La respiración se hace más profunda y las caderas comienzan a moverse solas.

¿Y esta excitación significa que es el momento de saltar al tren exprés para liberar el orgasmo? ¡Simplemente porque tu cuerpo está físicamente preparado para disfrutar del sexo no significa que tengas que apresurarte hacia la satisfacción! ¿Por qué no te tomas un poco más de tiempo? Esto sienta bien, ¿verdad? Así que, ¿qué tal sentirse bien un poco más, excitándose un poco más? ¿Recuerdas cuando estabas en el colegio y podíais estar besándoos durante horas?

¿No quiere todo el mundo amantes que vayan con calma? El error más común que suele cometer la gente cuando se pone nerviosa en el sexo es acelerar las cosas. La tensión tiende a acelerarnos, y también es verdad que tanto hombres como mujeres desarrollan mucha tensión muscular según se acerca el orgasmo, lo que se suma al furor. Ahora cuando estamos realmente a punto, no hay nada que nos guste más que resoplar, jadear, suspirar, gritar, tensar los dedos de los pies según acelera el tren exprés hacia el orgasmo. Pero en el sexo hay más cosas que los orgasmos, así que no dejemos nuestra sensualidad, seducción, esa excitación-ay-tan-gradual, el aumento del suspense, la exploración de cada parte del cuerpo que puede despertar los sentidos. Queremos hacerlo todo. Para explorar la gama completa de la intimidad sensual y sexual, debemos aprender técnicas para ir un poco más despacio.

La primera técnica para ir un poco más despacio es muy simple. Inspira profundamente una vez y mantén dentro el aire. Pon tu mano en tu abdomen y siente la dureza de los músculos. Después suelta el aire, lentamente, y sentirás cómo se relajan los músculos de tu torso. Cuando estamos tensos, tendemos a quedarnos sin aire, tomando bocanadas de aire y expulsando muy poco; así es cómo mantenemos la tensión en nuestros músculos y nuestras mentes. Cuando exhalamos, nos relajamos. Así que cada vez que notemos tensión, en cualquier situación, puedes relajarte un poco respirando profundamente, lentamente, tres veces, asegurándote de espirar tan a fondo como cuando tomas el aire.

Puedes aprender más sobre relajación e ir más lento yendo a una clase de cualquier tipo de yoga, practicando masajes sensuales, probando técnicas tántricas o, simplemente, bajando el ritmo durante el tiempo suficiente para descubrir lo divertido que es concentrarse en lo que estás sintiendo cuando te estás sintiendo bien.

Puedes reducir tus nervios cuando hablas de sexo, y puedes ralentizarte durante el sexo simplemente respirando. Cuando calmes tu respiración cuando te has excitado, deja que tu consciencia se sumerja en tu cuerpo. Examina tu cuerpo entero mentalmente, empezando por los dedos de tus pies; déjate notar cómo sientes cada parte de ti. Es probable que descubras un montón de buenas sensaciones que ni siquiera habías sentido antes. En terapia sexual se llama «focalización sensorial» y se aconseja especialmente para aquellas personas que quieren ralentizar su respuesta y disfrutar de más sexo antes del orgasmo. Puedes hacer que tu respuesta sexual física sea más lenta respirando, relajándote, porque verás, no sólo tensamos los músculos antes del orgasmo, sino que la mayoría no podemos llegar cuando nuestros músculos están relajados. Es decir, el control del orgasmo no se consigue resoplando y conteniéndose, sino relajándose y disfrutando de la experiencia.

Bajar el ritmo también resulta útil cuando estás probando nuevas actividades o sintiendo nervios por cualquier razón. Nuestra amiga Mandy cuenta una de sus primeras experiencias aprendiendo sobre condones:

Rob y yo habíamos sido amantes ocasionales durante muchos años, y nos íbamos a reunir por primera vez después de una larga temporada sin vernos. En aquella época teníamos muy poca experiencia con el sexo seguro, pero decidimos, debido a nuestras variadas experiencias, que si queríamos follar debíamos usar un condón. Esto estaba muy bien en teoría, pero cuando llegó el momento de ponerlo después de uno o dos muy apropiados y excitantes rounds de juegos previos, Rob cogió ese complicado pequeño trozo de goma y perdió la erección inmediatamente. Seguro que esto no os ha ocurrido nunca a nadie de vosotros.

Jugamos un rato y probamos de nuevo, con la misma respuesta. La mente de Rob y su miembro no estaban de acuerdo, y su miembro no estaba colaborando. Me llevé a un estado más activo de consciencia y decidí poner en práctica lo que había aprendido de educación sexual para personas adultas.

Hice que se tumbase boca arriba y que me dejase hacer, y preparé el entorno: iluminación con velas cuidadosamente colocadas donde no las tumbáramos, lubricante y toallas a mano, dos o tres condones en caso que se nos rompiera uno, y una música lenta y sensual de un disco muy largo. Me puse en una postura cómoda entre sus piernas; cómoda porque quería tomarme todo el tiempo del mundo y no quería ser interrumpida por un dolor de espalda o un tirón en el hombro.

Empecé acariciando su cuerpo —muslos, barriga, piernas— muy suavemente, de manera relajante, durante mucho tiempo, hasta que se relajó y respondió con una erección. Esperé un rato más de manera que él pudo disfrutar esa erección sin ninguna responsabilidad por llevar las cosas más allá. En terapia sexual, a esto se le llama «placereado», el placer sin exigencias. Después pasé a las caricias de sus genitales, cerca pero no en su pene. Su erección se bajó de nuevo, así que me retiré y seguí con las caricias sensuales de su piel hasta que la tuvo dura otra vez. Continué un poco más y después pasé a tocarle más cerca de su polla. Esta vez sólo bajó un poco y se puso dura de nuevo después de unos pocos segundos. A estas alturas estaba respirando fuerte, y yo también. Para mí la experiencia fue muy sensual y una especie de trance; cálida y placentera. También me puso a cien. Pasé mucho rato tocándole alrededor pero no la polla, hasta que estuvo realmente muy dura. Echó una mano hacia mí pero le di un azote. Nada de distracciones, por favor; yo voy a hacerte esto a ti, ¿está claro? Cuando la tensión era prácticamente inaguantable, moví mi mano suavemente sobre su polla: se estremeció. Acariciar su polla y tirar suavemente de sus pelotas le excitó todavía más y empezó a gemir y a sudar. Tomé el condón, asegurándome de que iba a desenrollarlo en la dirección correcta y perdió su erección casi instantáneamente. Volví a las caricias, no en su polla, y se puso dura de nuevo, impacientándose... pero le hice esperar, jugué con su polla durante mucho tiempo pero lo suficientemente suave para saber que no pudiera llegar al orgasmo.

La siguiente vez que me acerqué con la goma, sólo se marchitó un poco. Así que seguía tocando y seguimos hasta que estaba tan excitado que ya no podía pensar y su polla se irguió bien dura mientras desenrollaba la goma sobre ella. Continué jugando con él mientras se acostumbraba a la nueva sensación.

A estas alturas yo estaba seriamente excitada y más que impaciente, así que cuando le di permiso, atacó como un toro bravo y finalmente terminamos follando rápido y duro. Valió la pena la espera: ¡Estoy segura de que pudieron oír la explosión en la ciudad de al lado!

Para resumir, y recuperar nuestro aliento, una habilidad básica para un buen sexo es saber cómo relajarse, y bajar la marcha, y luego saber cómo tensarse y acelerar. Y una vez sabes cómo, puedes repetir una y otra vez todas las veces que seas capaz de resistir, disfrutando cada minuto y haciendo crecer la excitación hasta la apoteosis final. Relajar tu respiración y relajar tu cuerpo te puede ayudar a centrarte, conectar con tu cuerpo y con el placer que estás sintiendo, y a tener más opciones para elegir en tu vida sexual.

EL RELAX DE DESPUÉS

A veces nos obsesionamos tanto con los retos de navegar con éxito nuestro camino a través de los tortuosos rápidos para llegar que olvidamos prestar atención a dónde hemos llegado. La relajación después del sexo, ese estado adormilado, lánguido, exhausto, dulce que sigue a los revolcones y los alaridos es un momento delicioso. Disfrútalo. Descansa en él, acurrúcate con tu amante. Olvida el desorden y déjate llevar por una profunda relajación. Siente la conexión con tu pareja mientras flotáis en el cálido remanso de la unión de vuestra energía, girando en el confort del amor satisfecho. Siéntete bien.

EJERCICIO *Haz ruido.*

¿Por qué nunca has oído a nadie en el vecindario teniendo sexo? ¿Por qué no te han oído nunca?

¿Crees que tu pareja debe hacer un montón de ruido pero tú no? ¿Y eso por qué?

Mastúrbate haciendo tanto ruido como puedas. Mueve tus caderas al ritmo de tu respiración. Abre la boca y la garganta tanto como puedas. Respira fuerte, gime, chilla, grita.

Mira a ver cuánto ruido sois capaces de hacer tu pareja y tú la próxima vez que hacéis el amor.

Sonríe cuando te cruces con alguien del vecindario.

---

22. Sexo en público, sexo en grupo y orgías

¿Quieres ser un putón de orgías? Es una opción. Da igual lo que puedas haber oído, el sexo en grupo no es obligatorio para las relaciones abiertas, y conocemos muchos excelentes y descarados putones que no van a orgías ni organizan tríos ni cuartetos en sus casas. También conocemos parejas monógamas que frecuentan entornos de sexo en público por el puro placer de jugar juntos en un lugar erótico y especial, completado con un público agradecido.

Si has tenido alguna vez una fantasía en la que cinco personas te hacen el amor, o en la que tienes un par de manos extras con las que hacerlo, o de hacerlo delante de un público que se emociona con tus revolcones y alaridos de placer... en otras palabras, si te atrae la idea de las fiestas sexuales, este capítulo es para ti. Aquí te contaremos lo que necesitas saber para pasarlo bien y manejar las adversidades que podrían surgir.

Nosotras creemos que hacer que el sexo no sea privado es fundamentalmente un acto político radical. Mucha de la opresión en nuestra cultura se basa en la vergüenza respecto al sexo: la opresión de las mujeres, de las minorías culturales y de las minorías sexuales. Todos esos tipos de opresión se aplican en nombre de la (presumiblemente asexual) familia. Todo el mundo está oprimido. Nos han enseñado que, de una manera u otra, nuestros deseos, nuestros cuerpos, nuestras sexualidades son algo de lo que avergonzarse. ¿Qué mejor manera de derrotar a esa opresión que reunirse en comunidades y celebrar las maravillas del sexo?

Ir a una fiesta sexual supone un excitante reto. Es una oportunidad para ir un poco más allá y desarrollarte al enfrentarte al pánico escénico, la ansiedad sobre qué tal lo harás y la tensión maravillosa y aterradora de planificar y prepararse para un sexo muy elaborado en un ambiente intensamente sexual. Todo el mundo siente nervios, y la vulnerabilidad compartida se suma a la excitación. Nos encanta la vertiginosa sensación de victoria cuando conseguimos superar con éxito todos esos obstáculos y creamos un excitante encuentro sexual. No hay mucho sitio para la mojigatería y vergüenza en una orgía, y cuando jugamos en un grupo de personas, obtenemos un poderoso refuerzo de que el sexo es algo bueno y hermoso y que somos personas atractivas y deseables.

¿Por qué sexo en público?

Tus autoras disfrutan del sexo en público y regularmente asisten a lo que llamamos *play parties*, entornos en los que las personas se reúnen para disfrutar de una amplia variedad de sexo entre ellas. En una atmósfera muy cargada sexualmente nosotras sentimos una especie de excitación sinérgica cuando el deseo de todo el mundo alimenta el nuestro, y nos sentimos conectadas y excitadas por todo ese sexo feliz que está teniendo lugar a nuestro alrededor.

El sexo en grupo ofrece la oportunidad de probar nuevas parejas sexuales en un entorno seguro, junto a nuestras amistades; incluso podemos tener la oportunidad de echar un ojo a una persona que nos excita mientras hace el amor con una tercera persona (puedes verlo como un casting o publicidad, depende de tu punto de vista). El sexo en grupo ofrece la posibilidad de retarnos, sacar nuestra sexualidad al exterior, en primera plana, con mucho apoyo para superar los miedos y la timidez, y un montón de personas agradables para aplaudir nuestros éxtasis.

En un entorno de sexo en grupo podemos aprender nuevos actos sexuales con mucha ayuda: podemos ver a alguien haciendo algo sexual que antes sólo lo habíamos visto en nuestras fantasías, y podemos preguntarles, cuando hayan terminado, cómo lo hacen. Nosotras aprendimos muchas de nuestras habilidades sobre sexo seguro en orgías en las que las barreras de látex son imprescindibles y hay mucha ayuda para manejar esos pequeños trozos de látex y para mantener la seguridad y bienestar de todo el mundo. La mayoría de los espacios para sexo en público facilitan condones, guantes de goma y cualquier otra cosa que puedas necesitar para jugar con seguridad.

Las *play parties* pueden ayudarte a superar tu mala imagen corporal. Como señalamos antes, las personas disfrutan del sexo a todas las edades y con cuerpos de todos los tipos, y en cualquier orgía las verás haciéndolo. Una buena manera para prepararte para tu primera aventura en una orgía es visitar una playa nudista o un balneario, si no has ido antes, para ver cómo es la gente real sin ropa y tener la experiencia de la desnudez en público. Empezarás a ver belleza en un montón de cuerpos que no se parecen en nada a los de *Playboy* o *Playgirl* —este puede ser un buen momento para repetir el ejercicio «El juego del aeropuerto» que aprendiste en el capítulo 17, «Conectando»— y que hay mucho disfrute sensual en la sensación del cálido sol y la suave brisa en todas las partes de tu cuerpo.

Nos sorprende pensar que, después de muchos años practicando sexo en público, la mayoría de la gente en nuestra cultura nunca ha tenido la oportunidad de ver a otra persona disfrutar del sexo. Nos preocupa porque nos parece una gran pérdida. Nosotras nos acordamos de cuando nos preguntábamos y preocupábamos sobre si resultábamos ridículas con nuestras piernas abiertas en alto y nuestras caras retorcidas en un grito de éxtasis. El sexo en grupo es un gran antídoto para una mala imagen corporal. Te sentirás mucho mejor sobre el aspecto que tienes, sobre cómo lo haces, y sobre quién eres cuando tengas la oportunidad de ver a personas reales teniendo sexo. Mira a tu alrededor: cada persona es preciosa cuando tiene un orgasmo. Eso es por lo que una orgía puede ser un espacio perfecto para el exhibicionismo consensuado. En una fiesta de tipo sexual, todos podemos ser estrellas y brillar más que nunca.

Espacios para fiestas

Los locales para sexo son unos entornos muy especiales. San Francisco, donde vivimos, tiene una deliciosamente y amplia variedad de entornos para orgías donde escoger. Hay espacios para fiestas sólo para mujeres, sólo para hombres, para parejas, para entusiastas del SM y amantes de vestirse de mujer y los disfraces, y fiestas especializadas en casi cada práctica sexual en la que puedas pensar; y algunas que hay que ver para creérselas. Puede que quieras ojear internet buscando fiestas de abrazos para encontrar nuevas ideas sobre reuniones y quizás información más segura para contactar con grupos: en las fiestas de abrazos, todo el mundo viste pijamas y se acurruca para explorar la cercanía corporal, sin convertirlo en sexo.

Las fiestas pueden ser anunciadas públicamente, sólo a personas suscritas a una *newsletter* o en grupos de apoyo, o ser privadas y con invitación. Hay locales públicos, como las saunas gays, que están abiertas veinticuatro horas al día, siete días a la semana, y sitios más pequeños, quizás en un sótano habilitado como sala de juegos, donde se celebren fiestas una o dos veces al mes. Otros amables grupos promueven pequeñas reuniones en el salón de casa de sus miembros.

San Francisco y otras grandes ciudades pueden presumir de tener un buen número de locales para fiestas, en los que una o dos plantas se han dedicado a eventos sociales y salas para *play parties*. Esos locales para fiestas pueden alquilar su espacio a grupos privados, que pueden organizar fiestas más o menos una vez al mes para su lista de miembros invitados.

La primera fiesta de sexo en grupo a la que asistió Dossie se celebró en un piso comunal en San Francisco, presidida por el genio de Betty Dodson. Quienes vivían allí se dedicaban al feminismo, liberación gay y liberación sexual, y su comuna era un experimento consciente de cambiar radicalmente las condiciones en las que podemos disfrutar del sexo. Quitaron todas las puertas y convirtieron el espacio del desván en una habitación diáfana eliminando el mobiliario. En un día cualquiera podías encontrar varias personas tomando el sol en la terraza, otras organizando la cena, otras dos jugando al ajedrez, una pareja follando, y otra persona en la habitación vibrando en su camino hacia su propio orgasmo. Había fiestas más grandes tres o cuatro veces al año, llenas de personas haciendo el amor en grupo, en pareja o a solas, con muchos masajes, y practicantes de Tantra cantando «Ommmm...» afinando con el zumbido siempre presente de los vibradores. Este espacio y lo que pasaba allí era privado, al alcance de las amistades y amantes de las seis o siete personas que vivían allí.

Los ambientes de sexo en público, sean grandes locales públicos o pequeñas casas para fiestas, tienen en común la función de proveer un espacio agradable en el que puedes ser sexual. Aunque la decoración y mobiliario de los entornos para el sexo en grupo varían tanto como la imaginación sexual humana, hay algunas cosas básicas que encontrarás en la mayoría de los espacios para fiestas. Suele haber una persona en la puerta para registrarte, y puede que te pida que firmes una exención de responsabilidad. Suele haber una zona social, con sitios para sentarse y conocer gente, normalmente con un pequeño buffet con tentempiés y bebidas. El sexo normalmente no se lleva a cabo en la zona social, y así si sientes cierta timidez puedes estar allí hasta que reúnas el valor.

Suele haber taquillas o perchas para los abrigos o estanterías o algún sitio donde poner tu ropa, y ponerte la ropa para la fiesta o simplemente desnudarte. La mayoría de las fiestas son para desnudarse, otras muestran una deslumbrante selección de vestuario para cada fantasía sexual. Encontrarás servicios para el aseo, incluidos cuartos de baño y duchas. Y está la sala, o salas, para juegos.

Las salas para juegos pueden variar desde pequeños cubículos, a menudo organizados en laberintos, con una pequeña colchoneta del tamaño justo para follar, hasta grandes habitaciones con espejos en las paredes y suelos tapizados para abrazarse en grupo, toqueteos en grupo y otras actividades orgiásticas. Puede haber jacuzzis, saunas de vapor y jardines para que busques amantes y descanses. Puede haber una zona para bailar. Casi siempre hay música con un ritmo muy marcado, para despertar tu ritmo natural y para dar un aire de privacidad auditiva de manera que no te distraigas con los jadeos o los gritos de placer de las personas a tu alrededor. La iluminación suele ser tenue, a menudo roja o naranja, y así todo el mundo parece un poco más bronceado y quizás con un poco más de atractivo. Encontrarás salas con mobiliario imaginativamente diseñado para tener sexo en él, como mesas para exámenes médicos, camas con espejos o mazmorras para fantasías SM, o quizás un colchón de agua gigante para quienes les gusta hacer olas.

Recientemente, los hoteles que acogen congresos para diversos grupos que celebran su estilo de vida han permitido zonas para fiestas, incluso mazmorras, construidas dentro de sus salones de fiestas para sus huéspedes. Estas fiestas son gestionadas por el mismo congreso y normalmente atendidas por un amable voluntariado del mismo congreso, con la cooperación del personal del hotel para mantener el espacio privado. A los hoteles les suelen gustar nuestros congresos: no bebemos demasiado, somos amables con el personal, y tenemos un vestuario fantástico. ¡Qué buen ejemplo del acto político radical hacer del sexo algo no privado! Grandes cadenas hoteleras ahora tienen normas sobre *play parties*, normas que nos apoyan. ¡Hurra!

Los espacios para *play parties* tienden a formar comunidades. Las personas prueban las diversas fiestas que hay en su zona y vuelven al grupo, o grupos, que encuentran más amigable. Según se va conociendo la gente y comparten la especial intimidad de la conexión sexual, a menudo surge la amistad y se forman clanes familiares. No es inusual en absoluto encontrarse un club que organiza fiestas sexuales en forma de acto benéfico para uno de sus miembros que ha tenido un accidente o una enfermedad grave. Son comunidades y las comunidades cuidan de sí mismas.

Etiqueta del sexo en grupo

Sabemos que no te enseñaron en el colegio cómo comportarte en una orgía, y estamos seguras que tu madre tampoco te lo explicó.

Se necesita un protocolo particular para los eventos de sexo en público, ya que todo el mundo en esos ambientes ha bajado algunos de sus límites habituales para facilitar el acercamiento mutuo. Normalmente los límites sociales sirven para mantener a la gente a una distancia previsible, de manera que todos nos sentimos a salvo en nuestro propio espacio personal. El sexo en grupo entraña el reto de tener que pensar cómo sentir seguridad y comodidad al mismo tiempo que aumenta la cercanía e intimidad con todo un grupo de presumiblemente agradables y atractivas personas, por lo que se deben desarrollar, aprender y respetar nuevos límites de manera que todo el mundo pueda sentir la seguridad suficiente para jugar.

Muchos espacios para fiestas muestran una lista de reglas según entras o las cuelgan en la pared. Léelas; verás que tienen sentido. La mayoría de los sitios especifica el nivel de precauciones de sexo seguro que exigen, y facilitan condones, guantes de látex, lubricantes, barreras dentales de látex y demás. Incluso si tú y tu pareja tenéis un vínculo de fluidos, puede que te pidan, o que tengas la sensación de que sería de buena educación, usar protección de látex en un entorno público. Los putones con ética obedecen las reglas de las fiestas a las que deciden ir.

La responsabilidad en el voyerismo es indispensable. Puedes mirar lo que la gente hace en lugares públicos, pero siempre desde una distancia respetuosa. Si las personas participantes se dan cuenta de tu presencia, es que estás demasiado cerca. Si es correcto masturbarse o no mientras se mira varía de un sitio a otro, pero siempre es de buena educación mantener tu propia excitación lo suficientemente discreta para que no distraigas a la buena gente que está dando semejante buen espectáculo. Además, probablemente no lo estén haciendo para ti. También sé consciente de que cuando te acercas a personas que están jugando, pueden oírte: este no es el lugar para contarle a tu acompañante lo odioso que es tu jefe o sobre tus recientes experiencias en la consulta proctológica.

El límite entre el espacio social/de charla y el de juego es muy importante. Cuando entras en la zona de juego, entras en un diferente estado de consciencia que tiende a sacarte de tu intelecto y meterte en tu cuerpo muy rápido. Hablar demasiado en la zona de juego puede arrancarte de vuelta hacia la consciencia verbal, no sexual, cotidiana.

Buscar sexo es algo activo pero no debe ser intrusivo. Lo ideal es que una petición respetuosa reciba una respuesta respetuosa, lo que significa que está bien preguntar, y si la respuesta es «no, gracias», eso está bien también. Recuerda, las personas que van a orgías son bastante sofisticadas, y están en ellas porque saben lo que quieren. Si esa persona que te parece atractiva no quiere jugar contigo ahora, tómatelo con calma y busca a otra persona. Insistir a alguien en una fiesta de tipo sexual es algo indescriptiblemente maleducado y hará que rápidamente te ganes una invitación al mundo exterior.

Ligar en fiestas de sexo en grupo no es muy diferente de hacerlo en cualquier otro sitio, aunque quizás de manera más honesta y directa. Normalmente, empiezas presentándote como persona: «Hola, soy Ricardo, ¿cómo te llamas?» es claramente preferible a «Hola, ¿te gusta mi gran polla?». La gente habla durante un rato, flirtea un poco y luego pregunta de forma bastante directa: «¿Te apetecería jugar?». Si la respuesta es sí, lo siguiente es la negociación: «¿Qué te gusta hacer? ¿Hay algo que no te guste? Veamos si tú y yo nos referimos a lo mismo cuando hablamos de sexo seguro y, por cierto, tengo una fantasía que...».

Comunicación no verbal

Ligar mediante el lenguaje corporal también puede funcionar, mientras aceptes tomarte relajadamente cualquier malentendido que pueda surgir. Nosotras creemos que es importante aprender cómo convertir lo que deseas en palabras, por lo que tienes la opción de una comunicación explícita. Luego tú puedes buscar ligar de manera no verbal si te apetece, sabiendo que tus buenas habilidades verbales te respaldarán si las necesitas.

El lenguaje no verbal consiste en atrapar la mirada de alguien, intercambiar una sonrisa, acercar tu cuerpo al suyo, siempre comprobando la respuesta. Si miras a alguien fijamente y mira hacia otra parte, bueno, ahí está tu respuesta. No te lo tomes como algo personal; puede que tenga otro compromiso, o quizás no tiene ganas. Las personas tienen tantas razones para *no* querer jugar como para querer jugar. Si te metes en el espacio personal de alguien y se acerca algo más, esa es otra respuesta. Ayuda iniciar el contacto en una parte relativamente neutral del cuerpo —el hombro, la mano— y de nuevo, ¿la persona se va o se acerca? Si se quedan inmóviles, probablemente sea una buena idea comunicarte con esa persona con palabras.

Diferencias de género

Vivimos en una sociedad en la que las personas aprenden algunas ideas bastante raras sobre el sexo. Las mujeres aprenden que se supone que no deben ser sexuales sin enamorarse, los hombres aprenden que el sexo es una mercancía que obtienen de una mujer; los hombres incluso pueden aprender que las mujeres mismas son mercancías. A nadie le gusta que le traten como una cosa. Para evitar esos problemas, la mayoría de los ambientes de sexo en grupo que incluyen hombres y mujeres restringe el número de hombres solos que son invitados o insiste en que ningún hombre es bienvenido sin una mujer que le acompañe. Estas condiciones son un triste último recurso para manejar una realidad desagradable, y nosotras estamos bastante de acuerdo en que es injusto que hombres con buenas intenciones paguen por la conducta molesta de hombres que evidentemente no saben hacerlo mejor. Pero así son las cosas, y la única manera en la que vamos a cambiarlo es trabajando en nuestra propia conducta y enseñando a nuestros hermanos y hermanas lo que aprendemos. Los ambientes pansexuales que consideran fundamental incidir en la pluralidad —gay, heterosexuales, bisexuales, transgénero— tienden a alentar más respeto hacia todo el mundo, y en esos ambientes aprendemos de muchas personas cuyas vidas y sexualidades puede ser diferentes de la nuestra.

Buscar sexo es diferente según el género, y esas diferencias se convierten en muy visibles cuando comparas ambientes de hombres gay con orgías lésbicas y ves en qué se parecen y en que se diferencian de los grupos heterosexuales o bisexuales. Los hombres homosexuales parecen sentirse más seguros con el sexo anónimo, y su manera de ligar en saunas o bares es a menudo no verbal. Un hombre puede mirar fijamente a otro, sonreír, cruzar la sala, tocarle un hombro y entonces abrazarse, con poca o ninguna comunicación. Las lesbianas son a menudo más cautelosas y tienden a hablar durante un rato antes de pasar a la zona de juego y ponerse a ello.

Las mujeres en los ambientes de sexo en grupo tienden a ser menos abiertas que los hombres al sexo anónimo y prefieren alguna comunicación y conexión personal primero. Cuando una mujer busca realizar una fantasía de sexo anónimo con varias personas, a menudo una de sus amistades o amantes actua como maestro de ceremonias, controlando el tráfico y susurrando en el oído de la persona desconocida: «A ella no le gusta nada que le hagan cosquillas» o «Creo que le gustaría que la follases más fuerte». La persona que dirige la escena asume la responsabilidad de la seguridad y pone límites para que la estrella pueda sentirse completamente libre. Este respeto por el cuidado probablemente se explica porque las mujeres han tenido razones serias para sentirse menos que seguras en el sexo con quien no conocen y necesitan algo de apoyo para sentirse lo suficientemente seguras para bajar la guardia. No hay una manera buena o mala de hacerlo en esta situación; o lo que hay de malo existe en nuestra historia, lo que difícilmente podemos cambiar. Lo que es importante es que todo el mundo —hombre, mujer, transgénero; heterosexual, bisexual o gay— tenga derecho a sentir seguridad para liberarse y disfrutar del sexo.

Alcanzar el consenso

El consenso es algo imprescindible. Hay personas ingenuas que a veces asumen que cuando dos, o tres, o cuatro personas ya están teniendo sexo, no hay problema en sumarse directamente y empezar a toquetear a todo el mundo. Bueno, pues sí lo hay, porque no pediste permiso y porque no sabes qué desean estas personas o cuáles son sus límites. Por lo que podrías hacer algo equivocado, y las personas a las que te quisiste sumar tendrán que dejar de hacer lo que sea con lo que se estaban divirtiendo para lidiar contigo, y tendrán un enfado justificable.

¿Cómo vas a conseguir llegar a un consenso con las personas que ya están muy calientes follando? ¿Tocarles en el hombro y decir: «¿Podrías parar un momento para poder preguntar si puedo unirme?». Prácticamente no existe ninguna manera de unirse a una sesión de sexo que ya ha comenzado a no ser que ya seáis amantes tú y las personas involucradas en esa situación, e incluso en esa situación debes ser prudente. Cuando dudamos si sería buena idea unirnos a nuestras amistades cuando ya han empezado a jugar, normalmente miramos desde una distancia prudencial hasta que alguien nos mira y nos hace señas para que nos acerquemos, o no. Respetar los límites, como dijimos antes, es obligatorio para que todo el mundo sienta la seguridad suficiente para jugar libremente y sin límites. No seas la persona que convierte el ambiente en poco seguro.

Si estás jugando en una fiesta y alguien invade tu espacio, tienes todo el derecho a decirle a esa persona que se aleje. Es también apropiado informar a tus anfitriones sobre las personas invasivas y las insistentes. Quienes organizan fiestas desarrollan habilidades para hablar con la gente sobre cuál es la conducta apropiada y explicarles por qué las normas son las que son, y si la persona no las aprende, tienen el poder de eliminarla de la lista de personas invitadas.

Cuidado con tus expectativas

La mayoría de la gente se acerca a su primera fiesta de sexo en grupo con un torbellino de miedos, fantasías y expectativas desenfrenadas sobre qué podría suceder, o peor, lo que podría no suceder. Te recomendamos enérgicamente que te calmes, reconozcas que, en realidad, no sabes qué va a suceder y vayas a la fiesta con la expectativa de que podrás sentir un orgullo inmenso si eres capaz de cruzar la puerta. Si te quedas durante una hora y miras, consigues una estrella dorada. Si eres capaz de presentarte a alguien y mantener una conversación, puedes colocarte la medalla de honor.

Ir a una orgía es todo un reto. Espera sentir nervios. Espera preocuparte. Espera una crisis de vestuario, y date dos horas como mínimo para vestirte. Un consejo útil: que tu atuendo sea de tejidos sensuales —seda, cuero, látex— y así te sentirás sensual tú también. Evita frágiles antigüedades o cara ropa de diseño si quieres follar con ella puesta. Ponte una ropa que te haga sentir caliente, tener buen aspecto y que sea cómoda: ya es suficientemente malo sentir un nudo en el estómago; no necesitas que los zapatos te hagan daño.

Muchas fiestas especifican a qué hora se abren las puertas y a qué hora se cierran, porque si no las personas más nerviosas llegarán más tarde después de haber pasado horas reuniendo valor y preparando la ropa, y así quienes organizan la fiesta no tienen nunca tiempo para jugar.

Si esta es tu primera fiesta, tómate las cosas con calma. Prométete, y a tu pareja también, que os iréis si tu pareja o tú no os sentís a gusto. Acordad una señal —quizás tocar con la mano en el codo— para que tu pareja sepa que necesitas que esté a solas contigo para hablar o que necesitas apoyo. Emplead otra señal —Janet usa «Calgón», del antiguo anuncio de detergente en televisión que decía «Calgon, sácame de aquí»— para comunicarle a tu pareja que te gustaría irte pronto, entendiendo que el miembro de la pareja que está ligando felizmente o flirteando o tonteando puede necesitar un poco de tiempo para terminar lo que esté haciendo para poderos ir.

Ve con el objetivo de conocer a gente nueva y familiarizarte con ese ambiente y con tus reacciones en él. Si te animas a jugar y encuentras a alguien que quiera jugar contigo, perfecto, y si no, perfecto también. Simplemente, entrar en un ambiente de juego por primera vez requiere de mucho valor, así que te puedes sentir orgulloso de ti mismo. Recuerda siempre que esta es tu primera fiesta, potencialmente la primera de muchas. No necesitas cumplir una vida entera de fantasías esta noche. Tienes el resto de tu vida para hacerlo. Sólo necesitas dar los primeros pasos.

Parejas en una orgía

Encárgate de tu relación antes de ir a la fiesta. Esto es importante. ¿Vais a ir como una pareja, para presumir de vuestro increíble atractivo? ¿Estáis a la caza de terceras y cuartas personas?

¿O vais como dos personas separadas, para conocer gente y compartir sexo con ella? Si uno de los miembros de la pareja conecta con una persona atractiva, ¿es bienvenido el otro miembro de la pareja para que se una? ¿Necesitas que tu pareja esté de acuerdo antes de que juegues con nadie? Si necesitas parar por un momento durante un flirteo para comprobar cómo está tu pareja, los putones con experiencia te admirarán por tu consideración e integridad. ¿Tenéis el compromiso de volver a casa en pareja o está bien si un miembro duerme fuera? Y si ambos quieren, ¿qué pasa con la canguro? La razón por la que decidís todo esto por adelantado es porque es mucho más desagradable tener un desacuerdo en público sobre este tipo de cosas, en las que si no estáis de acuerdo, es fácil sentir vergüenza y enfado y montar un escándalo.

Una pareja amiga quedó atascada en un desacuerdo sobre cómo ir a las fiestas sexuales. Ambos miembros querían ir, pero uno para jugar en pareja y el otro para jugar a varias bandas. ¿Qué hacer? Bueno, hay fiestas al menos una vez al mes por aquí, así que decidieron ir un mes como pareja para hacer las cosas en pareja, y la siguiente para apoyarse mutuamente buscando sexo por separado.

Nos gusta mirar a las parejas haciendo el amor en las fiestas. Puedes ver la intimidad, y lo bien que se conocen mutuamente, la manera tan bella de encajar, lo exquisitamente orquestado que puede llegar a ser hacer el amor después de años de práctica. Nos gusta como una experiencia exquisita para voyeurs y porque podemos aprender mucho de mirar a personas que son expertas en la otra. Nos gusta señalar que presumir de vuestra maravillosa belleza en pareja es una publicidad excelente para la próxima vez cuando vengáis a la fiesta esperando dar la bienvenida a más amantes.

Las *play parties* pueden ofrecer también una oportunidad para procesar miedos y celos respecto a tu pareja. ¿Cómo te sientes al ver a tu pareja haciendo el amor con otra persona? ¿Es realmente horroroso? Te puede sorprender ver que te sientes bastante neutral, como: «¡Vaya! ¡Pensaba que eso me iba a molestar pero la verdad es que no!» Puede que te guste tener la oportunidad de ver a tu amante, lo poderosa que se la ve cuando embiste, que dulce se le ve a él cuando tiene un orgasmo. Puede que incluso te excite. Sin duda es excitante aceptar riesgos. Algunas parejas encuentran que el sexo en grupo puede animar su vida sexual en casa al aportar muchos estímulos, nuevas ideas para probar, y la motivación y energía para hacer su vida doméstica tan excitante como una orgía.

Reacciones y prejuicios

Cuenta con que te provoque reacciones. Espera descubrir tus prejuicios. En una fiesta de sexo en grupo compartirás la intimidad de una manera sin precedentes con un grupo de personas desconocidas, y a veces será complicado. Podrías empezar con un trío con tu novia y otro hombre, que parece excitante pero podría resultar que te provoque alguna reacción. Sí, lo sabemos, los dos empezáis con la idea de hacerle el amor a ella, pero ya ves, con este hombre, comportándote de manera sexual, y probablemente en contacto físico, ¿cómo te sientes?

A nosotras nos gusta asistir a fiestas pansexuales de sexo en grupo, lo que significa que las personas que asisten pueden identificarse como gays o lesbianas, o bisexuales, o hetero, o transgénero, pero generalmente se sienten cómodas y alegres jugando al lado de personas cuyos deseos e identidades pueden ser completamente diferentes de los suyos. Siempre nos encontramos con temas relacionados con lo desconocido: la lesbiana que nunca ha estado desnuda delante de hombres; el hombre gay que teme ser juzgado por las mujeres o la violencia del hombre heterosexual; la mujer transgénero que se pregunta si la persona a la que le atrae tanto sabe qué tiene ella bajo la falda; ¿y le importa? Y si le importa, ¿qué va a hacer?

Sean cuales sean tus prejuicios —la gente en esta fiesta es demasiado mayor, demasiado joven, demasiado masculina, demasiado femenina, demasiado *queer*, demasiado heterosexual, demasiado gorda, demasiado delgada, demasiado blanca, demasiado étnica, etcétera— es realmente bueno para ti desarrollarte más que tus prejuicios. Y también resulta sexy.

Todas esas cosas vergonzosas que nunca pensaste que harías en público

En nuestras fantasías nos unimos tan suavemente como Fred y Ginger, yendo en volandas con la música en una marea creciente de pasión, y a veces será así. Pero probablemente necesitarás practicar antes, justo como Fred y Ginger. Tu erección puede negarse a cooperar según te acercas al momento de la verdad, especialmente cuando de repente recuerdas que tienes que ponerle un condón. Puede ser más complicado centrarse en el orgasmo en un ambiente ruidoso con una pareja desconocida. ¿Qué pasa si empiezas a jugar con alguien y resulta que eres incapaz de excitarte?

Si ves que entras internamente en pánico, te recomendamos que respires. Cálmate. Recuerda que no estás en una carrera, y que no tienes prisa. No tienes nada que probar y tú y tu nueva pareja estáis comenzando a hacer cosas que os gustan con vuestros cuerpos. Tocar sienta bien. Acariciar sienta bien. Tomarte tu tiempo sienta bien. Baja el ritmo lo suficiente de manera que puedas sentir realmente lo que estás haciendo. Preocuparte por el futuro no te va a ayudar a llegar. Concéntrate en lo que estás sintiendo en el momento. Las erecciones y los orgasmos pueden venir, pueden irse, pero nunca te equivocas si haces lo que te da placer.

El ruido y la energía frenética de una fiesta pueden llevar a la gente a acelerarse, cuando ir más lento es la mejor manera de conectar con tu excitación. Las personas no se excitan mágicamente, al menos no muy a menudo, o de manera fiable. Y diferentes personas se excitan de maneras muy diferentes. Un tipo de autoconocimiento muy importante será útil en estos momentos. Conoce qué te excita. Sea mordiendo el cuello o lamiendo las corvas, cuando sabes qué hace que tus jugos fluyan puedes pedirlo, y entonces tu pareja sabrá qué te excita y se sentirá más libre para decirte lo que la excita a ella, y antes de que te des cuenta estaréis muy calientes flotando en la corriente de un río de lujuria desenfrenada.

Terminaremos este capítulo con una historia auténtica de amor descubierto durante sexo en público, sólo para darte algo de inspiración para explorar:

June nunca había estado en una *play party* antes. Eso es obviamente lo que llaman a las orgías en California, pensó. Bueno, al menos es una orgía lésbica. ¿Cómo demonios —se preguntaba— he terminado siendo la invitada de honor de una orgía?

En realidad, ella sí sabía cómo había ocurrido. Estaba visitando a su querida amiga Flash en San Francisco, y Flash anunció que podía usar la casa del campo durante el fin de semana, y que quería hacer una fiesta y presentar a June a sus amigas. Sonaba divertido, pensó June... y entonces Flash empezó a hablar de hacer una fiesta de chicas para celebrar la llegada de la primavera colocando colchones y material para sexo seguro en medio del salón.

June había discutido y, al principio, rehusado asistir. Pero Flash la convenció, señalando que ella no tenía por qué tener sexo con nadie si no quería. June finalmente accedió, añadiendo que si no lo podía aguantar se daría una caminata hasta el café del barrio con un libro. Así que Flash arregló la casa para dedicarla al placer sexual, y June se escondió en la cocina preparando salsas, una de las funciones en la fiesta que al menos entendía.

Según empezaron a llegar las invitadas, June empezó a preguntarse si sería capaz de quedarse en el evento. Le presentaron un desfile de las lesbianas más extravagantes que hubiera visto nunca, *femmes* y *butches*, como pájaros con su brillante plumaje, luciendo prendas exóticas diseñadas para mostrar una galería de tatuajes, con joyas brillando aquí y allí colocadas en partes del cuerpo sobre las que June no quería pensar. ¡Y eran todas tan jóvenes! June sintió todo el peso de sus cuarenta y ocho años. Pensó que no podía hacerlo mal si se mostraba educada, así que pronunció los mismos hola-cómo-va que pronunciaría en cualquier otro sitio, preguntándose cómo respondería si una de estas entusiastas bacantes realmente le contase *cómo* iba la cosa.

Al fin llegó una pareja de mujeres de una mediana edad no disimulada. Una de ellas, Carol, era para June el vivo retrato de su tía abuela Mary, si es que la tía abuela Mary hubiese alguna vez elegido vestirse con el modelo completo de *butch* incluido botas y sombrero de vaquero. June se sintió relajada por haber encontrado una mujer con la que podría sentirse identificada. Entonces Carol sonrió con una sonrisa deslumbrante y declaró que le gustaría poner su mano en el coño de June.

June, sobrecogida pero resuelta y educada, dijo que no se sentía preparada del todo para eso, y Carol le contestó con alegría: «Muy bien entonces, volveré a ver cómo estás más tarde». Diosas del Olimpo, pensó June, no hay escapatoria. June sabía sobre el *fisting*, había aprendido a hacerlo con una amante a la que le gustaba. Sabía que era seguro cuando se hacía correctamente; pero parecía una manera un poco rara de conocer a alguien cuyo nombre acabas de saber hace media hora.

Luego entró Lottie, de una edad similar a June, pero que no vestía como ella. Los llameantes rizos rojos, obviamente teñidos, de Lottie hacían resaltar un vestido de raso negro a través del que se podían ver unas largas medias negras, un corsé de cuero negro y una buena cantidad de voluptuosa piel pálida. ¿Cómo es capaz de mantener el equilibrio en esos zapatos? se preguntó June mientras Lottie abrazaba, besaba y hablaba en su camino a través de la progresivamente menos vestida masa de participantes en la fiesta. June pudo escuchar cómo Lottie agradecía a varias mujeres su participación en una orgía anterior para celebrar su cincuenta cumpleaños ¿Alguna vez se reúnen y *no* tienen sexo? se preguntaba June.

Se empezaron a amontonar en el suelo enfrente del sofá donde estaba June sentada: montones desordenados de mujeres besuqueándose y toqueteándose, sonriendo y riéndose, Lottie y Carol visiblemente entre ellas. June decidió retirarse a la terraza, donde quizás podría disolver su miedo con un baño caliente.

El jacuzzi estaba más tranquilo, y June pudo charlar con un par de mujeres y se empezó a sentir un poquito más cómoda. Luego reapareció Lottie. Enseguida se quitó el vestido, la medias y los zapatos. June se encontró preguntándose cómo se sentiría si pudiera ver el coño de Lottie e instantáneamente se preguntó si alguien había notado que estaba mirando. Lottie se metió en el agua caliente e inmediatamente le preguntó a June si le podía frotar la nuca, porque se sentía un poco tensa. «Por supuesto», se oyó diciendo June, «Me encantaría hacerlo». Oh, no, pensó, ¿en qué me estoy metiendo?

La piel de Lottie se notaba cálida y sedosa bajo sus dedos, y June la frotó y relajó. June se sintió relajada por el ritmo del masaje y más segura según Lottie conversaba de cosas completamente normales: su trabajo y el de June, sus filosofías de vida, el budismo de June, el paganismo de Lottie. Al final, la nuca de Lottie se relajó y el jacuzzi empezó a parecer demasiado caliente, y Lottie alegremente sugirió que fueran a averiguar qué estaba pasando dentro. Salió del jacuzzi, se puso sus medias y tacones, y entró como una flecha. Bendita Minerva, pensó June, ¿puedo seguirla ahí dentro? No, decidió firmemente, no puedo. June encontró una mesa en la esquina del patio y decidió admirar las estrellas.

Lottie, mientras, vio que tenía una o dos cosas sobre las que pensar también. En el salón sus amigas estaban divirtiéndose alegremente sobre los sofás, sillones y enfrente de la chimenea, pero Lottie estaba pensando en June. ¿Qué es lo que tiene que me excita tanto? ¿Le gusto? ¿Jugaría conmigo? No parece que esté acostumbrada a las fiestas; ah, bueno, siempre hay una primera vez. ¿Y ahora dónde ha ido esa chica?

Lottie escaneó visualmente el salón, pero allí no estaba June. La verdad es que el salón estaba bastante interesante y Lottie contempló la posibilidad de abandonar la persecución y encontrar una amiga con la que jugar, pero le venció la intriga. Se fue hacia la cocina, caminando entre varias personas felices y quedándose un poco aquí y allá para apreciar alguna actividad particularmente excitante. En una pausa para probar las salsas y recuperar su nivel de azúcar, Lottie miró por la ventana y allí estaba June, escondida en el patio.

Ah, ahí está la oportunidad, pensó Lottie mientras colocaba algunas cositas de comer en un plato y salía rápido a compartirlas fuera con June. Pero, aunque estaban hablando amigablemente, Lottie sentía que no estaba conectando. Sus incursiones de flirteo no encontraban respuesta alguna: June, petrificada, sólo respiraba profundamente y se mantenía, conscientemente, lo más quieta posible. Lottie, frustrada, se decidió por la aproximación directamente. «Creo que eres realmente atractiva. ¿Te gustaría jugar conmigo? ¿Qué tipo de cosas te gusta hacer?». June, acorralada de nuevo, titubeó: «Creo que no estoy preparada para tener sexo en público, lo siento mucho».

Justo en ese momento, Carol, sin su sombrero de vaquero pero aún con las botas puestas aunque parecía que había perdido su camisa en alguna parte, se dio un paseo hasta la mesa y se sentó. Mientras June se preguntaba cómo podía desaparecer entre los arbustos sin parecer socialmente rara, Lottie saludó a Carol colocando su muslo —que Carol, siendo una mujer que sabía cómo comportarse, rápidamente acarició y admiró— en el regazo de Carol. Lottie, no como venganza sino simplemente porque no quería desperdiciar una fiesta estupenda, le preguntó a Carol: «¿Tienes muchas candidatas esta noche? ¿Hay sitio para mí?».

Carol preguntó qué le apetecía y Lottie sugirió que se moría de ganas por un suave puño, y Carol dijo que estaría encantada de acceder pero que antes debía preguntar a Susie sobre un plan que tenían para después. Las dos se fueron caminando alegremente, y dejaron a June sola. ¿Estaba aliviada? se preguntó. Bueno, no exactamente.

Al volver al salón, Lottie se sorprendió al encontrar a Carol y a June sentadas en el sofá de la ventana, las espaldas en los lados, los pies en el centro. Lottie, nunca lenta para lanzarse a por una oportunidad, zigzagueó por la habitación, se subió en los dos pares de pies y proclamó «¡Aquí estoy!». Carol, con práctica en la manera de comportarse de las *femmes*, pidió guantes y lubricante y empujó con firmeza a Lottie en el regazo de June: «¿Serías tan amable de sujetarla para mí, por favor?». June abrió la boca, pero nadie esperó a su respuesta; lo siguiente que estaba haciendo era sujetar el cuerpo de Lottie mientras se retorcía suavemente. Alucinante, pensó June, simplemente alucinante. Sujetó bien a Lottie, respiró profundo y se dejó llevar.

June se concentró en mantener las apariencias e intentar no darse cuenta de varias mujeres sonrientes que se habían parado para mirar la acción del sofá de la ventana, mientras Carol se dedicaba por completo a excitar a Lottie, a lubricarla y lograr que tuviese un orgasmo. Oh, Dios mío, pensó June, ¿cómo voy a poder pasar por esto? Estoy tocando los pechos de esta mujer y prácticamente no la conozco. Quizás, pensó, puedo imaginarme que es alguien con quien ya he hecho el amor.

Lottie rodeó con su pie el hombro de Carol contra el marco de la ventana y comenzó a mover su cuerpo enérgicamente contra la mano de Carol. Dejó salir un gran gemido cuando la manó se deslizó dentro, y las dos empezaron a follar fuerte y a hacer ruido. June hizo todo lo posible para evitar que Lottie se le escurriese y se cayera al suelo. Lottie finalmente llegó al orgasmo —haciendo ruido, notó June, mucho ruido— y June se dio cuenta de que no había respirado durante un buen rato y tomó una gran bocanada de aire. Las tres dejaron que sus cuerpos se relajaran en el sofá de la ventana y dedicaron unos momentos simplemente a sentirse bien.

La realidad al final se impuso. Lottie se sentó y educadamente ofreció a Carol follarla en agradecimiento. Carol dijo que no, gracias, que ya se lo había prometido a Susie, y Lottie y Carol se fueron en direcciones diferentes, dejando a June sola en el sofá de la ventana sintiéndose un poco pasmada. Debo haber caído en otro universo diferente, pensaba June atónita. ¿Quienes son estas mujeres, de todos modos? Aunque en parte fue divertido, y creo que lo he hecho bien. Pero aun así ha sido demasiado. Creo que mejor me voy a dormir.

Pasó un día. De vuelta a casa, Lottie se encontró que no podía dejar de pensar en June. Llamó a Flash y se enteró de que June había abandonado San Francisco esa mañana. Dos días después, June recibió esta carta.

Querida June:

Hace una bonita mañana aquí en la montaña, el sol se cuela entre las secuoyas, el cielo está muy azul con pequeñas nubes; ayer, caminando por la cresta de la montaña, vi una liebre enorme. Los lirios ya se han ido, y es el momento de las campanillas, rododendros y un montón de pequeñas flores, coloridas y bellísimas, que no me han presentado formalmente. ¿Vives en la ciudad? Si te hago la boca agua hablándote de las montañas ¿vendrías a visitarme?

¿Y, por cierto, quién eres tú? Escríbeme y cuéntame de ti. Estoy especialmente interesada en saber cómo tú, como budista, gestionas el deseo y la pasión. He estado pensando un poco sobre esto desde que nos conocimos y me he dado cuenta de que no soy budista porque, aunque he sacado mucho de mis conexiones con el zen, incluyendo aprender mucho sobre dejar fluir el deseo libremente, mi camino espiritual se centra en atrapar el deseo

(aquí pasión podría ser una palabra más apropiada) como si fuera un buey y cabalgarlo como vehículo de comunión con el Tao. Me preocupa que esto pudiera ser una práctica inaceptable para ti. Aunque estoy acostumbrada a ser la personificación del anatema para varias personas, preferiría no serlo para ti.*

Me gustas de verdad. Me gustó mucho cómo conectamos en casa de Flash, y espero que tengamos la oportunidad de explorarlo más. Así que escríbeme y descúbrete para mí. ¿Cuales son tus ideas sobre el sexo, la conexión, el arte, la naturaleza? ¿Cuáles son tus fantasías? Tengo muchas ganas de saberlo. Apuesto a que fantaseas con estupendas historias antes de dormir.

Ojalá estuvieses aquí; escribirte me hace sentir nerviosa y me gustaría recibir un abrazo. Según releo la carta decidiendo hasta dónde ir, me doy cuenta de que probablemente ya he ido demasiado lejos. Oh, bueno, siempre lo hago.

Con amor,
Lottie

Ocho meses y, aproximadamente, tres mil dólares en facturas de teléfono más tarde, sin mencionar algunos impulsivos billetes de avión, June puso todos sus bienes materiales en su camión, Lottie voló para encontrarse con ella, y condujeron a lo largo de las Montañas Rocosas hasta llegar a una dulce y pequeña casa en el campo, donde vivieron juntas durante muchos años felices.

* Referencia a uno de los poemas de *La doma del buey*, de Kakuan, maestro Zen del siglo XII, «Cabalgar el buey de vuelta a casa», supone una metáfora de la felicidad y el sexto estado en el camino de diez fases del practicante de Tao hacia la iluminación (*Nota del t.)*.

Conclusión: Una utopía promiscua

Bueno, estamos al final del libro. Pero antes de que te lancemos de vuelta al mundo, queremos dejarte con un concepto final que puede ayudar a tu pensamiento a desarrollarse mientras diseñas tu propia vida llena de todos los tipos de sexo y amor que desees.

Del «dos» al «muchos»

El mundo le tiene mucho cariño a los pares: negro y blanco, macho y hembra, mente y cuerpo, bueno y malo. Estos pares, aprendemos, son opuestos. Hay una manera correcta y una manera equivocada, y nuestra tarea es luchar para defender lo correcto y destruir lo equivocado. Este tipo de pensamiento domina nuestros juzgados, nuestra política y nuestros programas de televisión, con algunos resultados disparatados. Por ejemplo, algunas personas creen que cualquiera que disfrute del sexo fuera del matrimonio, o en un matrimonio que es diferente del suyo, debe estar atacando *su* matrimonio. Hay que oponerse a cualquier cosa que es diferente; debe ser el enemigo.

Cuando lo bueno y lo malo son las únicas opciones, puedes creer que no puedes amar a más de una persona, o que no puedes querer de otras maneras, o que tienes una capacidad finita para amar: que «muchos» debe de alguna manera ser lo opuesto a «uno», o que tus únicas opciones son enamorarte o desenamorarte, sin permiso para diferentes grados o tipos de amor.

Nos gustaría proponerte algo diferente. En lugar de estos argumentos simplistas de «o blanco o negro», considera la posibilidad de mirar, y valorar todo sin verlo como opuesto a otra cosa. Nosotras creemos que si eres capaz de hacer esto, descubrirás que hay tantas maneras de ser sexual como las hay de ser persona, y todas ellas son válidas. Hay muchas maneras de relacionarse, de amar, de expresar el género, de compartir el sexo, de formar familias, de estar en el mundo, de ser persona... y ninguna de ellas de ninguna manera rebaja o invalida cualquiera de las otras.

Cuando abrimos nuestra mente a un mundo más allá de la dualidad, nos volvemos capaces de ver más allá de la perfección poco realista y los objetivos inalcanzables. Podemos liberarnos para ser completamente conscientes de toda la maravillosa variedad y diversidad de que la que disponemos en el mundo en este momento, en este instante, en el presente.

Esta promiscuidad puede convertirse en un camino a la trascendencia, una liberación de la mente y el espíritu así como del cuerpo, una manera de estar en el mundo que permite una consciencia extendida, un desarrollo espiritual, y amar más allá de lo imaginable.

Un manifiesto promiscuo

Nosotras creemos que, cuando revisamos los temas que limitan nuestras relaciones y nuestro entendimiento de cómo podríamos ser, esencialmente estamos planificando una sociedad que es apropiada para la manera en que muchas personas viven hoy en día, una sociedad que cubre nuestra necesidad de cambio y desarrollo mientras que alimenta nuestro deseo fundamental de pertenencia y familia.

Creemos que la monogamia continuará creciendo con fuerza como siempre lo ha hecho, una opción perfectamente válida para quienes la eligen auténticamente. (No creemos que haya mucha posibilidad de elegir cuando se te prohíbe elegir cualquier otra cosa). Queremos abrir nuestra visión para acomodar la monogamia junto con una plétora de opciones diferentes; plantear estructuras familiares y sociales que tienen espacio para crecer, que continuarán extendiéndose y adaptándose, que podemos adaptar a nuestras necesidades en el futuro. Creemos que las nuevas formas de familia están evolucionando ahora y que continuarán evolucionando, no para suplantar a la familia nuclear sino para completarla con una abundancia extraordinaria, un mundo de posibilidades para compartir familia, sexo y amor. Queremos liberarte para que crees la sociedad en la que quieres vivir.

Nuestra visión de la utopía tiene al amor libre, en todas sus formas, como la base de nuestras ideas sobre la realidad, las posibilidades, sobre estar en el presente y planear el futuro. Creemos que la libertad sexual nos ayuda a ver nuestras vidas como realmente son, con la honestidad para autopercibirse nítidamente y la fluidez para dejarnos avanzar según cambian nuestras necesidades, como un yo que cambia y evoluciona con parejas que cambian y evolucionan en un mundo que cambia y evoluciona.

Nosotras vemos la promiscuidad ética llevándonos hacia un mundo en el que reconocemos y respetamos los límites de cada individuo más de lo que respetamos cualquier conjunto de reglas preconcebidas sobre cuáles deben de ser nuestros límites.

Y al expandir nuestra vida sexual, prevemos la evolución de una sexualidad avanzada, en la que podemos llegar a ser más naturales y más humanos. El sexo realmente es la expresión física de un montón de cosas que no existen físicamente: amor y alegría, emociones profundas, una cercanía intensa, conexión profunda, consciencia espiritual, sentimientos increíblemente agradables, a veces incluso, un éxtasis trascendente. En nuestra utopía, el intelecto no es una trampa en la que nos bloqueamos, sino una herramienta valiosa que usamos para descubrir y llegar a todas las partes de nuestro ser y darle forma a nuestra experiencia. Liberamos nuestro yo natural al abrir nuestro intelecto a la consciencia sensual de nuestros cuerpos, y cuando ya no nos atascamos en nuestro intelecto nos volvemos algo más espirituales. Nos hacemos personas intuitivas, que experimentan el placer de vivir por el simple hecho de experimentarlo, en comunión con nuestro yo, con otras personas y más allá.

Nuestra fantasía sexual favorita: la abundancia

Nosotras queremos que todo el mundo sea libre para expresar amor de todas las maneras posibles. Queremos crear un mundo en el que haya abundancia de lo que todo el mundo necesita: comunidad, conexión, tacto, sexo y amor. Queremos que nuestra prole se críe en un clan familiar, en un pueblo conectado dentro de la alienación urbana, donde haya suficientes personas adultas para quererla y quererse mutuamente y, por lo tanto, amor, atención y crianza de sobra, más que suficiente para funcionar. Queremos un mundo donde las personas enfermas y ancianas sean cuidadas por personas que las quieren, en el que los recursos son compartidos por personas que se cuidan mutuamente.

Soñamos con un mundo en el que nadie sea dominado por deseos que no tiene esperanza de satisfacer, en el que nadie sufra vergüenza por sus deseos, o vergüenza sobre sus sueños, en el que nadie sufra por la carencia de sexo. Soñamos con un mundo en el que no se limite a nadie con unas reglas que dictan que deben ser menos personas, y personas menos sexuales de lo que tienen capacidad de ser.

Soñamos con un mundo en el que nadie pueda votar sobre tus elecciones vitales, o sobre a quién decides amar, o sobre cómo eliges expresar ese amor, excepto tú y tus amantes. Soñamos con un tiempo y un espacio en el que todo el mundo sea libre para declarar públicamente su amor, por quien sea, amando de la manera que sea.

Y estamos deseando que se hagan realidad los sueños de toda una vida.

Glosario promiscuo

La mayoría de las palabras disponibles para hablar sobre sexo llevan implícitos juicios de valor, como la palabra «putón»; ese es el legado de nuestra historia de ver el sexo como algo negativo. Sin el lenguaje, ¿cómo vamos a comunicarnos mutuamente y compartir nuestros pensamientos y sentimientos? Sin el lenguaje, casi ni podemos pensar sobre el sexo.

Se acuñan nuevas palabras y terminologías constantemente, lo que es un reto para quienes escriben y para los putones. Por eso, muchos de los términos de este libro pueden resultarte poco familiares y pueden ser definidos de otra manera en diferentes regiones y comunidades. En este glosario definiremos estas palabras, y otras que puede que encuentres en comunidades abiertamente sexuales, tal y como las entendemos nosotras.

Actitud negativa hacia el sexo (*sex-negative*): El sexo es peligroso. El deseo sexual es malo. La sexualidad femenina es destructiva y maligna. La sexualidad masculina es depredadora e incontrolable. Es la tarea de todo ser humano civilizado confinar la sexualidad dentro de unos límites muy estrechos. El sexo es obra del diablo. Dios odia el sexo. ¿Pillas la idea?

Actitud positiva hacia el sexo (*sex-positive*): La creencia de que el sexo es una fuerza saludable en nuestras vidas. Esta frase fue creada por educadores sexuales en el National Sex Forum a finales de los años sesenta. Describe a una persona o grupo que mantiene una actitud optimista, abierta de mente, sin prejuicios frente a todas las formas de sexualidad consensuada.

Adicción al sexo: Tema de acalorados debates en las comunidades de terapias sexuales, esta frase se refiere a la conducta sexual compulsiva que se apodera de la vida de una persona hasta el punto de interferir con el funcionamiento saludable de sus relaciones, trabajo u otros aspectos de su vida. Demasiado a menudo se utiliza como una manera de patologizar a felices putones.

Amistades con derecho a roce: Término actual para alguien con quien puedes tener sexo (la parte del «roce») sin la necesidad de comprometerse en una relación romántica vitalicia (la parte de «amistad»). También conocido en algunos círculos como *fuck buddy* .

Amor libre: La idea de que es posible amar y tener relaciones sexuales con más de una persona como un medio de conexión interpersonal así como una declaración sociopolítica idealista. Un movimiento que abarca siglos, aunque más ampliamente aceptado durante la década de 1960.

BDSM: Actividades en las que una persona controla la conducta de otra, y/o la pone a su servicio, y/o le da intensas sensaciones. BDSM deriva de B/D de bondage y disciplina, D/S de dominación y sumisión y SM (o S/M o S&M) de sadomasoquismo. Puede que lo oigas llamar *erotic power exchange* (intercambio erótico de poder) o simplemente SM.

Centrista: Nosotras usamos términos como heterocentrista, eurocentrista, hombrecentrista, mujercentrista, *queer*centrista y parejacentrista para llamar la atención sobre expectativas tácitas sobre la manera en que las cosas «deben» ser. Las ideas parejacentristas, por ejemplo, son esas que tratan a la pareja como la unidad principal de nuestra cultura y, por lo tanto, colocan a cualquier persona que no es parte de una pareja fuera de «lo que hace la mayoría».

Compromiso: En su uso cotidiano, esta palabra parece significar monogamia de por vida. Obviamente, nosotras no las usamos de esa manera en este libro. Para nosotras, «compromiso» significa hacer una promesa para el futuro y seguir hasta el final con esa promesa, sea esa promesa «serte fiel sólo a ti» o sea juntarse una vez al año para un fin de semana excitante.

Corazón abierto (*Openheartedness*): Recibir el mundo con compasión y sin estar a la defensiva: abrirte al tipo de amor o conexión que la vida te ofrece.

Cuero (*Leather*): Otra manera de referirse al BDSM y conductas relacionadas. Generalmente se usa más en los círculos gay, lésbicos y *queer*.

Drama: Quienes hemos elegido evitar el camino fácil de las expectativas sociales respecto a las relaciones, tenemos que avanzar a machetazos entre unos matorrales bastante densos para abrir nuevos caminos. Este proceso a veces incluye malentendidos, sentimientos heridos y demás. Drama es un término ligeramente peyorativo para las luchas que a menudo acompañan a este proceso.

Fidelidad: Fuera de estas páginas, este término generalmente se emplea con el significado de tener sexo con una sola persona. De todos modos, el diccionario dice que la fidelidad «se demuestra con lealtad y apoyo continuado» y eso a nosotras nos suena correcto.

Follar: Es todavía la palabra que suscita la reacción más fuerte, con la posible excepción de «coño», pero nos parece una lástima que semejante actividad tan agradable se use como una palabrota. Puede significar sexo genital en general, o específicamente sexo con penetración como el de pene/vagina, pene/ano o *fisting*.

Género: La frase usada en los círculos donde se explora el género es «Tu sexo es lo que está entre tus piernas, tu género es lo que tienes entre las orejas». Alguien que nació con genitales y cromosomas femeninos, pero prefiere interactuar con el mundo como hombre (posiblemente usando cirugía y/o hormonas para favorecer ese objetivo), es por lo tanto alguien del género masculino. Quienes prefieren ocupar un espacio en algún punto entre los extremos del género binario o les gusta jugar con cómo presentan su género, se llaman *genderqueers*, de género fluido o *gender-bent*.

***Kink*:** Cualquier forma de sexo fuera de lo mayoritario. A menudo usado específicamente para el BDSM.

No monogamia: Por lo general, nosotras no usamos este término porque implica que la monogamia es la norma y que cualquier otra manera de relacionarse es de alguna manera una desviación de esa norma (por ejemplo, «es monógamocentrista». Ver nuestra definición de «centrista» más arriba).

Ninfomanía: *Ver* Promiscuidad.

Orientación: Normalmente usado para referirse a gay, lésbico, bisexual o heterosexual. Muchas personas se involucran en sexo, romance y/o intimidad fuera de los límites de su orientación elegida, sin sentir la necesidad de cambiar esa orientación; es muy posible que la orientación tenga que ver tanto con la cultura como tiene que ver con el sexo.

Pansexual: Con carácter inclusivo respecto a todos géneros y orientaciones.

Poliamor (a menudo reducido a «poli»): Una nueva palabra que se ha hecho muy común recientemente. Nos gusta porque, al contrario de «no monogamia», no asume que la monogamia es la norma. Por otro lado, su significado es todavía un poco vago: Algunas personas sienten que el poliamor incluye todas las formas de relación que no sean la monogamia, mientras que otras personas lo restringen a relaciones emocionales con compromiso (por lo tanto, excluyendo el *swinging*, encuentros sexuales esporádicos y otras formas de intimidad).

Polifidelidad: Un subgrupo del poliamor en el que más de dos personas, posiblemente dos o más parejas, forman un grupo sexualmente exclusivo. A veces se emplea como una estrategia de sexo seguro.

Promiscuidad: Una de las palabras usadas para patologizar a quienes les gusta tener mucho sexo. La cultura mayoritaria se descubre a sí misma sobre su paradigma de sexo-como-materia-prima cuando se refiere a esas personas como «que no se valoran».

Putón: Persona que celebra la sexualidad con una mente y un corazón abiertos.

Quedada (*Munch*): Reunión social de personas poliamorosas en un restaurante o un lugar similar. Las quedadas empezaron como una manera de encontrarse las personas que se conocían por internet. Las quedadas han arraigado en otras muchas comunidades con base en internet.

***Queer*:** Una palabra recientemente recuperada. Originalmente era un insulto dirigido a personas homosexuales. En algunas comunidades esta palabra significa específicamente «gay o lesbiana». De todos modos, se usa cada vez más como una autodefinición política/sexual de quien no encaja nítidamente dentro de las expectativas sexuales mayoritarias. A menudo aparece combinada con una palabra que describe qué te hace *queer*, como en *genderqueer* o *leatherqueer*.

Reapropiación (*reclaiming*): Si alguien usa una palabra sobre ti en un intento de insultarte u ofenderte, tú puedes o bien enfadarte o bien desactivar la palabra usándola de manera que deja de ser un insulto. Palabras que han sido reapropiadas de esta manera son, entre otras, *queer*, bollera, marica y sí, putón.

Relación abierta: Una relación en la que las personas involucradas tienen algún grado de libertad para follar y/o amar a personas fuera de la relación. De ahí, un matrimonio de grupo de ocho personas puede aun así ser «abierto» o «cerrado».

Sexo: Honestamente, da igual la definición que usemos nosotras; sexo es cualquier cosa que tú y tu pareja pensáis que lo es. Cualquier cosa que penséis que lo es nos parece bien, porque todas las formas de sexo consensuado son maravillosas.

Sexo en público: Sexo en un ambiente en el que se reúnen muchas personas mayores de edad, como en una fiesta de tipo sexual.

***Outercourse*:** Sexo sin penetración, incluyendo juguetes sexuales, masturbación mutua, sexo telefónico, juegos con roles y similares... sea para divertirse, sea como una estrategia de sexo seguro o ambos.

Sin prejuicios (*Nonjudgmental*): Una actitud que está libre de moralización irracional o injustificable. No significa que todo vale; significa ser capaz de juzgar una actividad o relación sobre la base de lo bien que funciona para sus participantes y no sobre un estándar externo de lo correcto y lo equivocado.

Transexual («hombre transexual», «mujer transexual»): Alguien que se identifica con un género diferente del que dictan sus cromosomas y/o genitales. Las personas transexuales pueden decidir o no tomar hormonas y/o someterse a cirugía para cambiar su apariencia física. Algunas personas transexuales se están reapropiando del término antiguamente peyorativo *tranny*.

Agradecimientos

Nos gustaría dar las gracias a Amy, Kay y Bo; Bárbara Carrellas; Cecelia y Corwin; Jennifer Collins; Betty Dodson; E; Jaymes Easton; Finn; Rae Goldman; Francesca Guido; Kai Harper; Lizzard Henry; Sybil Holiday; Ron Hoffman; Richard Karpinski; J Kimball; Laurie and Chris; Deirdre McGrath; Sunny Knight; Adric Petrucelli; Carol Queen; Reid y Marsha; Paul Romano; Maggi Rubenstein; Ruth y Edward; Sockermom; Doug Stinson; Susan S.; Snow White; Ben Taber; Miles Taber; Tom y Katy; Jay Wiseman; Lolita Wolf; y Joi Wolfwomyn.

Gracias especialmente a nuestra editora, Brie Mazurek, y a la totalidad de amantes, amistades, clientes, colegas, familias y a quienes nos han asesorado.